じんかん

今村翔吾

講談社

目次

◉登場人物

多聞丸《たもんまる》　野盗働きをする集団の長。日夏《ひなつ》、犬若《いぬわか》、勘次《かんじ》、梟《ふくろう》、風介《ふうすけ》、喜三太《きさんた》らを率いる

日夏　多聞丸のもとで野盗を働いていた少女

九兵衛《くへえ》　山城国西岡《やましろのくににしのおか》の商人の家に生まれる

甚助《じんすけ》　九兵衛の弟

宗慶《そうけい》　摂津国《せっつのくに》五百住《よすみ》にある本山寺《ほんざんじ》の住職

宗念《そうねん》　宗慶の弟子

武野新五郎《たけのしんごろう》　堺《さかい》で「かわや」を営む皮商人。茶道を心得ている

柳生家厳《やぎゅういえよし》　大和国《やまとのくに》柳生荘の土豪。同地で兵法を指南している。幕府の奉公衆・結城忠正《ゆうきただまさ》とともに研鑽《けんさん》を積んだ過去を持つ

瓦林総次郎秀重《かわらばやしそうじろうひでしげ》　摂津国瓦林の国人《こくじん》の次男

海老名権六家秀《えびなごんろくいえひで》　宇治《うじ》郡東野《ひがしの》村の国人領主

四手井源八家保《しでのいげんぱちいえやす》　宇治郡厨子奥《ずしおく》村の国人領主。権六の従兄弟にあたる

松永久通《まつながひさみち》　松永家嫡男

細川高国《ほそかわたかくに》　細川政元《まさもと》の養子。同じく養子であった澄元《すみもと》を排除し、室町《むろまち》幕府の中でも最高権力の「管領《かんれい》」職を歴任してきた細川京兆《けいちょう》家の家督を継ぐ

細川晴元《はるもと》　細川澄元の嫡男

足利義輝《あしかがよしてる》　第十三代室町将軍。第十二代将軍・足利義晴《よしはる》の嫡男。第十四代義栄《よしひで》は従兄弟にあたる

覚慶《かくけい》　義輝の弟。のちの第十五代将軍・足利義昭《よしあき》

筒井順慶《つついじゅんけい》　大和国の戦国大名。興福寺《こうふくじ》衆徒の家に生まれる

織田信長《おだのぶなが》　尾張国《おわりのくに》の戦国大名

狩野又九郎《かのうまたくろう》　信長の小姓頭《こしょうがしら》の一人

三好氏《みよし》　阿波国《あわのくに》三好郡を本拠とする国人の家系

◉三好氏略系図

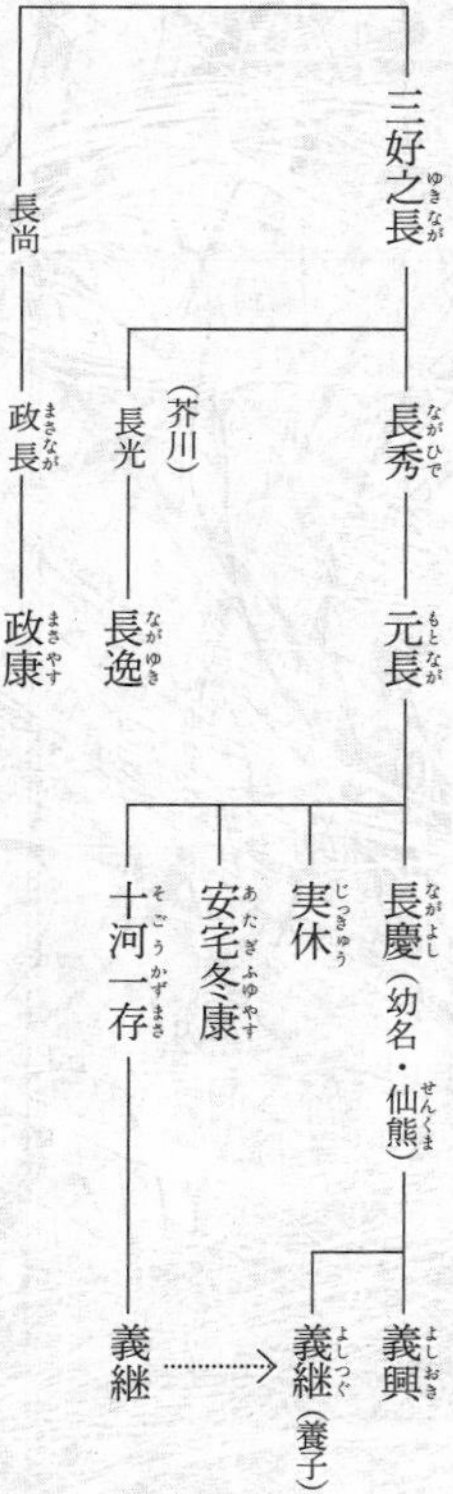

十六世紀・畿内

↑越前
丹後
若狭
但馬
八上城
丹波
八木城
安土城
京
近江
西岡
伏見
南郷
播磨
山城
→美濃・尾張
摂津
高槻城
和束
飯盛山城
柳生
尼崎
伊賀
多聞山城
堺
信貴山城
河内
和泉
伊勢
淡路
大和
紀伊
↙阿波

十六世紀・大和国

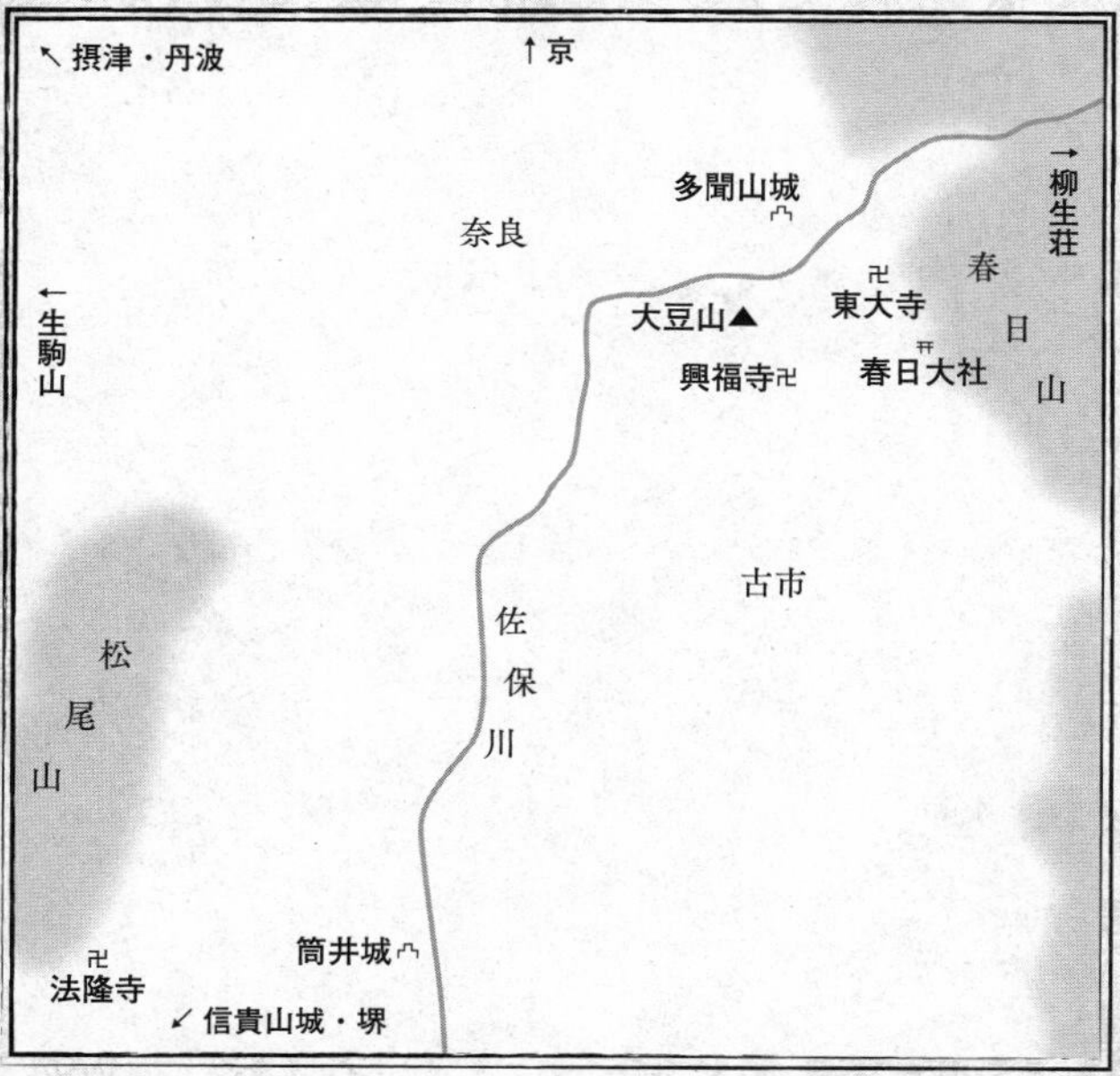
↖摂津・丹波
↑京
多聞山城
奈良
→柳生荘
春日山
東大寺
大豆山
春日大社
興福寺
←生駒山
古市
佐保川
松尾山
筒井城
法隆寺
↙信貴山城・堺

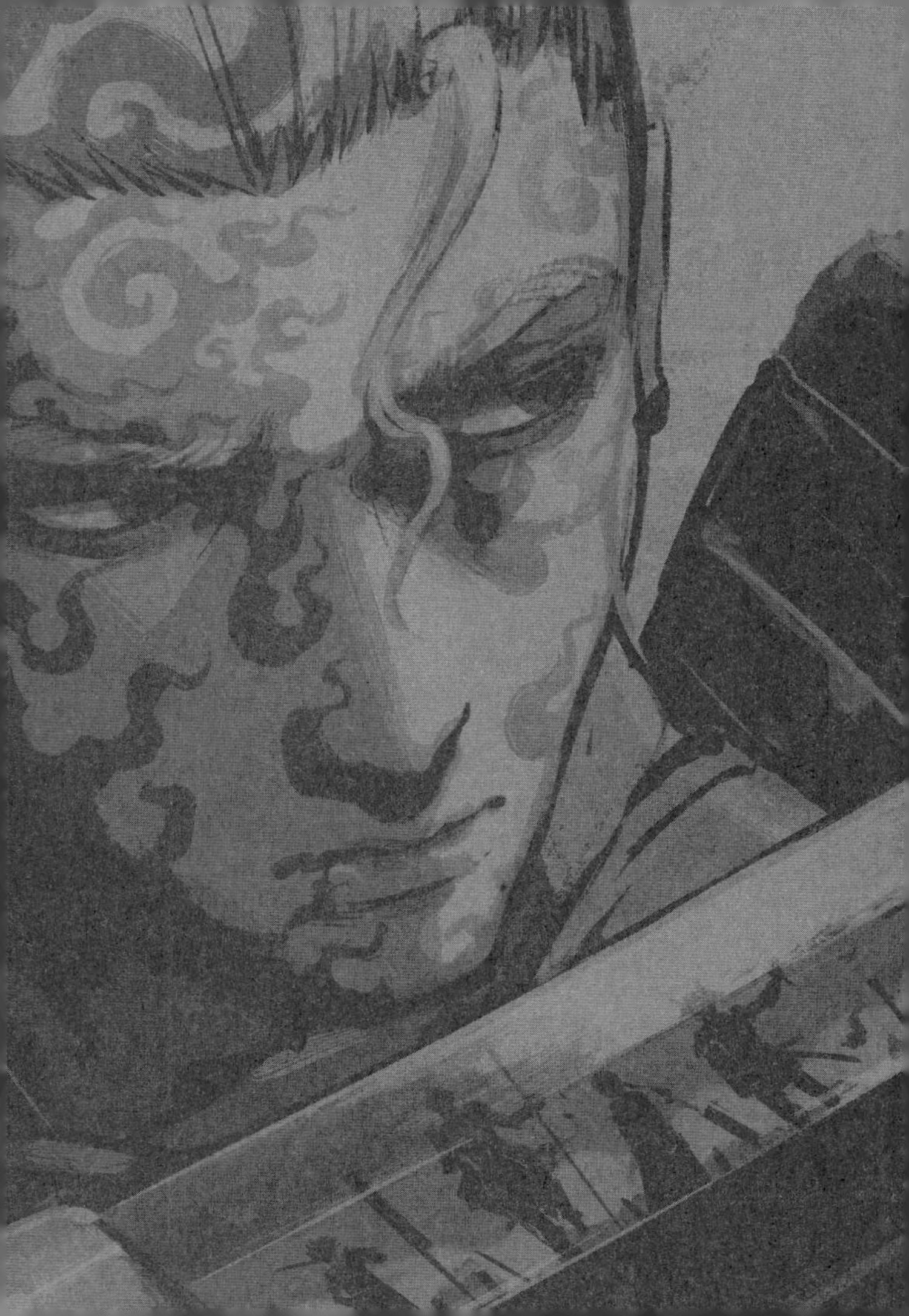

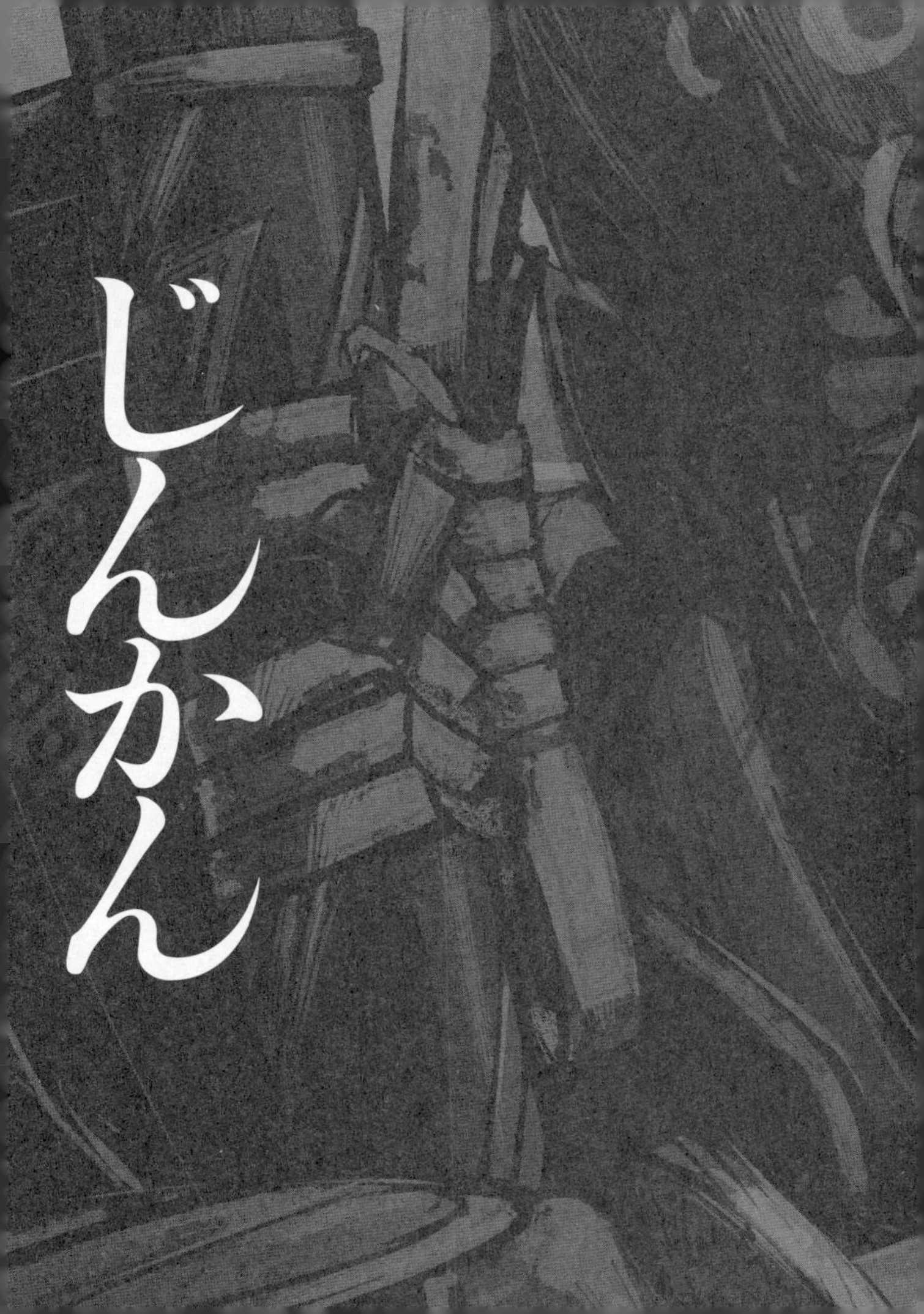
じんかん

第一章

松籟《しょうらい》の孤児《みなしご》

汗が襦袢《じゆばん》を濡らしている。

速足で城内の床を踏みしめる狩野又九郎《かのうまたくろう》がこれから報じるべきこと、それは、

——謀叛《むほん》
である。

主君が激高することは容易に想像出来た。謀叛の張本人を憎むだけでは飽き足らず、報告者である小姓の自分にも怒りをぶちまけるだろう。かつて、ありのまま報じただけなのに、幾度も殴打された小姓もいた。これから己の身に降りかかることは、それ以上であろう。それほど、この謀叛はたちが悪かった。

——あやつは何故、謀叛をする。

又九郎は忌々《いまいま》しくなって下唇を噛みしめた。

謀叛の張本人は、松永弾正少弼久秀《まつながだんじようしようひつひさひで》。大和信貴山《やまとしぎさん》城主にして、前の大和《やまと》国主である。

何しろこの男、これが初めての謀叛ではない。

今より五年前の元亀《げんき》三年（一五七二年）に突如として反旗を翻《ひるがえ》した。甲斐《かい》の武田《たけだ》

信玄《しんげん》が上洛を開始したことに呼応したのだ。その信玄が病死したと伝わると、次第に形勢が悪くなり、一年に亘る久秀の抵抗も虚《むな》しく降伏することとなった。

——あの怪老もこれで終わりよ。

誰もがそう思った。

だが、皆の予想に反して久秀は許された。名物である九十九髪茄子《つくもなす》を差し出し、本拠としていた多聞山《たもんやま》城を明け渡すという条件はあるものの、決して謀叛を赦《ゆる》さぬ主君にしては破格の処遇である。

久秀はかつての本拠である信貴山城に移り、静かに余生を過ごすものと思われた。それが僅《わず》か五年しか経たないというのに、再度謀叛したと先刻報せがあったのだ。又九郎は己の運の悪さに辟易《へきえき》した。よりによって今日が己の当番とは。

「上様は？」

そばにひかえていた若い小姓に尋ねた。

「まだお眠りにならず……」

「天守か……」

又九郎は深い溜息《ためいき》を零《こぼ》した。悪運は悪運を呼ぶらしい。上様は数夜に一度、天守で夜風を受けながら思案する。これを何よりの愉悦《ゆえつ》とされているらしく、この時の悪報を最も嫌う。

それでも報じぬ訳にはいかない。

又九郎は意を決し天守へと向かった。急な階段を上り終えて深く息を吸うと、襖越《ふすまご》しに呼びかけた。

「ご思案のところ申し訳ございません」

「又九郎か」

心の臓が波打つのを感じた。小姓頭だけでも十数人いるのに、上様はその一人一人の声まで覚えている。

「厄介《やっかい》なことが起こりました」

「早く、入れ。先の早馬だろう」

すでに苛立《いらだ》ち始めているのを感じる。又九郎は急ぎ襖を開け、中へと身を捻《ね》じ入れる。このような形通りの挙措《きよそ》も疎《うと》ましいらしく、人差し指で腿《もも》を忙《せわ》しなく叩いていた。

「何か」

主君は長々と話すことも嫌う。これは常日頃から変わりない。

又九郎は儘《まま》よと丹田《たんでん》に力を込め、一気に言い放った。

「松永弾正、謀叛」

上様は何も言わない。拝跪《はいき》しているためその表情は見えない。上目遣いに、激しく動いていた人差し指が、ぴたりと止まったことだけが解った。

背筋に汗が流れる。実際には僅かな時が、又九郎には一刻にも近く感じた。

「又九郎」

「はっ！」

「やかましい」

躰《からだ》が強張《こわば》っていたからか、顔を背けたくなるほどの声で返事をしてしまった。

すぐに声を落として答える。

「はっ……」

「奴をどう見る」

まさか己に意見を求められるなど思わなかった。一つ言葉を誤れば斬り捨てられるかもしれぬ。大袈裟《おおげさ》ではなく、かつてそのような者もいた。この場でなければ嘔吐《おうと》していたに違いない。

「上様の御恩情を蔑《ないがし》ろにし、謀叛を企てしこと、万死に値致します。畜生《ちくしよう》にも劣る輩《やから》」

「で、あるか」

上様は少し間を空けた後、ぽつりと言った。

口癖である。

だが、この言葉は肯定、否定、あるいは問い、時によって様々な意味に変じる。本心は計り兼ねた。

「は……」

「誤りよ」

――罵《のの》り足りなかったか。

血の気が引いた。弁舌爽《さわ》やかな森蘭丸《もりらんまる》あたりならば、世に溢れる罵詈雑言《ばりぞうごん》の全てを集約して答えたに違いない。

続く言葉を捻《ひね》り出そうとしていると、上様はゆったりとした動作で身を翻した。そして楼下を見下ろしつつ、溜息交じりに言葉を発す。

「奴は進めようとしているのだ」

一体何を進めるというのか、皆目意味が解らない。

又九郎は混乱しつつも、必死に思考を巡らせた。

久秀の出自は不明。三好長慶《みよしながよし》に取り立てられると、次第に立身を重ねて重臣となった。その後、長慶は相次いで弟と子を亡くし、自身も気落ちしたか間もなく衰弱して死んだ。これらは全て久秀が暗躍《あんやく》したのではないかと噂されている。その証拠に長慶の死後、久秀の権勢は主家を凌《しの》ぐほどのものになった。

久秀の悪評はそれだけでない。室町《むろまち》十三代将軍である足利義輝《あしかがよしてる》は、久秀の子に弑《しい》されている。これも久秀の指示を受けたものと考えられている。さらに三好家の重臣と争った折には、東大寺大仏殿《とうだいじだいぶつでん》に向けて火を放ち焼き払った。なにより、上様自身盟友である徳川家康《とくがわいえやす》に久秀を紹介する際、

――この男、人がなせぬ大悪を一生の内に三つもやってのけた。

そう説明している。

だが、改めて振り返ると、下克上の象徴のような武将、天下の悪人という印象を持っている以外、己は松永久秀という男について、何も知らないことに気付かざるを得なかった。

「鎮圧には少将《しょうしょう》を行かせる」

少将とは主君の嫡男、信忠《のぶただ》様の官位である。嫡男を総大将にするのは、一昨年遂《つい》に決行した甲斐の武田攻めと同じ陣容、つまり大軍を興すということである。正直、今は大和半国ほどの領地しか持たぬ久秀に対しては、過大な対応と思われた。

「降伏すれば赦すとも伝えよ」

「なっ――」

又九郎は絶句した。二度の謀叛に対し、まだ赦すという意思にも驚いたが、他にさらに大きな理由もある。上様が赦すと予知した男がいたのだ。

何を隠そう、松永久秀当人である。

久秀からはこたびの謀叛に際し、二通の書状が送られてきていた。

通常これまで謀叛をなす者の書状は、上様を痛烈に罵った文言で彩られていることが多い。ただ不思議なことに、久秀の書状は謀叛するという事実のみが書かれており、非難の言葉は一つもない。

――故《ゆえ》あって、戦をすることに相成り候《そうろう》。

一通目は、その一言に集約された宣言書ともとれるものだった。

そして二通目、これは上様が降伏の条件を問う場合、二度手間を省くため用意したと添えられて届いていた。

「あの老人は耄碌《もうろく》したか。万に一つも赦されるはずがない」

又九郎は呆《あき》れながら受け取ったのである。それが久秀の言う通りとなっている。

「恐れながら……上様が降伏をお赦しになった場合にと……すでに返書が来ておりまする」

「弾正らしい、用意のいいことだ」

上様は鼻を鳴らした。これには流石に怒鳴り散らすかと思いきや、首だけで振り向いた横顔は薄く笑っていた。

「読み上げよ。一言一句違《たが》わず」

急《せ》かすように言われ、又九郎は大和から届いたばかりの書状を広げた。あまりに簡素な、短い文である。

「こ、これ……」

冒頭より又九郎は詰まった。降伏する条件はただ一つとあるが、これが皆目意味が解らない内容なのだ。又九郎は大和にいるはずの久秀に怒りを覚えた。

「疾《と》く」

こめかみに青筋が浮かんでいるのが、薄暗い中でもはきと見えた。上気《のぼ》せて顔が火照《ほて》る。又九郎は魂をどこかへ飛ばすつもりで、無心で読み上げた。

「これまでも申しているように、即刻、三十七人の家族を救って頂きたい。叶わぬならば、たとえ相手が神であろうとも叛《そむ》き続け候……我が心を知ると思うたが、思い過ごしであったか……疾く軍勢を送られよ。我は神仏に叛く者なり」

やはり謎である。三十七人とは何のことなのか。これだけで上様に伝わるというのか。

「他に」

上様は終わるや否《いな》や問いかける。

「あとは宛名と見なれぬ名。他に花押《かおう》でござります……」

「読め」

今宵《こよい》は何度生唾《なまつば》を呑めばよいのか。一生分を呑んだに違いない。又九郎は唇を震わせて言霊《ことだま》を吐いた。

「のぶながへ」

織田信長《おだのぶなが》。主君の御名である。

「名は何と記してある」

又九郎は紙に視線を落とす。何だこれは。諱《いみな》の久秀でも、官名の弾正でもない。あの男の通称はこれだったか。そう言えば、彼の者を皆が弾正と呼び、他の呼び方を知らぬ。

「――――」

その名を告げると同時に、一陣の風が天守に吹き抜けた。

上様は不敵に笑いつつ、凜《りん》と言った。

「で、あるか」

先刻の風が琵琶の湖を撫でてきたからか、鼻孔《びこう》に水香りが広がった。

「人間《じんかん》五十年……下天《げてん》のうちをくらぶれば……」

上様はふいに口ずさみ始めた。

――これは敦盛《あつもり》……。

幸若舞《こうわかまい》の演目の一節である。上様はこの「敦盛」を特に好まれ、織田家の命運を賭けた、桶狭間《おけはざま》の戦いの前夜にも舞われたと聞いたことがある。何故それを今、この時にされるのか。ただ、上様は再び吹き始めた風を一身に受けるかのように、諸手《もろて》を腰の横に広げて滔々と続ける。

とても鋭敏とは言えぬ已にも、怒っていないことだけは解る。むしろ何故だか愉快げですらある。

又九郎はその背を暫《しば》しの間、呆然《ぼうぜん》と眺めていた。

一

雨である。天の底が抜けたかと思うほどの激しい雨であった。あまりの勢いに木々は声を発して騒《ざわ》めき、落ちた雨粒は、泥を巻き込んで跳ね上がる。地に無数の小さな山が現れ、一瞬のうちに消えていくように見えた。

「暫《しばら》く雨を凌ごう」

多聞丸《たもんまる》は濡れた顔を手で拭い、一際《ひときわ》大きな木の下に逃げた。濡れることは全く厭《いと》わない。ただ水煙が立ち込めるほどの雨とあれば、遠くを見渡せない。それはあまりに危険であった。

「酷《ひど》い雨ね」

日夏《ひなつ》が袖を絞《しぼ》るも、その端から葉の隙間《すきま》を抜けた雨に濡らされてしまっている。

か。

「見れば判る」

「口に出してもいいじゃない」

日夏は頰《ほお》を膨らませて腰を降ろした。

「多聞丸、皆揃っている」

隣の木から声を掛けてきたのは犬若《いぬわか》。自他共に認める多聞丸の補佐役であった。

「分かった。待つぞ」

大人びた口調で話すのは舐《な》められぬためであったが、今では随分《ずいぶん》板についた。数え間違っていなければ、多聞丸は今年で齢《よわい》十四。武士ならばようやく元服を考える年頃か。

日夏は一つ下の十三のはず。仲間唯一の女である。犬若は己の歳は解らぬというが、顔と躰を見るにそう違いはないだろう。他に勘次《かんじ》、梟《ふくろう》、風介《ふうすけ》、喜三太《きさんた》の計七人。最年少の喜三太に至ってはまだ九つである。

「犬若、重いだろう。俺が一つ持つ」

勘次が手を差し伸べた。犬若は礼を言って麻袋を渡した。

犬若は左腕が無い。三年前、まだ奴《やっこ》をしていた頃、主人の供をしていた時に洛外で野犬に囲まれた。十数匹に対し、こちらは四人。主人は太刀を抜くと、躊躇《ためら》いなく犬若の腕を斬り落とした。犬若が絶叫する中、主人は犬若の切り落とされた腕を投げた。野犬が争うように群がっているうちに虎口《ここう》を脱せんとしたのだ。

意識が朦朧《もうろう》となる中で、犬若は懸命に足を動かして主人に追い縋《すが》った。動かずば次に己が喰われてしまう。そうでなくとも、当時の犬若には行く当てなど無かった。

その主人はどうなったか。

ひと月後に死んだ。

その日、主人は洛外に出ていた。供は三人。中には一命を取り留めた犬若もいた。洛外に出て人気《ひとけ》が無くなった時、物乞いが二人現れた。見ればまだ子ども、しかも一人は女子《おなご》であった。

「試すか？」

主人は腰の太刀をぽんと叩いた。戦場で見事な太刀を拾っており、かねてより試し切りをしたいと言っていたのである。

「これは……磨けばものになる」

女子の髪は幽鬼《ゆうき》のように乱れ、顔は土に汚れていたものの、美しい顔立ちをしている。犬若は主人の言う意味を解し兼ねたが、その野卑な笑みで碌でもないことなのだろうと想像した。

結局、それが主人の最後の言葉になった。

次の瞬間、首に刺刀《さすが》が深々と刺さっていた。主人は薄ら笑いを浮かべたまま、血反《ちへ》吐《ど》を吐いて膝から崩れ落ちた。供の一人は慌てて腰に手を滑らせたが、男子《おのこ》が懐《ふところ》から出した鉈《なた》で頭を割られて昏倒《こんとう》した。残る一人は血飛沫《ちしぶき》を浴びて正気を失ったか、腰を抜かしてわなわなと震えた。

「た、助け……」

大人が子どもに命乞《いのちご》いをする様は、何処《どこ》か滑稽にすら見えた。男子は無言で鉈を振り下ろす。供の男から魂が剝《は》げ落ちていくのを、犬若ははきと見た。

次は己の番だと分かったが、不思議と恐ろしくはなかった。片腕を失って生死の境を彷徨《さまよ》ったことで、そのような感情を失ってしまったのかもしれない。

「坊主、名は」

歳もそう変わらぬはずなのに、目の前の男子はまるで己だけが大人と言わんばかりの口調であった。

「犬若……」

「変わった名だ。自分で付けたのか？」

「犬に腕を喰われたから犬若と……それまでは名は無かった」

それまでは、お前、と呼ばれていた。腕を失ったのは災難であったが、名を付けて貰《もら》った時、嬉しくて笑ってしまったのをよく覚えている。

「多聞丸だ。こっちは日夏」

男子は主人を足蹴《あしげ》にして腰の物を奪い、からりと笑った。追剝《おいはぎ》をしている最中の顔にはとても見えない。むしろ得体の知れぬ爽やかささえ感じ、犬若は目を擦った。

「お前も来るか？」

迷うことなく頷いた。

犬若にとってこれが多聞丸、そして日夏との出逢いであった。

先ほどより雨脚は弱まったものの、止《や》む気配は一向に無い。

多聞丸は掌《てのひら》の胼胝《たこ》を指でなぞった。

随分多くの人を殺《あや》めた。いつの間にか刀の扱いにも長《た》けてきている。伏見《ふしみ》の山にある廃寺を塒《ねぐら》にし、京から出入りする商人、足軽を襲っている。追剝は目的ではなく、手段に過ぎない。

――生き抜く。

ささやかにも思えるが、これが存外難しい。一人より二人、二人より三人のほうが生きやすく、次第に仲間は増えていった。

日夏は人買いが眠りこけた隙に逃げていたところで出逢った。犬若は殺した男の奴であったのを救ってやった。勘次は口減らしのために山に捨てられていたところを拾った。梟は鰯《いわし》二匹と交換で売られていたのを買い、名が無いということで、夜目が利くからと多聞丸が名付けた。風介は国人《こくじん》の子であったが、家が滅ぼされて路頭に迷っており、喜三太は親に見捨てられてずっと蹲《うずくま》っていたのを手を差し伸べてやった。全員が生きるという一点により、結ばれていた。

誰が始めたか、この世には戦が蔓延《まんえん》していた。戦により田畑を焼かれた百姓は嘆き苦しむ。糧《かて》を求めた百姓たちの中で、昨今流行《はや》りの足軽になる者はまだましで、山賊に身を窶《やつ》して己よりさらに弱き者を狩る者もいる。この負の連鎖は止まることを知らない。荒廃は風景を薄茶色に染めていた。これは決して比喩《ひゆ》ではない。飢《う》えた人々は山林に分け入って団栗《どんぐり》を拾い、鹿や猪を仕留めて喰う。これらの獣《けもの》が虫を喰わぬからか、楢《なら》を始めとする木々には虫が蠢《うごめ》き枯れ果ててしまう。そうなれば木の実を付けることもなく、獣までが飢えて数を減らす。

人の業が世の流転《るてん》を狂わせているといっても過言ではない。

「多聞丸……人が来る。ひい、ふう、み……大人が五人。子が二人。大人は馬喰《ばくろう》風が一人。他は護衛の足軽だ」

梟は仲間の中で最も目が良い。これに助けられたことは一度や二度ではなかった。

「人買いか」

馬を売り買いする馬喰であるが、昨今では人をも商材としているという。

「どうする？」

勘次が囁《ささや》くように尋ねる。大人五人は多い。普段ならば狙うことはない。だが仲間には暗黙の掟《おきて》がある。

――子どもは救う。

と、いうことである。己らも一歩間違えば屍《しかばね》を晒《さら》していたためだ。

「剝ぐぞ」

皆がこくりと頷き同意を示した。

「いつもの手筈《てはず》で。日夏、頼む」

「あい」

日夏が雨で額に張り付いた髪を搔き上げた。

以前、多聞丸は古びた牛車《ぎっしゃ》から顔を覗かせる公卿《くぎょう》の姫を盗み見たことがある。どれほど美しいのかと胸をときめかせたが、何てことはない。むしろ白粉《おしろい》を塗りたくっているからか、眼窩《がんか》が穴のように見え、身震いをしたものである。それとは比べられぬほど、今の日夏の仕草に美しさを感じる。

「犬若は俺と、勘次は左、風介は右、梟と喜三太は背後へ回り込め」

多聞丸の指示に皆が散開する。

勘次は脚が速い。この視界の悪い雨の中、屈んで走れば獣が通ったとしか見えないであろう。一行が辿《たど》り着く前に皆が持ち場に就くのを確認すると、多聞丸は日夏を見て大きく頷いた。

「一つ人世に生まれ落ち、二つふとしたことでさえ、三つ皆とで喜べば……」

日夏が歌を唄い始めた。これは風介がこさえた歌である。日夏は諸手を振りつつ、千鳥足《ちどりあし》で茂みから飛び出した。その間も歌を口ずさみ続けている。

「四つ夜咄《よばなし》尽きはせぬ、五ついつかは叶えたい……」

日夏は髪を振り乱し、よろめきつつ一行の前に進み出た。

「こいつは何者ぞ。妖《あやかし》か……」

馬喰が振り返り、供の者たちが腰に手をやった。ここで多聞丸と犬若も茂みから転がり出るように飛び出た。

「日夏、日夏！　無礼を働くな！」

多聞丸は哀れげな顔を作って叫んだ。

「お許し下さい。妹は気が狂《ふ》れているのです！」

続いて犬若が拝《おが》む素振りをする。片腕しかないことに皆が気付いたであろう。

「ほう、お前らの妹かい」

馬喰はちらりと振り返る。供の者らに一斉に安堵の色が浮かんだ。

「はい。父母を失ってからというもの、ずっとこの有様で……」

これで兄妹に親がいないことを知らせることになる。馬喰らは下品な笑みを浮かべ、舌なめずりをしている。

多聞丸は、背後に連れられている子どもらを、ちらりと見た。二人とも男子である。

一人は多聞丸と同じ年頃。肌が白く、切れ長の目、恐ろしく端正《たんせい》な顔立ちである。豪華な召し物を着させれば、どこかの公達《きんだち》と言われても気付かぬであろう。

今一人はそれより二つ三つ年下か。身丈こそ低いものの、すでに胸にはしっかりと肉が付いている。こちらも目は細いが瞳は潤《うる》んでいる。それとは対照的に厚い唇、大きな鼻。幼さと厳めしさの入り混じった相貌《そうぼう》である。

「こら、日夏――」

多聞丸は慌てる素振りで袖を引くが、日夏は振り払って口を動かし続けた。

「六つ向こうに行くまでに、七つ泣いても構わない……」

「これ、乱暴はいけぬぞよ」

馬喰は多聞丸を止めに入ろうと諸手を前へ突き出した。

――どちらがだ。

内心で罵りつつも、多聞丸は眉毛を下げたままである。

「見たところ、食うことも儘ならぬようだ。よし、儂《わし》が飯を食わしてやろうではないか。妹もゆるりと過ごせばきっと良くなろう」

馬喰は満面の笑みを作った。歯が一本欠けている。それが間抜けさを際立たせた。供の者たちも嗤っていた。

多聞丸はここでほくそ笑むほど愚かではない。仲間のうちで最も腕力《かいなぢから》に優れた多聞丸といえども、並の大人程度のものである。向こうが本気になれば負けてしまうだろう。

——ならば本気にさせぬことよ。

子どもであること。これが最大の武器となる。いくら油断ならぬ乱世とはいえ、子どもと見れば誰しも気が緩む。これを使った奇襲こそ多聞丸らの手口である。

そんなこととは露知《つゆし》らず、馬喰が日夏の袖を引いた。

「これ、落ち着け」

「八つ奴に落ちるとも、九つ殺しをなそうとも……」

日夏は首を縦に振り、憑《つ》かれたように歌を止めない。

「よい加減に唄うのを止め——」

「十は……とうとう御飯《おまんま》よ」

馬喰の顔が驚きからゆっくりと恐怖へと変わる。

日夏が袖の下に隠した剃刀《かみそり》で、馬喰の喉を掻っ切ったのである。もう一つ口が出来たかのように喉がぱっくりと開き、血が溢れ出す。傷口を懸命に押さえるがもう遅い。馬喰は声に成らぬ声を上げて頭から突っ伏した。

供の者は皆何が起こったのか理解できず、一時茫然《ぼうぜん》としていた。

「貴様――」

一人が腰に手をやるが、これも一手、いや二手遅かった。多聞丸はすでに間を詰め切っている。腰の後ろに仕込んでいた脇差《わきざし》で目を薙《な》ぎ払った。悶絶《もんぜつ》する男を置き去りに次を求める。

多聞丸に対峙《たいじ》する男が、どんと横から体当たりを受けた。犬若である。

「小癪《こしやく》な！」

所詮子どもの当て身。二、三歩ふらついて踏み止まったが、自らの腹に視線を落として大いに取り乱した。匕首《あいくち》が深々と脾腹《ひばら》に突き刺さっている。

「相手は餓鬼《がき》だ。落ち着いてやればいい！」

「ああ、そう……」

答えることなく、男が白目を剝いて沈む。風介の放った矢が首を貫《つらぬ》いたのだ。

「勘次、梟、喜三太、今だ！」

わっと喊声《かんせい》が上がり、光る得物《えもの》を手に一斉に残る一人に向かう。どれから相手して良いものか解らず、男は哀れなほど狼狽《ろうばい》した。

「おい」

多聞丸は低く言うと、思い切り地を蹴って舞い上がった。恐怖に引《ひ》き攣《つ》る顔を上空から唐竹割《からたけわり》にする。男は奇声を上げて絶命した。

先刻多聞丸が目を斬った男が悶絶しているのを、犬若が顔色一つ変えずに突き刺して止めを刺している。

「上手くいった。攫《さら》え」

一刻も早くこの場を立ち去らねばならない。多聞丸の一声で皆が遺体を弄《まさぐ》り、金目のもの、食い物を漁り始めた。

多聞丸は二人の子どもの元へと歩みながら首を捻った。小さなほうは頬に力を籠《こ》めてこちらを睨《にら》みつけている。大きなほうに至っては、怯《おび》えの色を一切見せず、無表情にいまだ雨を零す曇天《どんてん》を見上げていた。

このような反応を見せた者たちは初めてであった。

「縄を解くぞ」

多聞丸が言うと、小さなほうの表情が和らいだ。恐怖を押し殺していたのだろう。しかし大きなほうは無表情にこくりと頷くのみである。

多聞丸は脇差で手を縛った縄を切りながら問うた。

「多聞丸だ。名は」

「甚助《じんすけ》」

小さなほうが答えた。

「そっちは？」

「兄者さ」

ぶつんと縄が切れると、甚助は手をぶらぶらとさせて言った。

「まことの兄弟か？」

「うん」

甚助は子どもらしく可愛い返事をする。多聞丸は兄の縄に脇差を当てて再度訊《き》いた。

「名は」

「九兵衛《くへえ》……」

九兵衛は空から視線を動かさぬまま答えた。

——阿呆《あほう》か。

多聞丸は顔を顰《しか》めた。刃物が手の側にあるのに一瞥《いちべつ》もしないのは、そうとしか考えられない。

やがて縄が切れると、九兵衛はゆっくりと顔を降ろした。

「多聞丸、全て攫った」

丁度、犬若がそう告げた。

「お前ら親は？」

多聞丸は脇差を納めつつ訊いた。これに対して甚助が答える。

「死んだ」

「今までどこにいた」

「住職が拾ってくれて、そこに三年」

「なぜ売られた」

「寺が襲われて住職も死んだ」

弟のほうは少なくとも頭の回転は悪くない。その間も九兵衛は心ここにあらずと、再び天を眺めている。

「俺たちも皆身寄りがない。来るか？」

「兄者」

甚助はこれには答えず、九兵衛へ判断を仰いだ。

「行く当てはない」

「よし、決まりだ」

多聞丸は拳《こぶし》と掌を合わせて微笑《ほほえ》んだ。皆も泥に塗《まみ》れた頰を緩ませる。

「雨が止む前に動くぞ」

多聞丸がそう言った時、九兵衛が初めて自ら話しかけてきた。

「心配ない。また、強くなる」

「なんだと？」

雲の隙間から神々《こうごう》しい光が差し始めている。雨足がまた強くなるとはとても思えない。多聞丸は阿呆の言うことと気に留めず、この場を離れることを命じた。

一団は銭と糒《ほしい》、刀に胴丸、そして九兵衛と甚助という新たな仲間を得て、多聞丸を先頭に塒の廃寺へと向かう。

濡れた茂みを分け、ぬかるむ土を蹴って走った。途中、雨粒が大きくなったと思うと、再び沛然《はいぜん》とした雨に変わった。

九兵衛の言ったことが偶然にも当たった。

多聞丸はその程度にしか思わず、脇差で背の高い草を払い、皆の道を切り開いてゆく。

二

九兵衛、甚助の兄弟が加わったことで、一団は九人となった。この数になればもう少し大掛かりな追剝も出来る。

何を考えているか解らぬところのある九兵衛はともかく、甚助は人懐っこく、早くも仲間に打ち解けている。

多聞丸は、九兵衛に危害を加える者ではないと思って貰えるまで、歳さえ訊かずにいた。以前出逢ってすぐに根掘り葉掘り訊いたことで、恐ろしくなったか、夜になって姿を消した者もいたのである。そこから数日後、その者が烏《からす》に啄《ついば》まれているのを見つけた。あのようなことは二度と繰り返したくはなかった。

数日経って廃寺の前で焚火《たきび》を囲んでいた時、ようやく多聞丸は九兵衛らの生い立ちを尋ねた。

九兵衛は齢十四、甚助は三つ下の齢十一であるという。家は京近郊の西岡《にしのおか》と謂《い》う地で小商いをしていたらしい。

四年前のある日、十数人の足軽がやって来て、村に食い物を出すように迫った。足軽と武士は成り立ちからしてちがう。足軽は長い戦乱に慢性的な人不足が起こり、各勢力が銭で人を雇ったことで生まれた新しい種の人間たちのことである。彼らはより多く銭を貰えるほうへ流れ、戦が小康を得ればそのような乱取《らんど》りを行う者も多い。

二人の村に来た足軽たちは、僅かな米だけでなく稗《ひえ》や粟《あわ》まで根こそぎもっていこうとした。二人の父は米搗《こめつ》き飛蝗《ばった》のように地にひれ伏し、冬を越すためにせめて半分を残して欲しいと懇願した。

多くの足軽の前身は乱取りを受けた百姓である。父は話せば情を掛けてくれるはずと言っていたらしい。

「甘いな」

多聞丸は焚火に枝を放り込み、吐き捨てるように言った。

「おっ父《とう》は……」

甚助は思い出したようで涙ぐむ。

「皆の前で斬り殺された」

ふいに言葉に詰まる甚助の代わりに、兄の九兵衛は眉一つ動かさずに言い放った。感情というものを、どこかに置き残してきたのではないか。九兵衛の横顔を焚火の灯《あか》りが仄《ほの》かに染めていた。

木の実も無く、獣も眠る厳冬である。糧を根こそぎ奪われ、その冬に村は多くの餓死者を出した。二人は地に伏せた枯草を喰い、木の根をしがんで耐え忍んだ。間もなく春が来る。しかしそこで一切の糧が絶えた。あとひと月が持たない。特に幼い甚助は衰弱しきっていた。

そんなある日、母が九兵衛だけを呼び寄せ、そっと耳元で囁いた。

「九兵衛、私が死んだら……」

その翌日、母は森で首を括《くく》った。場所は九兵衛のみに告げてあった。だが、九兵衛は突然母が消えて啜《すす》り泣く甚助をその遺体の前に連れていくと、その肩にそっと手を置き、涙一つ零さずに言った。

「甚助、手伝ってくれ」

変わり果てた母の姿を見て泣き崩れる甚助を励まし、二人で母を降ろして埋葬した。

ここにいても死ぬだけだと村を出たが、何か当てがある訳ではない。いよいよ困窮《こんきゅう》する二人に僥倖《ぎょうこう》が訪れた。とある寺の住職から二人の面倒を見てもよいとの申し出があったのだ。

「住職は不自由なく飯を食わせてくれた」

甚助はそこで初めて米をたらふく食った、と興奮して語った。九兵衛は小枝を手慰《てなぐさ》みに弄《いじ》り、火の揺らぎを茫と眺めている。

「この時代に殊勝な坊主もいるものだ」

多聞丸は素直に驚いた。この荒廃した世では坊主といえども信用に能《あた》わぬ。叡山《えいざん》の僧などでも戒律を破って肉を喰らい、女人禁制の山へ女を招き入れていると聞く。仏罰の名のもとに僧兵を繰り出し、足軽顔負けの乱取りをすることもある。多聞丸らも今までにそのような仏僧を剝いだことがあった。

「ああ。住職は優しかった」

九兵衛の眉がぴくりと動き、顔に翳《かげ》が差すのを多聞丸は見逃さなかった。

「それで？」

「三年の間過ごしたが、ある夜、住職が夜盗に襲われて死んだ。残されたのは我らのような孤児《みなしご》と数人の寺男のみ。糧を得ることも叶わず、そのまま離散した」

「ふうん……」

多聞丸は気の無い返事をする。

「もういいでしょう。昔のことは」

日夏が話に割り込んだ。確かにここにいる者みなが、語るのも辛い暗い過去を持っている。感傷に浸っていても米一粒も降ってはこない。

日夏の一言を潮に、その日の語りは終わった。

だが、皆が廃寺に入って寝息を立てても、九兵衛だけは幾分小さくなった焚火を眺め続けている。多聞丸がその様子を見て、訊いた。

「眠らんのか？」

「もう少しここにいる」

九兵衛は一度腰を上げて、座っていた石の位置を直した。座り心地を気にするあたり、まだ当分は動かぬつもりだろう。

「なあ、聞いてもよいか」

多聞丸は九兵衛の方を見た。

「うん」

「お前の母上は……自らを……食えと？」

「そうだ。甚助には、母は崖から落ちたと言え、とも申された」

「甚助は今もそれを？」

「ああ、知らない」

多聞丸の想像通りであった。無愛想に見えて九兵衛は己を信頼し始めているのだろう。そうでなくてはこのような話を打ち明けてはくれまい。

同時に一つの疑問が持ち上がってきた。何故母の言う通りにしなかったのかということである。明日の糧さえない極限状態であったはずなのだ。九兵衛は切れ長の目をさらに細め、声低く言った。

「子が母を喰う。これが人間のすることか」

「まあ、そうなのだがな……」

飢えれば人を喰う。そのような恐ろしいことが、今の世には当然のように罷《まか》り通っている。それが恐ろしいことと思えるだけ、己はまだまともだと思っている。しかしもし己が飢えに飢えた時、九兵衛と同じようにする自信は無かった。

「ならば何故、母上を止めなかった」

を埋めた。


「止めたさ。だが、それも虚しく、眠っているうちに……出ていってしまった」

多聞丸は何も言えずに俯《うつむ》いた。それを気遣うように、焚火の中で木が爆《は》ぜる音が間を埋めた。

多聞丸は九兵衛という男をもっと知りたくなった。

「なあ、もう一つ……いいか？　答えたくなければ答えずともいいのだが……」

「わかった」

「では訊くぞ。その後に二人を助けた住職……殺したのは誰だ？」

「存外、回りくどいな」

九兵衛が口元を綻《ほころ》ばせ、少し間を空けて答えた。

「俺さ」

「やはりそうか」

途中から何となくそう感じていた。

「俺だけならばどんなことも耐える。だが、甚助だけは守る」

思った通りである。恐らく坊主は衆道《しゅどう》の気があり、男とは思えぬほど美しい九兵衛を欲したのだろう。銭回りがよいのも、己の寵童《ちょうどう》を他の者にも提供したか、飽きれば売り払っていたのかもしれない。

「強い者が弱い者を食い物にする。俺はそんな世に反吐が出る」

多聞丸は意味もなく枝で土を掻きつつ吐き捨てた。

「そうだな」

短いが心の芯から出たような相槌だった。多聞丸はさらに熱くなって言葉を重ねた。

「だからこそ同じように奴らを見捨てられない」

「ありがとう。俺も甚助も恩に着ている」

かえって気恥ずかしくなった多聞丸が耳を掻いた。九兵衛に不思議な魅力を感じ始めていた。多聞丸は初めて己の野心を口にする気になった。

「なあ、笑うなよ」

「何を？」

「何でもだ」

多聞丸は俯き加減で再度釘を刺した。

「笑うものか」

九兵衛は間髪《かんはつ》を入れずに力強く返してくれた。

「俺はよ……いつか俺の国を持ちたい」

「それは、大名になるということか？」

世は乱れているとはいえ、どこに孤児から大名になった者がいるというのだ。言ったそばから多聞丸は自ら後悔した。

「嘘だ。忘れてくれ」

「嘘なのか？」

「いや……嘘じゃねえけどよ……」

いつか足軽として召し抱えられれば、いつか戦場で手柄を立てられれば、いつか猫の額ほどの領地でも得られれば、そこで皆が心安らかに暮らせる。

いつか、いつか、いつか。

馬鹿らしいと思われぬために、いつかを枕詞《まくらことば》に、己でも叶うはずがないと思っている夢を語った。

「ならば、犬若は侍大将か」

はっとして多聞丸は顔を上げた。九兵衛は首を捻りつつ思案している。

「笑わないのか？」

「笑うようなことか？」

大真面目で訊き返す九兵衛に、こちらのほうが唖然《あぜん》としてしまっている。

「孤児が大名だぞ……」

「多聞丸なら叶うかもしれない。皆に慕われる何かがある」

「ふふふ……九兵衛はやはり阿呆だな」

多聞丸のほうが笑ってしまった。九兵衛はそれでも相好《そうごう》を崩さなかった。

「俺も多聞丸の国を見てみたい」

吸い込まれそうなほど真っすぐな瞳に、多聞丸は息を呑んだ。

何の当てもなかったが、こうして一人でも望む者がいれば、途方もない夢も少し近づいた気がする。

多聞丸は不敵に笑いつつ大きく頷いた。


九兵衛と甚助と出逢って間もなく、戦乱や天変を憂う朝廷により、元号が永正《えいしょう》から大永《たいえい》に変わったと噂で聞いた。

だが、多聞丸らにとってはどうでもよいことである。

それよりも直接影響を及ぼしたのは、その大永元年の暮れ、足利亀王丸《かめおうまる》が十二代目の将軍に就任し、義晴《よしはる》と名乗ることになったことだ。

将軍といえども実権は無く、その背後で操っているのは管領《かんれい》の細川高国《ほそかわたかくに》である。一度は一族の細川澄元《すみもと》との激しい抗争の末に敗れて近江《おうみ》に逃れていたところを、ふたたび近隣の諸勢力の力を得て京に帰還し、義晴を担ぎ出したことから澄元との対立が再燃したのだ。

戦があるということは素性《すじょう》の知れぬ足軽が集まるということで、多聞丸らにとっては獲物が増えるということでもある。

一方で危険も増える。今までは子どもであることで油断させ、追剥を成功させてきたが、昨今では警戒を怠《おこた》らぬ強者《つわもの》も出てきた。成功したものの、胸を斬られた風介の例《ためし》もある。その時は幸い浅手だったが、これから、いつか誰かが命を落とすかもしれない。とはいえ、これ以外に食っていく方策もないのだ。

ひと月に一度か二度の追剝を行いつつ、九兵衛ら兄弟が加わって一年が経った。

――いつか俺の国を作る。

という夢は、すでに皆に打ち明けていた。九兵衛に話したことがきっかけである。腹の内に収めるよりも、口に出したほうがより近づくような気がしてならなくなった。

現に皆は手を叩き合って賛同してくれた。案の定、犬若は己が侍大将になって多聞丸を助けると早くも息巻いており、それに止まらず多聞丸の次に腕っぷしの強い勘次は足軽大将、国人の子であった風介は奉行、などと遥《はる》か先のことを、明日のことかのように話している。

「日夏は大名の妻か」

と、犬若が言った時は、大事な粟粥の入った椀を慌てて落としそうになった。

しかし、日夏は、

いる。

「柄《がら》でもない。多聞丸はいいとこの御姫様を貰うの」

と、鈴を転がすようにころころと笑うだけで、胸が妙に苦しかったのをよく覚えている。

ところでその日夏、何故か九兵衛と馬が合うようである。普段は物静かな九兵衛を気遣っているのか、ことあるごとに話しかけていた。

ある日、商人の荷駄《にだ》を襲ったが、残念なことに食い物ではなかった。幾許《いくばく》かの銭はあったが、荷は紙と墨、そして筆などである。このようなものは売り捌《さば》けば足が付くので盗らぬようにしていた。

「貰ってもいいか？」

皆が興味を持たないでいると、九兵衛はそう尋ねてきた。

「お前、字が書けるのか？」

「ああ、少し。父の商いを手伝っていたのでな」

九兵衛は一部を持ち帰り、へこみのある石を見つけて墨を磨《す》ると、筆で紙にすらすらと文字を書いてみせた。

「上手い……のか？」

多聞丸は首を伸ばして覗き込んだ。字など書けないのではきとは解らない。そんな多聞丸でも嫋《たお》やかさの中に力強さを感じる。

「住職は兄者の字を手放しで褒《ほ》めていた」

首の後ろで手を組んだ甚助は、自分のことのように誇らしげであった。皆が興奮してやんやと騒ぎ立てる。中でも日夏は感嘆して九兵衛の肩を揺すった。

「すごい。私にも教えて」

「うん」

九兵衛は日夏にも愛想なく答える。

「女が字を学んでどうするんだよ」

多聞丸は得体の知れぬ苛立ちを感じ、些《いささ》か投げやりな口調になった。

「いいじゃない。書いてみたいの」

日夏は拗《す》ねるように首を振り、九兵衛に字の指南をせがんだ。

その日からすっかり書の魅力に嵌《はま》ったようで、空いた時間があると日夏は九兵衛に手ほどきを受けた。

「これが仮名の、あ」

「難しい形ね。……こう？」

「違う。こう……」

九兵衛は日夏の手を取って筆を動かした。

「あっ――」

「力を入れすぎだ」

当然、文机《ふづくえ》などといった便利なものはここにはない。できるだけ平らな石を文机代わりにしているが、やはり粗《あら》さがあって紙が破けてしまった。

「もう少しで紙が無くなってしまう……またどこかで手に入るかな？」

日夏は哀しそうに九兵衛に訊いた。

「そう何度も手に入るものじゃない」

九兵衛は淡々と紙を換えつつ答える。

日夏が手習いが続けられないことを惜しんでいるのは、単純に字を学べないからではない。九兵衛と二人で話す時が失われることを惜しんでいるのだと、日夏とともにいる時間の長い多聞丸には痛い程分かった。故に朴訥《ぼくとつ》としている九兵衛に嫉妬心が湧いてくるが、顕《あら》わにすることも出来ない。負けを認めてしまうことになるからだ。

その新たに芽生えた複雑な感情が影響したのか、多聞丸は夢の実現を焦るようになった。焦ったところでやれることはたかが知れている。追剝の回数が少し増えただけである。

それでも、銭を蓄えれば見栄《みば》えのよい武具も買える。威容を整えればより良い大名の足軽になれるだろう。一歩ずつでも夢に近づいているという実感はあった。

「武士を目指すなら姓《かばね》がいる」

やはり気の早い犬若がそのような大それたことまで言いだす始末である。それでも多聞丸は悪い気はしなかった。夢を語っている時は、それが明日にも叶うような不思議な高揚感を得られるためだ。

「何かいい案はあるか？」

「ここは伏見の外れだから、伏見はどうだ？」

言い出しっぺだけあってすでに考えていたのだろう。犬若は自信ありげに言う。

「何か、間抜けな感じがする」

最も幼い喜三太が笑い、犬若は渋い顔になる。

「梟はどうだ？」

自らは滅多《めった》に口を開かぬ梟に振る。このように座を回す己にも愉悦を感じていた。

「強そうなものがいいのでは？　武田とか……」

「確かそれはもういるぞ」

勘次は記憶を探るように上を向いて反論する。

「日夏は？」

微笑みつつ訊くと、日夏は無言で多聞丸の背後を指差した。

「あの松も入れてあげよう」

塒である廃寺の横に、一本の若松が立っている。

山間《やまあい》に松は珍しく、現に近くでこの他には見かけない。

以前、日夏は身内がいないこの若松を、

——まるで私たちのよう。

と、穏やかな目で見上げていたのを憶えている。

いつ何時、この地が露見して離れねばならぬかもしれない。皆の原点にして、もう一人の仲間。そのような思いだろう。

「松木《まつき》でどうだ？」

多聞丸の提案に、日夏はひょいと首を傾《かし》げて思案する。そして何か思いついたか目を輝かせて言った。

「松永がいい」

「松の地の仲間が末永く……か。いいな」

「松永多聞丸……いいじゃない」

日夏が手を叩くと、他の者も口に出して頷いていく。ささやかな風が吹き、松葉が揺れる。まるで松の木も喜んでいるように思えた。

「よし。それでいく」

まだまだ先の話である。それでもこうして夢を語ると、乾いた心に潤いが帯びて来る。今はそのためでよかった。

勘次が身を乗り出した。

「ずるい。俺も何かいい姓が欲しい。六角《ろっかく》とか」

「それこそいるぞ」

「そうだっけな……」

今度は反対に梟が窘《たしな》める。勘次がふてくされたように項《うなじ》を掻いたので、皆が一斉に噴き出した。

「楽しみが減る。明日は勘次、明後日は犬若といったように、ゆっくり決めればいいさ」

多聞丸は笑みが溢れる皆の顔を見回していた。

確かに貧しさは苦しみを生む。貧しさを苦しく無いと言う者がいるとすれば、それは真の困窮を知らずに清貧を語る贋物《にせもの》であろう。

木の根を齧《かじ》り、虫を口に入れ、死肉を喰らった多聞丸だが、それよりもっと恐ろしく辛いことを知っている。

――人は飢え死のうとも、孤独に勝てない。

と、いうことである。動物としては異常としか思えぬが、どうやら人間というものはそのように出来ているらしい。

明日を見つめ、このように笑うことが出来るならば、このまま永遠《とわ》に眠ってもよいとさえ思えてくる。

焚火が生み出すそれぞれの影は茫としており、全てが一つのようにも見える。多聞丸はゆっくりと視線を上げ、夜風に微かに揺れる若松を見つめた。

三

多聞丸が九兵衛らと出会って、二年近くが経とうとしていた。

間もなく厳しい冬がやってくる。冬を越せるだけの蓄えを作らねばならない。追剝にとっての繁忙期である。

ましてや今年は戦が多いことで、同じ生業《なりわい》が増えており、安心できるほどの糧は得られていない。追剝が大量に発生しているため、昨今では少数で動く足軽も減っており、商人も銭にものを言わせて多くの護衛をつけている者が多い。

「来春には剝ぐのを止める」

夜、皆で粟粥を啜っている時に多聞丸は宣言した。

「剝ぐのを止めて、どうやって食っていく」

食べる手を止め、勘次が真っ先に問いを投げた。多聞丸が答える前に、犬若が椀を置いて感慨深く言った。

「いよいよ、次に進むのだな」

多聞丸は力強く頷いた。

「両細川は大きな戦に備えて人を掻き集めている。今が最も良い条件で雇ってもらえる」

この戦乱はそもそも、多聞丸らが生まれる遥か五十年前から続いているという。しかし、終わりは一向に見えない。まともな武士は数を減らし、素性の知れぬ足軽の値が高騰している。両陣営では足軽から武士に取り立てられた者も現れ始めている。

「俺が足軽になったら、すぐに手柄を挙げてやる」

甚助は腕を回しながら白い歯を見せた。

甚助はこの一年で三寸近く身丈が伸びた。兄の九兵衛を越すのもそう遠くはないだろう。上に伸びるだけでなく、躰も二回り大きくなっており、腕相撲をすれば多聞丸が圧倒され、舌を巻くほどに成長していた。それを考えれば、甚助の言うこともあながちあり得ぬことではなさそうだ。

「気が早いぞ。まずは冬だ。高国は戦に備えて兵糧を集めている。それを狙う」

多聞丸は窘めつつ皆を見回した。

「近頃は足軽も数が多い。どうする？」

梟は囁くように言った。

「気長に待つ。勝手気儘な連中だ。必ず群れから外れる者たちが出る」

足軽など概してそのようなものである。酷い者になれば、今己が誰の指揮下にあり、どの陣営で戦っているかも把握できていない。荷を運べと言われれば運びはするものの、疲れたと思えばこそこそと抜けて休む。その点、馬や牛のほうが従順で真面目である。

梟は皆を見回しつつ口を開く。

「やはり洛中の入口が狙い目だろう。銭を米に換えに行くとき、手頃な場所を見つけた」

「よし。案内してくれ」

翌日、梟に導かれて一行は待ち伏せの地点へと向かった。

なるほど、左右に鬱蒼《うっそう》と木が茂っており、潜みやすい。追剝には適当であった。皆で森に潜み、やりやすい獲物が現れるのを待った。十人以上で動いている者たちは見過ごす。確実に仕留めるならば、せいぜい五、六人までである。

待ち伏せを続けて二十日後、そろそろ引き上げようとした黄昏《たそがれ》時に、恰好の獲物がやってきた。数は五人、それに対して荷は多く、馬二頭の轡《くつわ》を並べ、大きな荷車を曳かせている。筵《むしろ》が掛けられているが、盛り上がり方からすれば、十俵以上の米が満載されていると見た。

「よし、やるぞ」

多聞丸は皆に宣言した。腰にはいつぞや屍から分捕った刀、それ以外にも念を入れて背にも刀を背負っている。いつもと同じように散開させようとしたところ、九兵衛が蚊の鳴くような声で止めた。

「多聞丸、待て……」

すでに皆は持ち場につこうと腰を浮かせている。

「どうしたんだ」

「何か、おかしい」

「何かでは分からん」

多聞丸は苛立って肩を小刻みに揺らした。まだ遠いとはいえ、こうしている間にも獲物は近づいて来るのだ。千載一遇の機会を逃すことになりかねない。

「鳥が近づこうとせぬ」

「鳥だと……」

この時刻にはどこからともなく鳥が湧き出てくる。両側の木々には樹上を黒く塗ったかのように鳥が羽を休めている。未だ茜《あかね》色の空を回り、人を小馬鹿にしたように鳴く鳥もいた。その屍さえ啄む鳥が、筵一枚を被せただけの米に群がらぬはずがないという。

「つまり、米ではないと……」

早口で言う多聞丸に対し、九兵衛の反応は遅すぎるほどゆったりとしている。

「物でもないかもしれない」

「剝げば分かる。やるぞ」

多聞丸は内心焦っていた。追剝に対する警戒は日に日に増している。この機会を逃せば、次はいつ訪れるか分からない。たとえ米でなくとも、冬を越すためにも、奪える時に奪っておきたかった。

「俺は兄者を信じる」

甚助が皆を止めようとするので、多聞丸はいよいよ苛立った。

「そこまで言うならば、お前らは隠れていればいい。皆、急げ。間に合わないぞ」

この一団においては己に決定権がある。皆に捲《まく》し立てるように言った。

「多聞丸……」

声のするほうに顔を向けると、日夏が心配そうに上目遣いで見ていた。

「まさかお前まで尻込みした訳じゃないだろうな」

「そうじゃない。でも九兵衛が……」

多聞丸は己の頭に血が上っていくのを感じた。

「命は俺が下す。そもそも策立ては犬若のほうが長けている。九兵衛は筆だけが取り柄だ」

多聞丸が思わず辛辣《しんらつ》に九兵衛を批判してしまうと、甚助は顔を真っ赤に染め、身を乗り出した。

だが、当の九兵衛はというと、怒るどころか弟の肩にそっと手を置いて制した。その冷静さがかえって無性に癇《かん》に障《さわ》り、多聞丸は日夏を睨み据えると絞るように言った。

「文句があるなら出ていけ」

日夏の顔にさっと怯えの色が浮かぶ。

――俺はどうかしている。

多聞丸は下唇を噛みしめた。

――俺は何に苛立っているのか。

多聞丸は己を戒《いまし》めるように、一転、優しい口調で言った。

「このやり方はお前がいなければ成り立たない。皆はもう配置についた……頼む」

「分かった……」

日夏は潤んだ瞳を向け、こくりと頷いて持ち場へ移動した。

結果、この場に残ったのは多聞丸とそれを支援する喜三太、そしてそこに加わらぬ九兵衛と甚助である。

標的が近づいて来る。息が浅くなり、鼓動が速くなった。人を殺めることには慣れたはずなのに、何度繰り返しても、この感覚だけは変わらない。

――これに慣れることが武士になるということだ。

己に言い聞かせたところで、これも雑念だと頭を小さく振って払いのけた。

九兵衛が言う。

「多聞丸、やはり……」

多聞丸は上顎に舌を寄せて、鋭く息を吐いた。もう声が聞こえてもおかしくない。この期に及んで論じることは何も無い。九兵衛の襟《えり》を摑んで引き寄せ、耳朶《じだ》に口を当てて囁いた。

「九兵衛、恐れていては、いつまでも抜け出せんのだ」

丁度、日夏が千鳥足で茂みから飛び出した。だが、動揺がまだ消えぬのか、いつもと違い、転がり出てきたふりをするのではなく、本当に躓《つまず》いて転んでしまった。日夏は頰に付いた土を払うことなく、裏返った声でいつもの歌を唄い出した。

足軽たちはどこかで分捕ってきたものを身に着けているのだろう。胴丸の形状もてんでばらばらだ。草摺《くさずり》を着けていない、みすぼらしい恰好の者もいる。

この中で誰が物頭《ものがしら》かを早急に見極めねばならない。経験上、物頭を真っ先に仕留めれば、残りは烏合《うごう》の衆となる場合が多い。

「一つ人世に生まれ落ち、二つふとしたことでさえ、三つ皆とで喜べば、四つ夜咄尽きはせぬ……」

足軽どもが驚いたのも束の間、一人の男が諸手を上げて歩み出た。

「おうおう。娘、どうした」

——あれが物頭か。

今までの経験上、物頭は一番に反応して進み出るか、いくらか警戒心の強い者は誰かに捕らえるように命じるかだ。男は誰に命じることもなく自ら動いたので、これが頭格とみて間違いない。この場合は日夏が仕留め、物頭が後ろにいる場合は多聞丸が出て刺殺する段取りになっている。

「五ついつかは叶えたい、六つ向こうに行くまでに、七つ泣いても構わない……」

「駄目だ！　こら、待て！」

決められた流れに沿って、犬若と勘次が飛び出す。今回はこの二人が兄の役を務める。これまでと同じように犬若は袖を振って片腕の無いことをことさらに強調し、男たちの油断を誘う。

「何だ。お前らは」

「ご無礼申し訳ございません。私たちの妹で、父母を亡くして気が狂れているのです」

勘次が決められた台詞を吐く。表情は見えないが、安堵したのか男たちの肩が少し下がった。

多聞丸は腰の刀に手を掛け、いつでも飛び出せるように構えた。

「多聞丸……」

まだ言うか。振り返って九兵衛を睨みつける。

「黙れ」

「後ろから二人目が物頭ではないか」

「何だと……」

多聞丸は眉を寄せた。

「八つ奴に落ちるとも、九つ殺しをなそうとも……」

そのようなことを言っている間にも、日夏の歌は佳境に入っている。犬若が日夏の袖を引き、勘次が手を摺り合わせて許しを乞う。

男たちは猫撫で声で、そんなに強く引いてやるな、だの、俺たちと来ないか、だのと話しかけており、すっかり術中に嵌っているように見えた。

「草鞋《わらじ》が一人だけ美しい」

「草鞋……」

後ろから二人目。身丈はすらりと高いが、線が細くて弱々しく見える。身に着けているのは胴丸だけ。草摺は疎か、脛当《すねあ》てさえ着けておらず、生身の脚を晒している。その脚が大根のように白かった。

「それに、脚が日焼けしていない。つまり、草鞋だけが男のもので、最近になって装いを変えたということだ」

――まずい。

ようやく九兵衛の真意を悟った多聞丸が再び視線を往来に走らせたその時、歌が最後を迎えた。

「十は……とうとう御飯――」

日夏が袖から剃刀を取り出す。しかしその手は男にがしりと鷲摑みにされた。

「やはり追剝か」

そう言ったのは、先刻、九兵衛が物頭ではないかと言った痩せぎすの男である。日夏は痛みに顔を歪《ゆが》めて剃刀を落とす。

「勘次!!」

「おう！」

犬若は懐から匕首、勘次は首の後ろに隠した脇差を取り、振り払おうとする日夏を助けんとする。日夏を摑んだ男の脇をすり抜け、二人の足軽が抜刀して対峙する。いや、対峙したのは一瞬のことであった。痩せぎすの男が天魔の如く間を詰め、勘次の繰り出した刺突《しとつ》を難なくいなすと、刀を電光石火の速さで振り下ろした。絶叫と血が噴き出し、勘次はつんのめるように倒れ込む。

犬若は奇声を上げてぶんぶんと匕首を振り回すが、痩せぎすの男は弄《もてあそ》ぶように巧みに躱《かわ》している。

「出よ」

合図で荷駄に掛けられた筵が宙を舞った。中から七、八人の男が飛び出て来た。手には槍や薙刀《なぎなた》などの長い得物が握られていた。

——罠か!

慌てて飛び出そうとした多聞丸は、背後から肩を摑まれた。

「待て、まだだ……」

「お前、あいつらを見捨てろと——」

「違う。あいつら、背後を警戒している。風介と梟の矢が来るまで待て。その後に俺が出て注意を引く。お前ら三人は脇を抜けて日夏を解く。そしてそのまま一目散に逃げろ」

凄まじいほどの早口であるが、滑舌が良いからか、明瞭である。普段無口な九兵衛の躰のどこにこれほどの言葉が詰まっていたか、と息を吞んだ。

その時である。弦《つる》を弾く音がして矢が放たれる。緊張で手が震えたか、矢は明後日の方角へと飛んでいった。風介は弓の扱いが滅法上手く、いかなる状況であろうとも外したのを見たことが無い。恐らくこれは梟の放ったものだろう。

「まだ仲間がいるぞ」

足軽たちの視線がそちらに吸い込まれた時、日夏を捕らえた男の脳天に矢が突き刺さった。こちらは風介の放ったものと見て間違いない。

日夏は土埃を立てながら転がるように逃れたが、また別の男に踏みつけられて悲鳴を上げた。

多聞丸からは、梟も風介も確認することが出来た。梟は弓を構えるでもなく森の深くに下がる。一斉に向かって来ることを思えば、恐れを抱いたとしても無理はない。

一方の風介は位置を変えながら、すでに矢を番《つが》え終えており、立て続けに放った。これはあの痩せぎすの男に向かう。男の腰間《ようかん》から光が迸《ほとばし》ったかと思うと、矢は宙で異様な動きをして地に落ちた。抜刀して斬り伏せたのである。

「兵法者《へいほうしゃ》だ……」

多聞丸は歯嚙みした。兵法者とは鍛錬の末、異常に剣の扱いに長けた者のことをいい、ここ数十年で急増していた。

九兵衛は刀を抜いて目配せしてきた。甚助は九兵衛の言いつけならば何でも守るとばかりに頷き返し、怯えて身を震わせる喜三太を小声で励ましている。

「出るぞ。いいか」

九兵衛が腰を浮かす。足軽たちは左右を見回し、矢の放たれた元を探っている。日夏は押さえ込まれた蛙《かえる》のようにもがいていた。勘次は絶命したか。していなくとも血溜りを見るに間もなく死ぬる。

――九兵衛の言う通りだった。

多聞丸は瞑目《めいもく》して細く息を吐いた。日夏への想いが、九兵衛への淡い妬心が、判断を誤らせたのだ。そのせいで仲間の命が消えていく。

今、己が何をすべきか。答えはすぐに見つかった。

多聞丸はゆっくり目を開くと、静かに言った。

「九兵衛、夢は遠いな」

「何を……」

先ほどまでと立場は逆転し、九兵衛が気色《けしき》ばんでいる。多聞丸は腰の刀を鞘ごと抜くと、九兵衛の目の前に転がした。刀の善し悪しなど判らぬが、これが今まで分捕った中で最も切れることだけは知っている。

「使えるか」

「少しは……でもそれは多聞丸の――」

「俺じゃあ無理だ。託していいな」

妬心はもう無かった。心からの言葉と胸を張って言える。多聞丸はにかりと笑うと、皆を置き去りに、猪の如く道へと飛び出した。

「こちらだ！」

胸の紐《ひも》を解いて背の刀を取ると、抜き払って鞘を投げつけた。

「やはり、まだいたか」

また痩せぎすの男である。もう物頭と見定めても間違いなかろう。多聞丸は横眼で先ほどまでいた藪の中を見た。九兵衛は茫然とこちらを見ていたが、腹を決めたか、すぐに甚助と喜三太を連れて移動を始めた。

——それでいい。

再び矢が飛来する。一矢は地と縫い合わせるように足軽の足の甲に突き刺さり、絶叫がこだました。

次の一矢の末路に多聞丸は慄《おのの》いた。物頭が身を引きつつ、蝿《はえ》を摑むように手で矢柄を捉えたのである。

「矢の元はあそこぞ！」

物頭は方角を的確に指差し、足軽らが藪へ分け入ろうとする。これで往来から敵は減り、九兵衛らは日夏を助け易くなる。すでに退去した梟は勿論《もちろん》、今ならば風介も難を逃れるであろう。

「餓鬼のわりに賢《さか》しいな」

物頭はにたりと嗤った。下唇から顎にかけて刀傷がある。それが引き攣れて不気味さを際立たせている。

「尋常に勝負をしろ」

「騙くらかしておいてよく言う」

物頭は地を這うように低く言い、上唇を下の歯で嚙み齧るような口を見せた。

――この男はまずい。

背筋に悪寒《おかん》が走った。これまで多聞丸は子どものみならず、大人であろうとも音を上げそうな暮らしに身を置いてきた。そこで培《つちか》った勘がそう告げている。

「名を名乗れ！」

武士の真似事をして、高らかに言い放った。

時を稼ぐ。多聞丸は目的をその一点に絞っている。

「坊谷仁斎《ぼうたにじんさい》。お主に名など無かろう」

坊谷は己を路傍《ろぼう》に転がった馬糞のようにしか思っていないのではなかろうか。そう思うと、胸に熱いものが込み上げて多聞丸は喚いた。

「松永多聞丸だ！」

「ほう……名があるか。それに姓まで。どうせ己で考えたのだろう」

――犬若……。

坊谷の嘲笑も気にはならなかった。その背後で、犬若が肩を深々と斬り下ろされているのが目に入ったからである。犬若は恐怖に顔を引き攣らせ、こちらに哀願の目を向けつつ、闇雲に匕首を振るい続けた。

――九兵衛、急げ。早く、早く、早く。

心の中で三度繰り返したその時、茂みから九兵衛、甚助、喜三太の順に飛び出した。九兵衛は先ほど与えた刀を引っ提げている。

突然、新手が現れたことで足軽たちは浮足立った。九兵衛は日夏を踏みつけている足軽の首を、躊躇なく一太刀で掻き切った。

多聞丸は安堵すると同時に畏怖した。いざ人を殺すとなれば、大抵の者が怖気《おじけ》づく。何度も殺めてようやく慣れていくのである。多聞丸もやはりそうであった。

しかし、九兵衛には迷いは微塵も感じられない。すでに二人目の脾腹に刀を捻じ込んで、引き抜くと同時に飛び退いている。

甚助が日夏を引き起こし、手を引いて遁走《とんそう》する。だがそれと時を同じくして、犬若が腹を突き刺されて仰向けに倒れ込んだ。

「ようやく全てが出たか！」

坊谷が日夏らを追おうとした時、多聞丸は咆哮《ほうこう》して真一文字に突っ込んだ。振り下ろした刀は横にいなされ、返す刀で襲われる。転がるようにして躱すが、腿を斬られた。それでも片足で立ち上がりすぐに刀を構える。

「行かせるか……」

「獣のような動きよ。捉えにくいわ」

坊谷は刀を振って血を落とす。腿の傷は骨が見えるほど深い。それも溢れる血によってすぐに隠されていった。

「九兵衛、日夏を連れて行け!!」

犬若も、勘次と同じくもう助からない。せめて日夏たちだけでも逃げ遂《おお》せて欲しかった。九兵衛はこくりと頷き、対峙する相手を置き去りに、身を翻して甚助らを追う。

ここで予想外のことが二つ起きた。喜三太が犬若を見捨てないのである。涙で顔をくしゃくしゃにし、犬若起きろと叫びながら、僅か三寸ほどの剃刀で足軽に斬り付けた。

多聞丸があっと思った時、九兵衛も気付いて振り返った。次の瞬間、足軽の薙刀に突かれ、喜三太は涙顔のままゆっくりと崩れ落ちる。手を伸ばした犬若の胸にも、無残に刀が突き立てられた。

苦悶の顔を見せた九兵衛だが、迷いを断ち切るように腕を振って駆けだしていく。

数人の足軽がその後を追い、その背がみるみる小さくなっていくのを多聞丸が見送った。

――勘次、犬若、喜三太。すまない……俺ももうすぐ行く。

風介と梟ももう逃げたであろう。ならばもう心残りは無い。多聞丸は深く息を吐き、決して長くはなかった己の一生に別れを告げた。

その時、木枯らしのような音がし、矢が飛んで来た。坊谷は仰《の》け反《ぞ》ってそれを避ける。

風介である。もう姿を隠そうともせず、箙《えびら》から新たな矢を取り、再び弦に番えようとしている。

「多聞丸！　皆の仇を取るぞ！」

叫ぶ風介に足軽たちも気付き、刀や槍を引っ提げて群がろうとした。風介はそれでも怯むことなく弓を引き絞り、坊谷目掛けて放った。

矢に合わせるようにして、多聞丸も残る片足に力を込めて身を放った。坊谷は身を開いて矢を躱す。体勢が崩れたところに、多聞丸は鋭い斬撃を繰り出した。

がちんと低い音と共に、坊谷の指が二本、宙を舞うのを視界の端に捉えた。躰が焼けるほど熱い。刀が身を侵しているのだ。膝が激しく震え、多聞丸はずるりと地に落ちた。

横向きに見える景色では、風介が複数の足軽の刃を受け、藪へと沈み込んでいく。

——すまない……。

すでに己の躰ではないかのように動かせなかった。思っていたよりも死は優しいものらしく、不思議と痛みは無い。唇に砂が付き、喉に渇きが押し寄せる。これこそが死ぬるということなのかもしれない。

「くそ……ぬかったわ」

坊谷は眼球だけを必死に動かして天を見上げながら、血が噴き出した左手を押さえていた。

多聞丸は、唯一自由になる口元を緩めた。それに気づいた坊谷は忌々し気に刀を振りかぶる。

——甚助、梟、日夏……。

神仏はいないと決め込んでいた。いるならば、このような境遇の子を産みはしないだろう。だがこの時ばかりは神よ、仏よと、無事を祈る心になっている。

——九兵衛……。

最後に新参の得体の知れない男のことを祈った。いつの間にか魅了されていたか、それとも付け足しであったか。

そのようなことを考えた時、多聞丸の視野に闇が押し寄せ、もう二度と光が訪れることはなかった。

胸が弾み、白い息を撒き散らしながら、九兵衛は懸命に走った。背後から絶え間なく聞こえていた怒号も、徐々に数を減らして遠のいていく。

特別脚が速いとは思わぬが、命が懸かっているとなれば話は違う。己でも驚くほどの速さで景色が流れていく。追手の声が遠くなる代わりに、心の声が大きくなる。まるで知らぬ内に口に出しているかのように、耳朶にもはきと聞こえる。

——神も仏もいない。

何度も何度も繰り返した。先程の凄惨な光景が頭からずっと離れないのだ。

だがそれと同時に己にはやらねばならぬことがある。九兵衛は走りながら首を振って、甚助と日夏を探す。しかし、何処まで行っても姿が見えない。恐らく身を隠したのであろう。身を傾けつつ蛇行する道を曲がり、追撃の死角に入ったと同時に片側の斜面を一気に駆け上がる。上り切ると一転、今度は米搗き飛蝗のように這い蹲《つくば》って息を殺した。

暫く待つと、道を曲がって三人の足軽が姿を現した。米粒ほどにも九兵衛の姿が見えないことで諦めたらしく、肩で息をして足を緩めた。

「見失ったか……」

「あの餓鬼、逃げ足が速い」

「坊谷が口うるさく言うだろうな」

などと、足軽は口々に言っている。この僅かな会話からでも、坊谷と名乗った男は、彼らとは主従関係にないことが読み取れた。

そもそもこの時代、兵法者はその妖術のような技量の割に、手妻《てづま》の一種としか思われていない節があり、武家社会からの評価は低い。坊谷も何者かから依頼されて、夜盗からの警護に当たっていたというところだろう。

「まあ、十分に成果は上げた。お咎めはなかろう」

「坊谷も褒美さえ出れば黙るに違いない」

そのようなことを言いながら、足軽たちは踵を返して去っていった。それを見届けて暫くすると、九兵衛は跫音《あしおと》を殺してそろりと道へ降り立った。

闇は刻一刻と迫り、影を朧気《おぼろげ》なものへと変えていく。甚助は、日夏はどこか。潜んでいて、声を掛けてくれるかもしれぬと思い、九兵衛はゆっくりと歩を進めた。

多聞丸は己のことを、感情の起伏のない奇妙な男と評した。詰まるところ朴念仁《ぼくねんじん》と言いたかったのだろう。そんな己でも、人並に不安を感じている。甚助らとも、もしかしたらあれが今生《こんじょう》の別れであったのかもしれない。口に出せば真《まこと》にそうなってしまいそうで、九兵衛はぐっと口を噤《つぐ》んで地を踏みしめる。

だが弱気になってはいけない。多聞丸は全てを己に託したのだ。

半ば形を失った月明りだけを頼りに、当てもなく道を進んでいると、背後から囁くような声が聞こえた。

「兄者か……」

最も親しんだ声。甚助に間違いない。

「俺だ」

振り返りそう言ってやると、茂みが揺れ動き、甚助がひょいと姿を現した。続いてもう一人が這うようにして出て来る。日夏である。

「日夏も無事か」

日夏は立ち上がると、何も言わずにこくりと頷いた。甚助は腕で顔を拭いつつ、いささか安堵した表情で近づいて来る。口では幾ら血気盛んなことを言っていても、まだ十二の子どもである。死に直面し、しかも初めて兄と離れ、不安でないはずがない。

「甚助、よくやった」

そう言って頭にぽんと手を置いた。今でこそすっかり無くなったが、甚助が泣きべそをかいた時、いつもこうして慰めてやっていた。

「九兵衛……多聞丸は……」

日夏の声は震えていた。薄闇の中、九兵衛はゆっくりと頭を振った。日夏は縋るように続ける。

「犬若、勘次、喜三太、風介、梟……」

「風介と梟は見ていない。他は……」

九兵衛はそこまで言いかけて一瞬躊躇したが、喉を鳴らして絞り出した。

「死んだ」

日夏は聞くや否や、膝から崩れ落ちた。まだ近くに足軽がいると思ったか、嗚咽を必死に殺しながら山鳩の囀《さえず》りのように高く唸っていた。

掛ける言葉は何も見つからなかった。共に過ごした日の最も浅い兄弟だけが生き残り、他は皆露のように消え失せたのである。何が言えるというのだ。

泣き止んだ甚助も心配そうにしているが、やはりなにも言葉を発しない。そっと肩に手を掛けようとした時、甚助の肩がぴくりと動いて、首を振ってこちらに訴えかけてくる。

跫音が聞こえる。何者かがこちらに近づいてきているのだ。

「日夏、気を確かにしろ。行くぞ」

ようやく虎口を脱したばかりである。これ以上、日夏に無用な心労を掛けぬように、優しく囁いた。

「兄者」

甚助が宙に手を掲げて閉じたり、開いたりしてみせた。

――兄者は日夏に寄り添え、俺に刀を貸せ。

甚助の言いたいことは手に取るように解った。九兵衛は刀を鞘ごと抜き取って甚助に手渡すと、日夏の肩を支えて立ち上がった。すでに影が親指ほどの大きさまで迫っている。逃げようとすると、何と影はこちらに向けて呼ばわった。

「九兵衛……甚助！」

「梟か!?」

声から察するにそうであった。夜目が利くことが名にまでなった梟である。向こうからはこちらの身丈は勿論、表情まで見えていたようだ。

日夏は駆け出して梟を抱きしめた。

「日夏……」

梟は戸惑いながら、日夏の肩越しにこちらを見つめて来た。

「梟、風介は……」

「多聞丸と皆の仇を討とうとして死んでしまった……」

「そうか」

もう覚悟をしていたのだろう。先ほどのように日夏は取り乱さなかった。九兵衛は細く息を吐くと、優しく語り掛けた。

「甚助、日夏。先に行け。俺と梟は少し遅れて、追手が無いか確かめつつ行く」

「いいのか、兄者？」

「ああ、ここは任せろ。日夏を頼む」

「わかった」

甚助が頷きつつ、九兵衛が多聞丸から託された刀を返した。重ねて九兵衛は指示を出す。

「四半刻歩いて休め。そこで合わさろう。日夏、行けるか？」

「うん……」

日夏は梟から離れると、濡れた頬を拭いつつ答えた。

甚助と日夏が先に行くのを見送る。九兵衛は心の中で三百を数え終えると、短く言った。

「そろそろ行くか」

「用心深いな。多聞丸が一目置くだけはある」

路傍の石に腰掛け休んでいた梟は感心しつつ立った。

一町ほど行くと、梟は振り返りつつ言った。

「もう追手はないようだ」

「さあ……分からぬぞ」

「その割に後ろに気を配らんな？」

「そうだな」

風が強くなり始めている。流れる薄い雲が半月を覆ったことで、月明りが弱くなった。すぐ横を歩く梟の表情すら窺えぬほど暗い。

さらに一町ほど歩んだ時、今度は九兵衛がふいに口を開いた。

「なあ、梟」

「何だ」

「何故だ」

「何故とは何がだ」

口数が少ない者どうしである。互いに端的過ぎて、他者が聞けば言い争っているように聞こえるかもしれない。一陣の風が吹き抜け、頬を冷たく撫でていく。同時に再び雲が動き、茫とした月明りが梟の顔を照らした。

九兵衛はじっとその顔を見つめながら、囁くように言った。

「何故、裏切った」

「どういうことだ……」

梟が怪訝《けげん》そうに眉間に皺を寄せる。

「あそこで待ち伏せようと提案したのはお前だ」

「それだけで裏切ったと決めるのか」

梟は珍しく気色ばんで語調を強くした。

「あの男はこちらが何人か知っていた」

多聞丸に向けて坊谷と名乗った男である。九兵衛らが飛び出した時、確かに、ようやく全てが出たか、と口走っていた。あれは、こちらの全容を知らなければ決して出ない発言である。

「偶然だろう？」

梟は吐き捨てるが、九兵衛は目を細めてぽつりと返す。

「お前はわざと矢を外した」

「馬鹿な」

梟は遂には呆れたように言葉を吐いた。

「違うのか？」

「怖くて手元が狂ったのさ……褒められたことじゃないのは解っている。しかし、わざと外したとは、お前でも許さんぞ」

「饒舌《じょうぜつ》だな」

同じ釜の飯を食った者を疑っているのだ。ここに多聞丸がいたならば、激昂して己に殴りかかってきているだろう。

「俺はお前を信じている。だからお前も俺を信じろ。たった四人の生き残りなんだ。信じあわなければならない」

やはり梟にしては口数が多かった。

「信じるとは疑うことと同じさ」

信疑《しんぎ》一如《いちによ》。寺にいた時に聞いた。疑っているから信じようとする。疑いが微塵も無ければ信じることもない。現に九兵衛は弟の甚助さえも信じてはいない。ただ甚助が己を裏切らぬと「知っている」に過ぎない。

梟はいよいよ不快感を露《あら》わにして言った。

「では、何だ。根拠があるのか」

「お前は一度狙いをつけていた。そこから矢先を天に外して射た」

「見えるはずがない」

「していない……とは言わぬのだな」

梟は苦々しい顔になって唾を地に吐いて言い直した。

「していないし、見えるはずもない」

「俺には見えたさ」

梟は馬鹿々々しいと鼻を鳴らした。九兵衛はさらに続ける。

「お前は一矢を外して退いた。俺だけでなく甚助も見ている。死んだ喜三太も、多聞丸からも見えたろう」

「ああ……だから俺を責めるのだな……」

今度は一転、梟は申し訳なさげに俯く。

「風介は死んだと言ったな。逃げたお前が何故それを知っている」

「それは……俺は暫くして戻ったのだ。そこに無残な風介が……」

「死体しか見ていないのに、どうして多聞丸と共に仇を討つために戦ったと知っている」

梟は箙を背負い、弓こそ手にしているものの、腰には刀の類は無い。袖の無い服のため寸鉄も仕込むことは難しかろう。九兵衛はすでにそれを確認している。

「まだ嘘を重ねるか？」

九兵衛が冷たく言うと、梟はふいに足を止めた。さっと箙に手を走らせようとした瞬間、九兵衛は迷わず抜刀すると、抱くような恰好で腹に刀を捻じ込んだ。

「金を貰ったか」

耳元でそっと囁く。

「多聞丸の陰で生きるのは……御免だ……」

梟は唇を震わせた。まさかそのような動機とは思いもよらなかった。

「多聞丸は……」

「死んださ。ざまあみろ。梟などと名付け……やがって――」

梟は激しく咳き込み吐血する。その生温かい血が九兵衛の肩を濡らした。さらに強く刀を押し込むと、梟の躰から魂がゆっくりと剝がれていくのを感じた。刀を引き抜くと、口辺を血に濡らした梟はどっと前のめりに頽《くずお》れた。

梟は多聞丸と出逢うまで、もっと悲惨な生活を送っていたと聞いている。多聞丸は皆の日々の糧を考え、曲がりなりにも食わせてきたはずである。飢えれば人は生だけを考える。しかしそこから救われれば、新たな欲を持ち、今までは気にもしなかったことを不満に思う。挙句は名まで不満に思っていたなど、考えもしなかった。

――人とは何だ。人の世とは何だ……。

九兵衛の胸に込み上げてきたのは、そのような想いであった。

九兵衛はすでに息の無い梟の懐を弄り、拳大の麻袋を抜き取った。立ち上がって一瞥すると、九兵衛は独りで歩き出した。吹き荒れるようになった夜風が縮み上がるほど寒く、肩を抱くようにして歩く。気がつけば、人に問うような崇高な考えも、かつての仲間を殺めた悲哀もない。ただ寒いという過酷に思考を奪われていた。人とはそのようなものかもしれない。

九兵衛は妙に納得して、己に言い聞かせるかのように独りで頷いた。

四

九兵衛は甚助と日夏と合流すると、生まれ故郷である西岡の方角へと向かった。とはいえ、もはや頼る場所などなかった。

「日夏、まだ歩けるか？」

九兵衛は疲れた表情の日夏を思いやった。

「うん……」

日夏は自らの脚を叱咤《しった》するように軽く叩いたが、その顔は悲哀が張りついたように弱々しい。

梟の顚末《てんまつ》は二人には伏せた。あの後、足軽の追撃があって、二人で防ごうとしたものの、梟が身を挺して九兵衛を庇って死んだと伝えた。梟の裏切りも、己が殺したという事実も、甚助はともかく、今の日夏には重すぎるに違いない。

本格的な冬の訪れの前にどこかに落ち着かねばならず、自然と足が速まる。飯を食わねばならぬが、三人で夜盗働きは危険が大きい。これはある僥倖が解決してくれた。梟が持っていた麻袋には当面困らぬだけの銭が入っていたのである。内通した報酬の一部であろう。

　――どちらにせよ、死んでいた。

　九兵衛は銭を使うたびに己に言い聞かせた。あの者らは梟も殺す気であったはずだ。取り逃がした残党を誘い出すために、形だけ生かしておいて銭を払ったに過ぎない。

「兄者、どこへ向かっているんだ。そろそろ教えてくれよ」

　甚助は何度も繰り返し尋ねてくる。答えなかったのは何も勿体ぶった訳ではなく、己でも決めかねていたからである。

　ふと日夏を顧みると、頬に赤みが差しており、息も常よりも荒い。疲れからではなさそうだ。少し気に掛かって脚を止めた。

「どうしたの？」

「額を貸せ」

　ぞんざいに言い、日夏の額にそっと手を当てた。

「ひどい熱だ。よく歩けたな……」

　茹《う》るほど躰が火照っていた。

「心配ない。まだ歩ける」

「駄目だ。甚助、屋根のあるところを探すぞ」

　九兵衛は拒む日夏を無理やり負ぶい、甚助とともに近郷へ立ち入った。陽は大きく傾いており、このまま野宿となれば命にも関わるかもしれない。一晩だけでも泊めて貰わねばならない。

この辺りは五百住《よすみ》と呼ばれるらしく、その名の通り、決して人家は少なくない。それなのに一軒、二軒、三軒と訪ねていくが、どこも受け入れてはくれなかった。

話を聞いて断る者はまだましで、中に人の気配はするのに、何度呼びかけても出てきてくれない者も多い。

九兵衛の背の日夏は、それまで張り詰めていたものが溶けるように眠り始めた。荒く生暖かい吐息が耳に触れる。九兵衛の背と日夏の胸の間は、水を注ぎこんだかのようにぐっしょりと濡れていた。

このままでは命にも関わる。そう頼み込んでも、やはり断られ続けた。自分たちが生きるので必死なことは解る。そうだとしても、

――奴らのせいで、己の生き方を変えてどうする。

と、憤りが湧き上がって来て、下唇を強く嚙みしめた。

九兵衛は武士や足軽という生き物を蛇蝎《だかつ》の如く嫌っていた。

武士や足軽は自身では何も生み出さず、人から搾取《さくしゅ》するのみだからだ。その「奪う者」どうしが、相手の利権をさらに奪うためにまた戦う。乱世とは詰まるところその連鎖ではないか。

遂には奪われた側の百姓までもが、奪う側に回ろうと足軽などという武士もどきに身を窶す。そこまではいかずとも、ここの民のようにもう二度と奪われまいと猜疑心を抱く。武士が奪うものは米を始めとする物資だけでなく、誰もが持って生まれる人の優しさではないか。そのようなことを考えながら、九兵衛はずれ落ちて来る日夏を持ち上げた。

「兄者……」

ここまで連続して断られるとは思っていなかったのだろう。人の世の世知辛《せちがら》さを改めて思い知ったか、甚助は涙目になっていた。

「まだだ……全て訪ねるぞ」

九兵衛が励ましたのは甚助か、それとも心折れそうになる己か。甚助は後ろに回って日夏の腿を支えて助けてくれた。

一軒ずつ訪ねて回った十数軒目、戸をそろりと開けたのは襤褸《ぼろ》を纏った初老の男であった。事情を告げたが、男は即座に首を振った。九兵衛はその目に哀れみが浮かんでいるのを見逃さず、なおも懇願した。

「お寺ならば……助けて下さるかもしれねえ」

男はこれが精一杯とばかりに教えてくれる。

「それはどこに!?」

「本山寺《ほんざんじ》。ここを真っすぐ行った山の上だ」

「ありがとうございます。助かりました」

礼を述べると、男は苦悶の表情になった。九兵衛は一礼すると身を返して教えられた道を行く。甚助も振り返ってぺこりと頭を下げた。

「あの男、泣いていた」

「ああ」

「いい人だったな」

「どうかな」

九兵衛はそうは思えなかった。

先ほどの男が真に良き人ならば、寺の場所を教えるのではなく、自ら助けてくれればよいではないか。それをせずに他に押し付けるのは、やはり九兵衛らを厄介者だと思っているからに他ならない。

やがて山の中腹に楼門が見える。そこに山を切り裂くように真っすぐに石段が延びていた。ここまで日夏を負ぶってきて、躰は綿のように疲れ果てていた。

「代わろうか？」

「いい。まだいける」

甚助の申し出を断り、九兵衛は一つ目の石段に足を掛けた。兄としての強がりもあった。だがそれ以上に、腹の底から得体の知れぬ意地が湧き上がってきて、棒のようになった脚を突き動かした。

風が頬を撫でて通り過ぎていく。常ならば寒いと感じる冬風も、火照る躰には心地よい。日夏には応えるようで、小刻みに躰を震わせている。

「もうすぐだ。安心しろ」

「うん……」

独り言のつもりであったが、日夏は目を覚ましたようで、諸手を深く九兵衛の首に絡ませた。

——どうか……。

神も仏も信じない。もし神仏がいるならば、このような悲哀に満ちた世を赦すはずがないではないか。父も、母も、多聞丸らも助けてくれたはずではないか。何度救いを求めても応じなかった神仏を、九兵衛は信じていない。

だが、この時ばかりは日夏を救ってくれと何度も祈った。

上空の枯れた枝は寒風を捉えきれず、微かに揺れ動くのみである。零れ落ちた風が石段を駆け下りて来て、躰を階下へと押しやろうとする。

九兵衛はなおも祈ることを止めず、抗うように石段を踏みしめて上っていった。

第二章　交錯する町

「酒を持て」

敦盛を口ずさみ終えると、上様が命じられた。又九郎が女中に伝えて、やがて用意が整うと、

「お主も呑め」

と、どこか弾むような口調で言われた。己のような軽輩と二人で酒を酌《く》み交《か》わすなど、今までに聞いたことはない。元来ならば光栄なことにひれ伏して謝辞を述べねばなるまいが、又九郎はあまりのことに一瞬唖然となってしまった。

思えば文を読み上げさせられた時から、上様はどこか上機嫌であった。文の内容が耳を覆いたくなるほど痛烈なものであったのにである。そして最後にこう訊かれた。

——名は何と記してある。

書状には諱の久秀でも、官名の弾正でもない名が書かれていた。又九郎は望まれるままに書かれた名を口に出した。

「九兵衛……」

上様は天守に吹き抜ける風を全身に浴びながら、

半ばまで振り返ったその口元が綻んでいた。

まさか天守で酒を呑むとは思わなかった。そもそものような用途の場所ではない。しかも上様と差し向ってである。一刻前の己は想像すらできなかった。

上様は風流にもここで過ごされることがあるのか。夜空に浮かんだ丸い月を眺めながら、盃を舐めるように傾けられた。もともとあまり強いほうではないのだ。

「又九郎」

「は……」

恐れ多く口を付けられずにいた盃を置こうとした時、上様は続けて言った。

「壁になれ」

何とも難解な指示である。本来、小姓の身分のものは、いかなる命令でも断ることはできない。だが、意味が解らないのだ。解らないのに迂闊《うかつ》に返事をすれば叱責を受ける。そのような光景はこれまで幾度となく見てきた。かといってこのまま何も答えずにいれば、それはそれで怒りを買う。又九郎は泣き出したい心地で、時に追われるように口を動かした。

「はい。壁となります」

又九郎は頭を垂れた。情けなくもただ反芻《はんすう》しただけである。何も言葉が降ってこない。受け答えがまずかったか。背を汗が伝うのを感じた。

「で、あるか」

どうやら受け答えは間違っていなかったようだ。

頭の上を越えていった声が弾んでいるように思え、又九郎は窺うように顔を上げた。上様は盃を胸元に引き付け、躰を捻って茫と浮かぶ月を眺めた。洗練された中に微かにのこる野趣《やしゅ》。美しい夜天さえも借景にするほど様になっている。

「まずどこから話せばよいか……」

上様はまるで月明りを受けた酒に映る己を見つめるように、目を細めて盃を覗き込んだ。

「余は弾正とこうして二人で、夜を徹して語ったことがある」

「え……」

意外な告白に又九郎は思わず声を漏らした。

「壁」

返事が許されるのかも判断がつかず、又九郎は黙したまま大袈裟《おおげさ》に二度、三度頷いて見せた。

「あれは永禄《えいろく》から元亀に変わって間もなくのことだった……」

上様はじっとこちらを見つめながら続けた。

「余は奴がどこから湧いたのか、興を持っていた。そこで奴にどこで生まれ、どこから来たのかと訊いた。すると、余の問いに、奴はぽつぽつと語り始めたのだ」

酒も回って来たのだろうか。久秀の出自を語りだした上様はいつもよりも饒舌であった。

「村を出た兄弟が出逢ったのは、浮浪の子ばかりが集まり、夜盗の真似事をしていた者たちであったようだ」

上様の記憶は尋常ではない。恐らく久秀が上様の前で話したのは一度だけであろう、その浮浪の者たちの名さえもすらすらと口にした。

浮浪の集団を脅威と見た者たちの手によって罠に嵌められ、その暮らしは二年ほどで幕を閉じた。大半は死んだが、松永兄弟と日夏と謂う一人の娘だけが、命からがら逃げ遂せた。洛中に入るのは勿論のこと、そこから近い故郷に戻ればすぐに見つかるかもしれない。

少しでも京から離れるため、三人があてもなく南西に向かっていた時、摂津《せっつ》国五百住郷にて日夏が高熱を発した。本山寺ならば助けてくれるかもしれぬと聞きつけ、久秀は日夏を負ぶって駆け込んだという。

あまりに壮絶な幼少期に、壁になろうと努めずとも又九郎は言葉を失って聞き入っていた。

そこで話を一度切り、上様は盃をくいと干した。はっと又九郎は我に返り、瓶子《へいじ》を取って酒を注ごうとする。上様はふわりと手で制すと、もう一本の瓶子でもって手酌で注ぎつつ、短く発した。

「許す」

発言を許すということか。又九郎は意を決し、乾いて張り付いた唇を開いた。

「この死んだ野盗の長の名は……」

この名に酷似した、いや、冠したと言ってもよい城を又九郎は知っている。

「ふむ。奴が大和に築いた城は多聞山城よな」

多聞山城。または多聞城とも称される。

永禄三年（一五六〇年）、大和国眉間寺山《みけんじやま》と呼ばれる小高い丘に、久秀が建てた平山城である。西側は奈良と目と鼻の先。南に興福寺《こうふくじ》、南東に東大寺《とうだいじ》を眼下にし、睨みを利かせている。

多聞山城はその堅さだけでなく、華やかさでも群を抜いていた。本丸には主殿のほかに会所《かいしよ》、庫裏《くり》の座敷などの豪奢《ごうしや》な建物。さらには庭園、太阿弥《たいあみ》に内装を手掛けさせ、狩野派の絵師に描かせた絵画、座敷の違い棚、茶室の落天井、全てがこの国において初めて備えられたと言われ、宣教師のルイス・デ・アルメイダをして、

――世界中此城の如く善且美なるものはあらざるべしと考ふ。

とまで言わしめたほどである。

中でも特筆すべきは「高矢倉」と呼称された四階建ての櫓。これは安土城《あづち》の、今まさしく又九郎がいる場所である天守を作る際、上様が参考にされたとも噂されている。しかし模倣したなどとは誰も口が裂けても言えず、暗黙の了解となっていた。

「まさか多聞丸から……」

又九郎は喉仏を上下させた。

多聞とは仏教の教えにおいて、教えを多く聞き心に留めることをいう。また同じく仏教で須弥山《しゆみせん》に住み、教義を守護する四天王の一である多聞天、別名毘沙門天《びしやもんてん》を真っ先に連想する。現に多聞山城には多聞天を祀《まつ》った祠《ほこら》も存在するという。

だがこの話を聞いた後では、「多聞丸」から来ているのではないかとしか思えない。

「さて、余は聞いてはおらんでな」

上様は首に手を回して、項の辺りをつるりと撫でた。又九郎には聞いていないのではなく、聞くまでもないと言っているように思える。

――それにしても……。

このように久秀の過去を知っている者は、この世にどれほどいるのだろう。久秀は素性不明。三好家に仕えて徐々に頭角を現したとしか語られない。

まさかあの「悪人」にこのような壮絶な過去があろうとは思いもしなかった。

そもそも久秀は何故、上様に語ったのだろうか。そして上様は何故、今己のような軽輩に話そうと思われたのか。又九郎の脳裏に様々なことが巡る。だが一つ確かなことがある。それは己が、

――久秀の過去を知りたい。

と、感じ始めていることである。

「呑め」

上様はこちらを一瞥する。まるで、酔わねばこの先を話せぬ、と言っているようにも聞こえた。

「頂戴します」

又九郎は手酌で盃を満たすと、両手で持って仰ぐように呑み干した。盃の向こう、微かに上様の口元が綻ぶのが見えた。

「壁」

「承ってございます」

また黙して暫し聞け。徐々にではあるが、その意を汲み取ることができてきた。

「弾正は摂津本山寺に、日夏という娘を担ぎこんだ。ここまでだったな……」

又九郎は声を発さずに小さく頷いた。上様は何かを吐き出そうとしている。己ができることはまさしく壁の如く、黙して聞き遂げるのみ。

柔らかな夜風が暫し凪いだ。まるで夜そのものが、上様の物語に耳を傾けている気がして、又九郎は細く息を吸い込んだ。

一

永正五年（一五〇八年）、九兵衛は京に程近い西岡で生まれた。だが、厳密にはそのような名の村がある訳ではない。乙訓《おとくに》郡と、葛野《かどの》郡の桂《かつら》、川島《かわしま》の近くを合わせた一帯を俗に「西岡」と呼ぶに過ぎない。

西岡は上六ヵ郷の徳大寺《とくだいじ》、上桂《かみかつら》、下桂《しもかつら》、川島、下津林《しもつばやし》、寺戸《てらど》。下五ヵ郷の牛《うし》ケ瀬《せ》、上久世《かみくぜ》、下久世《しもくぜ》、大藪《おおやぶ》、築山《つきやま》の計十一ヵ郷から成り立っている。九兵衛と甚助の出身は下五ヵ郷の一つ、上久世村である。

西岡の東には桂川が流れており、この水を有効に使えることで、元は稲を育てやすい肥沃《ひよく》な土地であった。それでも土地には限りがある。百姓というのは長男のみが田畑を引き継ぎ、次男三男はその小作人となるのが普通。仮に分けて貰えたとしても、猫の額ほどの僅かな田畑で暮らしていくのは厳しい。

だが、その点も西岡は他の地に比べて随分ましであった。京が近いことで、商いで暮らしを成り立たせることができたためである。この地では、長男から元手を借り、商いに精を出す次男三男が多かった。

九兵衛の父も三男であったから、自然と商人となった。扱うものは主に油である。百姓というものは、陽が落ちれば眠り、また昇れば起きる暮らしをしている。しかし京の一部の裕福な公家、武家などは夜でも灯りをつけて、酒宴に興じたり、あるいは書物を読んだりするのだ。

自然の摂理に逆らうことが贅沢と考えているのか、あるいは超越したつもりになっているのか、九兵衛のような商人上がりにはよく解らない。ともかくそのような訳から、京での油の需要は極めて多く、父はこれに目を付けて一家を養う程度の商いを続けて来た。

西岡はそのように比較的恵まれた土地である。故に、これを押さえて己の利権にしようとする武士も多かった。たった十一ヵ郷の中に何と、三十六人もの室町将軍家の被官がいたのである。彼らは「西郊三十六人衆」だとか、あるいは「西岡被官衆」と呼ばれていた。

応仁《おうにん》元年（一四六七年）の大乱以降、彼らも大名に味方して小競り合いを始めた。以降、九兵衛が生まれるまでの四十年、ずっと争いを続けていた。西岡の民にとって戦はあって当然のもの。少しでも巻き込まれないように苦心して、田を耕し、あるいは商いを行ってきた。九兵衛も七つの頃から父を手伝い、己も一生をこの油商いに費《つい》やすのだと疑っていなかった。

決して裕福ではないが、家族四人の仲睦《なかむつ》まじい暮らしが一変したのは、九兵衛が十歳、甚助が七歳の秋のことであった。細川家の足軽と名乗る男たちが、上久世村にやってきて兵糧を徴発しようとした。米だけでなく、稗や粟に至るまで全てを寄こせという無茶な要求であった。

すでに上久世村は年貢《ねんぐ》を納めた後、残っているのは全て己たちが食っていく分のみ。全てを取り上げられれば、冬を越せずに皆が飢え死にする。

——戦が大きくなっている。

幼い九兵衛ですらそう感じた。

今までも乱暴狼藉《ろうぜき》、米の徴発などはあったが、根こそぎ奪うようなことは無かった。百姓たちが飢え死にすれば、当然ながら田畑を耕す者がいなくなる。そうなれば、来年は米の一粒も年貢を取れなくなる。足軽の雇い主は余程切羽詰《せっぱつ》まった状況に追い込まれているのだろう。

商売を営む九兵衛の家も例外ではない。足軽たちは銭を入れた箪笥の前に立つと、一枚残さず分捕った。

「せめて半分……半分だけでも——」

足軽の足元で頭を地にこすり付ける父の、最後の言葉がそれであった。家族の眼前で、父の頭が転がったのである。九兵衛は悲鳴を上げようとする甚助を抱きしめ、顎を絞めるように声を抑えた。けらけらと笑って父の頭を足蹴にする足軽たちは、九兵衛には人外の何かに見えた。そのような輩の前で絶叫しようものなら、何をされるか解らない。

「甚助、噛め」

九兵衛は甚助の口に二の腕を押し付ける。甚助は滂沱《ぼうだ》の涙を流し、引き付けを起こしたかのように噛みしめた。痛みはあったが、九兵衛の頭の中は、足軽たちから凌《りよう》辱《じよく》を受けぬように、

――母を守らねばならない。

と、いうことで一杯であった。人は何時《いつ》までが子どもで、何時からが大人か、その境ははきとしない。だが、九兵衛にとっては、まさしくこの時であったと思う。

幸いにも足軽たちは時が無いらしく、已たちを残して次の家へと向かった。悲痛な顔のまま固まった父の首を摑んでである。父は見せしめに使われたのだ。そのせいもあって、上久世村の他の家々は、さしたる抵抗もせず糧を差し出すこととなった。

冬が死を連れてやってきた。上久世村は糧を失い、飢える者が続出したのである。近郷に親類のいる者は、そこから米を借りることもまだできた。だが、九兵衛たちには頼れる親類もおらず、糧を得てくれていた父も失った。仮に父がいたとしても、商

いの元手もないのだから、結果は同じであったろう。

九兵衛ら一家は松の皮を剝がして煮、枯草を揉んで口へと入れてなんとか飢えをしのいだ。

「兄者、この草が美味い」

父を失って落胆していた甚助もまた、大人になろうとしていた。泣いていても死を待つだけである。しなびた名も知れぬ草をしがみ、笑顔を見せる甚助を見て、

――俺が何としても守る。

と心に誓ったのをよく覚えている。

当然、母も同じことを思っていたらしい。ただ母が違うのは、守るべき中には甚助だけでなく、己も含まれていたということだ。

ある日、母は九兵衛だけを近くに呼んだ。その頰はすっかりこけ落ち、目の下には黒ずんだ隈《くま》が深く浮かんでいる。そして恐ろしいことを耳元で囁いたのだ。

九兵衛は懸命に止めた。母も一時の気の迷いだったかのように、やがて得心してくれたように見えた。しかしその翌日の夜、九兵衛と甚助が眠りに落ちた隙を見計らい、母は村の裏に広がる鎮守の森で首を括ったのである。

その変わり果てた姿を見て、甚助は茫然とした後、洟《はな》を啜り、止めどなく頰に涙を伝わせた。

九兵衛は泣かなかった。甚助を守れるのはもう己だけなのだ、と気丈に振る舞おうとした。いや、違う。もう涙も涸れ果てていたのかもしれない。

——おっ母《かあ》、ごめん。

心中で何度も繰り返し、母を二人で木から降ろした。母の遺言といえども、どうしてもその肉を食うことだけはできなかった。人の道に外れるからといった考えではない。九兵衛の心の奥深くにある何かが、激しく拒絶していたからである。

柔らかな月明りの下、二人で夜を徹して母を埋めた。爪の間に入り込んだ土の香りだけが、己はまだ生きているという実感であった。

東雲《しののめ》が淡く染まり、鳥たちが哀しげな声で鳴く頃、九兵衛は未だ咽《むせ》び泣く甚助の手を引いて村を出た。

当てなどはない。確かなものも何一つ無い。敢《あ》えて一つだけ挙げるならば、ここにいても死が忍び寄って来ることだけだ。

「兄者……」

「ああ」

九兵衛は前を見据えたまま曖昧な相槌を打った。甚助は少し間を空け、か細く震える声で言った。

「俺たちは何で生まれてきたのだろう」

九兵衛たちが生まれるずっと以前からこの世はこうだった。それを当たり前のように受け入れて来た。だが初めて、

――幼子にこのようなことを言わせる世は狂っている。

と、沸々《ふつふつ》と怒りが込み上げてきた。九兵衛は下唇を強く嚙みしめて断言した。

「意味がある」

「きっと誰にも知られずに死んでいく」

「そうはさせない」

九兵衛はぎゅっと甚助の手を握りしめた。

東の空の美しさが疎ましかった。母のいない今日を連れて来る陽が憎かった。九兵衛は暁《あかつき》の空を睨みつけながら、甚助に向けて嚙むように続けた。

「俺たちが生きた証《あかし》を残そう……この壊れた世を生き抜いた兄弟がいたってことを」

故郷を目に焼き付けようと、九兵衛は振り返った。だが目に飛び込んで来たのは、揺れる長い二つの影。己の脚から伸びているほうが僅かに長い。

そっと手を引くと、甚助の肩が腕に触れる。歪《いびつ》ではあるが影は大きく一つとなった。

たったそれだけのことで、ほんの少しであるが強くなれる気がして、九兵衛はきゅっと唇を結んだ。

「おっ母……」

九兵衛ははっと目を覚ますと、布団を蹴り上げて飛び起きた。本山寺という安息の地を得たにも拘《かか》わらず、九兵衛は毎夜のように悪夢に魘《うな》されていた。

この一年の間、ずっと二つのことを思い悩んでいた。

一つは、先ほども見た悪夢のことである。

悪夢の内容は様々であった。今日のように父の首が無残に落ちるところ、母の痛ましい姿、二人で村を出る寂寥《せきりよう》の時を夢に見ることもある。

多聞丸たちの夢を見る日もあった。顔を青くして横たわった犬若が、無言でじっとこっちを見ているというもの。最も年若であった喜三太が涙を流しながら助けを求めるもの。血塗《ちまみ》れの梟が這いつくばり、己の脚をむんずと摑むもの。

多聞丸の夢を見る時、いつも二人で焚火を囲んでいた。場所は決まってあの若松の下である。生気の無い横顔の多聞丸は枝で火を弄っている。無言に堪えかねて口を開こうとした時、

――何故、お前が生き、俺が死ななきゃならない。

と、多聞丸がぼそりと呟いたところで目が覚めるのだ。そんな夜は、

「俺もそう思う……」

と、掻巻の端をぎゅっと握って声を漏らしたりしていた。

これまで己はただ死にたくないが為に生きてきた。それでも敢えて生きる理由を挙げるとすれば、たった一人の血の繋がった弟を守るために生きてきた。何か目標があった訳ではない。一日をどう切り抜けるか。その連続だけの一生だと思ってきた。

それに比べて、多聞丸は夢を抱いていた。まずは足軽に、次に武士に取り立てられ、いつかは大名へ。人が聞けば鼻で嗤うような夢かもしれないが、九兵衛には素直に眩《まばゆ》かった。

もし夢が叶ったとすれば、多聞丸はよい大名になったであろう。既存の武士にとってどうかは解らないが、少なくとも己たちのような、何も持たざる者にとってはそうである。同じ出自である多聞丸はきっと世の横暴から守ってくれたであろうし、皆にとっての希《のぞ》みにもなったはず。

だがそんな多聞丸が死に、己は生き延びた。九兵衛が神仏などいないと断じたのは、このことが原因であった。仮にいたとしても、神仏も貧する者の願いは聞き届けてはくれぬ薄情なものなのだろう。

そのように考えた時、いつも二つ目の悩みに行き当たる。

――人は何のために生まれてくるのか。

と、いうことである。村を出た日、甚助が己に投げかけた問いでもあった。

犬若、風介、勘次、喜三太、梟、そして多聞丸。皆は何のためにこの混沌とした世に生まれ、彼らは大人になる前に何故死なねばならなかったのか。儚《はかな》く散るためだけに生まれてきたとでもいうのか。

九兵衛は今日も冴えてしまった目で、闇に浮かぶ天井を見つめていた。

やがて本山寺に朝が来た。九兵衛は起き上がると、早朝の掃除のために楼門へと足を向けた。

一年前、日夏を負ぶって石段を上り詰め、この本山寺の楼門を叩いた。急病の者がいるので助けて欲しい。そう甚助と交互に叫ぶと、暫く経って門が開いた。

「中へ入れ」

一人の老僧が姿を見せ、大袈裟に手を振って招き入れた。そしてすぐに寺の小坊主たちに命じ、日夏を臥所《ふしど》へと抱えていってくれた。

「どこから来た」

老僧は門の外を窺いながら尋ねてきた。

「伏見から」

九兵衛が息を切らして短く言うと、老僧は門を閉めつつ振り返った。

「どこへ行く」

「当てはありません」

老僧は九兵衛の顔を覗き込むと、ほうと唸った。

「ならば暫し当山におれ」

九兵衛は己の容姿に価値があることを知っている。僧の中には衆道の気がある者が多く、それで逗留《とうりゅう》させたいのだと思った。

「何なりとお手伝い致します」

村を出て多聞丸らと出逢うまでにいた寺では、滞在の代価として衆道の相手をすることが強いられた。九兵衛はそれに染まるどころか、思い出すだけでも悍《おぞ》ましいと思う。それでも甚助を守るためならば我慢できた。今も甚助や日夏のためならば、その程度のことは造作も無いと思っている。

「ふむ、そう取るか。真っ先にそちらに考えがゆくとは、酷い目にあったようだ」

たったこれだけの会話で、九兵衛が仏僧という存在に抱いている悪感情を掬《すく》い取った。老僧は皺深い口周りを指で撫ぜて続ける。

「寺の雑事でも手伝ってくれればよい」

「は……」

あまりに軽い代価に、九兵衛は眉を顰めた。

「名は？」

「九兵衛と申します」

「宗慶《そうけい》と謂う」

これが本山寺の長である宗慶和尚《おしよう》との出逢いであった。

宗慶は日夏を手厚く看護してくれた。どこの馬の骨とも知れぬ、みすぼらしい恰好の子どもたちに米の粥まで振る舞ってくれ、甚助などは飛び上がって喜んだものである。

何故これほどまでに己たちを厚遇してくれるのかと訝しがったが、何もこれが初めてのことではないらしい。これまでも九兵衛らのような身寄りの無い者を見つけては、迎え入れてきたのだという。聞くところによると、今までに男だけでなく女も拾い、相応の年頃になれば尼寺に入れるか、しかるべき縁を見つけてやっているらしい。

「頭を丸めねばなりませんか」

一月ほどして九兵衛は宗慶に尋ねた。これまで宗慶に拾われた者の多くは、小坊主として本山寺で修行していたからである。

「御仏に仕えようと思った時でよい。無理強いはせん」

宗慶は穏やかな笑みを浮かべて言うので、却《かえ》って申し訳なくなったものであった。

こうして優しい言葉に甘え、九兵衛らは一年もの間逗留することになった。

その間も宗慶は三人の生い立ちについて何も尋ねようとしなかった。こちらが何かを語れば一々頷いて聞いてくれるが、向こうからは何も詮索しない。寺のこと、そこに住まう者のことも問えば答えてくれる。だがこれも問わねば無駄口は一切叩かない。まるでこの本山寺にある大鐘の化身かのような僧であった。

そのような宗慶のもと、九兵衛たちは穏やかな日々を過ごしている。毎朝の掃除など寺の雑務の手伝いや、料理を交代で行うほか、書物を読んだり、文字を学んだりの手習いも宗慶自らが教えてくれた。このような時代なのでそれほど布施も集まるとは思えないが、紙もふんだんに使って学ばせて貰えるものだから、書に興味のあった日夏などは大喜びである。手習いの途中、

――九兵衛、どう？

などと、まだ拙い文字の並んだ紙をこちらに見せ、満面の笑みを向ける。ようやく出逢った頃の明るさを取り戻しつつあるのが、九兵衛は嬉しかった。

手伝いや手習いの時以外は、気儘に遊ぶことも出来る。今も九兵衛は皆との朝餉を終えると、縁側に座りながら、日夏や甚助、寺の小僧たちが隠れ鬼に興じているのを眺めていた。別に大人ぶって見ている訳ではない。

九兵衛たちが本山寺に来た時にはすでにいた、宗念《そうねん》という五つ年下の小僧がいる。

早々に僧になることを決めて頭を丸め、宗慶から一字を貰い受けてそのように名乗っているのだ。その宗念から、

「九兵衛はすぐに見つけてしまうから」

と、側で見ているように言われた。数日前に同じように隠れ鬼をした時、九兵衛があっという間に全員を見つけてしまったことで、宗念は拗ねているのだ。

「ああ、そうしよう。今日はお前がしっかりと見つけろよ」

九兵衛は肩を叩きながら答え、こうして見ていることになったのである。

「日夏、見つけた!」

宗念が茂みを指差す。

「残念。見つかった」

日夏が悔しそうな顔で出て来ると、宗念は飛び上がって喜ぶ。九兵衛と日夏の視線が重なり、どちらからともなく微笑んだ。ずっと茂みから日夏の尻が見えていた。前回、宗念が全く見つけられずに泣きべそをかいたため、気を回してやったのだろう。

「あいつめ……」

九兵衛は苦笑してこめかみを掻いた。宗念は今日こそと意気込んでおり、隠れている者をほとんど見つけた。だが今なお甚助だけが見つけられないでいる。それもそのはず、甚助は全く手を緩める気はない。向かいの鐘楼の屋根に上り、腹這いにへばり

ついているのだ。

「甚助はどこ？」

随分と長い間探していたが見つからず、宗念は心配もあってか声が潤みはじめている。

――あっちだ。

困り始めた日夏に向け、九兵衛は顎をしゃくった。日夏もようやく屋根の上の甚助を見つけ、驚きと呆れの混じった顔になった。

「宗念、案外上なんかにいるかもよ？」

日夏の助言に宗念が顔を上げた。

「上……あっ！　甚助見つけた！」

「兄者！　教えただろう!?」

甚助が声を上げつつ立ち上がる。

「いいや、宗念が見つけたんだ」

「ったく……俺は何事も本気なんだ」

甚助はぶつくさと言いながら、猿のように柱を伝って地に降りて来た。その様が可笑しく皆が笑いに包まれた。

「九兵衛、そろそろだぞ」

声を掛けてきたのは、縁側を歩いてきた別の小僧である。

「ああ、そうだな」

今日は夕餉の当番に当たっており、そろそろ支度を始めねばならない。

「皆、九兵衛と同じ当番だと喜んでる」

「何故だ？」

九兵衛は腰を上げながら尋ねた。

「何故かいつもより早く終わるって。何故だろうな？」

「さあ、何でだろうな」

九兵衛は惚けて首をひょいと捻って歩き出す。また大きな笑い声が上がってふと振り返った。話の内容は聞こえないが、皆で何やら盛り上がっている。楽しそうにする皆の顔を見つめ、九兵衛は口を綻ばせた。


その日の晩、宗念が怖い夢を見たらしく、目を覚まして、広間で雑魚寝をする九兵衛のもとへやってきた。用を足したいと思ったが一人で厠《かわや》に行くことができぬ、共について来てくれないかと言い訳をしながら、そっと九兵衛を起こしてきたのである。

正直なところ、九兵衛も日々の悪夢で疲れを感じている。だがそれでも、

「よく起こしてくれた。俺も実は用を足したかったのだ」

と起き上がると、微笑みながら宗念の頭を撫でてやった。薄闇の中でも宗念が嬉しそうに笑う表情がうっすら見えた。

二人で用を足して部屋に戻ろうとした帰り、宗念があっと声を上げた。夜空が雲一つなく、鉈で割ったような月と共に、燦々《さんさん》と瞬く星で埋め尽くされていたのだ。

「星……」

「少し座ろうか」

宗念は用を足している途中も、いかに己が見た夢が怖かったかを語り、このままでは今夜は寝られないかもしれないと不安を口にしていた。少し気を休めていれば、また眠気に誘われるだろうと考えたのだ。

「綺麗」

「ああ、美しいな」

二人で縁に腰を掛けた。九兵衛は傍らに寄り添うようにして座り、宗念の言うことに同調してやった。

「あの星、動いてない？」

四半刻ほどして宗念が夜空を指差す。その先には一等激しく輝く星があった。

「星は動くのさ。月もそう」

「へえ……仏様が動かしているの？」

九兵衛はもはや神仏そのものを信じていない。だがそれを、仏に仕えようとしている宗念に言うのは些か酷だろう。

「どうだろう。動くから動くとしか考えなかったな」

「何故だろう」

「何故だろうな……」

九兵衛は顎に手を添えたと同時に、背後に気配を感じて振り返った。そこにあったのは宗慶の姿であった。声が聞こえたので起きてきてみれば微笑ましい光景が見られた、といったようにくすりと笑う。

宗慶は宗念が見たのは逆夢であると諭し、安心させて宗念を床に就かせた。

翌日、九兵衛は筆を取った。

初めて筆を取った時、宗慶は舌を巻いたものである。以前厄介になっていた生臭坊主にも褒められたが、それは己の気を引くための煽《おだ》てだと思っていた。しかし、煽てなど一切しない宗慶の眼にも、己の筆は他の者とは一線を画すらしく、九兵衛の書の練習は宗慶が付きっきりで教えてくれた。

「また上達したな。これで飯が食えるぞ」

その日、宗慶は紙をまじまじと見ながら呟いた。これまでも書を褒められたが、ここまで言われたのは初めてであった。

「御冗談を。筆で飯にありつければ苦労しません」

「いや、お主は知らぬだろうが、祐筆《ゆうひつ》という役目がある」

祐筆とは代筆者のことであるらしく、公家武家を問わず、日に大量の書簡を書かねばならぬ者には重宝されるという。

この日は部屋には二人のみ。

九兵衛はこの機会にかねてからの疑問をぶつけることにした。

「和尚、尋ねたきことがあります」

「何だ？」

宗慶は紙を陽に翳《かざ》しつつ感嘆している。

「この寺の費えは何によって賄《まかな》われているのでしょうか」

宗慶の肩がぴくりと動いた。しかし体勢は変えぬまま、鷹揚《おうよう》な調子で答えた。

「何故、気になる」

「五百住を始め近隣の村々は困窮を極め、まともな布施があるようには見えません。それどころか、和尚は反対に米を村々へ分け与えておられる。私らの食い扶持《ぶち》、そしてこの筆や紙……どう考えても釣り合わぬものと」

九兵衛が一気に言い放つと、宗慶はゆっくりと振り返った。そして潤みの少ない眼でじっと見つめる。

「儂が売っていると考えたか？」

「一度はそう思いました」

九兵衛は正直に答えた。足軽らによって人身売買が横行している。寺から巣立っていった子どもは売られたのではないかと考えたこともある。しかし宗慶の人柄に触れるにつれ、そのような非道なことをする人ではないと思い始めてきた。ならば金はどこから出ているのか。それが解らないのだ。

「心配するな。無事に皆を送り出している」

言葉を額面通りに信じ切る訳ではないが、九兵衛は少しばかり安堵した。この一年で何人もの女子が寺から引き取られていった。それらが皆、馬喰らに売られたなどとは考えたくもないことだった。

「では……」

「さる御方より金を頂戴している」

「さる御方？」

九兵衛が鸚鵡《おうむ》返《がえ》しに問うと、宗慶は口辺の皺を指でなぞりつつ頷く。

「一つだけ申しておらぬことがある。娘たちの行く先のことよ」

尼寺に入れたり、縁付かせたりしているのは真実だ。だがその行き先はどこか知らされていない。てっきり近郷と思っていたが、どうやらそうではないらしい。九兵衛はじっと黙して答えを待った。

「阿波《あわ》だ」

「阿波……四国の」

「良く知っているな」

宗慶は擦《かす》れた声で短く言った。

九兵衛は書によって四国という途方もなく大きな島があり、そこの中に阿波という国があることは知っていたが、遥かに遠い唐天竺《からてんじく》ともそう変わらぬ別天地に思えた。娘たちは悉《ことごと》く海を越え、その阿波に引き取られているというのだ。

「それが金の出所にかかわりがあるのですか」

「ほんにお主は賢しいの……」

宗慶は天井を見つめて少し迷った様子を見せたが、二度三度己に言い聞かせるように頷いて言葉を継いだ。

「寺に出入りしている商人たちがいるのを知っているな」

「はい。月に一、二度」

米、青菜、あるいは着物などを売りに多数の商人が本山寺を訪ねて来る。九兵衛や甚助も荷を下ろすのを手伝ったことが何度もあった。

「あれは京の様子を探らせている儂の手の者だ」

「え……」

確かに和尚は商人たちを居室に招き入れている。だがそれは勘定《かんじょう》をしているのだと聞かされており、商人たちにもそのような素振りは微塵も見えなかった。

「厳密に申せば、お主たちのようにかつてここで暮らしていた者もいる。米を運ぶ仁《じん》蔵《ぞう》などはそうだ」

「何のために京を？」

「そこから語るべきであったな。この寺の費えは、全て阿波の御方から出ている」

以前から和尚は孤児を救っていたが、この乱世では布施も少なく到底賄いきれない。そんな時、この寺の噂を聞きつけてある男が訪ねて来た。

それが宗慶の言う「阿波の御方」である。

その男は子どもたちを育てられる十分な金を工面する代わりに、自身の手助けをして欲しいと持ち掛けてきた。その頼みというのが、この本山寺を、京を探る拠点にするということであった。

「渡りに舟と思ったが、悪事に手を貸すことはできぬとも思うた。故に何のためかと御方に尋ねたのだ。すると御方はこう仰った……」

「なんと？」

「武士を残らず駆逐《くちく》すると」

「は……」

九兵衛には皆目意味が解らなかった。生まれてこの方、武士というものはいて当然の存在であった。それを駆逐、つまり消し去るなどできるはずが無い。またそのようなことを考える者も常人とは思えない。

「武士の成り立ちを知っているか」

宗慶は九兵衛から視線を外さずに続ける。

「……荘園を守るために生まれたものと」

これという明確な答えは持っていない。だがこれまでに読んだ史書によれば、それこそが切っ掛けであったことは間違いないように思う。

「お主はやはり賢しいな」

宗慶の肩が動く。深く息を吐いているようであった。

「荘園を守るため。あながち間違いではない」

宗慶は噛んで含めるように話す。

遥か昔、朝廷の権力がまだ絶大だった頃の話である。さらなる富を求めた朝廷は、山野を切り開いて新たな田畑を開墾《かいこん》しようと考えた。しかし、そのためには多くの人を使わねばならず、当然ながら銭や米が必要となってくる。

「自らの手を動かさずに国土を広げることはできないか。そう考えた朝廷は人の欲心を利用しようとした」

新たに切り開いた田畑は、その者に与えるという勅命を出したのである。新たな田からも租税を取れば、労せずして国力を高められると考えたのだ。

朝廷の思惑通り、欲心を掻き立てられた各地の有力者は、人を集めてこぞって開墾した。そのことによって朝廷にもたらされる租税も飛躍的に増えることとなった。

「だが朝廷は見誤ったのだ」

「と……申しますと？」

「人の欲には限りが無いということを」

振り返った宗慶の口元が歪んでいた。

新たに耕す地が無くなって来た時、人は朝廷が想定していない行動を取った。他人の田を奪うということである。一度それが行われると、己で耕すより楽に手に入ると、その手法が瞬く間に天下に伝播《でんぱ》した。

折角耕した土地を取られては敵わぬと、荘園領主は人を抱えて守りを固める。ならば奪う側はそれよりもさらに多い人を集めて攻め込む。守っていた側も機を見て奪う側に転ずる。

「世の乱れの始まりよ。その荘園を守り、あるいは攻めるための手勢こそ武士の始まりだ。つまり武士は人の欲心の化身とも言える」

「欲心の化身……」

唇が自然と反芻した。

欲心によって武士は生まれ、その武士が手軽に使う雑兵として足軽が生まれた。父は足軽に斬られ、母は己たちを救おうとして自ら命を絶った。ようやく出逢えた同じ境遇の仲間、多聞丸たちを殺したのもまた足軽である。つまり己の大切な者たちは、人の欲心に殺されたと言っても過言ではないのではないか。

「偉そうに申しておるが、これも受け売りよ」

これまでの話で、九兵衛はそれが誰の発した言葉であるか察しがついた。

「それも御方の……」

「左様。そして御方はそれらを悉く滅ぼす。さすれば子どもが死を恐れることなく、健やかに遊んで暮らせる世が来ると」

滔々と語っていた宗慶はそこで言葉を切り、立ち上がる。そしてゆっくりと歩を進めて襖を開け放った。

九兵衛の目に、境内で遊びに興じる皆の姿が飛び込んできた。中には日夏や甚助の姿もある。一年前の悲愴な顔が嘘のように笑みが零れていた。

話の内容までは聞き取れなかったが、甚助の快活な声に、日夏の黄色い声が重なると、他の者たちも、どっと笑い声を上げた。このような時がずっと続く。それもこの寺院のような限られた場所だけでなく、世の全てがそうなる。その御方の言うように、そんな世が来るならばどれほどよいかと九兵衛は素直に思った。

同時に無謀だと思えなくもない。武士はすっかりこの国に根差し、足軽を含めれば少なく見積もっても数十万を超えるだろう。それを全て駆逐するなど如何にして為そうというのか。

そこまで考えた時、九兵衛はふと気になった。そのような壮大な夢を語る御方という人は、どのような男なのだろうかと。武士に権力を奪われた公家衆なのだろうか。それとも宗慶のように僧籍に身を置いて現世を憂う者なのだろうか。

未だ外で遊ぶ子らを眺める宗慶の背に向け、九兵衛は尋ねた。

「その御方の名は」

衣擦れの音と共に宗慶が振り返る。

「三好元長《もとなが》殿と謂う」

「え……それは……」

多聞丸らと追剝をしていた時、その名を耳にしたことがあった。九兵衛の記憶が確かならばその者は公家でも僧でもない。

「武士だ」

武士を駆逐するという夢を掲げているのが武士。その矛盾に頭が混乱し、九兵衛は唖然としてしまった。陽を背にしたせいで、宗慶の顔は影に包まれており、表情ははきと読めない。だが僅かに白い歯が覗いていることから、どうやら微笑みを浮かべているらしい。

二

宗慶と二人で話して十日後のことである。皆で質素な夕餉を喫《きっ》した後、九兵衛は宗慶の傍に近づいて小声で囁いた。

「和尚、お話があります」

宗慶は何かを察したようで、口を真一文字に結んで頷く。

やがて皆が眠りにつこうという頃、九兵衛は宗慶の居室に呼ばれた。

「聞こう」

部屋に入ると、宗慶は居住まいを正して短く言った。

「御方……いや、三好様に御目通りは叶いませんか」

宗慶は小さく唸り、袈裟の裾を整える。

「会って如何にする」

ことに気付く。

「考えていません。ただ会いたいのです」

気圧《けお》されたように宗慶がやや仰け反ったので、己が我を失い、身を乗り出していた
「やはり、そうなったか……」

細く息を吐き、宗慶は立ち上がると燭台に火を灯した。芯が微かな鈍い音を発し、
ちろちろと火が揺れ始める。元の場所に座った宗慶に向けて尋ねた。

「やはりというのは……？」

宗慶が燭台を二人の間に引き寄せた。

「話すかどうかは迷った。お主はこの寺の費えの出所を疑っていた故な……だが生半
可な嘘はお主には通じぬと思ったのよ」

「買いかぶり過ぎです」

宗慶は目を柳の葉の如く細め、鷹揚に首を横に振った。

「宗念と夜空を見上げていた日以来、毎夜、星を眺めていたな」

行灯《あんどん》の仄かな灯りが揺れ、宗慶の頬を撫でるように照らした。

確かにその一件以降、晴れた日の夜になると床を抜け出し、独りでひっそりと空を
見上げていた。宗慶はそれに気づいていたらしい。

「宗念に言われ、何故星が動くのかと興を持ちました。答えが判れば教えてやろうと

「……」

「ふむ。答えは出たか？」

「いえ……未だ答えは出ません。しかし如何に動いても星と星の間隔は一定。そして時と共に決まっただけ東から西へと進みます。これは古来より解っていること」

九兵衛がこれまで読んだ書物の中には、天文に関わることもあった。これくらいのことは記載してあったが、それ以外のこととなると、強く瞬くのは吉兆、星が流れるのは凶兆などという星占のことばかり。何故星が瞬き、何千年も同じ動きをしているのか、その核心に触れる様なことは一切書かれていなかった。

「生涯、考え続けてゆこうと思います」

「そうか」

宗慶は顎の辺りをつるりと撫でて苦笑した。

「三好様と星に何か関わりがありましょうか」

「いや……並の者ならば、星は何故動くのかと訊かれて大真面目に考えまい。ましてやお主は毎夜起きてその真実に迫ろうとし、挙句には生涯考えると言う。お主は好奇の心が尋常でなく強い」

確かに言われてみればそうかもしれない。幼い頃から何故と疑問が浮かべば、徹底して知りたくなる性分であった。父が商いで銭を使うのを見て、はて世にはどれほどの銭があるのか。そもそも銭はこの程度の価値と決めたのは誰なのか。立て続けに問いかけて父を困らせたこともあった。

星のこともそうだ。真偽は判らないが、必ず答えがあるはずということだけは確かだ。そう思うと胸が高鳴り、黙然と真とは何かと考えてしまった。

「さて……開けてはならぬ玉手箱を開ける心地じゃ……」

目の奥に微かな怯えのようなものが見える。宗慶は糸のように細く息を吐き、意を決したかのように訊いた。

「お主は、何を知りたい」

「人は何故生まれ、何故死ぬのかを」

この一年間、ずっと頭を占めていた謎を口にする。雷が近くを走ったかの如く、宗慶の肩がぴくりと動いた。

「それは途方も無いことよ……未だかつて誰一人として辿り着いた者はいないだろう。そもそも答えなど無く、人は死にたくないから生きるだけやも知れぬ」

己の胸に灯った疑問の火を鎮めようとしているのか、宗慶はいつになく饒舌に語った。

「三好様の夢が叶えば、死は有り触れたものではなくなるはずです。その先に人は何たるかの答えがあるのではないか。そう思うのです」

「お主のその性質は、僧に向いていると思うのだがな……」

宗教の本質は真理の追究ではないか、かつて偉大な僧は皆、人は何故生まれ、何のために生き、何故死んでいくのかを真剣に考えたに違いない。そう宗慶は語った。

「和尚に申し上げるのは憚《はばか》られますが……私は福聚金剛《ふくじゆこんごう》より、遍照《へんじょう》金剛の生き方に心惹かれます」

九兵衛は躊躇いつつ、静かに言った。

「実践……か」

宗慶はすぐに意を汲み取ってくれた。

福聚金剛とは天台宗《てんだいしゅう》の開祖最澄《さいちょう》、遍照金剛とは真言宗《しんごんしゅう》の開祖空海《くうかい》のことである。ある日、最澄は空海に仏典である「理趣釈経《りしゅしゃくきょう》」の借用を申し入れた。しかし空海は、仏教の真理は文章の修行ではなく、実践によってのみ得られると拒絶し、以後二人は相交わることはなかったという。この本山寺は天台宗の寺である故、九兵衛は憚りながら言ったという訳である。

「この目で確かめとうございます」

「人間《じんかん》の何たるかを知る……か」

己に言い聞かせるように口で言葉を転がし、宗慶はゆっくりと瞑目した。

人間。同じ字でも「にんげん」と読めば一個の人を指す。今、宗慶が言った「じんかん」とは人と人が織りなす間。つまりはこの世という意である。

やはり反対するのであろうか。宗慶は目を瞑ったまま何も話さない。沈黙に耐えかねて九兵衛は、薄い光沢のある板床《いたどこ》に視線を落とした。

「福聚金剛は眩しかったのであろう」

「は……」

宗慶の唐突な一言に、九兵衛は相槌を打つことしかできなかった。

「今、儂は同じ想いでお主を見ている」

はっとして顔を上げると、そこには宗慶の穏やかな笑貌《しょうぼう》があった。

「九兵衛、行くか」

「はい」

九兵衛は顔を上気させて力強く答えた。宗慶は己に言い聞かせるように、二度三度頷いた。

「堺《さかい》へ行け」

意外な地の名が宗慶の口から飛び出した。ただそれが何処であろうが心は変わらない。九兵衛は口を真一文字に結び、ゆっくりと頭を垂れた。

宗慶と話した翌日、九兵衛は甚助と日夏に思いを打ち明けた。甚助はふうん、と軽く相槌を打っただけで反応が薄い。兄のいるところならば、当然自分も付いていくものだと思っているのだろう。ここでの安寧《あんねい》な暮らしを捨てることにも、些かも狼狽《うろた》える様子は無い。薄々気付いていたが、甚助は己などよりも余程腹が据わっている。

一方の日夏は対照的であった。明らかに動揺し、顔色も紙のように白く変じた。日夏はここに来て初めて、雨に濡れることも気にせず、食うにも困らず、白刃も見ない暮らしを送れているのに、と目に涙を湛えて言った。

「日夏、お前は残れ」

「え……」

九兵衛が優しく言うと、日夏は口を半ば開いて固まった。

「何も付いて来ることはない。お前の言う通り、ここにいれば不自由なく暮らせる」

「でも、私は九兵衛と……九兵衛たちと離れたくない」

日夏は言葉を切りながら、絞るように言った。

「別に今生の別れという訳じゃない」

「その御方に会って、九兵衛はどうするの？」

日夏に言われて考え込んだ。己は何をしようとするのか、明確な答えは持っていなかった。ただ元長という男に会ってみたいという強い欲求に突き動かされている。その先のことは会ってから考えればよい。

他人からは楽観的に見えよう。しかし多聞丸にせよ、宗慶にせよ、人との出逢いが思いがけぬ道を開くことを知った今、九兵衛にとってはまず出逢うことが当面の目的であった。そこで湧き立つ感情に従うことが、九兵衛の求める「人とは何か」に近づくことのように、朧気ながら思えた。

「阿波に行くかもしれないじゃない」

日夏は重ねて言った。

「そうかもしれない。仮にそうだとしても、また必ず会いに来る。日夏が無事でいてくれさえすれば」

「本当……？」

日夏の頰にあった強張りが緩んだ。

「たとえお前がどこかに嫁いでいたとしても、その村を訪ねると約束する」

日夏の表情にさっと翳が差した。

「そんなに時が掛かるの……」

「もう日夏も十五だ。そろそろ嫁に行かなければならないだろう」

十四、五になれば女子は嫁ぐ時代である。なるべく早くに顔を見せたいが、紹介の文を書いてくれた宗慶も、堺にいるという元長に繫がる男の名を知っているだけで、元長は何時現れるかも解らない。堺を訪れた日にたまたま出会うかもしれず、逆に、一年待っても現れないかもしれないのだ。

「わかった。私はここにいる」

日夏は視線を落として拗ねるように言った。

「得心してくれたか」

「そうじゃない。嫁がないということ」

「馬鹿なことを言うな。和尚はきっと良い夫を見つけて下さる」

この寺にいた男の中には、長じて元長の手に加わった者がいる。しかし女子はどこかに嫁がせるか、尼寺に入れるようにしたと確かに宗慶は言っていた。

「嫌」

「じゃあ、尼になるのか？」

「それも嫌」

「どうしても付いて来たいということか？」

「九兵衛の足手まといにはなりたくない」

このような分からず屋な性質であったろうか。日夏が頑ななので、九兵衛はほとほと困り果てたが、それでも優しく問いかけた。

「ではどうしたい」

「ここで九兵衛を待っている。何年経っても。だから迎えに来て欲しい」

日夏は会いにではなく、迎えにと言った。つまりはまたいつの日か、己や甚助と共に過ごしたいということだろう。己もまたそんな日々が来ることを、望んでいない訳ではない。

ただそれが何時になるか、はきとは言えない。元長に会って得るものがなかったり、あるいは門前払いされたりするならば、数ヵ月で戻ってくるということもあり得る。反対に、日夏の言うように阿波に赴くなどとなれば、数年は会えないかもしれないのだ。

「分かった」

日夏の顔がぱあっと明るくなった。九兵衛は慌てて付け加えるように言った。

「ただし一つだけ、日夏も約束してくれ」

「何？」

「もし和尚の勧めで良き人が見つかれば、その時は遠慮なく嫁いでくれ」

日夏は何か言いたげに首を捻ったが、やがてこくりと頷いた。

「分かった」

「よし。では俺も約束する」

得心してくれたことで気が楽になり、ようやく九兵衛も微笑んだ。必ず待っていると念を押す日夏に、九兵衛は何度も頷いてみせた。

九兵衛と甚助が堺に向けて本山寺を発つ日がやってきた。旅支度に身を固めて楼門に立つ。

「兄者、待たせた」

荷を背負ってやってきた甚助が詫びた。己以上に皆とよく交わっていた甚助を、寺の子どもたちが別れを惜しんでなかなか離さなかったのである。

甚助の少し後ろを宗慶が歩いて来る。

「九兵衛、気をつけるのだぞ」

あと半年もすれば、商人に扮した元長の手の者が寺を訪ねて来る。その者と一緒に行ってはどうかと宗慶は提案したが、九兵衛はこれを断った。

半年待っている間に堺に元長が現れ、次の機会が一年後などとなれば、悔いても悔やみきれぬ。

もっとも、早く発ったとて会える保証は無い。だが九兵衛はそれでも行くつもりである。生まれてたった十六年の中で多くの死に触れてきた。人の一生の儚さを思えば、必ず明日がやって来るなどと悠長に構えていられない。故に日夏に打ち明けて五日、旅支度が整ってすぐに発つことを決めたのである。

「御世話になりました」

九兵衛は頭を下げ、行く先に視線を動かした。長い石造りの階段が下へと延び、それを挟み込むように紅葉した木々が並んでいる。風に揺れる葉のさざめき、鳥たちの囀りも、まるで己たちの門出を彩っているかのように思えた。

思えば一年前、日夏を背負ってこの階段を上って来たのだ。ようやく得た安息の地。それを捨てて己はまた人間の荒波に漕ぎ出そうとしている。

人から見れば愚かに見えるだろう。

それでも心の中のもう一人の己が、動けと命じる。茫然と飯を食い、漠然と眠り、漫然と日々を過ごすのは、父母や多聞丸らが繋いでくれたこの命を、粗末にしているようで恐ろしいという気持ちもあった。

そこまで考えた時、日夏の姿がいつになっても見えないことに気づいた。

「日夏は？」

「もう別れを済ませたから構わないとさ」

どのような感情なのか、甚助は口を尖らせた。別れを済ませたといっても、

「行ってくる」

「うん」

と、一言二言交わしただけであった。先日、散々引き留められたことからすれば、拍子抜けする。この五日の間に熱も冷めたのだろうと、九兵衛は安堵から唇を綻ばせた。

「さて、行くか」

「よし」

宗慶が見送ってくれる中、九兵衛は石段に足を掛けた。一歩、また一歩と下っていく。

「甚助、いいのか？　今ならまだ引き返せるぞ」

跳ねるように一歩先を行く甚助に尋ねた。

「兄者一人にするのは心配だからな」

悪戯っぽい顔を作って軽口を叩く。

「言うようになったじゃないか。まだ十三のくせに」

「もう十三さ」

甚助は齢十三。本山寺で過ごした一年の間にどんどん身丈が伸びた。己が十三の頃はもっと低かったことを考えても、あと一、二年もすれば追い越されてしまうのではないか。

「たった二人の兄弟だ。何があっても離れやしない」

甚助は白い歯を覗かせると、また蛙が跳ねるように石段を下っていく。

石段も間もなく終わろうかという時に、日夏の声が聞こえたような気がした。気のせいかと思ったが、甚助が振り返るので間違いない。九兵衛は勢いよく身を翻した。

「九兵衛!!」

日夏が口に両手を添えて叫んでいる。暫く待ったが、日夏は繰り返し己の名を呼ぶだけである。

「日夏！」

つづく言葉を探したが何も出て来ない。込み上げてくる得体の知れぬ感情を抑えきれず、ただこちらも名を呼び返した。

木漏れ日が揺らめく石段を駆け下りてくるように、日夏の声が聞こえる。やはり名を呼ぶだけである。遠くて表情は読み取れない。

どうか日夏には笑っていて欲しい。

九兵衛は祈るような想いで大きく頷いた。

三

九兵衛は手頃な枝を折ると、焚火の中へとくべた。背後には名も知れぬ森が広がっており、時折どこからか鳴き声が聞こえて来る。はきとは解らないが、梟か鴟《みみずく》か、どちらかであろう。

少しでも早く堺に行きたいと思いながらも、久々の旅に心が躍り、景色を楽しんでいるうちに日が暮れた。泊まる当てはないため野宿である。獣を避けるためにこうして火を熾《おこ》し、夜盗が現れたならばすぐに逃げられるように森の傍に寝床を据える。得体の知れない者の家に泊まるより、余程こちらのほうが安全だと言えよう。

「明日はいよいよ堺だ」

太い枝で焚火を掻きながら、九兵衛は小声で漏らした。己に言い聞かせる独り言である。甚助は寝息を立てている。眠気が来れば甚助を起こし、交代で眠る。これも身を守るためのことであった。

「堺……か」

再び声に出した。故郷の西岡と京の近辺、あとは本山寺のある五百住以外の場所を己は知らない。高揚感と同時に、微かに不安も感じており、それを紛らわすために口に出すのかもしれない。

本山寺を離れる前、九兵衛は宗慶よりこれから向かう堺なる町がいかなるところか、予《あらかじ》め聞かされていた。堺は大きな湾に面した日ノ本随一の町である。その領域は摂津国と和泉《いずみ》国の境に跨っており、それが堺の名の元になったという。

——堺と一口に言えど、南北で大きく異なる。

宗慶はそう前置きをして語り始めた。

摂津国に属するほうは堺北荘、和泉国に位置するところは堺南荘と呼ばれている。

堺北荘は摂津国守護の細川京兆家《けいちょう》が領有しており、その内衆である香西家《こうざい》が治めているという。

一方の堺南荘は京都五山の一つ相国寺塔頭崇寿院《しょうこくじたっちゅうすうじゅいん》が領している。しかしそれは表向きで、堺北荘ほどことは単純ではない。相国寺からの地下請で自治を行っている地、京兆家とはまた別の和泉国守護細川家が管理する地、何の根拠もないのに河内《かわち》国の畠山《はたけやま》氏が入り込んだ地もある。さらには幕府政所執事《まんどころのしつじ》伊勢《いせ》家も乗り込んできており、堺南荘では様々な勢力が蠢動《しゅんどう》しているという。

その様々の中の一つに、九兵衛が会うことを望んでいる三好元長も含まれているのである。

「堺……どんな町か、早く見てみたいものだ」

「兄者……」

「どうした」

即座に返したが、応答は無い。甚助はよく寝言を漏らす。今もそれであろう。最近ではめっきり大人ぶった口調で話すようになったが、甚助はまだ齢十三。子どもなのだ。九兵衛は口元を綻ばせて、手持ちの枝も炎に放り投げた。

翌日、二人は堺南荘に辿り着いた。遠くからでも多くの建物が建っていることは判ったが、町の入口に立って呆気に取られた。一つ一つの家が立派で、百姓の茅舎《ぼうしゃ》などとは比べ物にならないのだ。それが幾つも軒を連ねており、奥の方は霞むほどであった。

さらに驚いたのは人の数である。見渡す限り人、人、人の群れ。天秤棒を担ぐ者、馬に荷を曳かせる者、見るからに高価そうな袈裟を着た僧、胸元を露わにして声を掛ける女、糊のきいた裃《かみしも》を付けた武士、柄を縄で巻いた粗末な刀を腰に捻じ込む足軽。息を吞むほどの人の坩堝《るつぼ》に甚助などはあんぐりと口を開けて、

「今日は何か祭りでもあるのか？」

と、訊いたほどであった。

だが堺の賑わいにも果てはあるようで、進むにつれて閑散としていく。家の間隔も疎らとなっていき、田畑なども散見された。

宗慶が文を書いてくれた頼り先は、舳松《へのまつ》という村である。村の東には仁徳《にんとく》天皇のものとされる壮大な陵があるという。村の名である舳松も天皇家の足跡に由来する。神《じん》功《ぐう》皇后が大陸との戦いを終えて帰った際、この地の松の木と、船の舳《へさき》を縄で括って上

陸したという逸話があるとのこと。そのような話は聞かされていたが、どのような風景であるかは教えられていなかった。どうやら舳松村は堺南荘の中でも郊外にあたるらしい。

「貧しい村なのか?」

甚助は不安げに周囲を見回した。先ほど見たような立派な家屋は途絶えている。

「そうではないだろう」

堺南荘は群雄が入り乱れており、元長が影響を及ぼしているのはその一割。堺北荘は細川京兆家が一手に握っているため、宗慶いわく堺全体から見れば五分ほどではないかという。

さらに元長は大半の時を阿波で過ごしているので、堺での三好家勢力は息を殺しているような恰好。このような郊外のほうが、他方を刺激することもなく暗躍出来るなど、何かと都合がよいのではないか。

「どのような男だろう」

「口に気をつけろ。男の機嫌を損ねれば、御方への目通りも難しくなるかもしれない」

元長との繋ぎを務める男とは宗慶も直接の面識はなく、文の往来があるだけ。何でも皮革や武具を商っているらしく、その屋号は「かわや」であるという。詳しいことは知らないが、元は武家であったらしく武野《たけの》と謂う姓も持っているという。

途中、すれ違う人に道を尋ね、目的の「かわや」に辿り着いた。屋根こそ柿葺《こけらぶき》だが、賑わいの中心に建っている家々と比べれば幾分貧相である。軒先に猪の皮が干されている。まだ剝がれてそれほど時が経っていないのだろうか、仄かに異臭が漂っており甚助は鼻を摘まんだ。甚助の手に触れてそっと降ろさせると、九兵衛は中に向けて短く呼びかけた。

「もし」

応答は無いが、戸が少し開いている。二人は顔を見合わせると、九兵衛から再び呼びかけた。

「もし、どなたかいらっしゃいませんでしょうか」

甚助が隙間から中を覗こうとした時、戸が音を立てて開いた。

立っていたのは若い男である。左右形の揃った弓形《ゆみなり》の眉の下に、涼やかな一重瞼。線を引いたような通った鼻筋と上品な顔付きであるが、人中にあたる鼻の下の溝が深く、それが顔全体に得も言われぬ愛嬌を与えている。身に着けているものは粗末な茶染の小袖であるが、手入れが行き届いており、袖の折り目がぴんと張っているのを、九兵衛は目の端で捉えていた。

「坊《ぼん》、どうした？」

男は客だと勘違いしたようだが、こちらが思いの外若いため、怪訝そうにしている。

ここでも甚助は思ったことをすぐに口に出した。

「兄者はもう十六だ」

「ほう。それはすまんかった。だが歳を重ねるだけで、大人になったとは言えへんぞ」

「それは如何な意味で」

用件そっちのけで九兵衛が迫ったことで、男は些か驚いたように目を見開いたが、少し考えるような素振りを見せたあと、ゆっくりと語りだした。

「躰ばかり大きゅうなって、心は幼いまま……そのような者が世には溢れとる。子どもにはちと難しすぎたかな？」

男は申し訳なさそうに薄い唇を歪めた。

「いえ、納得させられました」

「ほう」

男は小さく唸り、思い出したように尋ねた。

「で、誰に頼まれて革を買いに来た」

「宗慶様に」

「なるほど……」

男が目を細めてまじまじと顔を見つめた後、手で招くような仕草をした。それで二人は中に入り、反対に男は外の様子を窺ってから戸を閉めた。

「そこで待ってくれ」

男は框《かまち》の方を顎でしゃくり、盥《たらい》を持って水瓶に近づく。脚を洗う用意をしてくれているのだと解った。

「湯でなくとも、水で結構です」

九兵衛の一言で、男はぴたりと足を止めて振り返った。

「何故、湯を沸かそうとしていると解った」

「先刻、部屋に入るとき竈《かまど》を一瞥されていましたので」

竈に火が残っているのを見て、男が一瞬安堵の表情を浮かべたのを見ていたのだ。

「ふむ……これは参った。で、名は……」

男は苦笑してこめかみを掻いた。

「九兵衛と。こちらは弟の甚助です」

「武野新《しんご》五郎《ろう》や。遠慮はいらん。湯のほうが脚の強張りもほぐれるやろう」

宗慶から聞いていた男こそ、この新五郎であった。軽やかな訛りも相まって、心地よい雰囲気を醸し出している。

新五郎は有無を言わさず湯を沸かすと、水でうめて程よい熱さにして盥を差し出す。言葉に甘えて二人は脚を清め、招かれるまま座敷に上がった。

「宗慶殿も人が悪い。年恰好については一切触れられへんかったから、てっきり厳めしい男が二人来るものと思っていたわ」

新五郎は頰を撫ぜながら微笑んだ。

「申し訳ございません」

「何を謝ることがある。私の早とちりやからな。積もる話もあるやろうが……おいおいな。旅の疲れもあるやろう。一室を空けてあるから、そこで休んだらええ」

「厄介になります。お手伝い出来ることがありましたら、何なりとご用命下さい」

九兵衛は頭を垂れると、際の際まで畳に手を添えながら立ち上がった。

「それは？」

新五郎は九兵衛の手を指差しながら訊いた。意味が解らず今度は九兵衛が尋ね返す。

「と……申しますと？」

「その所作、変わった立ち方をする。何か意味があるのか」

「先ほどから奥で咳込むのが聞こえましたので、病人を起こさぬようにと」

「なるほど」

「無作法だったならば、お詫び致します」

「いや……気遣いありがたい」

新五郎は改まった口調で言うと、奥の一室に案内してくれた。

新五郎は母がすでに他界しており、妻もいないようで、近所の年増《としま》に金を払って飯の支度を頼んでいるらしい。夕餉が出来たら呼ぶからそれまでは休んでおくように、と新五郎が言い残した。

「いい人そうで良かったな」

さっそく与えられた部屋へ入ると、甚助は満面の笑みを見せ、早くも畳の上にごろんと横になった。

板の間ではなく座敷である。畳は高価であるため、普通はこのようにあちこちの部屋に敷かれている訳ではない。家の外見に反して中は贅沢な作りになっている。いや贅沢というよりは、何か拘りのようなものを感じる。先ほどの脚を洗う湯もそうだ。相手をもてなすという意識が高いように思われた。

「楽しみだ」

初めて会う種の人物だと勘が告げている。

――世には面白い者が沢山溢れている。

九兵衛は畳の目を指でなぞりつつ微笑んだ。

二人は夕刻になって新五郎に呼ばれて先の部屋へ戻った。

「これは……」

入るなり、九兵衛はさっと膝を突き、甚助も慌ててそれに倣った。新五郎の横に、寝間着に上掛けを羽織った中老が座っていたのだ。前の膳には空になった椀。すでに食事は済んだものと思われる。

「武野信久《のぶひさ》と申す。若いと聞いていたが……ここまであどけないとは」

信久は人の善さそうな笑みを向けた。毎日あたっている訳ではないのだろう。口の周りに僅かに無精髭が生えており、差し込む西陽を受けてきらりと光った。新五郎に信久の歳は五十九と聞いていた。十分歳には違いないが、病のせいかそれ以上に老け込んで見える。

「九兵衛と申します。お邪魔しております」

「甚助です」

信久は二度、三度頷いてみせた。

「躰が優れぬでな。飯を食うにも時が掛かるので、お先に頂いた。すまぬの」

「滅相も無い……」

頭を下げつつ、九兵衛は二つのことを考えた。

一つはこの信久、息子の新五郎と異なって訛りが無い。思えば一介の皮屋にして姓を持っているのも気に掛かる。もう一つは、新五郎が三好家の手先となって堺で暗躍していることを信久殿は知っているのか。信久の代、あるいはそれより以前から繋がりはあり、新五郎に引き継いだのか。それとも新五郎の代から始めたのか。後者ならば信久は息子と三好家の間に行き来があることすら知らない可能性もある。

九兵衛は視線を新五郎に移したが、微動だにしない。どちらにせよ、これは口にしないのが得策だと考えた。

「父上、そろそろ床に」

「そうだな。これからよろしく頼む」

新五郎の介添えで信久は立ち上がり、会釈をして奥へと引っ込んでいった。

暫くすると新五郎が戻ってきて、膳の前に座る様に促した。

「普段はお吉《きち》さんに給仕まで頼むんやが、今日は帰って貰うた」

「近所の……」

眼前の飯を拵えてくれた女だろう。近所の年増だと新五郎は言っていた。

「うむ。食おう」

新五郎は満足げな笑みを見せて頷く。甚助がぱんと音を立てて手を合わせ、箸を摑もうとするのを、九兵衛がさっと手を出して制した。主人である新五郎が箸を付けるまで待つのが礼儀というのが表向きの理由。だが真意は別にある。新五郎を信じて良いものか、まだ迷いがあるのだ。

「甚助は歳相応のようや」

新五郎は菜を箸で摘まみ、意味深長にちらりとこちらを見た。

「私は違いますか？」

尋ねると、新五郎は弓形に張った眉の片方を持ち上げた。

「九兵衛は賢しい。目から鼻に抜けるようにな」

宗慶にもそう言われたことがあったが、九兵衛は特段賢しいと思ったことはない。

「生まれつきもあるやろが、これまで相当な修練に励んできたんやろう？」

「これまで本山寺、その前と二つの寺におりました。そこにある書物は一通り読みましたが、とても修練などと言うほどでは……」

「勉学だけやない。人としての修練や」

聞き慣れぬ言葉に九兵衛は首を捻る。新五郎は口角を持ち上げつつ続けた。

「余程何事にも疑って入る性質《たち》やろう？」

「宗慶様もそう仰いました」

「遠慮はいらへん。冷める前に食え」

新五郎は言うが、九兵衛はじっと見つめるのみ。甚助は焦れったそうに身を揉んでいる。汁を啜った新五郎が上目遣いにこちらを見て、視線がかち合った。

「何か訊きたいことが？」

新五郎は椀を膳に置いて不敵に笑う。

「あなたは真に武野新五郎様なのかと」

新五郎は口を手で押さえ、噴き出しそうになるのを堪えた。

「まずそこからか」

ここに辿り着いた時から、その疑いを捨ててはいない。ここは三好家諜報の重要拠点であるという。他の勢力に襲われるということも十分に考えられる。想定しうる中でも最悪なのが、

――これが新五郎ではない。

と、いうことであった。つまりすでに敵の手に堕ち、別人が成りすましているということ。何せこちらは新五郎の名だけしか知らず、相貌も判らないのだ。

迎えたこの「新五郎」の所作から贋者でないと思い至ったが、油断をする訳にもいかない。居室に案内され、甚助が眠りこけていた間も、九兵衛は刀を手元に近づけて一睡もしなかった。

「ふむ。では反対に訊こう。お主が九兵衛である証は？」

「これを」

九兵衛は肌身離さず懐に忍ばせていた、宗慶の紹介の書状を取り出した。

「何者かが真の九兵衛を襲って文を奪い、成りすましているとも考えられる」

新五郎は文を取ろうともせず頬を緩めて続ける。

「例えばその甚助も贋者だとする……」

「俺は本物の甚助だ」

甚助が食って掛かるような調子で言った。

「そのような言い方をすれば、俺は九兵衛の贋者のようではないか」

「む……兄者も本物さ」

二人のやり取りを見て、新五郎はなおも愉快そうに話す。

「仮の話よ。気を悪うするな。甚助が贋者、文を奪った一味だとすれば、その証言も信じるに能わないことになる」

「確かに」

「つまり己が己たるを明らかにすることは、存外難しいということや」

「では……如何にすればよいのでしょう」

いつの間にか立場が逆転してしまっている。

「確かに持っているということは、限りなく証に近づく」

「確かに持っている？」

　そのまま鸚鵡返しに問い返すと、新五郎は深く頷いた。

「お主しか持ち得ぬ物。それは名刀と呼ばれる刀でもよい。その宗慶殿の書状もそうだ。奪われたという考えを除けば、限りなくそれは自身の証となる」

「己が己であることを明かすために物に頼るとは……皮肉でございますな」

「その通り。だがそう思えば、物も尊く思えるやろう？」

　九兵衛がこくりと頷くと、新五郎は片笑みながら指を一本立てた。

「それともう一つ。人の目や。町に出て訊いてみ。皆が私を新五郎やと言うてくれる。そうなれば私は限りなく新五郎になる」

　限りなく新五郎。その言い方が可笑しく、思わず丸い息を零した。

　確かに町全体で口裏を合わせるなど容易くはない。不特定多数の証言が得られるならば、これが新五郎であると信じても間違いなかろう。

「私は……」

　九兵衛は声を詰まらせた。世の中で己のことを知っている者がどれほどいるだろうか。父母はすでにないし、同じ時を過ごした多聞丸たちも死んだ。知っている者といえば弟の甚助を除けば、西岡の者たち、宗慶を始めとする本山寺の人々、そして日夏くらいのもので、皆がこの堺から遠く離れたところに住んでいる。

「誰が見ても、これが九兵衛だと言うほど名を挙げる。これが己を己と明らかにする最も手っ取り早い方法かもしれへんな」

「人とは頼りない生き物ですね……」

生まれながらに己だけが己を知っている。親から与えられた九兵衛と謂う名も確かにある。だがそれだけで漫然と生きていれば、自らの証左にすらならない。己を証明するために、自らの外にある人や物に頼らざるを得ない、人とはそのような不確かな生き物であるらしい。

「そうや。だが私は自らの中にもそれを求められるんやないかと思うている」

「中に……？」

「ああ、お主は書が得意らしいな」

新五郎は急に話を転じた。

「はい。そのように宗慶様は仰いました」

「ここで筆を取らせ、蚯蚓《みみず》の這ったような字ならば贋者となる」

「筆を取りましょう」

「それには及ばん。私はお主が九兵衛だと思っている」

新五郎はふわりと掌を見せて制した。

「しかし達筆というだけでは、九兵衛である証左とまでは言えないのでは？」

二人の矢継ぎ早の問答に付いて行けず、甚助は忙しなく交互に見るだけである。

「その通り。だがお主にしか書けぬ字であれば……どうだ？」

新五郎は八重歯をちらりと覗かせた。

「私にしか書けぬ字……」

「お主の筆跡を知ってさえいれば、信じるに足るではないか」

確かに新五郎の言う通りである。事前に本山寺から筆を取って文を送り、ここで同じ字を書いたならば証明になっただろう。

「これが私の言う、中に求めるということ。そしてこれを突き詰めれば、さらに面白いこととなる」

例えば己の書が日ノ本中に広がれば、何時、何処に行っても自らを証明することが出来る。しかも生み出した物が優れていれば後世にまで残され、その技を学びたいという者がいれば連綿と次代へと受け継がれていく。

「それは決して出逢うことのない、数百年先を生きる者にさえ、生きた証を知らしめることになる」

新五郎は両手を胸の前でぱっと開いて、戯《おど》けるような仕草をした。

——やはり世は広い。

奇想天外な論理に九兵衛は胸が躍るのを感じた。このような考えを持つ者と会えるだけでも、本山寺から出た甲斐があったというものである。己の人という生き物への興味は、他者から見れば異常にも思えるかもしれない。

そのようなことを考えた時、横で甚助の腹が鳴った。じっと飯の盛られた椀を睨みつけている。新五郎は片眉を上げて、こちらに微笑みかけた。

「甚助、頂きなさい」

「いいのか……？」

己の言いつけを守ることを第一に考える弟なのだ。

「よい。この御方は武野新五郎様だ」

いくら己が用心深いとはいえ、もうこのやり取りで贋者でないことは確信できた。

甚助の顔がぱあっと明るくなり、待っていましたと飯を頬張った。九兵衛も手を合わせて箸を取った。米をそっと挟み、口の中に入れる。歯を擦り合わせるように咀嚼《そしやく》すると、口の中に仄かな甘みが広がる。やがて舌でそっと奥へと送ると、米は喉へと落ちていった。

「美味しゅうございます」

九兵衛が目尻を下げると、新五郎も微笑んで頷き、ようやく椀を持ち上げた。

「美味いと感じる、それも人である証左のはず。だが今の世は多くの者が味など感じる余裕がない」

「まさしく」

ただ生きるためにのみ、食べているという意であろう。泰平の世が来れば、人は死の恐怖から解き放たれ、その本質を覗かせるのではないか。元長は武士をこの世から消し去り、混迷たる戦を終わらせると宣言している。それこそ九兵衛が会いたいと思った切っ掛けであった。

「だがこんな世にあっても、ごく稀にそれだけでは生きていると実感出来ぬひねくれ者もいる。私やお主のようにな。そして、三好様もそんな御方よ」

新五郎の口から初めてその名が出て、九兵衛の胸がとくんと鳴った。

「三好様はいつここへ」

「それは私にも判らへん。気長に待つことや。ここにいたらええ」

「それまでは何をしていれば……」

新五郎はひょいと首を傾げて考えた。

「そうやな。遊んでたらええ」

「居させて頂くのに、そのような訳には参りません」

「ほなら、かわやを手伝いながら、堺を存分に見たらええ」

新五郎は己の人への興味に気付いているのだろうか、この人の坩堝のような堺を見て回ればよいと言ってくれた。そこからは他愛の無い話が続いたが、ふと九兵衛は先ほどの話の中で気になったことを思い出した。

「先刻、武野様は己の中に人としての証を求められると」

その者にしか出来ぬ何かがあれば、己が己であることの証左になるという話である。新五郎はすでに自分がその何かを持っている。と、いった口振りであった。

「ああ」

新五郎は汁を啜った後、柔らかく答えた。

「書ですか？」

「ちゃうな」

「では絵とか？」

「ほんまに問いの多い男や」

「申し訳ございません」

九兵衛が身を縮めた。

「謝らんでええ。物事を突き詰めたがるのは私も一緒。そや……九兵衛もやってみるか」

新五郎は空になった椀を、すうと前に掲げてみせた。

「それは……」

「私の証はこれや」

九兵衛には未だそれが何か判らない。ただ椀を差し出した瞬間、新五郎の気配がふっと宙に溶け消えたような気がした。確かにそこに姿形はあるのに、輪郭さえも朧気になったように思えるのだ。

気のせいかと目を凝らすと、新五郎が微笑みかけてくる。

その笑みから抜けるような爽やかさを感じ、九兵衛は考える間もなく頷いていた。

四

九兵衛と甚助が堺について三月が経った。ここでの暮らしには何一つ不自由はない。

かわやの商いは猟師から皮を買い取り、職人にそれを卸す。そして職人から革の鞣当てや手甲、あるいは武具などを買い直し、纏《まと》めてどこかに売るというものである。

仕事を手伝うといっても荷の積み下ろしや、町への運搬程度で、大したことはない。せめてもと薪割《まきわり》や、洗濯などの家事も手伝った。新五郎は独り身。しかも父親が病床に就いているということもあり、これには新五郎も素直に喜んでくれている。

「料理も出来るんか？」

家事をしている中で、新五郎が最も驚いたのはそのことだった。

「本山寺で包丁を握っていましたので」

本山寺での食事は、男女問わず輪番で用意をする。その時に身に着けた技であった。

「兄者が当番の時は、いつもの半分の時で出来ると皆が喜んでいたんだ」

甚助は何故か己が誇らしげに鼻を鳴らす。

「ほう、半分の時で。どうやってや？」

新五郎は眉間に皺を寄せて尋ねた。九兵衛は新五郎に対して、今まで誰にも感じたことのないような親しみを覚えている。新五郎は己に負けず劣らず、何事にも興味や関心を持っているからだろう。

「そういえば、何故だろうな、兄者」

甚助も首を捻ったものだから、九兵衛は軽く噴き出してしまった。

甚助とは当番の組が別だった。宗慶が、九兵衛らが早く皆に馴染めるようにと、初めの頃に別にして終《つい》ぞそのままであった。また時が短い訳を甚助に訊かれたこともない。

「訳は二つ……でしょうか」

「二つ。ふむ」

こんなどうでもいい話でも、新五郎は身を乗り出して耳を傾ける。

「一つは単に手際がよくなったのですよ」

当番に立つ度、料理にはそれぞれ効率のよいやり方があることに気付いた。例えば芋を煮るという一つを取ってもそう。他の者は中に火が通るまで竈に掛けていたが、九兵衛は半分ほどの時で降ろす。そして蓋をしたままの鍋に藁を被せる。それで中の湯はなかなか冷めず、余熱で十分に火が通る。その間に新たな鍋を竈に掛け、汁を拵えたり出来る。このような手順の無駄を各所に見つけ、省いていけば飛躍的に掛かる時が短くなった。

「しかしそれにも限度があります。もう一つは皆が無駄なく動けるようにすることです」

四、五人が一組となって輪番で料理を作る。九兵衛が台所に立つまでは、皆で一つの作業に向かい、それが終わってから次に掛かっていた。これではどうしても無駄が生まれてくる。

それに中には包丁の扱いが得意でない者もいる。そんな者には煮物の番や、使い終わった鍋を洗わせるなどさせていた方が効率が良い。

料理を作って片付けを行うまでの全ての工程を洗い出し、適材適所に人を配して手を遊ばせる時を作らない。本山寺で過ごしてひと月もすれば、九兵衛は自らも手を動かしながら差配するようになった。

「案外、物頭も向いてるんやないか」

新五郎は顎に手を添えて唸るように言った。

「しかし毎度、そう上手くいく訳でもありません」

「何でや？」

新五郎は眉を寄せた。

「人は毎日、判で押したように生きている訳ではありません。躰の調子が優れない日もあれば、気分の乗らない日もあります。故に面白いのですが」

九兵衛がはにかむのを、新五郎は好ましげに見つめていた。

新五郎の家に来てから、仕事と料理以外にもう一つ九兵衛が始めたことがある。

「茶の湯……ですか？」

九兵衛は聞き慣れぬ言葉に、初めは首を捻った。以前、新五郎が己の中に求める「証」はこれだと椀を差し出したのは、このことであった。

茶の湯を最も簡単に説明するならば、茶を喫するということ。その作法のことであるという。亭主が茶を点《た》て、客をもてなす。言ってしまえばこれだけのことなのだが、これを究極まで突き詰めようとしたのが、大和に庵《いおり》を構えていた珠光《じゅこう》と謂う男らしい。

新五郎はその茶の湯に魅了され、最初は藤田《ふじた》宗理《そうり》に学び、後に珠光の養子の宗珠《そうしゅ》の直弟子になって学んでいるのだという。

「礼法のようなものですか？」

「そうとも言える」

九兵衛の問いに対し、新五郎の答えは幾分曖昧である。やや的を外したかと頭を捻り、再び尋ねた。

「人の間を上手く取り持つ場を作るため」

「そのような意味もある」

やはり新五郎の答えははきとしない。

「他にも意味が？」

九兵衛は遂に匙を投げて訊いた。

「珠光殿はこう仰った」

新五郎は目を細めて穏やかな口調で諳《そら》んじ始めた。

「この道、第一わろき事は、心の我慢、我執なり。功者をばそねみ、初心の者をば見下すこと、一段勿体無き事どもなり。功者には近づきて一言をも歎き、また、初心の物をば、いかにも育つべき事なり。この道の一大事は、和漢この境を紛らかすこと、肝要肝要、用心あるべきことなり」

茶の湯においてまず忌諱《きき》すべきものは、己を驕り誇り、物事に執着する心。功者を嫉《ねた》み、道に入ったばかりの者を見下す心である。これはもっての外で、本来ならば先達には近づいて一言の教えでも乞い、また初心の者は目をかけ育ててやるべきである。

反対にこの道でもっとも大事なことは、唐物と和物の境を取り払うこと。これを肝に銘じて、用心しなければならない。唐物は外からの考え、和物は己の考えの比喩とも取れる。詰まりは他者の考えを吸収し、そこに己の考えを混ぜ合わせて新たなものを生み出す――新五郎はそう解釈しているという。

「詰まるところ、茶の湯は己に向き合う法とも言える」

「己に向き合う……」

九兵衛はそのままに口に出して反芻した。だが未だ話が茫洋として芯が見えない。

「偉そうなことを言っているが、私もまだ修行の身やけどな……どや？」

新五郎は片眉を上げて微笑みを浮かべた。

「どや、とは？」

「人とは何かを考える上で、役立つんやないか」

確かに新五郎が言うように、茶の湯が己に向き合うという性質を孕んでいるならば、人の一生を考える糧になりそうである。人の本質を知りたいならば、これから多くの人にも会わねばならない。これからの時代、茶の湯はその間を取り持つ役にも立つと、新五郎は断言する。

「それに、少し俗な話をすると……これから茶の湯は必ず流行る。学んでいても損は無い」

日頃の軽妙な新五郎の口振りである。先ほどまでの神妙な雰囲気とあまりに異なり、九兵衛は眉をくいと持ち上げて、思わず唇を綻ばせた。

「修行の身らしいお言葉ですね」

九兵衛が揶揄《からか》い混じりに言うと、新五郎は気恥ずかしそうに項を掻く。

「俗な話になると言うたやろ。どうや、やってみるか？」

「是非」

九兵衛が即答すると、光が差し込んだように新五郎の顔がぱあと明るくなった。己が好きなものを共有出来ることがただ嬉しい。そのような表情に見えた。九兵衛も新五郎がここまで夢中になる茶の湯が、如何なるものかと興味が湧き始めている。

こうして九兵衛は滞在中、仕事の合間を縫っては茶の湯を新五郎に師事することになった。

茶の湯には風炉《ふろ》、釜、柄杓《ひしやく》、水差、茶杓、茶筅《ちやせん》、茶碗、他にも挙げればきりがないほどの様々な道具を用いる。これら全てに用途があり、作法があるのだ。もっともそれすらも永劫《えいごう》に固定されるべきものではないという。珠光に教えを乞うた者の中にも、少しずつ作法を変えて行っている者もいる。

「あくまで客がいかに心地よい時を過ごせるか。それを考える」

茶の湯を教えてくれる時の新五郎は、嬉々としているのだが、どこか周りの景色に溶け込むような儚さも醸し出す。他に茶の湯を嗜む者に出逢ったことがないので解らないが、若くしてすでにこの道では相当な境地にいるのではないか。習い始めてすぐに九兵衛はそう思った。

「だがまずは教えを守る。己の考えを混ぜるのはその先や」

「和漢この境を紛らかす……ですね」

過日、教えてくれた珠光の言葉を引き合いに出した。

「ほんまに賢しい奴や」

新五郎は口角を僅かに上げて微笑んだ。

九兵衛は茶の湯の奥の深さを知るにつれ、その魅力に引き込まれていった。小窓から外の景色にゆっくりと視線を移すと、蒼天《そうてん》を漂う雲、枝で羽を繕う雲雀《ひばり》、あるいは葉から滴る雫、全てがはきとした輪郭で見え、時さえもゆっくりと流れているように思えるのだ。

「武野様！　少し出掛けて——」

甚助がいきなり戸を開けると、二人の間に張り詰めていたものが霧散する。そんな時、新五郎は甚助を咎めるでもなく、くすりと笑って手を上げて応じるのだ。

甚助は慌てていたからか、閉める際に戸が弾かれて僅かに隙間が出来た。そこから和やかな時に寄り添うような、柔らかな風が吹き込んで来る。数年前はこうして茶を点てているなど思いもよらなかった。一生を西岡で過ごし、西岡で果てる。そう信じて疑わなかったのだ。

九兵衛は茶筅を静かに置き、すうと茶碗を畳の上に滑らせた。新五郎は目を細めながら頷いてみせた。

「上達した」

「この道、第一わろき事は、心の我慢、我執なり……我執が消えたのかもしれません」

以前新五郎から教えられた珠光の言葉を引き合いに出した。己にとっての我執とは、後悔と同義といってよい。己がどうにかすれば、父母や多聞丸たちは死なずに済んだのではないか。その無念が悪夢を招いていたのだろう。

だが、茶の湯は、人は出逢いと別れによって歩む道筋を変えると教えてくれた。父も、母も、多聞丸も、振り返れば一生の岐路で手を振っている。己に出来ることは皆の願いを背負い、この道が間違っていなかったと示すことではないか。茶の湯に出会い、そのような考えに至ってから、悪夢を見なくなった。

「嫉みはまだなくならんか？」

新五郎は茶碗をそっと持ち上げて片笑んだ。

「まだその境地には。持たざる者には、持つ者が羨ましく……俗な男なもので」

ある日の新五郎を真似、九兵衛はくすりと笑った。

「揶揄うな。では嫉みはどうして捨てる？」

新五郎の目が笑っている。毬が跳ね回るようなこの会話を愉しんでいる。

「また歩みながら考えます」

九兵衛は戸の隙間へと目をやった。

いつの日かここを出る時も来るのだろう。また誰かと出逢うことで答えは見つかるかもしれない。行きつく先がどこかは解らない。だが行けるところまで行く。今の己はそのような心地になっている。

「左様《さよ》か」

新五郎は軽やかに返すと、己と同じように戸へと目をやった。その時、一匹の犬が身を捩《よ》じるようにして戸を開けて入って来た。

「隣の平助《へいすけ》さんとこの犬や。甚助め、閉めていかんから……」

新五郎は慌てて立ち上がって近づくと、頭を撫でながら出て行くように懇々と諭す。だが新五郎の説得も空しく、犬は尾を振りながら飛び上がって、新五郎の膝に前脚を載せた。その様が何ともおかしく、九兵衛は思わず噴き出してしまった。新五郎も首だけで振り返って笑う。

この何気ない瞬間も、いつか己の道程の道標になる時が来るのか。九兵衛も微笑みを湛えながら腰を上げた。

戸の隙間に挟まった空は蒼く、吹き込む風はやはり優しかった。

五

大永五年の夏がやってきた。九兵衛らが新五郎と共に暮らすようになり一年と半年が過ぎたことになる。九兵衛は齢十八、甚助は齢十五となっていた。

本山寺、新五郎宅と、場所こそ違えども、三度も安穏《あんのん》と冬を越したことになる。これまでにないほどに、春に近づくにつれて心が朗らかになり、やがて夏になると心が躍るのを感じている。これは経験に依るものでなく、生き物としての本能なのかもしれない。

日夏からは頻繁に文が来ている。毎回、宗慶のこと、宗念ら寺の子どもたちのこと、そして自分のことが触れられていて、最後には決まって、

――躰に気をつけて。

と、己たちのことも気にかけてくれていた。たわいのない文であるが、届く度に心が軽くなり、少し強くなれる気がした。

昨日も文が届いて晴れやかな気分であった。九兵衛は湿り気を帯びて甘い香りを含んだ風にふと日夏の笑顔を呼び覚まされながら、甚助と猟師から納められた皮を天日干しにしていた。こうして獣臭さを抜くという意味もあるが、昼夜の寒暖差によって皮が伸び縮みして加工しやすくなるということもある。

「これは俺が獲ったんだ」

甚助は一等大きな猪の毛皮をぽんと叩いた。

甚助は猟師たちと仲良くなって、猟にも同行させて貰うようになっていた。兄弟二人で放浪していた頃、あるいは多聞丸たちと共に過ごしていた頃、鹿や猪を沢山獲れたら食うに困らないのになどと話していた。今でこそ安寧な暮らしの中にいるが、いつまたあのような日々に戻らぬとも限らない。そんな時に猟をする腕があれば、もう心配はいらないだろうと語っていたのを覚えている。

「大したものだ」

甚助は勘がよいらしく、猟師たちも上達ぶりに舌を巻いている。今、処理している猪の中の数頭も甚助が仕留めたものらしい。

「でも夏の猪は小ぶりだ」

冬を越すために猪は大量に団栗などを食べて肥え太る。春が来ると猪はやせ細っており、夏場ではまだそれほど大きくはなっていないらしい。冬ならばこれよりも二回りは大きな猪が獲れると甚助は不満げに語った。

「もう皮を剝ぐことも出来る」

自慢げに甚助は片笑みながら、己に滔々とその手順を語る。

仕留めた後、まずしなければならないのは血抜き。縄で手頃な木に吊り上げて血をしっかりと抜く。そうしなければ肉がどす黒く固まって、とてもではないが食べられないほど固くなる。

次に腹に十文字に切り込みを入れ、内臓を取り出す。足先を切り落とし皮と肉の間に刃を入れて少しずつ剝いでいく。全てを剝がしたならば肉、皮の内側に大量の塩をまぶして揉む。こうすることで肉は日持ちがよくなり、皮が傷むのも防げるらしい。このうち皮だけがかわやに納められ、代わりに猟師は銭を得るのである。

「なるほど。故に塩か」

九兵衛は地に散乱した塩を見ながら言った。ここでは塩を念入りに落として天日干しにする。肉はともかく皮は腐るものでないため、何のための塩なのだろうと思っていた。皮の内側に残った肉が腐れば、皮そのものも傷むなど甚助に聞くまで知らなかった。世の中にはやはり飛び込んでみねば解らないことは多いと、この一事でもそう思う。

「そうさ」

一つでも己より知っていることが出来たのが誇らしいようで、甚助は額の汗を腕で拭いながら満面の笑みを見せた。

「太くなったな」

「ん？」

「腕だ」

猪の皮を棹に掛けながら顎をしゃくった。甚助の腕は太く逞しくなった。腕だけではない。腿も悍馬《かんば》の如き精悍《せいかん》な盛り上がりを見せ、肩幅や胴回りも大人と比べて遜色《そんしょく》が無い。

「ずっと部屋に籠って茶碗ばかり眺める兄者と違い、俺は毎日のように猟に出ているからな」

甚助は猟とは反対に、茶の湯には一切興味を示さない。新五郎も試しに誘ってくれたが、湯が沸く前に辛気臭そうな顔をして逃げだそうとするので、二人して苦笑したものである。

「動いているだけで身丈も伸びるものなのか」

躰が逞しくなっただけではない。身丈もさらにぐっと伸びているのだ。

「丈比べをしてみるかい？」

甚助に言われるがまま背を合わせてみると、僅かながら抜かれていることに気付いた。

「やった。兄者を抜いたぞ」

甚助は諸手を挙げ、飛び跳ねながら喜んでいる。

「何だかなあ……」

別に抜かれたことは悔しくない。むしろ壮健に育っていることを嬉しく思う。だが、なおも何か寂しさのようなものが込み上げ、九兵衛は苦笑してこめかみを掻いた。

「肉を食べると、兄者も大きくなるんじゃないか？」

などと言って、甚助は白い歯を見せる。甚助は自らが獲った猪や鹿の肉の一部を持ち帰る。甚助はこれを好んで食すが、己はどうも苦手であまり口にしなかった。

「馬鹿な。いや、待てよ……」

肉を食えば躰が大きくなるなどという話は聞いたこともないが、兄弟で食べている米の量にはさほど差が無いのだから、有り得るかもしれないと大真面目に考え込んでしまった。

「これからは俺が兄者を守る番だ」

顎に手を添えて唸る己のほうを見て、甚助は口元を綻ばせた。西岡の村を出てからというもの、甚助はずっと己に守られていることを心苦しく感じていたのだと、この時に初めて知った。

「いや、甚助にはまだまだ俺が付いてやらねばならぬだろうな。先日も少なく銭を渡して、猟師に叱られていたではないか」

「む……まあ、そちらは兄者に任す」

「ふふ。まあ任されておこう」

「ん？　あれは誰だろう、兄者？」

「何？」

二人でこのような愚にも付かぬ話をしていると、広い田園風景の中、一人こちらに向かって歩いて来る男がいることに気が付いた。腰に刀を帯びていることから、どこかの家からの買い付けではなかろうか。

一陣の風が吹き抜け、青々とした稲が大きな手になぞられたかのように波打つ。その中を悠然と歩くものだから、男の存在感が妙に際立っている。

近づいて来るにつれ男の相貌もはきとしてきた。まず目に飛び込んできたのは雄々《おお》しい眉。その間に高い鼻梁が真っすぐ通っている。肌は鞣革《なめしがわ》の如く日焼けしており精悍さを際立たせているが、その割にそよ風を追うかのように細めた目は優しげであった。

九兵衛が会釈をすると、甚助も再び汗を拭って真似をする。

「武野殿はご在宅かな？」

稲の揺れる穏やかな音の間を縫うかのように男は尋ねた。

「いえ、今は町のほうに出ております」

「そうか。弱ったな」

男は片笑んで首を傾げたが、やがて己たち兄弟を順に見ながら続けた。

「お主らは？」

「武野様に世話になっている九兵衛と申します。こちらは弟の甚助」

「なるほど。近頃、面白い兄弟の面倒を見ていると聞いたが、お主たちか」

「え……」

「武野殿とは文をよく往来させているのでな」

男は微笑みを浮かべた。口辺に小さなえくぼが出来、笑うと悪戯小僧のように見える。

「では、武野様の上客ということか」

甚助が納得したように独り言を零す。

「これ」

九兵衛は短く窘めた。当人は小声のつもりかもしれないが、声の大きさの調整が滅法苦手で、これまでもこのようなことが間々あった。

「甚助だったな。左様、俺はまさしく上客だ」

男は怒るでもなく、むしろ褐色の肌から白い歯を覗かせた。

「粗忽《そこつ》な弟で申し訳ございません。武野様は暫くすればお戻りになるはず。それまで中でお待ち下さい」

「いや、御父上の躰に障ってはいかんのでな。ここに掛けて待たせて貰おう」

二人が皮を干していた場所からすぐ近く、座るに丁度良い石を手でさっと払い、男は刀を脇に置いて腰を下ろした。白湯《さゆ》の一杯でも用意しようと家に向かおうとすると、

「これがあるからな。気にせず続けてくれ」

と、男はこちらの心の動きを察したように、腰に下げた竹の水筒を軽く叩いた。

「では……」

九兵衛は一礼をして再び作業に戻る。男はざわめく青い稲穂を見つめながら、時に水筒に口を付けた。甚助は皮の塩を落としながら尋ねた。

「お武家様はどこのご家中なんです？」

今度は咎めなかった。実のところ九兵衛も気になっていたのである。新五郎の取引先は多岐に亘るため、己たちが男のことを知らないというのも有り得る。

だが男は自らを「上客」だと軽口を叩き、実際に文の往来も頻繁にあるらしいが、己たちが来てからこの一年以上、男が現れたことは一度も無かったのである。己たちが町に出掛けた時に訪ねて来ていたということか。

いや、一連の話が全て嘘ということも有り得る。新五郎は表向き一介の革商いであるが、裏では阿波で畿内を窺う三好家の堺での耳目《じもく》ともいうべき存在。それを知った敵対するどこかの家中が、新五郎を害しに刺客を放ったとも考えられる。

「よし、甚助。どこの家中か当ててみるか」

男は自らの鼻先を人差し指で軽く叩いた。口角がきゅっと上がっている。先ほどの悪戯っぽい笑みである。

「ええと……どこだろう」

男の遊びに甚助は迷わずに乗る。先ほどは粗忽と言ったが、このような無邪気さが甚助の良いところでもあった。

――どこの家だ。

甚助が唸りながら考える中、九兵衛も素知らぬ顔で考えた。

今の九兵衛は大名家についても詳しくなっている。畿内の有力な大名の名を全て諳んじているどころか、遠国の大名でもだいたいの名は知っていた。

暫く考えていた甚助であったが、仕上げに乾布で塩を払いつつ口を開いた。

「じゃあ、畠山家」

「畠山の奴らほど、偉そうに見えるか？」

「見えない」

「そうだろう、そうだろう」

男は何度か頷いて再び水筒を使った。新五郎が取引を行う中に河内を領する畠山家もあり、家中の者もこれまで何度か見て来た。畠山家は一族内で度々争いを繰り広げており、往年の威勢は見る影もなく衰えている。

九兵衛は黙々と作業を続けながら、二人の遊びに耳を傾けた。

「では、波多野《はたの》家？」

「俺はあんな田舎者に見えるか」

男は苦笑しつつ、眉間を指で摘まんで天を仰ぐ。

「じゃあ、香西家。いや……柳本《やなぎもと》家か！」

「いや、どれも似たようなものだろう」

香西、柳本の両家も丹波の国人で、姓こそ異なるが兄弟なのだ。

「まさか細川家ではないだろうからな……」

「何故そう思う？」

男は身を乗り出して甚助の顔を窺った。

「細川家の侍は皆もう少し身形《みなり》がよいから」

「確かに。俺は垢抜けんな。それに、ちと臭う」

諸手を横に掲げて着物の袖を広げ、くんくんと交互に嗅いでいる。

「面白い御方だ」

その姿があまりに滑稽だったので、甚助は作業の手を止めて大笑する。九兵衛も思わずくすりと笑ってしまった。

このような侍はこれまで一度も見たことがなかった。侍といえば大なり小なり尊大で、取引主の新五郎はともかく、その小間使いをしている己たちなどのことは、あからさまに見下しており、会話を交わすのも厭っているのがありありと伝わる。

この男、出逢ってまだ間もないが、これまで見て来た侍たちとは明らかに様子が異なった。

「答えは解らんか」

膝に肘を突き、男は身を乗り出す。

「他に取引のあるご家中は……」

「三好家の御方では」

九兵衛は手を止めて男に向き直った。甚助はえっ、と声を上げる。新五郎は三好と通じている。だが表向きに武具を納めたことはなく、ここに家中の者が訪ねてきたことは一度も無い。関係が世間に露見せぬようにという配慮である。

「そう見えるか？」

屈託のない笑みは鳴りを潜め、男の目がきらりと光ったような気がした。

「はい」

「何故に？」

「確たる訳はございません。三好家の御方であればよいなと思ったまでです」

「何故、三好家の者ならばよいと思う」

「私は……三好元長様にお会いしたいのです」

「ほう。元長に会いたいか」

男は目を丸くしてまじまじと見つめる。

残念ながら男は三好家中ではないだろう。もし三好家中の者ならば、当主である元長をそのように呼びはしない。

「私たちの負けですね」

「負け？」

男は眉間に皺を寄せた。

「甚助も私も、どこのご家中か言い当てられませんでしたので」

九兵衛は口元を軽く綻ばせた。

「お帰りのようです」

九兵衛が手を宙に滑らせた。先ほど男が歩いて来た道に、親指ほどの大きさの新五郎の姿が見えた。

「おお、二人とも手を止めさせて悪かったな」

男は片手で拝むようにして、腰掛けた石から立ち上がる。そして両手で軽やかに尻を叩いた。その仕草はやはりどこか子ども染みていた。

「そうそう。九兵衛、勝負はお主の勝ちだ」

「は……」

男が背を向けたまま唐突に言ったので、九兵衛は首を捻った。

「見立ては当たっていたということだ」

つまり男は三好家中の者だということになる。しかし先刻、元長を呼び捨てていたではないか。

そこまで思いが至った時、九兵衛の脳裏にあることが過った。

「まさか……」

九兵衛は声を詰まらせて男の広く逞しい背を見た。鬢《びん》から数本の髪が零れ落ちて悠然と風に揺れている。
男はゆっくりと振り返り、再び悪童のような屈託の無い笑みを見せた。
「会えたな」
胸を鷲掴みにされたような衝撃が走る。
囂《かまびす》しいほどの蟬の鳴き声。
景色が歪むほどの鮮烈なる夏。
九兵衛は今日のこの光景を、生涯忘れないだろうと直感していた。

第二章

流浪の聲《こえ》

開け放たれた天守を風が吹き抜けると、鼻孔に夏の香りが広がった。まるで風が過去から駆け抜けてきたかのようだ。

「それが久秀と三好元長の出逢い……」

まぶたを閉じると、そこには世間を一つ一つ学んでいく一人の志の高い青年の姿が浮かんでいる。

「奴はそう語った」

上様の言葉に少し懐かしさが含まれているような気がした。一体どれほどの夜を語り明かしたのか。上様が一個の男に、これほどまでに興味を抱いたことがあったろうか。少なくとも又九郎の知る限りは皆無である。

上様が言葉を継がず、瓶子へと手を伸ばした。

又九郎はさっと手を伸ばして先に取り、盃を持ったところで酒を注いだ。瓶子が盃に触れ、こつんと小さな音を立てる。宴席ならば気にならないほどの小さな音だが、静寂の中では酷く際立った。

「粗忽者め」

「も、申し訳――」

「よい」

又九郎が恐る恐る顔を上げると、上様は片笑んでいる。上機嫌だということもあろう。だがそれ以上に怒ることに倦《う》んでいるようにも思えた。顔に少し疲れの色が見えるのだ。

無理もないことである。織田家は天下統一に向けて四方八方の大名家と戦いを繰り広げている。上様はその中で日夜膨大な書簡に目を通して指示を与え、時に自ら戦陣にも赴かれる。そのような中でも領地の政《まつりごと》も蔑ろにされない。己たちが些末と思うような公事《くじ》なども、上様が大事と思われれば自ら裁くこともある。まさに八面六臂の活躍で、この国においてもっとも多忙な人と言っても過言ではない。

剃刀を当てて丸一日が経っており、上様の頬の辺りに薄っすらと無精髭が浮いている。つい数年前までは黒々としていたはずだが、ここのところ白髯《はくぜん》が混じっている。

上様は幾ら多忙でも弱音一つ漏らされず、人並み外れた働きで飛び回っている。いつまでも若々しいと思っていたが、人である限り老いないはずはない。

「差し出がましいことを申し上げますが、少しお休みになられたほうが……」

「で、あるか」

上様は頬をすうと手で撫でながら零した。この主君の口癖の意は玉虫色。喜怒哀楽全てが有り得るので、真意を汲み取らねばならない。此度の場合は同意だと取ったが、はきと自信がある訳ではない。又九郎が恐る恐る、床の支度を命じるため腰を浮かせようとした時、上様が、

「近頃はなかなか寝付けぬでな」

と続けたので動きを止めた。

「左様で……」

己も小姓頭の一人である。ここのところ、さして好まれなかった酒を寝所に運ばせていることは周囲の小姓の話で知っていた。聞けば寝酒をしても眠りに落ちず、布団の中で悶々と考えごとをしてしまい、気づけば朝になっていることが間々あるという。

「元長もこんな夜を過ごしたのかもしれぬな……一度逢ってみたかったものよ」

上様はふいに言った。これからの話にかかわりがあるのだろう。宙を見ていた上様だったが、我に返ったように片笑んだ。

「今宵はどうも眠れそうにない。朝まで付き合え」

「身に余る光栄」

又九郎はさっと居住まいを正して頭を垂れた。本心から出た言葉である。

近頃の小姓は質が極めて低下してきている。流石に上様には見せないものの、急に

何かを命じられると詰め所で嫌な顔を浮かべている者もいる。それでいて己は上様の小姓であるという増長する心はあるようで、柴田《しばた》修理、羽柴《はしば》筑前、明智《あけち》日向などの重臣相手にも尊大に振る舞う不埒《ふらち》な者もいた。そのような光景を目にするたび、又九郎は一喝しているため、己が配下から煙たがられていることを感じていた。

十数名の小姓の配下を持つだけの己でもそうなのだ。数百、数千に膨れ上がった織田家中、さらには天下の全てが双肩に圧し掛かっている上様の心労はこの程度のものではない。己は話を聞くことしか出来ぬが、それで少しでも上様の心が和らぐならば、一晩のみならず幾晩でも臨む覚悟である。

上様は再び盃を持ち上げた。又九郎がまた瓶子を取った時、

「当てるなよ」

と、上様がぽつんと言った。

「申し訳ございません。二度と……」

「よい」

頬が緩んでいる。此度はすぐに軽口なのだと解った。これまでこのような上様を見ることは無かった。あるいは、まだ尾張《おわり》のうつけ者と呼ばれていた頃、もしかして上様はこのような雰囲気を纏っていらしたのかもしれない。又九郎はふとそのようなことを考えながら、瓶子を慎重に傾けた。

に取り込んだ。


「さて、続きを語ろうか」

「お聞かせ下され」

「まだ長くなるぞ？」

「夜は長うございますれば」

又九郎が微笑みを浮かべつつ頷くと、上様は片眉を上げて小さく息を漏らした。月輪《がちりん》に目を細める上様の横顔を見ながら、又九郎は部屋に微かに香る酒気を深く胸に取り込んだ。

一

新五郎の家の一室に四人。戸は全て開け放たれ、一向に止まぬ蟬の鳴き声が入り込んでくる。昨夜に降った雨により庭先に出来ていた水溜まりも、すっかり干上がっているほどの暑さである。

「三好様、お久しゅうございます」

新五郎が畳に手を突いて深々と頭を下げた。先ほど訪ねて来たこの男こそ、己が会うことを焦がれていた三好元長本人であった。これほどまでに気軽に話しかけてくるとは思いもよらず、正体を知った時に九兵衛は暫し言葉を失い茫然となってしまった。大抵のことは驚かずに受け入れる甚助でさえも、白昼夢でも見ていたように目を擦っていたものである。

「ああ、お主も達者そうで何よりだ。父御は？」

「お蔭様で何とか。過分な御気配りありがとうございます」

新五郎の父は病床にある。よい薬を取り寄せろ、精の付くものを食べさせよと、事あるごとに元長は金を送って来てくれているらしい。

「未だにお主はこれに凝っているのか？」

元長は精悍な頬を綻ばせると、碗を傾ける仕草をした。

「はい。近頃は相手も出来ましたので」

新五郎は少し後ろに控える己のほうへ振り返った。

「ほう。九兵衛もやるのか」

「なかなかに筋が良く」

「だろうな」

何をもってそう思ったか解らないが、元長は納得したように二度三度頷きつつ続けた。

「甚助も……と、いうことはないか」

「いかにも。仕事の合間に暇さえあれば、猟師たちに交じって狩りに。甚助にはそちらのほうが性に合っているようでして」

横で少し決まりが悪そうにする甚助に向け、元長は口に手を添えつつ囁くようにして言った。

「甚助、俺も茶の湯は苦手だ」

その一言で甚助の顔がぱあっと明るくなる。

「お主らの話はまた後として……新五郎、いつも助かっておる。お主の文のおかげで、俺は阿波にいながらにして堺や畿内のことを手に取る様に知ることが出来ている」

「お役に立てて何よりです」

新五郎はゆっくりと頭を縦に振る。

「此度はどうしても面と向かって相談したいことがあって来た」

「突然のことで些か驚きました。先にお知らせ下されば、家を空けることも無かったのですが……」

近々、堺に向かうということは文にも書かれていたが、それが何時になるかといった具体的な日時は記されていなかったらしい。

「俺を殺したいという輩は多いから念のためにな……何、お主を疑っている訳ではない」

仮にその文を奪われれば、元長の来訪の日時を知られることになる。その上で何食わぬ顔で新五郎に文を届け、元長が堺に上陸した時を見計らって暗殺を企むかもしれない。そこまで考えねばならぬほど、元長を害したいと思う者が多いということになる。

「して、此度は……」

「よいのだな」

元長は己と甚助をちらりと見た。二人の前で話しても問題ないかという意であろう。

「はい」

「機は熟したと見ている。そろそろ動こうかと思う」

三好家は阿波から兵を率いて畿内に上陸してくるつもりなのだ。だがまるで近所に散歩に出かけると言うかのように、元長の口振りに気負ったところはない。

「いよいよでございますな」

間断無く聞こえる蟬の声の中、新五郎もまた柔らかく応じた。紛れもなく己は歴史の一幕に立ち会っている。九兵衛は唾を呑み下して二人のやり取りを見守った。

「堺を獲ろう」

これもまた野に咲く花の一本でも摘むかのように簡単に言う。二人の話ではまずはこの堺を押さえ、京を窺う橋頭堡とするのが当面の目標となるらしい。

「根回しは済んでおります」

堺と一口にいっても、多くの町によって構成されており、それぞれが別の大名たちの影響を受けている。それらを一切合切、三好家に寝返らせる段取りが付いていると新五郎は言うのだ。

九兵衛がこの地に辿り着いてからも、新五郎は度々外出していた。堺の有力な商人たちと会って、三好家に与するように働きかけていることは知っていた。だが何を話し、どこまで進捗しているのかは聞かされていない。

新五郎はどのような奇術を用いたというのか。九兵衛が眉間に皺を寄せて考えていると、元長がひょいと首を傾けてこちらに視線を飛ばす。

「九兵衛、怪訝そうな顔だな」

「いえ……」

「気になることがあるならば、遠慮なく訊くがいい」

並の者ならば畏縮して今一度否定し、黙り込むだろう。心に一度抱いた疑問を抑え込む弁のようなものがあるとすれば、己のそれは壊れているのかもしれない。そう思うほど好奇の念が込み上げ、口を衝いて出てしまう。

「堺は大小十以上の大名家に押さえられていると聞いています。皆が皆、三好家につくというのは……面従腹背であるとは考えられませぬか」

「おお、難しい言葉を知っておるものよ」

元長は自らの膝を打って快活に笑った。新五郎も止めることはせず、笑みを湛えてやり取りを見守っている。元長は首を横に振って続けた。

「心配ない。何も三好家が支配する訳ではないでな」

「しかし先刻は獲ると」

「奴らの手からは獲る。しかし支配はせぬ……堺は堺に治めさせればよいのだ」

「堺は堺に……」

九兵衛は真意を測りかね、思わずそのまま反復した。

堺は淡路、四国、あるいは中国筋から九州に至るまでの海運の窓口となる重要な地。故に大名が独占しようと躍起《やっき》になっている。京で起こった争乱が、堺に飛び火した有様である。

町衆もそれぞれが恃《たの》みとする大名を支援し、互いに反目を続けていた。しかしあまりに多くの大名家が入り込んだせいで、収束の兆しは一向に見えず、度重なる矢銭《やせん》の要求に辟易《へきえき》とし始めていた。

三好家も当初はその一家として堺を手中に収めようとしていたが、このままでは百年経っても統一は出来ないと見た。

「武士がいるから争うのだ。ならば武士の手から解き放てば良いのではないかと考えた」

元長は親指で自らの鼻先を弾いた。素性を知らされた今でも、この男は大名とは思えない。山賊の頭領とでも言ったほうが、余程しっくりくるほど野趣に溢れている。

「堺は堺の者に治めさせる」

再び、元長は凛然《りんぜん》と言い切った。

堺の商人は支配する大名に、年の実入りの内、二割から多い者では四割も搾取されている。ならば一割五分を皆で持ち寄って、その金でもって堺を自治すればどうかと持ち掛けたというのだ。

各町からの代表者を出させ、堺に纏わる全てのことを合議で決する。集めた金をいかに使うかということもそれに含まれている。何者にも属さぬ堺の自治である。

「この案を三好様が出された時、私も目から鱗が落ちたような心地だった。これは見込みがあると踏み、秘密裡に町衆に説いて回ったのだ」

新五郎はこちらを見て微笑をくれた。

この話を新五郎が持ち掛けた時、大半の町衆はそのようなことが出来るならば夢のようだと目を輝かせた。だが中には懐疑的な者もいた。矢銭の献上を止めれば、激昂した大名が町に攻め寄せてくるのではないかと危惧したのである。

「そこで銭の使い様を示した。これまでは大名に支配されていたが、これからは銭でもって大名を使えばよい……とな」

九兵衛にもようやく話の落着点が見えてきた。それぞれが寄託した銭でもって大名を雇い、それをもって堺を守ろうというのだ。そしてその雇われる大名こそ、

「三好家……」

「左様。我らは町衆に雇われて他の大名家から守る。三好家は銭を得て、なおかつ京への拠点を得ることが出来る。互いに利があるのよ」

九兵衛は感心して小さく唸り声を上げた。武士というものは絶対的な強者で、民こそが搾取される弱者とこれまで信じて疑わなかった。九兵衛だけでなく、世に住まう全ての者がそうであろう。元長はそれを根底から覆そうとしているのである。

「して、三好家は何時阿波を発たれます」

九兵衛が呆気に取られている中、新五郎は話を引き戻した。

「来年の秋」

元長は畳を這うような低い声で言った。今から一年と少しで三好勢は堺に乗り込み、そこから京を窺うことになるという。

「なあ、兄者。何で京を目指すんだ？」

これまで話に付いて行けず、きょとんとしていた甚助が耳元で訊いた。当人は囁い

たつもりなのだが、やはり塩梅《あんばい》というものを知らず、元長と新五郎の目がこちらに注がれた。九兵衛が窘めようとするが、元長は甚助に噛んで含めるように話してくれた。

「京を押さえるということは、天下を押さえるということよ」

「じゃあ、三好様の天下に」

「いいや、三好家は細川家の被官。つまり細川の天下となる。そのためには今の天下人を追わねばならぬ。故に軍勢を率いて京に上るのよ」

「今の天下人……」

「ああ、それも細川だ」

「え……訳が解らねえ」

甚助は両手で頭を抱え込み、泣きそうな顔になる。大名家のことについて知る様になったとはいえ、甚助にとっては細川姓の家はどれも同じに思っていたらしい。

「ふふふ。真に面白い奴らよ。ちと三好家について教えてやろう」

元長はぽんと手を打ち合わせ、滔々と語り始めた。

三好家の本姓は清和源氏《せいわげんじ》。その中の名門である小笠原《おがさわら》氏の傍流が、承久《じょうきゅう》の乱の手柄によって阿波守護に任じられ、阿波三好郡に居を構えたことから三好氏を称するようになった。

朝廷が南北に分かれていた時代には南朝方について戦ったが、北朝方の細川氏に押されてやがて降ることになる。細川氏に守護の地位を奪われ、三好氏はその被官となったのである。この関係が今なお続いているということである。

「細川家は内紛が絶えない」

そもそも室町に天下の政権である幕府があり、その長たる足利将軍がいる。もっともその威勢はとっくに地に落ち、その補佐役が天下の一切を取り仕切るのが実情である。簡潔に言えば応仁年間から始まった大乱は、その補佐役の地位を巡ってのもの。その戦いに一定の勝利を収め、細川家が補佐役の地位を確立した。

故にその細川家の内紛が実質的な天下人を争うものとなっている。当主であった細川政元《まさもと》は子がおらず、一族から澄之《すみゆき》、澄元、高国の三人の養子を順に迎えた。三好家はこの二人目の養子である澄元の家宰を務めていた。この時の三好家の当主は三好之長《ゆきなが》と謂い、元長の祖父に当たる人である。知勇を兼ね備えた将で、三好家を飛躍させた中興の祖との呼び声が高かった。

細川家は元々一族間での不和が絶えなかったが、無暗《むやみ》に養子を取ったことが争いに拍車を掛けることになった。こうして三好家もこの争乱に巻き込まれていくことになる。

「まず澄之一派が、養父である政元様を暗殺した」

義理とはいえ父を殺す。生きて欲しいと望んだ父を奪われた九兵衛には、到底理解出来ない行動である。それは甚助も同じようで眉間に皺を寄せている。

政元は先に養子に迎えた澄之ではなく、次に迎えた澄元を跡取りにしようとしたのである。これに対して澄之と近しい関係にあった被官たちが、

——このような非道があってはなりません。

などと、焚き付けたのである。澄之が家督を継がなければ、自身たちの細川家での地位が低くなる。反対に家督を継がせれば、その側近として自儘に振る舞えるというのが理由とみてよい。

「これを残る二人は許さなかった」

三好家が支える澄元、そして畠山家が後ろ押しする高国、二人の養子が澄之と対立することになった。二人はそれぞれ畿内の大名、国人たちを糾合し、僅か二十日で澄之の政権を崩壊させるに至る。

「祖父はここで見誤ったのだ」

元長は腿に肘を突いた諸手を眼前で組み、それに向けて深い溜息を零した。

「澄之を取り逃がしたので……？」

昨今の情勢には随分と詳しくなった九兵衛だが、今元長が語っているのは己が生ま

れる前の話。また九兵衛が生まれた後も、誰が政を執っているのか解らなくなるほど、この国は混迷を極めていた。ましてやその日を生き抜くことしか頭に無い庶民はこの辺りの話に詳しくはなく、九兵衛もまたその一人であった。

「いいや、澄之は追い詰められて自害した。高国よ」

「もう一人の養子……」

元長は深く頷いて再び語り始めた。

元々、後継者に指名されていたのは三好家の推す澄元である。これを不満に思った澄之が養父を殺して無理やり家督を奪った。その澄之が滅ぼされたとなると、元通り澄元が後を継ぐことになる。三好家もその家宰として支えるのは当然の流れである。また討伐に功績のあった高国も、一門衆として重く用いられるはずであった。

しかし高国はこれに満足せず、今度は澄元を排除しようと離反したのである。このことで両細川家の、長く激しい戦いの幕が開けた。

「まず亡くなったのは父だった」

父の長秀《ながひで》は、祖父之長と共に各地を転戦した。だがある時に京での合戦に敗れて伊《い》勢《せ》に逃走し、そこで高国の息の掛かった北畠《きたばたけ》氏に殺されてしまう。この時の元長は僅か九歳の子ども。万が一の時に跡が絶えてはならぬと三好家の本国である阿波に住まわされており、そこでこの訃報を聞いた。

祖父の之長は奪われた京を再奪還する獅子奮迅の働きを見せたが、やがて高国は大軍を率いて逆襲してきた。京から一時逃れた之長は、寺院に身を隠して次の機を窺った。しかし高国に居場所を突き止められてしまう。高国は之長の身柄を引き渡すように要求するも、寺院は一度匿った者を差し出す訳にはいかぬと断った。之長が一か八か逃走を図ろうとした時、高国からある提案があった。

——之長殿のお命は助けると約束致しましょう。

と、いうものである。之長は寺院にこれ以上の迷惑を掛けられぬと考え、この提案を受け入れて降伏した。

「だが……祖父は殺された」

元長は口内の肉を嚙みしだくようにして言った。

高国は端《はな》から之長の命を助けるつもりなどなかった。追い詰めて抵抗され、無用な被害を出さないようにとの計略であったのだ。

さらにその後澄元は命からがら阿波まで逃れたものの、五年前の永正十七年（一五二〇年）に病に倒れて世を去った。こうして細川家は最も後に養子に迎えられた高国が掌握することになったのである。

「三好家は高国を決して赦さぬ」

元長は蒸れた畳に這わすように低く言った。

死んだ澄元には晴元《はるもと》と謂う一子があった。この晴元は阿波で成長して現在は齢十二。まだまだ子どもであるが、健気にも父の無念を晴らしたいと宿願している。三好家はこの晴元を奉じ、再び高国と決戦して京から駆逐しようとしているのだ。

「そうですか……」

九兵衛は唸り声を上げて暫し考え込んだ。話の途中から、脳裏に度々過っていたのは多聞丸たちのことである。

後に知ったが多聞丸らが死んだあの日、襲ったのは高国の荷駄であった。当時の高国は政権を手に入れて間もない時期。自身の地位の安定を図るべく、盗賊の取り締まりに力を入れていたのだろう。故に罠を張られて多聞丸らは、坊谷仁斎なる兵法者に斬られた。話を聞くと己たちも、些末ではあるが大局の影響を受けていたことを理解出来た。一方、幾ら考えども、

――多聞丸たちが何故死なねばならなかったのか。

そもそも年端も行かぬ子どもが、何故に浮浪の境遇に落ちねばならなかったのか。何故、盗賊の真似事をせねばならなかったのか。話を聞けば聞くほど、知れば知るほど、武士という存在は、この世の厄災としか思えなくなっていくのだ。

「理解したか。甚助には後で今一度、教えてやってくれ」

元長はちらりと甚助を見て口をへの字に歪めた。甚助は話が難しかったのか、まる

で頭から湯気が上りそうなほど顔を真っ赤にしているのだ。

「はい。ただ一つ……お訊きしたいことが」

「何だ」

「三好家は高国を決して赦さぬと仰いましたが……高国を倒せばそれで終わりなのでしょうか」

「ほう……」

元長と新五郎は顔を見合わせ、少し驚いた表情を浮かべた。

「人の機微に鋭くなる。これも茶の湯のおかげです」

新五郎は戯けるように言って、ふわりと唇を緩めた。

「何でも茶の湯に繫げるな。九兵衛の鋭さは天性のものだろうよ」

「いかさま」

軽口を認めて新五郎は舌をちょいと出す。元長は真剣な面持ちで暫し考え込んでいたが、やがてゆっくりと口を開いた。

「俺は仇討のためには戦わぬ」

「はい」

今日逢ったばかりであるが、これまで見聞きしてきたことも合わせ、元長はそう言うのではないかと直観していた。

「俺とて高国は憎い。思い出せば腸《はらわた》が煮えくり返る……」

元長は天を仰いで糸を吐くような溜息を宙に溶かした。話の途中、元長は怒りが込み上げているようだった。だがそれを必死に抑えようとしているように見えたのも確かである。

「六道《りくどう》を知っているか」

元長がふいに話を転じたので、九兵衛は戸惑いながら答えた。

「寺におりましたので多少は」

仏教では三つの世界があると考えられている。層になっており上から無色界、色界、欲界と名がついている。無色界はさらに四つに、色界は十八つに、欲界は六つに細かく分けられる。全ての者は死ねば、生前の行いによってどこかの階層に輪廻転生《りんねてんしよう》すると考えられていた。

「その話が真だとするならば、人間界は善悪の坩堝。決して過ちを犯さぬほど賢くもないが、それを良しとするほど愚かでもない。迷い苦しみながら生きている者の住む世だ。だがある日……人間の中に修羅《しゆら》が現れ、世は一変した」

元長は顎に手を添えながら大真面目に言った。

「それが……」

「武士《もののふ》というものよ」

武士の登場以前からもこの国に確かに戦はあった。だがその登場以前と以後では質、量ともに各段に違うと元長は言う。猫の額ほどの土地に執着して多くの者を死なせ、一族の長にならんとして親兄弟を殺す、血で血を洗う抗争を繰り広げている。このように聞けば、確かに武士が行っていることは修羅と等しい。

「言うなれば、戦国とは修羅が跋扈《ばっこ》する時代……」

元長はそこで深く息を吸い込み、凛然とした調子で続けた。

「俺は世にいる全ての修羅を駆逐し、この愚かな負の連鎖を断ち切る。そのためには高国とも手を結ぶし、邪魔をするならば全てを滅する覚悟じゃ」

晴元を奉じて京を獲り、将軍家をも操り天下に覇を唱える。そして邪魔する大名を一家ずつ擂《す》り潰していく。そのためには私怨の一切をかなぐり捨てるつもりだという。

あまりに壮大な夢を聞かされ、息が荒くなった九兵衛は絞るように言った。

「しかし将軍家も、細川家も武士では……」

九兵衛が戸惑いながら言うと、元長は顔色一つ変えずに言い切った。

「将軍家も滅す。主君も滅す。全ての汚名は俺が引き受ける」

元長の悲壮ともいえる覚悟に当てられたかのように、それまで騒々しかった蟬の声がぴたりと止んだ。張り詰めた空気を割いたのもまた元長であった。

「滅するといっても必ずしも殺すという訳ではない」

その地位を手放させるという意味であるらしい。土地も兵も手放す。その代わりその後の暮らしに困らぬようにすると約束する。丁度、今の世における公家のような存在と考えればしっくりくる。そうでなければ流石に、死に物狂いで抵抗する者ばかりになってしまうと元長は語る。だがそれでも得心せねば、殺すのも辞さないという覚悟らしい。

「武士の現れる以前の国になるということでしょうか」

己が生まれた時、すでに武士は当然のように存在していた。未だ見たことが無い世であることは間違いない。

「いいや。それでは形こそ異なるかもしれぬが、またぞろ武士が湧いて来る。あるべき者の手に政を戻し、二度と修羅が現れぬ世を創るのだ」

「あるべき者とは……」

九兵衛ははっと息を呑んだ。人間と修羅。堺の自治。すでに元長はその答えを示していることに気が付いたのだ。

「ああ、民が政を執る」

元長はにこりと微笑んだ。

「何故、そのようなことを……」

私怨を捨て、事と次第によっては主殺しの汚名を着て、さらに己の存在意義を消し去ってまで、まだ見ぬ世を創ろうとする意味が解らない。何か崇高な想いがそこにあるのかもしれない。

「俺には子がいる。これが可愛くてな」

元長は目尻に皺を寄せた。何でも待望の長子が生まれたという。これまでも漠然と世の有り様を考えていたが、その時まではまだ決意を固められていなかったらしい。

「こいつが俺を変えたのよ」

生まれたばかりのその子は、小さく柔らかな手で元長の指をぎゅっと握ったという。いつかこの無垢な手も血塗られたものになるのか。いつかこの子も修羅の螺旋を駆け上がるのか。そう考えた時、何故だか涙が止まらず、心で何かが弾けるように音を立てたという。

「子には迷いを捨てて争う修羅の国より、迷いながらも進む人間の国を生きて欲しいと思った」

元長は少し気恥ずかしそうに片笑んだ。大層な理想ではない。この子だけは何者からも守ろうとする親心である。ただこの乱世でそれを成し遂げるのは容易いことではない。だが元長はそれを諦めず、言葉の通り世の全てを敵に回そうとも戦おうとしているのだ。

――そのような世を見てみたい。

九兵衛の頭に浮かんだのは、本山寺の境内で笑い合う日夏や宗念たちの姿であった。あれが当たり前と言える世を、元長は見据えている。

この人に会いたいと思ったのは間違いではなかったと、九兵衛は心が躍るのを感じた。だが一つだけ、元長の話には矛盾がある。

「そんな世になれば、元長様は……」

世から武士という武士を消し去った時、三好家ただ一家だけ残る。そしてそこに至った時の元長は、究極の権力を手にしていることになる。幾ら三好家を解散させ政を移譲したとて、民はそんな元長の存在を赦すのだろうか。

「ああ、解っている」

元長の瞳がふいに儚いものになった気がした。新五郎は複雑そうな面持ちになって視線を庭に移す。夏の湿り気を含んだ風に添わせるが如く、元長は静かに言った。

「最後の一人は俺だ。俺は俺を滅ぼす」

再び時を刻み始めたかのように一斉に蟬が鳴き始めた。九兵衛はその声の海に溺れながら、この壮大すぎる夢を持った一人の父親の澄んだ眼を茫然と見つめ続けた。

二

「お願いがあります」

九兵衛が改まった口調で切り出したのは、元長が再度の堺への進出に備えるべく、ひとたび阿波へ帰る前日の夕餉の時のことであった。

「聞こう」

「人間の国を取り戻すという夢……私たちにも何か出来ぬでしょうか」

元長の話を聞き終えた時、九兵衛はすぐにそう思っていた。

ただ独断で決める訳にいかず、昨夜のうちに甚助に相談していた。

――俺も同じことを考えた。

と、甚助は一も二もなく賛成してくれた。元長の話は難しくて全ては理解出来なかったようだ。それでも戦が無くなるという一点だけでも、甚助は理想郷のように思えると言った。そもそも甚助は己がどこに進もうとも、離れずに付いて来る覚悟をとっくに決めている。

「俺の夢は危ういもの。道半ばで屍を晒すかもしれぬ」

「はい。承知しております……」

「何故、共に来ようとする。このような世だ。どこにいても安寧ということはあるまいが……ここで新五郎を手伝う、あるいは本山寺に戻って僧となるほうが一生を全《まっと》う出来易かろう」

「ただ歳を取って死ぬなど、まっぴら御免です」

このままでは聞き入れられぬ。

九兵衛の様子に、新五郎は何を言い出すのかと手を伸ばして止めようとする。鈍感な甚助さえも流石に狼狽している。

「新五郎、止めるな」

ただ元長だけが双眸を真っすぐに向けて続けた。

「吐き出せ、九兵衛」

己の中の何かが内から肌を揺らすように、躰が小刻みに震える。

「何故、安穏とした暮らしだけを望んだ父や母は死なねばならなかったのでしょうか」

「死なねばならぬ訳など無い」

元長は間髪を入れずに否定する。

「多聞丸という男がいました。我らのような戦で父母を失った子を集め、共に生きようとしていた……それが何故、死なねばならなかったのでしょうか」

あの時の慟哭《どうこく》が鮮明に蘇り四肢を駆け巡り、九兵衛は声が上擦った。

「この世は理不尽に満ち溢れている」

「もう……後悔をしている訳ではないのです」

九兵衛は新五郎に視線を送った。新五郎は己たち兄弟に真の家族のように接してくれた。そして茶の湯を通して己に向き合う時を持つことが出来た。己がどうにかすれば皆は死ななかったとは今は思わない。甚助や日夏を守るため、己が生き抜くためにその時々を懸命に抗ってきた。そのために足軽だけでなく、裏切ったとはいえ仲間であった梟も迷いなく刺したのだ。これ以上何が出来たというのだ。

「そうやな」

新五郎の目にも涙が滲んでいる。言葉は無くとも、小さな碗の中で幾千、幾万の言葉を交わしてきた。今では己の苦悩を誰よりも知ってくれている。

「ただ……父は、母は……多聞丸たちが生きたということは……私が死ねば消えてなくなるのでしょうか」

嗚咽が込み上げてくる。ずっと泣き言を零さずに封じ込めてきた感情が、堰を切ったように溢れ出そうとしている。

「九兵衛、構わぬ。全て吐き出すのだ」

己でも意味が解らないことを口走っていると思う。それでも元長は口を真一文字に結んで頷き、正面から受け止めようとしてくれている。その両眼には薄っすら膜《まく》も張っていた。

人がこの世に現れてどれほどの時が流れたのか。悠久の歴史の中に名を刻んだ者は数えるほど。その大半が生まれながらにして門地があり、富を持っている者ばかりではないか。その他の無数の民は名も知られず、声も残さずにひっそりと沈んでいく。

「無かったことにされて堪るか……」

頰を温かいものが流れていく。九兵衛は爪が掌に食い込むほど拳を握りしめ、絞るように続けた。

「皆は確かにこの世にいた。俺は今ここに生きている……その証が欲しいのです」

魂が口を動かしているかのようである。知らぬ間に甚助も涙を流し、洟を啜っている。

「来るか」

「はい」

元長の短くも熱の籠った声に即答したが、新五郎の許しを得ていないことを思い出した。

「武野様」

「ああ、今生の別れという訳やない」

新五郎は慈愛に満ちた笑みを見せると、元長と顔を合わせて頷いた。

「俺からも頼みがある」

元長は改まった口調で切り出した。九兵衛は力強く頷いて次の言葉を待った。

「共に戦う者を集めて欲しいのだ」

「共に……」

「ああ。お主たち兄弟のような者たちをな」

この長き乱世で田畑は荒廃して多くの百姓が野盗と化した。親を亡くして肩を寄せ合って暮らす己たちのような孤児もいるだろう。その者たちの力を結集させよというのである。

「哀しみを力に変えるのだ。その力は武家を凌駕《りようが》する。天下をひっくり返すその日まで走り続ける」

元長は胡坐をかいた膝に手を置き、凛然と言い放った。

「食い扶持は堺が持つ」

新五郎は己の胸を軽く叩いた。

新五郎の言葉を受けて、九兵衛のなかで、これまで話した全てのことが、繋がった。

三好家の上洛に合わせて堺は独立を宣言する。全ての武家勢力から解き放たれるのだ。そして自治を維持するために三好家を金で対等に雇うということはすでに聞いた。だがその時から九兵衛は微かな違和感を持っていた。三好家が謀って堺を一方的に掌握する可能性がある以上、そう簡単に堺の商人たちを説得出来るはずが無いのだ。

そこで三好家とはまた別に堺に牢人衆を雇わせる。三好家が約束を守らぬ時は、この牢人衆でもって牽制することが出来る。そしてやがては牢人衆の数を増やし、三好家の助力に頼らぬ完全なる自治を目指すというのである。

「その牢人衆を私が……」

「ああ、九兵衛が頭を務めよ。今は甚助と二人。これを俺が来るまでに五百にして欲しい」

「五百……」

来秋に三好勢は大挙して堺へ乗り込む。それまでに集め終えねばならない。

「勿論、俺にも当てはある。やってくれるか」

「やります」

答えに満足したように元長は頷いた。

「お主らは若い。それを侮る者もいよう。名字が必要になるな」

集める者の中には、凋落したとはいえ国人や土豪の身分の者もいる。ただの九兵衛、甚助では決まりが悪かろう。この際、姓や新しい名を持てと元長は言った。

「新五郎、どうだ？」

田舎大名の己などより、和漢の書物に通じている新五郎のほうがよい名を付けられるのではないかと、元長は首を傾げた。

「そうですな……」

新五郎は暫く考えていたが、ぽんと手を叩いて口元を綻ばせた。

「私は九兵衛を見て、人の才は身分を問わず与えられるものと改めて思い知りました。生まれ落ちた時より、久しく秀でたる……久秀などは如何でしょう」

「九兵衛久秀……良い名じゃ」

元長は流石新五郎と膝を打つ。

「ちと恥ずかしいものですね」

まさか己が一生のうちで武士のような名を持つとは思わなかった。まだ他人の名のように思えて気恥ずかしくなる。

「ずるい。俺も欲しい」

先ほどまで啜り泣いていたくせに、甚助は目を輝かせて新五郎にせがむ。

「甚助は虎正《とらまさ》。虎のように強く、正しく生きる……」

「うーん。他がいい」

「おうおう。我が儘を言うわ」

新五郎が大袈裟に諸手を挙げて戯け、元長は思わず噴き出した。

「生涯の名じゃ。納得するまで出してやれ」

「そうですな。龍利《たつとし》、綱虎《つなとら》、あるいは……強そうな名が良かろう？」

甚助は頭をぶんぶんと振った。

「兄者を助けられるような名がいい」

新五郎は小さく驚いたが、ふっと口元を緩める。

「長頼《ながより》。九兵衛が頼りにする長けた男という意だ」

「それだ」

甚助はこちらを見てにかりと笑った。

「二人に合う姓は何かの？」

視線を宙に漂わせながら元長は呟いた。

「よろしいでしょうか」

九兵衛は居住まいを正して静かに言った。

「何か決めたものがあるようだな」

「はい……」

九兵衛は静かに瞼を落としていく。思い浮かぶのは多聞丸たちと過ごした塒に立

つ、一本の若松の木である。日夏はその松の若木を、

——まるで私たちのよう。

と言った。九兵衛たちの原点の地であり、若木も仲間の一人であった。多聞丸はそこから自らの姓を考えて名乗ったのである。

——多聞丸、よいか。

瞼の裏に映る多聞丸はあの日のまま。すでに歳も己のほうが上になっている。多聞丸が穏やかに微笑み頷いてくれた気がして、九兵衛はゆっくりと目を開いた。

「松永、と」

九兵衛の思いを知る甚助は、それを聞き、きゅっと唇を絞ってまた泣き出しそうになっている。元長もまた、何か胸に秘めたものがあることだけは察したらしく、射貫くような眼差しを向けて雄健《ゆうけん》に頷いた。

「松永九兵衛久秀、甚助長頼。共に夢を追おう」

三

元長が一度軍備を整えるために阿波に帰って三月後、九兵衛と甚助の姿は大和の山林にあった。木々が鬱蒼と生い茂っており、天を見上げてもまともに陽を捉えること

が出来ない。時折吹く風によって地に浮かぶ葉の陰影が小刻みに揺れている。一応は人の通る道らしいのだが、獣道に毛が生えた程度の悪路である。

今、二人はある男を訪ねるべく険しい山道を歩んでいる。

──柳生家厳《やぎゆういえよし》と謂う男に会え。

堺を去る前に元長はそう言い残していた。その男は大和柳生荘の土豪であり、数年前から元長と連絡を取り合っているという。家厳もまた行く当ての無い者を引き取り、柳生荘に住まわせているという。本山寺と似ているが、ちと趣が違うらしい。

──本山寺ほど穏やかではないぞ。

元長はそう言って悪戯っぽく笑った。詳しく訊こうとしたが、後は自身の目で確かめるがよいと教えてくれなかった。

「本当にこんなところに人が住んでいるのか？」

甚助は路《みち》に向けて伸びきっている雑草を刀で払う。恰好が付かないだろうと、新五郎が甚助に両刀を誂《あつら》えてくれたのである。九兵衛の腰間にも二本の刀が収まっている。その内、大刀は多聞丸より託されたものである。

「静謐《せいひつ》を求めて人が集まるのだろうか……」

この森にある木はどれも樹齢が高い。乱世にあって戦火を免れてきたことを意味する。山間の小さな里で大した石高の無い柳生荘でも、戦に巻き込まれさえしなければ、外から人を招き入れることが出来ているのだ。

「あ、また鹿だ」

甚助が指差した先に、木々の隙間からひょっこり鹿が顔を出してこちらを窺ってい
る。これで鹿を見るのも三度目。堺にいた時は毎日のように猪や鹿を追っていた甚助
である。見つける度に物欲しそうな顔になる。

「狩ってどうする」

九兵衛は苦笑しながら窘めた。これもまた三度目のことである。前の二回は何も言
い返さなかった甚助だが、此度は少しばかり反応が違った。

「手土産になるかもしれないぞ」

「二人で運べるものか」

「ちぇっ」

さらにそこから半刻ほど歩くと、二人の前に田園風景が広がった。民家もちらほら
と散見され、小高い丘の上に館のようなものもある。

「あれが柳生の館だな」

「腹が減った。何か食わせて貰えるかな」

甚助は白い歯を見せて力強く歩み出す。

——似ているな。

柳生館に向かう途中にも長い石段があったことでふと本山寺を、いや日夏のことを思い出した。

堺に滞在している時から、月に一度の本山寺への繫ぎに文を託していた。返事はその翌月となるのだが、日夏はそれを待たずして矢継ぎ早に文を書いてくれた。日夏に初めに読み書きを教えたのは九兵衛である。若松の下で書いていた頃は蚯蚓の這ったような字であったが、本山寺で日々学んでいる成果が出て、九兵衛も舌を巻くほど上達している。

日夏から来る文の内容は、毎回、宗慶が飯を喉に詰まらせたので背中を摩《さす》ってやっただの、小僧の宗念が一人で厠に行けるようになっただの、他愛もないことばかり。文を読んでいる時の己は頰が緩んでいると、新五郎に揶揄われたこともある。あの時の仲間で生き残っているのはたった三人。血こそ繫がっていないが、日夏のことを実の妹のように思っている。こうして息災だと知れるだけで嬉しかった。

堺を出る時、旅に出るので暫く文を書けない旨を送った。きっと今頃どこにいるかと心配しているのではないか。挙句に行先も知らぬ宗慶に尋ねて困らせているのではないか。様々な日夏の顔が思い出され、九兵衛は心の中で呼びかけた。

――日夏、俺は今大和にいるぞ。

楓が石段を覆うように枝を伸ばし、その葉は夕焼けを閉じ込めたかのように赤く染まっている。九兵衛はそれを見上げながら、一つずつ己の軌跡を確かめるように石段を登っていく。

門を潜ると、柳生館は遠くから見るよりも小さく見えた。いや、小さいという言葉は適当でないかもしれない。柱や梁、桟に至るまで引き締まっているような不思議な感覚を持ったのである。

庭で若侍が竹箒を用いて落ち葉を掃いている。歳の頃は十四、五といったところであろうか。

「何で私がこんなこと……」

箒を持つ手も荒々しい。そのために落ち葉が宙に舞って中々纏まらないでいる。内心では、歳の割に掃き掃除のやり方も知らぬのか、と侮ったが、そもそも普通は下男にやらせるべきことかもしれない。

「もし」

「おお」

若侍は今気づいたようで、箒を持つ手を止めて大きく仰け反った。顔全体にまだあどけなさが残っているが、己が武士だと主張せんとばかりに眉だけが凛々しい。一方で、その下にある円《つぶ》らな瞳はひどく優しげであった。

「どちらです」

若侍は箒を小脇にひきよせながら、二人を交互に見た。

「どちら、とは？」

唐突な問いに意味が解らず、九兵衛は首を傾げる。

「学びに来られたのか、腕試しに来られたのか」

「どういうことだ」

九兵衛と甚助が顔を見合わせていると、何故か若侍もひょいと頭を傾げた。

「あっ、もしかして、あなたは松永様じゃあ……」

「確かに私は松永九兵衛久秀と申す者。これなるは弟の甚助長頼」

新しい名に照れ臭さを感じる間も無く、若侍は額に手を当てて片目を瞑った。

「しまった。叱られる」

事前に元長から二人が向かうことを柳生家に報せてある。この若者もどうやら聞いていたらしい。

若侍の所作は一々大袈裟で可愛げに溢れている。九兵衛はくすりと笑って言った。

「御当主にお取次ぎ願えぬでしょうか」

「近隣の百姓の間で諍いがあり、仲裁に出ております」

「それでは待たせて頂きます」

「こちらへ」

「あ、少々お待ちを」

若侍が案内しようとするのを、九兵衛は掌を見せて止めた。

「もしかして……無礼を怒っていらっしゃいますか？」

若侍は小柄な躰をさらに小さくして窺うように尋ねた。

「いえ、お一人で落ち葉を集めたならば、半日は掛かってしまいます」

幾ら小ぶりといえども館と呼ばれるものの庭。寺の如き広さはある。

「箒がまだ何本かあるなら、お貸し願えませぬか」

甚助は九兵衛の意図を察したようだ。顔を歪めて溜息を零している。

「あそこにありますが……」

侍の視線の先、箒や箕《み》が一所に纏められている。

「お手伝いしましょう。三人掛かりなら、一刻もあれば終わるはずです。おい、甚助」

「はいはい」

面倒そうにするものの、甚助は小走りで箒を取りに行く。

「よいので？」

「ええ。お武家様は弓馬こそお得意なのでしょうが、ご無礼ながら箒のほうはあまり上手そうには……」

甚助から箏を受け取りつつ、九兵衛は苦く笑った。とはいえ、お世辞にもこの人懐っこい若侍が、戦場で活躍するようにも見えない。

「貴殿も侍でしょう？」

「急拵えでそのように作っておりますが、元は商人の倅。父母を失って寺で厄介になっていたこともあり、箏の扱いには些か長けているのです」

「なるほど。お言葉に甘えても……」

「勿論です」

九兵衛が微笑むと、若侍はぱっと顔を綻ばせた。

芳しい落ち葉の香りに包まれて、三人で黙然と掃き清める。

柳生館は昼だというのに静寂に包まれている。

しかし始めて一刻が過ぎようとしていた時、突如どこからか野太い男たちの声が聞こえ始めた。

まるで今から合戦でも始まろうかというほど猛々しい。

「失礼ですがあれは？」

九兵衛は箒を持つ手を止めた。

「昼からまた始めたのです」

ていたようである。

「先ほども思いましたが、真に知らずに来られたのですか」

それまで殆ど表情に変化もなかった若侍が訝しそうにする。知っていて当然と思っていたようである。

「実は我ら、柳生様のことを何も知らずに来たのです」

横着をして調べなかった訳ではない。

――全てはその目で確かめるがよい。

と、元長は言ったのである。

事情を告げると、若侍はふっと口を緩めた。

「道中無事でよかった」

「どういうことで？」

今度はこちらが首を傾げる番となった。

「それはですね……」

若侍が語ろうとした時、石段の方から雷のような叱責が飛んできた。

「これ、何をしている！」

「あ、まずい」

若侍が肩を竦める。男が石段を上ってきた。歳の頃は二十七か八といったところ

武士に頭を下げられたことなどこれまで一度も無い。普段ならばむず痒くなりそう
「はい。松永様、ありがとうございます」

「松永殿に御礼を申し上げ、お主も支度をして参れ」

家厳は溜息を零して、若侍に命じた。

「違います。私がさせて頂きたいと無理を申したのです」

る。

る。箒を手放すのを忘れているのが滑稽だ。甚助は噴き出しそうになるのを堪えてい
ふと脇を見ると、若侍はまるで猫のように背を丸めてこの場を離れようとしてい
「しかし何故、松永殿が掃除を……さては」

に顎に手を添えて顔を曇らせる。

若侍を叱っていた時とは打って変わり、家厳は明るい調子で名乗った。しかしすぐ
「松永殿か！　お待ちしていました。拙者が柳生家厳です」

「私は松永九兵衛久秀と申す者。これなるは弟の甚助長頼。柳生様を訪ねて……」

男は重い瞼をさらに落として怪訝そうにする。

「また誰かに手伝わせ……ん？」

鬢のあたりからうねった毛が零れており、どこか唐獅子《からじし》を思わせる相貌をしている。

か。雄々しい鼻とは裏腹に一重の切れ長の目。くせ毛なのであろう、纏めてはいるが

なものだが、この若侍の軽妙な雰囲気がそれを感じさせない。

「まったく総次郎《そうじろう》め……」

「総次郎殿と？」

「名乗ってもおりませんでしたか。つくづく困った奴だ」

家厳は項垂れるように、先ほどより深く溜息を漏らした。

「何故に総次郎殿が掃除を？」

普通ならば下男に命じるところであろう。

「寝坊しただの、近郷の百姓と話し込んでいただの、童たちと戯れていただの、何かにつけて修行を怠りました罰です」

「修行……？」

「真に何も知らぬまま来られたのですな」

家厳は目を見開いて苦笑した。

「三好様が、何事もこの目で確かめろと」

「ならばご覧になるがよかろう」

柳生館に添うように、講堂のようなものが建っている。先ほどから耳に届く威勢のよい声は、この中から聞こえてきていたらしい。

家厳が木戸を開くと、九兵衛は中の光景に息を呑んだ。二十人余りの男たち。それらが漏れなく木剣を手にしている。掛け声と共に素振りをする者、模擬合戦の如く木剣を交える者。季節は秋だというのに異様なほど蒸し、むせかえるような汗の臭いが充満している。

「これは兵法……」

「その通り」

家厳は片頰をくいと上げた。兵法とは剣の技に工夫を凝らし練り上げるものを謂う。昔からあったという訳ではなく、ここ数十年で一気に広まってきたもので、この兵法を扱う者を兵法者などと呼ぶのである。

男たちはこちらに気付いて手を止めようとするが、

「気にせずに続けよ」

と家厳が言うと、すぐにまた修練が再開された。どうやら当主家厳自らが師の役割も果たしているらしい。

「当節、流行る前から柳生家はこれに取り組み、すでに多くの兵法者を輩出しています」

柳生荘は山間の集落。戦略的価値の低い地とはいえ、乱世の中心である畿内だ。戦いへの備えを怠ることはできない。だが、領内の殆どが山林で耕地はさほど多くないため、人もまた多くは住めない。人の数は兵の数に直結する。

そこで家厳の祖父の代に、

――兵を増やせぬならば、ひたすら練るべし。

という方針を定め、まだ少なかった兵法者を招いて剣の技を学び、そこから柳生家で独自の兵法を編み出していったのだという。それから二代を経て、柳生の兵法は畿内では知る人ぞ知るものとなっている。

「故にこのように諸国から教えを乞いに集まってくるのです。反対に柳生を倒して名を上げようと訪ねてくる無頼も多く、辟易しています」

「先ほどの総次郎殿のお言葉の意味、ようやく解りました」

総次郎は道中無事でよかったと言っていた。家厳いわく、柳生を倒さんという者の中には、途中で追剝のような真似をする輩も多くいるという。

「教えを乞いに集まるのは、仕官のために？」

「ええ、確かに身を立てたい者もいる。だが兵法は合戦でさほど役立つ訳ではない」

剣を巧みに扱い少数の戦いでは無類の強さを誇るものの、合戦では主に弓矢、槍を用いるためあまり活躍出来ない。実戦では、武士たちからの評価は必ずしも高くはなかった。

「では何のために」

「一つはこの乱世で、己や己の大切な者を守るためです」

追剝や野盗が跋扈する世である。旅をするにも安全な場所など皆無。そんな時に兵法は身を守る援《たす》けになる。

そして先刻言ったことと矛盾するようだが、合戦でも役立つのは間違いないという。幾ら卓越した技とて、数には抗えない。だが身を守るためなら、話は違う。兵法を極めていけば、脇から繰り出される槍にいち早く気付くことも出来るし、飛来した矢を払い落とすことも出来るというのだ。

――坊谷……。

九兵衛の脳裏に仇の姿が蘇った。

あの男もまた兵法者であったろう。確かに森の中から風介が放った矢を宙で叩き落としていたのをはきと覚えている。

「幾ら立身出世の野心を持とうとも、半ばで倒れれば叶いません。反対に生き延びさえすれば、何度でも挑むことが出来るでしょう」

家厳は活気溢れる講堂内を見回しながら続けた。

「二つ目に、まだ己が何を為すべきか解らず悶々としている者のためにも。故に剣を一心不乱に振るうのです」

「解るような気が致します」

剣と茶の違いこそあれども、新五郎の言っていることと同じといってよい。九兵衛も茶の湯を学ぶ中で、嫌というほど己を見つめることが出来た。

「そして最後……男は生来、強さに憧れるものかと」

家厳は片笑みつつこちらをちらりと見た。腕白坊主のような笑み。どこか元長に似ているものを感じる。二人が誼《よしみ》を通じるようになったのも、何となく理解出来た。

「よく解る」

こちらの方は甚助が大いに同意すると、家厳は眉を開いて微笑んだ。

「これほど多くの方々を教えるとなると、謝儀を受けておられるので？」

他国から来た者たちをこれほど住まわせては、食い扶持だけでかなりの持ち出しになってしまうだろう。

「謝儀など払える豊かな者が、兵法をやろうなどと思いませぬ」

何も持たない。何の伝手も無い。そんな者が藁にも縋る思いで兵法に手を出す場合が殆どだという。

「では……」

「三好殿がな」

「諸国の噂を集めるに役立つということですね」

「勘が良いことで」

彼らはやがてここから旅立ち、近隣を通った時にまた立ち寄る。その時に彼らが見聞きしたことを、柳生家は三好家に報せる。この柳生荘も、三好家にとっては阿波にいながら諸国の情勢を知るための一助となっているのだ。さらに元長の上洛の際には、柳生家も微力ながら馳せ参じるつもりだとも言う。

「何故、そこまで三好家に？」

九兵衛は率直に尋ねた。畿内には様々な大勢力がある。大和ならば興福寺と強く結びついた、筒井《つつい》家と謂う家があるはず。何故わざわざ遠い阿波の国主を助けるのか。

「山伏の装いで、三好殿がふらりとここに来られたのは四年前のこと」

家厳はその日を思い出すように目を細める。

元長は三好家上洛に力を貸して欲しいと単刀直入に言った。家厳ははじめ断るつもりであったらしい。

「まるで灯に群がる蛾のようなもの」

家厳は吐き捨てた。どの大名も何かに魅入られたように京を目指す。京を手中に収めれば権力を握れるからである。だが、その権力をどのように使うのか。そこまで考えが及んでいる大名はいない。そうして再び世は荒れ、戦は一向に止むことが無い。

「だが三好殿は違う。武士を悉く消し去ると」

家厳もまた九兵衛らと同じ、元長の夢に魅せられた者であった。

「しかし戦が無くなり、武家が無くなれば……」

兵法を生かす場は無くなるのではないか。九兵衛の疑問を察したようで、家厳は首を横に振った。

「武士でなければ、剣を振るってはならぬということはないでしょう。泰平を守る剣もあるはず。何より拙者は剣が好きなのです。人間が好きに打ち込むのに訳はいらぬかと」

剣を語る家厳の顔は嬉々としている。新五郎が茶の湯を語る顔に似ていると思った。元長のいう戦の無い世の先は、このような幾多の「好き」が溢れるのかもしれない。

「ところで、松永殿は兵を集めていらっしゃると聞きました」

家厳はそのこともすでに元長から聞き及んでいる。

「来年、三好様が堺に上陸するまでに、足軽を揃えようと思っています」

「足軽の奴らに忠義などは存在しない。いつ裏切るか判りませんぞ？」

家厳は眉を顰めた。幕府で不遇を託《かこ》っている者や、猫の額ほどしか領地を持たず、明日をも知れない地侍などを紹介しようと思っていたらしい。

「武士が民を裏切っている中、裏切ることを咎められましょうか」

「確かに……松永殿の言う通りだ」

家厳は呵々と笑った。

「大なり小なり地獄を見た者たち、その怒りと哀しみは力になるかと」

「よろしい。心当たりがある」

家厳は深く頷いて語り始めた。


京の南東に宇治《うじ》という地がある。京で日夜合戦が行われているのに対し、程近いながら公家が別宅などを構えるほど戦火の影響は少ない。

「あの地には足軽が集まっていた」

足軽たちは一所に定住しているわけではないので、大名家もいざ必要な時に集められないなど苦労している。そこに目を付けたのが宇治の国人たちだ。洛中と異なり合戦の少ない宇治に足軽を集め、大名家に斡旋することで金を得ていたらしい。

「だが高国はこれを潰しに掛かった」

京を手中に収めた高国は、すでに十分なほど足軽を抱え込んでいる。そうなると己を倒さんとする者が現れた時、他軍に足軽を斡旋するかもしれぬ宇治の国人たちは邪魔でしかない。故に軍勢をやって国人たちを攻め滅ぼしたらしい。

「では宇治に行っても意味が無いのでは？」

「いや、国人たちは足軽たちを引き連れ、山深い地に逃げた」

細川家は近江の六角氏を動かして宇治郡を挟み撃ちにした。近江に逃げられないと悟った国人たちは、六地蔵《ろくじぞう》に南下して山城《やましろ》の山中、和束《わづか》という地に逃げたのだという。

足軽を斡旋していた国人が、自ら足軽の大将になったようなもの。彼らは自らの故郷を奪った高国を怨み抜いている。山野に潜んで機を窺い、度々宇治を奪還すべく襲撃しているらしいが、大軍を擁する高国には歯が立たないでいる。いずれ兵糧も尽き、このままでは自滅するのではないかと家厳は見ていた。

「なるほど。それを引き込めば……」

「うむ。最も勢力の大きいのは海老名《えびな》権六《ごんろく》、四手井《しでのい》源八《げんぱち》の二人。併せれば兵は五百は下らないでしょう」

海老名権六は宇治郡東野《ひがしの》村の、四手井源八は同厨子《ずし》奥《おく》村の国人領主であったという。

「解りました。やってみます」

「まあそう、慌てずとも。少しばかりこの里で兵法でも見てゆかれるがよい」

と家厳が言ったその時、先ほど掃き掃除をやらされていた総次郎が姿を見せた。気合に満ちた他の者たちと違い、肩を落として見るからにやる気が感じられない。

「総次郎殿はご家中の方で?」

望んで兵法を学びに来ている者には見えなかったのだ。

「いえ、あれは摂津の瓦林《かわらばやし》という国人の次男です」

総次郎の父は若い頃にこの柳生荘を訪れたことがあり、家厳と共に修行に励んだ仲だという。総次郎は勤勉な長男と違い、家を抜け出しては領内の子どもたちと遊んでばかりいた。何度叱っても改めることがないため、父は性根を叩き直すために柳生荘に連れてきて託したという経緯らしい。

「総次郎、弛んでおるぞ。素振りをせい！」

「素振りはつまらないから」

家厳は項を掻きながら嘆息する。師に対しての口の利き方ではないが、この若者にはどこかそれを赦してしまうような絶妙な緩さがある。

「では組打じゃ」

「師匠が相手をして下さいますか？」

「俺は客人の相手をしている」

「師匠か結城《ゆうき》様以外、無理です」

先月まで、幕府の奉公衆を務める結城忠正《ただまさ》と謂う男が柳生に滞在していたという。家厳とは共に兵法を研鑽《けんさん》した間柄で、その腕前は相当なもの。兵法だけでなく学問全般に秀で、天文《てんもん》にも通じ、書もかなり上手い。それでいて柔和な人柄というから、総次郎はかなり慕っていたようだ。

確かにこの講堂で木剣を振るっているのは厳めしい男ばかり。家厳かその結城でないと、手加減もしてくれないという意味であろう。

「怪我をさせても知りませんよ？」

「な……」

総次郎が飄々と意外なことを口にするので、九兵衛は声を詰まらせた。

「小僧、聞き捨てならんな。それは儂に勝てるという意か」

身丈六尺はあろうかという虎髭の大男が気色ばんだ。

「おい、止めておけ――」

「うるさい。貴殿らが甘やかしているから増長するのだ」

別の男が肩を摑んで止めようとするが、大男はその手を勢いよく払った。

「確か一昨日、着かれた……飯山《いいやま》殿？」

「飯田三郎兵衛《いいださぶろうべえ》だ！」

総次郎はちょいと視線を上げて尋ね、大男が虎のように唸る。

「柳生様、立ちあってもよろしいな」

飯田と名乗った男は顔を真っ赤にして迫る。もはや止めたところで収まりが付かぬと思っているのだろう、家厳は渋面を作りながら頷いた。早くも飯田は女の腕ほどはあろうかという太い木剣を構えている。

「仕方ない」

総次郎は木剣で右肩を叩いてそのますうと動かし、左肩に背負うように構えた。

「愚弄するか」

飯田が激高して言う。確かに見回す限り皆が正眼に構えており、このような構えをしている者はいなかった。

「これが私の構えです。結城様に教えて貰った左太刀と言いまして……」

「戯言を！」

飯田が猪の如く突進し木剣を振り下ろす。これは怪我では済まない。総次郎の脳天が割られてしまうと、九兵衛が思わず顔を背けた。からんと乾いた音が講堂に響く。総次郎が木剣を落とした音であろう。

「おお、兄者！」

甚助に肩を揺すられ、恐る恐る正視した九兵衛が、吃驚《きつきよう》して息を呑んだ。飯田が白目を剝いて卒倒していたからである。

「やり過ぎました」

総次郎はのびている飯田を見て、申し訳なさそうに苦く笑った。

「誰か手当を」

家厳が命じ、数人の男たちが動き出した。

「これは……どういう訳で」

まだ覚めやらぬ衝撃で声が上擦ってしまった。

「瓦林総次郎には天賦《てんぷ》の才が……」

家厳は眉間を摘まんだ。

本名は瓦林総次郎秀重《ひでしげ》。瓦林家から預かったのは僅か一年前。初めて木剣を握らせた時から、家厳はこれはとすぐに総次郎の才に気付いた。そこから凄まじい勢いで上達して、今では家厳と件の結城忠正以外では太刀打ち出来ぬという。

「あれは才だけならば、拙者の上を行きます」

「それほどで……」

「近頃では退屈だと申すばかり」

家厳は領主として忙しくいつも相手をしてやれる訳ではない。専ら相手をしていた結城が京に帰ってからというもの、総次郎は気の抜けたようになり、修行を怠けるようになったということらしい。

「そうか」

家厳は何か思いついたように掌に拳を打ち付け、こちらを見つめた。

「松永殿、総次郎を連れて行っては下さらぬか」

いきなりのことに返事が出来ぬ九兵衛に対し、甚助は心強いだの、あの技を教えて貰おうだのと気が早いことを言って喜んでいる。当の総次郎はというと、濡らした手拭で首元を冷やされる飯田を、心配そうに見つめていた。

九兵衛らは柳生家に丸二日滞在することになった。

柳生を発つ日の朝、家厳は門前まで見送りに来てくれた。

「慌ただしく出立して申し訳ございません」

九兵衛が深々と頭を下げると、家厳は穏やかな笑みを見せて頷いた。

「また会うことになりましょう」

元長が夢に向けて動く時には、家厳も手勢を率いて馳せ参じるつもりらしい。数は少ないかもしれないが、兵法を修めた一騎当千の集団である。元長としても心強いことであろう。

「松永殿、押し付けてしまい申し訳ない」

家厳は己の背後をちらりと見た。その視線の先には甚助と談笑する総次郎の姿がある。まだ会って間もないが、二人は馬が合うらしく、ずっと他愛も無い話に花を咲かせていた。

「総次郎、松永殿のことをお守りするのだぞ」

「お任せ下さい」

家厳が呼びかけると、総次郎はまだどこかあどけなさの残る笑みを浮かべた。

こうして九兵衛ら兄弟に加え、新たに総次郎が加わって和束を目指した。まずは柳生荘から笠置《かさぎ》へと抜ける。そこから川沿いに回って和束に入るのである。

柳生荘までの道も険しかったが、こちらの道はさらなる悪路であった。片側が断崖になっており、道幅は僅か二尺ほどのところもあった。道が狭いため縦一列になって進む。先頭は九兵衛で、甚助、総次郎の順である。

「松永様、足場が脆くなっているところがありますので、お気を付け下さい」

「ああ、間もなく抜けるだろう」

背後から注意を促す総次郎に対し、九兵衛は軽く手を挙げて応じた。年下とはいえ歴とした武家の子である。どうしても初めは敬語で話していたが、

――私などに気を遣う必要はありませんし、牢人を束ねるとなれば皆に示しが付かない。

と、総次郎は微笑みを浮かべながら窘めてくれたのである。

ようやく崖に寄り添うような悪路が終わり、少しばかり開けた道に出た時、ふいに甚助が真面目な調子で切り出した。

「なあ、総次郎。俺にも兵法を教えてくれよ」

「甚助殿は腕っぷしも強いでしょう？」

横並びで歩き始めた総次郎がひょいと首を捻った。兄弟なのだから姓で呼んでは区別が付かぬということで、己のことは松永様と、甚助のことは名で呼ぶようになっている。

「戦で手柄を立てたいからな」

甚助が揚々と言うが、総次郎は顎に手を添えて低く唸って問い返した。

「お二人は戦に出たことは？」

「それは……」

折角加わってくれたのに落胆させることを恐れたのか、甚助は口籠もった。嘘をついたところでどうなる訳でもない。いつか戦に出ることになれば露見するだけである。九兵衛は振り返って話を引き取った。

「戦に出たことは無い。ただ刀を握ったことはある」

回りくどい言い方になってしまったが、まずは己たちの境遇から話さなければならない。そこから多聞丸らとの出会い、飢えを凌ぐために足軽の守る荷駄を度々襲っていたことなどを掻い摘まんで話した。

総次郎は一々相槌を挟んで真剣な面持ちで耳を傾けている。

「失望したか？　付いてくる相手を間違えたと思うなら、今からでも遅くないから柳生荘に戻ったほうがよい」

野盗働きなど褒められることではない。九兵衛は静かに勧めた。

「いえ、思えば私は幸せな境遇だったのかもしれないと考えておったのです」

小さいとはいえ国人の家に生まれ、総次郎は食うに困るということは無かったとい

う。

と、突然総次郎が音を立てて掌を合わせ、甚助に語り掛けた。

「話を戻します。勘違いなされているようですが、戦でものを言うのは刀でなくやはり槍です」

「そうなのか？」

意外な答えだったのだろう。甚助が驚いて目を見開いた。

「ええ。兵法も決して無駄にはなりません。しかし兵法はあくまで個の技。戦う者の

数が増えれば増えるほど衆に埋没するものです」

「確かにそうだろうな」

九兵衛はすぐに納得した。総次郎が言っていることは単純な話である。一対一なら

ば兵法者の卓越した技は遺憾なく発揮出来るが、それが百対百ならば一人の与える影

響は極めて少なくなり、千対千ならば皆無に等しいということである。

「戦において最も重要なものは距離の優位を取ること。いくら優れた兵法者であろう

とも刀が届かなければ、身を守れても相手を討つことは出来ませんからね」

　これも当然の話ではある。戦とはいかに相手の攻撃を受けず、こちらは攻撃を加えるかに尽きるというのだ。つまり刀より槍、槍より礫《つぶて》、礫より弓矢が勝るということを意味する。

「離れたところから相手を攻め続ければ負けは無い……か」

「はい。もっとも、敵は間を詰めてきますのでそれが難しいのですし、他にも様々な要素があるとは思いますが。まずはそれを考えることかと」

「じゃあ、俺はどうしたらいいんだ」

　甚助は些か苛立って結論を求めた。

「詰められた時、間合いが取れるのは刀ではなく槍ということですよ」

「解った。槍を使えるようになればいいのだな」

「はい。馬上で扱えればなおよいかと」

　仮に反対に相手に距離の優位を取られた時、間合いを一気に詰めねばこちらは棒立ちでやられてしまう。だからこそ騎馬という兵種がずっと廃れないのだと総次郎は語った。馬上からでは刀が敵に届きにくく、なおさら槍を使うほうがよい。ただそれは「馬上槍」といってかなり難しいもので、恵まれた体軀と練達した技が必要だという。

「甚助殿ならば修練次第では能うと思います」

総次郎に褒められて甚助は嬉しそうにしていたが、はっと眉を開いて呆然とした。

「兄者、馬が無い」

「ふふ。揃える必要があるな」

堺で猟に明け暮れていた時もそうであったが、甚助はやるとなれば昼夜問わずに没頭する。馬と槍さえ与えればきっとそう遠くなく身に着けるという読みがあった。

「もっとも、私も一度しか戦に出たことはありませんので……これも兵法を通じて考えた空論ではありますが」

総次郎はそう付け加えた。柳生に赴く少し前、摂津の国人どうしの小競り合いで初陣を飾っただけだという。

「総次郎殿に頼みたいことがある」

「はい」

「やはり、刀の扱いを教えてくれないか」

甚助はえっと声を上げ、総次郎も目を丸くする中、九兵衛は言葉を継いだ。

「訳は三つ。一つ目は甚助と異なり私は力が強くない。槍を取っても上手く扱えぬだろう」

己の身丈はとっくに成長が止まっているのに対し、兄弟でこうも違うかというほど甚助は伸び続けている。今でもすでに五尺六寸を超えており、冗談ではなく六尺に至るのではないかとさえ思う。

「二つ目は私が学ぶべきことは別にあると思ったからだ。刀の扱いも身を守れる最低限でよいと思っている」

「それは何ですか？」

総次郎は怪訝そうに尋ねた。

「軍略だ」

衆を率いるということは皆の命を預かるということ。総次郎が語ったことには頷けるところが多々あった。距離の優位を保てば味方の命を守ることにもなる。戦についてさらに理解を深めねばなるまいと思った。

「ただ、そのような書物はなかなか手に入りませんよ？」

この国には大陸の書物の写本が多く出回っているが、軍略について触れたものは数が少なく、あったとしても武家が所蔵しているのが大半であるという。

「見て学ぶこととする」

「そう上手くいきますかね」

総次郎は不安そうに眉を下げた。

「無から何かを生み出すのは大変なことだ。それに比べれば模倣は易しいと思う」

例えば成り行きで学ぶことになった茶の湯。今の形の元を創り上げたのは珠光だと言われている。九兵衛はそのことに畏敬の念を抱くようになっている。昨日までこの世に存在しなかったものを、名さえ付いていなかったものを生み出すのだ。人の一生における快事ではないか。それと同時に初めに無から生み出す苦悩はいかほどだったろうと、学べば学ぶほど思うようになった。

「それに今の世には模倣すべき戦が溢れかえっている。真似てみせるさ」

「では、三つ目は？」

「これだ」

九兵衛は腰間の刀にそっと手で触れた。

「多聞丸の……」

甚助は囁くように言うと唇を真一文字に結ぶ。己たちと出逢う以前に奪った荷の中にあり、多聞丸がずっと腰に差していたもの。無銘ながら素人目にも良い刀だということが判る代物である。皆と永劫の別れを交わした日、多聞丸が己に託してくれたのだ。

「多聞丸と共に戦いたいからだ。皆で見た夢を……戦の無い世を創ってみせる」

九兵衛が言い切った時、歩調は変えていないのに腿に触れたか刀の鍔が微かに鳴った。

――お前に任す。

まるで多聞丸がそう言ってくれたような気がして、九兵衛はふっと頬を緩めた。

四

笠置に出た九兵衛らが、川沿いに迂回して和束に入ったのは、柳生荘を発って三日後のことである。

この地を治めているのは森田《もりた》と謂う地侍。手勢も百に満たない。そこにある日、突如として海老名、四手井を中心とした群盗同然の五百の足軽たちが押し寄せた。下手に抗っても敗れることは目に見えている。血を流すことを恐れ、森田は渋々ながら領内に迎え入れたという訳だ。

流石に母屋の森田城を奪われることはなかったものの、出城を置いている鷲峰山《じゆぶせん》に住まわせて食い扶持の面倒を見るはめになった。森田としてはすぐにでも出て行って欲しい、というのが本心だろう。

「――と、いう訳だ」

九兵衛は鷲峰山へむかう道すがら、二人にそのような事情を話した。初めは会うことすら許されなかったが、こちらが、

――堺の町衆の意向を受けて兵を集めている。

と森田に申し出ると、厄介者を引き取ってくれるかもしれないと思ったか、急に掌を返し、九兵衛一人のみという条件で城に通されたという訳である。

こうして森田城を辞した後、件の両人に会うために、一里ほど離れた鷲峰山に向かっている。大和国の大峰山《おおみねさん》と並ぶ霊峰とも言われ、この辺りでは最も高く岩肌が剝き出しになった険峻な山である。

「やっていることは山賊同然ですね。森田が哀れになってくる」

説明を聞き終えると、総次郎は項を搔きながら溜息を漏らした。

「だが、森田も小狡い男に見えた」

森田は阿《おもね》るような猫撫で声で話し、終始卑しい笑みを浮かべていた。それでいて家臣には極めて尊大に当たるのも見た。どこにでもいる典型的な地侍といった男である。

「国人たちは、森田を滅ぼして領地を奪う気じゃないのか？」

「いや、この地に五百の兵を食わせる力は無い。それで森田は命拾いした」

和束は山間の狭地で領地は千貫ほど。とても五百の兵を食わせていけるほどの地ではない。彼らは森田のような地侍を求めてまた動く。さながら蝗《いなご》の大群のようなものである。

「しかし何で足軽たちは海老名、四手井の二人から離れようとしないのでしょうか」

総次郎は首を捻った。小さいとはいえ領主の子であるからその不思議に気付いている。九兵衛も同じ疑問を抱いていた。

「主従という関係でも無いのに」

「まあ、行けば解るだろう」

甚助は陽気に言ってずんずんと斜面を先に上っていく。鷲峰山の中腹には、約八百年もの昔に役小角《えんのおづぬ》が開いたと言われる金胎寺《こんたいじ》、山頂には二百数十年前に伏見《ふしみ》天皇によって建立された多宝塔《たほうとう》などの建物がある。宇治郡国人はこれらを根城にしているらしい。

間もなくといったところで、総次郎が静かに名を呼んだ。

「松永様」

「見られているな。数が多い」

九兵衛が応じるより先に甚助が口を開く。先程までの陽気さは霧散して頬が引き締まっている。

狩猟に明け暮れたのが、こんなところで役立っているらしい。

「私から離れないように。いつ仕掛けて来るか……」

総次郎が言いかけた時、九兵衛はすうと息を吸い込んで大音声で叫んだ。

「私は松永九兵衛久秀と申す者。そなたらを助けに来た！　海老名権六殿、四手井源八殿にお取り次ぎ頂きたい！」

「兄者」

複数の気配が揺らめき、辺りの木々が囁くようにざわめく。甚助が低く言った時、総次郎はすでに腰を落として刀の柄に手を掛けている。

「止めよ。敵ではないのだ」

九兵衛は短く窘めると、諸手を腰の横に広げた。総次郎も刀から手を離したことで、ようやく茂みの中からわらわらと男たちが姿を現す。槍の長さもてんでばらばら、荒縄を柄に巻いた刀、胴丸だけでも付けている者はまだましで、襤褸のような衣服を身に纏っている者もいる。野盗の集団といった様相である。年嵩の男が疑いの目を向けつつ尋ねた。

「何者だ」

「食い物を持って来た。お二人に会わせて頂きたい」

食い物という言葉に反応したようで皆がざわつく。よく見れば誰もが眼窩がくぼみ、頬もこけ、肌艶も酷く悪い。森田から米を奪ったとはいえ、決して余裕のある暮らしはしていないことが窺えた。

「頭たちは話し合いをしておられる……」

「では待たせて頂こう」

九兵衛は手頃な石を見つけると、ふわりと腰を下ろした。話の先を取られた恰好になり、男たちは暫し茫然としていたが互いに何かを囁き合い始めた。甚助が横に侍るように立って尋ねる。

「殺そうという相談じゃあ……」

「声が大きい。黙っていろ」

暫く誰も口を開かぬ異様な時が流れた。茶を一服できるほどの時が経ったところで、九兵衛は赤く染まった櫓の木を見上げながら口を開いた。

「お二人は揉めているのか？」

男たちが明らかに動揺するのが判った。さらに畳みかけるように問いかける。

「宇治郡を奪還するか、別の地に移るかで意見が分かれているといったところか」

「何故それを」

図星だったようで、若い男が顔を引き攣らせた。消去法で判ることだ。米を得られたというのに、対立を深めているのならばこれしかない。

「お二人はどこに？」

「多宝塔に……」

こちらの雰囲気に呑まれているのか、別の者が口を開く。

「案内して頂きたい」

九兵衛は腰を上げて尻を払う。皆が戸惑いを隠せないようだが、九兵衛は意に介さず続ける。

「我らは三人です。その気になれば取り囲んで殺せる。二人の仲を取り持てるかもしれない」

足軽衆はまだ迷いを見せていたが、先ほどの年嵩の男が腹を括ったように答えた。

「解りました。案内します」

「ありがとう」

九兵衛は柔らかに微笑むと、男の後に続いてさらに山を登った。

「松永様は存外豪胆だ」

総次郎が感嘆するような調子で零す。

「別に争いに来ている訳ではない」

九兵衛は穏やかに返した。父を殺され、血溜まりに沈む仲間を目の当たりにしてきたからか、余程このようなことに慣れてしまったのかもしれない。

鷲峰山の頂まで来ると開けており、立派な多宝塔も目に入った。その脇には小さな寺も建っている。寺僧は随分前からおらず、放ったらかしになっていたのだろう。所々瓦が落ちて、板壁もささくれ立っていた。

話し合いの最中というのは真のようで、荒らげた声が外に漏れ聞こえてきた。案内してくれた年嵩の男が伺いを立て、三人は中へと通されることとなった。

男が二人向き合うように座っている。

──若いな。

九兵衛が持った第一印象はそのようなものだった。足軽たちの斡旋をしていたというから、勝手に老練な者を想像していたのだ。とはいえ、両者共に齢二十一、二といったところで、己たちよりは少し年上であろう。

「松永九兵衛久秀と申します。これなるは舎弟の甚助長頼。麾下《きか》の瓦林総次郎秀重です」

「海老名権六家秀《いえひで》と申す」

言い争っていた熱が冷めないからだろうか、権六は些か粗野に名乗った。身丈は六尺ほどもあり、巌《いわお》の如き体軀をしている。鷲鼻が特徴的な相貌で、酷い癖毛を荒々しく纏めている。いかにも野武士といった風体である。

「宇治厨子奥村の住人、四手井源八家保《いえやす》でござる」

一方の源八は流浪中とは思えぬほど爽やかな男。涼やかな一重をしており、肌も雪のように白い。両家は互いに姻戚であり、二人は従兄弟の間柄なのだという。

「堺の遣いがこのような田舎に来るとは珍しい」

込み入った話を邪魔した形になったたか、権六はやはり憮然とした態度に見えた。

「単刀直入に申し上げます。貴殿らと麾下の五百人を堺にお迎えしたい」

「堺に？」

「はい」

九兵衛が仔細を説明した。

だが、町の警備程度ならばまだしも、商人たちが私兵を雇うというのは前代未聞。どうもぴんとは来ないようで、源八も眉を顰めた。

「確かに田舎侍だが、我らとて武士の端くれ。商人の下に付けとは片腹痛い」

権六は野獣が唸るように怒りを顕わにした。場がひりつき甚助らも躰を強張らせる。ただその中、九兵衛だけがふっと口許を緩めたものだから、権六は歯を食い縛って睨みつけてくる。

「何がおかしい」

「紛い物の道理に、諾々《だくだく》と従っておられるので」

「紛い物の道理だと……」

権六が話に喰いついたのを、九兵衛は逃さず早口で一気に捲し立てた。

「左様。武士は己たちの身分が高く、百姓や商人は下賤だと必死に流布しようとしていますが、それは紛い物の道理でございます。仮にそうだとして、矛盾しているではないですか。身分の上の者に従うのを是とするなら、武士は何故公家に従わぬのです」

低く唸る権六を前に、一転、調子を緩やかにして噛んで含めるように続けた。

「この世の道理は別にござる。武士もそれを承知で、上手く世を誑《たぶら》かそうとしているに過ぎません」

「ではどうすれば？」

源八も話に興味を抱いたようで、横から口を挟んだ。

「この国を一から創り直します」

九兵衛は裏に三好家が噛んでいること、元長の語った全ての武士を悉く消し去るという構想を滔々と話した。

「そんな馬鹿な……」

源八は吃驚して息を呑む。

「仮に……仮にだ。それが叶うとして、その世で俺たちはどうなるのだ」

先ほどまでの怒りは鳴りを潜め、権六は顔面を蒼白にさせた。

「武士は消えます。しかし世の戦も絶える。妻子や家族を理不尽に失う恐怖に苛まれることも無い」

九兵衛が言い切った時、二人がこれまで以上に動揺するのが見て取れた。

「妻子がおられるので？」

権六が握った拳を怒りで震わせ、源八は深い溜息を零した。

「なるほど……宇治におられるのですな」

「ああ、そうだ」

権六は鬢の辺りを掻き毟った。

「誰かを迎えに行かせては？」

と言う総次郎の口を、九兵衛が制す。

「人質、ですか……」

「ああ。細川家は我らの妻子を捕らえている」

源八が重々しい口調で話し始めた。

宇治で斡旋を行っていることを聞きつけ、足軽稼ぎをしたい多くの者が集まってきた。だが、皆、暮らしを奪われた者たちで、居場所がない。そこで、仕官が決まるまで茅舎にそれらの家族と共に住まわせていたところ、細川家の軍勢が突如として押し寄せた。相手は数倍からなる大軍。奮戦虚しく、宇治は混乱の坩堝となり、最後は己たちで退路を切り開くので精一杯だったという。

「解りました。急いで高国に降って下さい」

話を聞き終えると、九兵衛は迷いなく言い切った。

「兄者、待ってくれ。それじゃあ」

甚助が思わず声を上げる。

「馬鹿者。兵は他の方法で集めればよい。お二人や皆の家族のほうが大切よ」

この世において他のことは何とでもなるが、命だけは取り返しがつかない。

「それが出来れば、とっくにそうしている……」

権六が口を開く。妻子らを捕らえた高国から、すでに書状は届いている。だがその内容は想像を絶する苛烈なものだった。

「全員の死罪ですと……」

妻子の命を保証する代わりに、権六、源八の両人、それを頼った足軽五百人を悉く殺すというのだ。取り込めば自らの手足として用立てられるのに、何故そのような所業に出るのか。

人は損得勘定で動くもの。それを超えて人が動く時、その心に秘めているのは恐れである。

例えば昔読んだ『史記』に、楚《そ》の項羽《こうう》が捕らえた秦《しん》兵二十万を生き埋めにしたと記されていた。二十万の兵を取り込めば大いに力を得られたはずなのに反乱を恐れて殺したのだ。だが高国が高々五百ほどの流浪の集団を、鏖《みなごろし》にしたいほど恐怖する意味が解らない。

――高国は何を恐れているのだ。

九兵衛が訝しんだ。

「やはり、俺は宇治に戻ることにする」

権六は悠然と言い切った。すでにこの地に逼塞していることも露見している。書状が来たのは二十日前のこと。ひと月以内に宇治に戻らねば妻子を殺すと書かれており、もう残された時は十日しかないという。

「だから機を待てと言っておろう。我らが討たれた後、人質が助かる保証は無いのだ」

源八が言葉を強めて反論する。意見の対立が何かこれで明らかとなった。

「松永殿は如何に思われる。あれほどのことを謳っておいて、妻子を見捨てるのが正しいとはよもや言うまいな」

ずっとこれで言い争ってきて埒が明かぬのだろう。権六は大仰に舌打ちをしてこちらに話を振った。

「はい。海老名殿のおっしゃる通り。見殺しにする訳にはいかぬでしょう」

今度は源八が細い目を見開いて訴える。

「私も見捨てるつもりはない。これでは結局、皆が殺されると言ったまで……」

「ですが、四手井殿の言い分ももっともかと」

「舌の根の乾かぬうちから前言を翻すか！」

唾を飛ばして権六が膝を立てる。九兵衛は掌を向けて制し静かに言った。

「どちらも正しく、またどちらも間違っておられる」

「何だと……」

「他に方法があります」

「そんな方法がある訳――」

言いかけた源八だったが、こちらの心底を察したようで声を詰まらせた。総次郎は己という男が解ってきたようで先刻からずっと苦笑していた。甚助は爛々と目を輝かせて力強く頷く。

「そう、人質を奪い返すのです」

九兵衛が凜然と言い切ると、二人とも雷に打たれたように身を震わせた。

五

鷲峰山を発ったのはその三日後のことだ。

九兵衛はまずはじめに和束郷を治める森田に対し、

「兵糧を出してくれれば、足軽衆を引き払わせる」

と申し出た。このまま蝗の如く食い潰されるよりは、ひと月分の兵糧で出て行ってくれるほうが有難いとばかり、森田は出し渋ることはなかった。

権六、源八の話に依れば、宇治郡には細川家の兵が千ほども固まっているという。しかもこれらは高国直轄の精強な兵らしい。正面からぶつかれば十中、九までは粉砕されてしまうだろう。

――思い出せ。

多聞丸らと野盗働きをしていた時の足軽衆と規模こそ違うものの、突き詰めていけば一人ずつの集合体である。むしろ意思の疎通が取りにくい分、数が多いほど予想外の事態には弱いはず。

そう思い至った時、九兵衛は一つの策を口にした。

「兵を二手に分けて進もう」

通常、この地から向かう場合、六地蔵、椥辻《なぎのつじ》を経て北進して山科荘の南に出る。細川家としても奪還しに戻ることは想定しており、ここを重点的に警戒しているはず。そこで裏をかいて、まず和束から湯船《ゆぶね》、近江に出た後、朝宮《あさみや》を抜け、東から山科荘に雪崩れ込むのである。細川軍は慌てて南の備えを回し防ごうとするに違いない。

「東で十分に引き付けておき、もう一手は本命の南から突貫する」

手薄になった隙に疾風の如く人質を奪い取って退却する。その間、東側の囮は逃げる時を稼ぐためにさらに引き付けねばならない。

「だがそれでは東の囮は……」

源八は一重瞼を細めて喉を鳴らした。

「ええ。近江の六角が動けば挟み撃ちされ全滅の恐れがあります」

「ならば素直に囮を南にしてはどうだ」

権六が提案したが、九兵衛は首を横に振った。

「女、子どもを連れて逃げるのです。近江に入ればそれこそ袋小路となる。ひた走って堺を目指すしかない」

現実的に細川軍が堺まで追って来ることはなかろう。大和柳生荘まで逃げればもう安心してもよい。

「解った。松永殿、皆の妻子を頼む」

権六は力を貸すことに心から感謝し、深々と頭を下げた。

「いいえ。自らの手で救い出して下さい」

「まさか……」

「私が囮となる」

「何故、そこまで……」

「今度は我らが命を懸けて守る番。想いを引き継ぎたいのです」

多聞丸は己たちを逃がすために囮となって死んだ。

思っている。

だが、己はそこで果てるつもりはない。窮地を脱してこそ「続き」と言えるのだと

突然の九兵衛の強い覚悟にたじろぎそうになる一座の中で、甚助だけが力強く頷いた。

「それに逃げる方法は考えてあります。生きて堺で会いましょう」

九兵衛は二人に向けて微笑んだ。

権六と源八から足軽たちに宇治に攻め込んで人質を奪うことが告げられる。半数の者たちは己たちも父母妻子が捕らわれているためすぐに応じる。残り半数は逃散することも覚悟していたが、意外にも脱落者は皆無に等しかった。そもそも田畑を追われた百姓が殆ど。行く当てなどどこにも無いのである。

こうして九兵衛らは五百の内、四百の足軽を率いて山間を縫って近江へと向かった。鷲峰山を発ってから五日後の黄昏時に攻撃を加えるとの約束である。

近江に入って瀬田《せた》川の畔、黒津《くろづ》のあたりで野営を張った。近江で長く留まれば留まるほど、謎の一団が現れたという報が駆け巡ることになる。それでもこの地でどうしてもしなければならないことがあったのだ。

瀬田川を渡ったのは約束の当日のこと。これまで近隣の百姓たちも一体どこの軍勢かと度々見に来ている。これで近江の大小名、細川軍にも知られることとなっただろ

う。即ちもう後には退けないということを意味する。

「今より宇治郡山科荘を目指す」

九兵衛は皆に向けて宣言すると、休息も取らずに一気に逢坂《おうさか》の関を越えた。すでに眼下にわらわらと動く人馬の姿も見える。まさか近江から来るとは思っておらず、急いで態勢を整えているのである。

「今頃、南は相当に手薄になっているでしょうね」

総次郎は手庇をしながら見下ろす。普段の飄々とした態度ではなく、総次郎の顔は真剣そのものであった。

「巻き込んですまない」

「いえ、私はもともと摂津の僅か五百貫の地侍の家の出。しかも次男。元服する頃には早くも自分の将来が見えてしまっていたところだったのです」

総次郎は鬢の零れた髪を搔き上げながら続けた。

「剣は好きです。しかし、それで明日が変わる訳でも無い。今はどんな明日が来るのかと心が躍っています。世に踏み出させてくれて感謝しています。だから……謝らないで下さい」

総次郎は眩いほどの笑みを見せた。

「総次郎、頼むぞ」

甚助が総次郎の肩に手を回してにかりと白い歯を見せた。また共に生きる者が出来たことが、素直に嬉しくて堪らないという様子である。

「存外、簡単に騙されるものだな」

視線を再び眼下に戻す。敵勢がどんどん増えており、遠くから土煙を上げて新手が加わるのも見えた。

「あいつら思ったより阿呆だ。兄者のほうが賢い」

甚助が爽快に笑った。

「当然だ」

穿った見方をすれば驕っていると映るだろう。甚助は暫し目を丸くしていたが、顔全体を綻ばせて弾けるように頷いた。

「皆の者、よいか」

四百もの男たちが一斉に頷くのは壮観である。権六、源八が指揮に従うように厳命してくれているのだろう。あるいは、元長が与えてくれた松永という大層な姓、久秀という立派な名も影響しているのかもしれない。既存の権威を使いながら、それを権威と思わぬ世を創ろうとしている己という存在に一抹の可笑しみを覚えた。

——使えるものは使い倒してやるさ。

心の中で嘲笑うと、九兵衛は高々と皆に向けて吼《ほ》えた。

「父を、母を、妻を、子を救え！　ただ生きようとすることを邪魔する者を赦すな！　行くぞ!!」

天を衝くほどの猛々しい鬨の声が上がる。

「掛かれ!!」

四百の一団が土煙を舞い上げて坂を下っていく。刃の痩せた刀、塗りも無い素の槍、薬煉《くすね》も塗られていない弦の張られた弓。粗末な衣服に胴丸だけ、あるいは鉄兜だけを着けたみすぼらしい集団である。

ただ誰もが、これまで見たどの武士よりも勇壮な面構えをしていた。

熱狂の雄叫びを纏いながら、九兵衛は土埃の向こうに蠢く修羅どもを真っすぐに睨み据えていた。

細川軍の態勢は整っていない。散漫に飛んで来る矢を潜り抜けて、足軽衆は脚を緩めることなく突貫した。戦の経験が無い九兵衛から見ても、明らかに敵に動揺が駆け巡るのが解る。数で圧倒されているにもかかわらず、大勢はこちらにあるのではないか。

――なるほどな。

喧噪と叫喚の中、九兵衛は己でも驚くほど冷静に分析した。

弓馬の訓練に明け暮れた武士のほうが、個々では確かに強い。だが足軽たちは端からそれを熟知しており、二人一組で武士を翻弄し、それで敵わなければ三人、四人で群れて襲い掛かる。しかもその戦い方は死に物狂い。四方八方から突く、斬るというもの。刀槍が折れれば躍り掛かって拳で殴打し、脚で蹴り飛ばし、挙句は歯で喉元に嚙みつく。

もともと人間の力に身分や生まれの差はない。総次郎の言ったように、集団になれば個々の力の差異などは気にはならないらしい。

――そもそも足軽の成り立ちがそうだ。

これほどの戦乱を引き起こしていながら、己だけは死にたくない。そんな武士の心が、足軽という便利な消耗品を生み出した。そのため下手な武士よりも、足軽のほうが遥かに場数を踏んでいる。集団で一人に襲い掛かる戦法も、誰に教えられることなく自ら編み出したといえる。

取り囲まれ、槍で突きかかられた時の武士の顔が一様に凍り付いているのを見ても解るとおり、生まれ落ちた時から、人は平等に死を最も恐れるように創られているのだ。

「押し捲れ！」

味方から天を衝くほどの咆哮が上がった。

味方の無数の刃を逃れ、九兵衛の眼前に一人の武士が前のめりに倒れ込んだ。

「下郎が！」

男は立ち上がろうとしたが、瞬時に顔を強張らせた。九兵衛が刀を振りかぶっていたからである。

吊り上がっていた眦《まなじり》が落ち、子どもが哀願するような顔になる。

これがこの男が生まれ落ちて来た時の、本来の顔なのかもしれない。そのようなことが頭を過り、振り下ろすことを躊躇った。男を助けようと小綺麗な甲冑に身を固めた武士が槍を繰り出す。

はっとした時にはもう遅い。穂先が喉元を目掛けて襲って来る。

「松永様！」

声と同時であった。乾いた音がしたと思うと、槍は真っ二つに断たれて先が宙を舞っており、続けて悲鳴が上がる。

総次郎が槍の柄を圧《へ》し切《き》り、返す刀で斬り伏せ、さらに這いつくばった目の前の武士の項に刃を突き立てたのである。恐るべき早業である。

「躊躇われるな！」

総次郎の雷光の如き様相に、九兵衛は弾かれるように一歩踏み出す。味方と対峙している武士がいる。その者の脾腹目掛け、躰ごとぶつかっていく。あっと声を上げた武士がぎりぎりと首を回した。憤怒と悲哀の混じった眼を向けたのも束の間、口辺に血泡を湧かせてどっと倒れ込んだ。

これまでも人を殺めたことはあったが、これが戦場で九兵衛が討ち取った初めての男となった。

ふと脇を見ると、甚助が車輪のように槍を振り回している。

「兄者！　近くにいてくれ！」

甚助は確かに己より膂力《りょりょく》に満ち溢れている。だが戦というものは、心の持ちようのほうが大きいらしい。己を守ろうとすることのみに集中しているからか、甚助に迷いは無く、通った後には屍が折り重なっていた。

「退くぞ！」

九兵衛が高らかに吼えると、総次郎、甚助も口々に叫ぶ。細川軍が巻き返す前に、潮が引くように坂道を駆け上って退却する。

殿《しんがり》を行く総次郎の白刃が煌めき、声も無く二、三人が倒れる。細川軍は皆、己が犠牲になることを厭うのか、軍全体の脚が緩まった。

坂道を一気に駆け上ると、遠くに夕陽を受けて鱗を撒いたように輝く琵琶の湖が見えた。

「ここだ！」

九兵衛が大音声で叫ぶと、皆が立ち止まり踵を返して得物を構える。まるで衆が一個の塊のようになり、続々と坂を越えた味方がそれに合流してくる。最後に血刀を引っ提げた総次郎が頂を越えた。

「突き崩せ」

皆が息を殺している中、九兵衛は静かに言う。転がり落ちるようにして逃げていると思っていたのだろう。反転して踏みとどまっていることに、坂の向こうに見えた敵の顔は驚愕に染まっている。

「と、止まれ――」

先頭の武士が振り返って脚を止めようとするが、後ろから押されて踏みとどまれない。

そこにまた足軽衆が突撃を仕掛けたものだから堪らない。まるで自ら好んで穂先に刺さりに来たようにすら見える。射貫いても足軽衆は歩を緩めず、細川軍を坂の上まで押し戻して、逆さに敵を追い落としていく。

九兵衛はこの一度の戦で、一つの持論を編み出していた。

――茶の湯の考え方を裏返せばよい。

茶の湯というものは、常に先に相手の望むものを汲み取って応える。だが戦はその逆に、相手の望む展開を汲み取り、それを全て裏切ればよいと悟ったのだ。

油断していた細川軍は我先にと這う這うの態で、雪崩の如く坂を転がっていく。半町ほど押し捲ったところで、再び九兵衛は退却を指示した。

今度は偽装ではない。坂を越えてそのまま近江へと向かって走り続ける。

九兵衛らはそのまま脚を緩めず一気に南郷《なんごう》まで走ると、地元の漁師が使う舟着き場に辿り着いた。

八人ほど乗れば満載となる粗末な木舟が大量に水面に並んでいる。近江から逃げると決まった時、すぐに九兵衛はこの瀬田川に目を付けていた。

「急ぎ乗り込め」

追手が来ないか注意を払いつつ皆を舟に乗せ、己は最後に飛び乗った。

皆で逃げるために五十艘の舟を用意していたのだが、四艘余った。つまり先ほどの戦で三十人余が死んだということになる。一割にも満たぬ被害なのだから、初めて指揮を執ったにしては相当上手くやった部類だろう。

──だが……。

九兵衛がふいに溜息をついた。

「どうした？」

頬についた血糊を流そうと船上で顔を洗っていた甚助が頭を上げる。

「いや……な」

不思議なものである。例えばこの甚助が死んだとあれば、己は頽《くずお》れ号泣するだけでは済まないはず。それなのに、三十余の命が散ったと知っても実感が湧かないのだ。

人とはつくづく身勝手なものだ。

彼らにも人生があったはず。死を悼む者もいるだろう。

三十余をただの数としてしか捉えられぬ者たちのようになってはならない。

決意をしっかりと刻み込むべく、黙念と流れる景色を見つめた。

――見ていてくれ。

多聞丸たちに加え、今日から新たに背負うべき者に向けて、心中で呟いた。

渓谷に沿って曲がりくねった川を下っていき半日。宇治に辿り着いたところで舟を降りた。

「松永殿！」

権六と源八が合流したのは、その日の夜も更けた頃であった。ここで初めて、陽動が見事に成功したことを知った。

女、子ども、老人に疲れの色は見えるものの、人質の被害も皆無である。

手を取るようにして二人は九兵衛に謝辞を述べた。

「まだ油断は出来ない。このまま堺へ向かおう」

得体の知れぬ軍勢である。道々で地の豪族たちが物見を送ってきていたのだ。

九兵衛はその全てに自ら対応し、己たちが堺に雇われた牢人衆であることを告げた。堺は畿内随一の商都になりつつあり、この辺りの豪族でも大なり小なり付き合いがある。恩を売ることを考えこそすれ、無暗に攻撃しようとする者はいなかった。

こうして戦から十一日後、九兵衛ら一行はついに堺に到着した。

町の入口で出迎える者があった。

「九兵衛、甚助。おかえり」

迎えの言葉を聞いて、九兵衛は鼻の奥がつんと痛くなった。別れてからまだふた月しか経っていないのに、まるで十年ぶりの再会のような気がする。帰るところがあるというのは、これほどまでに幸せなことか。込み上げて来るものを抑えつつ、九兵衛は深くお辞儀をした。

「武野様、ただ今戻りました」

頷く新五郎の眼も潤んでいるように見える。

——お主たちならきっと上手くやれる。

そう言って送り出したものの、内心ではずっと心配していたのだろう。

「見事なものだ」

新五郎は九兵衛の背後に控える軍勢を見ながら舌を巻いた。

「私ども二人を含め四百七十一人。堺にて厄介になります」

「話は通してある」

来秋、元長の上陸と共に堺を武家から解き放つ。現状は複雑に大名の利権が絡み合っている。その中での諍いや小競り合いも多く、堺の商人たちは困り果てている。そこで治安維持の名目で、牢人衆を独自に雇うと大名たちに伝えていた。堺での諍いには大名たちも辟易しており、これ幸いと了承の意を返して来た。まさかこの兵を背景にして、水面下で諸大名の支配から独立を考えているなどとは夢にも思っていないという。

「皆を紹介しましょう！　この者が瓦林総次郎と謂い、剣を持たせれば……」

甚助が嬉々と進み出たところで、新五郎はからりと笑いながら手で制した。

「相変わらずせっかちな奴だ。まずは旅の汚れを落としゆっくりと休んで頂こう。歓迎の酒宴を開くことになっておるので、そこでも遅くはなかろう」

見慣れた二人のやり取りに、九兵衛は頰を緩めた。

その後到着してしばらくの間、牢人衆は空いている家や、商家の別宅を使うことになったが、そこからたった三月ほどで牢人衆とその家族だけが住まう小さな町が作られた。むろん、これらの費用も全て、商人からあまねく集めた銭で賄われているのだ。

それから九兵衛は甚助、総次郎、権六、源八の四人を物頭にして交代で堺の町を見回らせた。揉め事があるたびに仲裁に走り、大名間のいざこざも劇的に減ることとなった。

見回りをしていない間は常に訓練を行った。九兵衛は用兵とは何たるかを試行錯誤しつつ、同時に総次郎に剣を学ぶ。新五郎が馬を都合してくれたことで、甚助は課題に出された馬上槍に励んだ。この弟はやはり躰を駆使することには天性のものがあり、半年もしないうちに習得してしまったものだから、権六と源八などは顔を見合わせて驚嘆していた。

九兵衛はこうして牢人衆たちがしだいに堺の町に根付いていくのを、頼もしく見守っていた。

六

大永五年も間もなく暮れようという頃、新五郎が改まった口調で言った。

「茶をやろう」

堺のことに奔走していたため、このように誘われるのは久方振りのことである。何か大事な話があるのだと直感した。釜から湯気が噴き出す音、茶筅の回る音が無言の間を埋め、やがて点てられた茶を喫した。九兵衛が茶碗を畳の上に置いた時、新五郎が静かに切り出した。

「堺を出る」

病床の父の許しもすでに得ているという。訳を尋ねると新五郎は声を落として続けた。

「京へ出て三好家と朝廷を繋ぐ架け橋となる」

元長は武士のいない世を創ると標榜しているが、決して容易い道程ではない。

「それに学びたいこともある」

「学びたいこと？」

「ああ、連歌をな」

新五郎ははにかむように笑った。すでにその道で名人との呼び声が高い三条西実隆《さんじようにしさねたか》に師事することを取り付けているらしい。

「茶の湯は亭主だけでやるものではない。そこには常に客がおり、二人で時を創るもの……連歌には通じるものがあるんやないかと思うんや」

嬉々と語る新五郎を見ていれば、情熱の源泉はこちらにあるのだと分かる。

「相変わらずお好きですな」

茶の湯のこととなると子どものようになる新五郎を見て、九兵衛は敵わないと思った。

「最近、思うのだ。茶の湯は時の栞《しおり》だとな」

「時の栞」

呟くと、新五郎は深く頷いた。

「無常たる時は頭上を通り過ぎてゆき、人は一生の殆どを忘れる生き物……それを忘れぬよう心に留める栞になるとな」

「そういえば、まだ私が習い始めの頃、茶碗を割ってしまい、武野様が絶叫なさった」

「それよ、それ。会話までは明確に思い出せずとも、笑い、泣き、怒り、楽しかったことは残る。たとえ一期一会だとしてもな」

別にそうでなくとも、誰しも人には忘れ得ない瞬間というものがある。茶の湯はそれを人の手で演出する。九兵衛はそう理解した。

新五郎はまっすぐにこちらを見つめた。

「この道を形にすること……それを生涯の目標にしようと思う」

新五郎は二十四歳になった。五十年といわれる人生、残る半生を使い己の生きた証を残そうとしている。

「武野様らしいかと」

「そう言ってくれるか。そうとなれば、お主とは一応、師匠と弟子の間柄となる。旅立ちに際し、どれでも好きな茶器をやろう」

「吝《しわ》い武野様にしては太っ腹なことで」

「吝いとは外聞が悪い。大切にしているだけや」

九兵衛にとって新五郎は、茶の湯の師という以上に、兄のような存在だった。

「では、それを」

九兵衛は今しがたまで使っていた茶釜を指差した。

「何⁉　それは……私の気に入っている古天明《こてんみょう》の……」

新五郎は顎に手を添えて唸った。

「やはり武野様は吝い……」

「ええい。もっていけ」

新五郎は手を宙で振った。

「初めて茶の湯を教えて頂いた時の茶釜でもあります」

「覚えている」

新五郎は腕組をしてそっぽを向いた。

「今日という時にも大きな栞が挟まりました」

九兵衛がくすりと笑うと、新五郎もふっと頰を緩めた。

「平蜘蛛を譲った日か」

「はい」

もしかしたらこれが今生の別れになるかもしれない。今ならば解る。人の一生はまさしく一期一会だ。仮にそうなっても今日という日を、共に過ごした時を、互いに生涯忘れ得ないだろう。

湿っぽい雰囲気を霧散させようと、九兵衛が口を開く。

「ところで前々から思っていたのですが、その名は恰好悪くはありませんか？ 例えば薄雲、朝霜などのほうが……」

「馬鹿者。蜘蛛には『雲』も掛けているのだ。平蜘蛛は平蜘蛛。名を変えるなら譲らんぞ」

「ではそこは守りましょう。吝い武野様が譲って下さるのですから」

「またそれを。いい加減にせい」

二人は、愚にも付かぬ会話をいつまでも続け、互いに声を上げて笑いあった。

新五郎が堺を発ったのはそれから僅か数日後のことだった。

あいにくの曇天も、新五郎の表情は何とも晴れやかで、希みに満ちたものであった。

第四章　修羅の城塞《じょうさい》

「この新五郎というのが、後の武野紹鷗《じょうおう》だ。今では茶の湯の巨人よ」

上様は風が吹き込む戸の隙間を見つめつつ言った。

「やはり……」

新五郎が武野紹鷗であることは、話の中で又九郎も薄々気付いていた。久秀の茶の湯の師がそうであるとの噂はちらほら耳にしたことがあったのだ。

武野紹鷗は京に発ってから三十年後の弘治《こうじ》元年（一五五五年）にこの世を去っている。その死の時まで三好家に京の情報を送り続け、また朝廷との繋ぎ役を担った。さらに紹鷗の茶の湯は、千利休《せんのりきゅう》、津田宗及《つだそうきゅう》、今井宗久《いまいそうきゅう》など、有力な町衆にして、今の茶の湯を牽引する者たちに大きく影響を与えた。久秀は彼らの「兄弟子」にあたるのだ。

久秀は当時はまだ安値であった名物と謂われる茶器を多く保有している。これらは今では、

——一国に相当する。

と、言われるほど高値がついているものが多くあった。

その中でも平蜘蛛の茶釜といえば、茶を嗜む者にとっては垂涎の的である。

「平蜘蛛にそのような過去があったとは、考えたこともございませんでした」

又九郎は感慨深く言った。己だけでない。天下に知れ渡った名の割に、来歴を知る者はほとんどいないのではないか。

「世に出た後のことだけを見て、その前のことには興味を示さぬ。それは人も同じことよ」

上様は鼻で嗤うように零した。確かに久秀も同じである。皆が悪人であるという印象だけを持っており、その過去を知ろうとする者はいない。又九郎もこのように聞かされなければ、ずっとそうであったに違いない。

「しかし……何故、松永家の家臣が久秀に付き従うのか、分かった気がします」

ずっと疑問に思っていた。悪人と呼ばれる男の家臣でいれば、己もまたそれに与する悪人としての烙印を押される。それなのに松永家の者たちは一枚岩で、如何なる時も久秀に付き従っている。

瓦林総次郎、海老名権六、四手井源八、全てが松永家の重臣として名を連ねている。このような過去があったのならば、この後もずっと彼らが久秀を支えているのも納得出来る。

「共に数多の苦難を乗り越えてきたということもあろうな……」

今のところ久秀は順風満帆といった印象を受ける。この後に苦難が襲って来るのかと思うと、胸にざわつきを覚えた。いつの間にか己は心のどこかで若き日の久秀に親しみを覚えていることに気付いていた。

「さて、ここから遂に元長の出番だ……」

再び話し始める上様を見つめながら、又九郎は膝の上で拳をぐっと握りしめた。

一

新五郎が京へ去って半年以上経った頃。政局を揺るがす事件が起きた。

高国が重臣である香西元盛《もともり》を誅殺したのだ。

親族からの讒言《ざんげん》を信じたと巷では言われているが、

──もしや、元長様が仕掛けたのではないか。

九兵衛はそう考えた。昨年、元長は三好軍の上陸を、

──来年の秋。

と、明言した。偶然にしては出来過ぎている。上陸に合わせて流言を放ち、讒言するように仕向けたと見るほうが自然といえよう。

いよいよ天下が旋回し始めるのを感じ、九兵衛は武者震いを殺すように、拳を強く

握りしめた。

そしてその三月後、まだ京が浮足立っている中で、元長は遂に阿波で挙兵を宣言、将軍の弟である足利義維《よしつな》、主筋である細川晴元を擁し、七千の軍勢を率いて堺に上陸してきた。

朱に染まった木々が目にも鮮やかな、大永六年十月のことである。

「九兵衛、久しぶりだな！」

前回とは異なり、大名としての元長に会う。正直なところ緊張もあったが、それが馬鹿らしくなるほど元長は快活に迎えてくれた。

「やや、これは甚助か。俺の身丈を抜いたのではないか？」

と、己の旋毛《つむじ》に手を置いて、甚助の横に並んで丈比べをする。甚助は嬉しそうにはにかんでいる。他の物頭たちは話こそ聞いていたものの、想像以上に元長が大名らしくないことに驚いて唖然としている。

「お主は瓦林殿だな。兵法に天賦の才を持っていると結城殿より聞いている」

「結城様をご存じなのですか!?」

結城忠正は幕府の奉公衆という身分にありながら、自身で兵法を研鑽する変わり種である。あの柳生家厳とも親しい間柄で、暫し柳生荘に滞在していた時に総次郎に剣の手解きをしたこともある。総次郎は兄のように慕っており文の往来もあったのだが、昨年に幕府奉公衆を辞して忽然と姿を消して以来、連絡が途絶えていたため、心配していたところだった。

「まさか結城様も……」

「うむ。力を貸してくれている」

やはり元長は何年も前から綿密な準備を整えている。幕府や各大名の家臣の中にも、元長が掲げる夢に同調する者がいたというのだ。

「結城殿は昨年より近江、若狭、美濃、越前辺りを探り、今は丹波におられる」

この辺りの大名家は高国に味方する公算が高いという。結城はその実力を探りつつ、その大名に反発する国人衆、地侍を調略していたらしい。

さらに元長は丹波の有力国人である柳本賢治《かたはる》の協力を取り付けており、結城は軍監のような立場で丹波勢に加わっているという。

「柳生殿とも門真《かどま》荘で合流する手筈になっている。他にも続々と増えるぞ」

元長は拳を掌に打ち付けて片笑んだ。柳生家厳がそのように語っていたのは九兵衛も耳にしていた。他にも似た畿内の豪族や地侍が多数おり、今でこそ七千の軍勢であるが、京に至るまでには一万二、三千には膨れ上がる見込みだという。

「海老名殿、四手井殿。そなたらの故郷も取り戻してみせようぞ」

権六は大きな躰を震わせて唸り、源八は涼やかな目を見開いて憧憬の眼差しを向けている。

「九兵衛を助けてやってくれ」

穏やかに微笑む元長に対し、二人は揃って頭を垂れた。

こうして九兵衛は五百の足軽たちと共に合流を果たすこととなった。九兵衛らは三好家の者たちからは「堺衆」と呼ばれるようになり、三好家と堺、大名家と町衆、垣根を越えた同盟の象徴となったのである。

三好軍が堺に上陸してひと月、脅威に感じた細川高国は朝倉《あさくら》氏、武田《たけだ》氏らの有力大名に、将軍の名を借りて援軍要請の御内書を送り、近郷の諸大名が京へと集結しつつあるとの報が入った。

一方の元長も畿内中に味方に加わるように檄を飛ばしているが、こちらが呼びかけるのは名門の大名家よりも地方の豪族や地侍などが多い。時を追う毎に高国軍は膨張し、その兵力差は開きつつある。

――高国軍の態勢が整う前に上洛すればよかったものを。

と、大名の中には元長を侮るようなことを言う者もいるらしい。

だがこれも元長の考えの内であった。

「一網打尽にせねばこちらがやられることになる」

集結前の高国軍を破って上洛を果たしたとしても、京は攻めやすく守りにくい地形。高国は各地の大名を呼び寄せ、四方八方から京を攻めて来るだろう。そうなれば三好軍は袋の鼠になってしまう。兵力差が仮に開こうとも、一度の戦で再起不能にまで追い込まねばならない。

両軍共に兵の参集を待ち続けて年が明けた。

そして大永七年一月、三好軍は遂に京に向けて進行を始めた。

その威風堂々とした行軍に、摂津、山城の趨勢《すうせい》を窺っていた諸豪族の中にも軍に加わる者が現れた。さらに、河内門真荘に差し掛かったところで、大和方面からの千余の軍勢が加わった。

その中にはあの柳生家厳の姿もあった。

「松永殿、やりましたな」

騎馬で進む九兵衛に対し、家厳は馬を寄せながら語り掛けて来た。

「その節はお世話になりました」

「おっと……」

互いの馬がぶつかりそうになったので、家厳は九兵衛の馬の鬣《たてがみ》を撫でるようにして距離を取る。新五郎が馬を用意してくれたことで、この一年馬術にも取り組んできたが、まだ手綱捌きはたどたどしいのだ。

「下手で申し訳ない」

「いや、様になっておられる」

家厳は手綱から離した片手を左右に振る。師匠が来たということで、総次郎も轡を並べてきた。

「師匠、お久しぶりです」

「松永殿をしっかりお守りしているか」

「当然ですよ」

総次郎は得意げに胸を張り、家厳は何とも嬉しそうに呵々と大笑した。

「刀の扱いも総次郎に習いましたが、上達したとは言い難いかと」

九兵衛は唇を歪めて苦笑した。

「松永様はご謙遜なさるが、決して筋は悪くございませんよ。それに何事にも熱心でおられますから」

総次郎は真顔で答える。

一行は門真荘から川を渡って摂津高槻《たかつき》を目指す。

暫く行くと小高い山が見えてきて、甚助が指差した。

「兄者！」

「ああ」

夕陽で真紅に染まった木々の隙間に細く石段、その先に小さく楼門が見える。本山寺である。

「日夏ー！」

甚助は両手を手綱から離し、遠くの本山寺に向けて大きく振った。己と異なり、甚助は鐙《あぶみ》だけで馬を取り回せるほどに上達している。

「兄者も手を振ってみろよ」

仮に軍勢に気付いていたとしても、手を振る自分たちの姿が見えるはずがない。日夏はそもそも己が今この軍勢に加わっていることも知らないはずだ。それでも甚助があまりに嬉々として言うものだから、九兵衛も天に掲げるように手を挙げてみた。

この戦に勝ったとしても夢までの道のりは遠い。各地に転戦することも増えるのではないか。ただ、以前と違い、今は堺と謂う帰る家が出来た。戦が終われば日夏を迎えに行ってもよい頃合いかもしれない。

——もう少し待っていてくれ。

九兵衛は真っすぐ本山寺を見つめながら、心中で呼びかけた。

山城国山崎《やまざき》で最後の合流部隊である、柳本賢治率いる丹波勢と合流した。柳本は、高国に謀叛の疑いを掛けられて誅殺された香西元盛の実弟である。兄の死を受けて元長からの共闘の誘いに応じた、という訳である。

全軍が出揃ったことで軍議が開かれ、九兵衛もその末席に参加することになった。

高国軍は洛中への侵攻を防ぐため、鳥羽《とば》から鷺森《さぎのもり》の辺りまで幾重にも鉄壁の陣を布いている。これを全て突破するのは並大抵のことではない。

「時を追う毎に備えは厚くなる。全軍、今すぐ南より一気呵成に攻めるべきだ！」

柳本は拳を握って熱弁を振るった。丹波勢は士気が高いが、一族が殺されたことの怒りに囚われて無謀であるとも言える。

「松永殿は如何思う」

元長の発言に、諸将の視線が一斉に己に集まる。堺に銭で雇われた、山賊に毛の生えたような集団とでも思われているのだろう。同じ軍議に出ている家厳を除き、皆の眼に侮りの色がありありと見えた。

「軍の一部を分け、京の北西から桂川を渡っては如何でしょうか」

その辺りは己の故郷とも程近く、父と共に行商に出ていたため地勢には明るい。敵は南からの備えに兵力の大半を割いている。桂川という天然の堀があるからか、西側の備えはそれに比べてかなり薄いようである。

「馬鹿な。あそこは武田が守っている。そう簡単に抜けるものか」

呆れるように言ったのは、遥か上座の柳本である。

桂川近辺を守っているのは、武田元光《もとみつ》と謂う若狭守護を務めている将である。武田家は新羅三郎《しんらさぶろう》を祖にする河内源氏の武門だけあり、精強な兵を囲っている。高国もかつては武田家と戦ったことがあり、それを重々承知しているからこそ、要所を任せているのだ。

「仮に武田家と互角の戦いを繰り広げたとしても、高国の本軍がすぐに救援に現れる」

さらに吐き捨てるように続ける柳本に対し、九兵衛は静かに返した。

「その分、南は手薄になりましょう」

多聞丸らと野盗をしていた時に行った陽動戦術である。規模が大きくなっても有効だったことは、山科で人質を救う時に使って実証している。

「敵を見くびりすぎよ」

柳本は大袈裟に鼻を鳴らした。武田家だけでも苦戦するであろうに、高国本軍まで加われば陽動部隊は一瞬のうちに粉砕されてしまう。

並み居る諸将の殆どが異口同音に反対した。

「退けば……の話でございますな。高国の本軍が来ても踏みとどまれば、やはり南側は手薄になります」

「だからそれでは一兵残らず死ぬことになるというのだ！　誰がそのような貧乏籤《くじ》を

――」

柳本が激高して床几《しょうぎ》から立ちあがった刹那、九兵衛は凜然と言い放った。

「我らが」

「何……」

「最後の一兵になるまで戦います。その間に皆々様は洛中を陥れて下さい」

皆が口を噤み場が静まり返る中で、元長が一人首を小さく振っている。そのようなことを任せられるはずがないと眼で訴えているのだ。

九兵衛は細く息を吐いて続けた。

「我らでなければならぬのです。我ら足軽衆が五百の屍を晒そうとも、その後に数千、数万が続きます」

皆には解らないだろうが、元長だけはこの言葉の真意を汲み取ってくれるはず。全ての武士を駆逐し戦の無い世を目指すならば、今は利用していても、いずれはこの柳本さえも排除せねばならない。新しい世の戦端を開くにおいて、狼煙を上げるのは武士であってはならないという意であった。

また柳本が何かを口にしようとした矢先、下唇を噛み締めていた元長が、重々しく口を開いた。

「堺衆には桂川を渡って貰おう」

九兵衛がすかさず頭を垂れたことで、ようやく軍議は纏まりを見せた。

勿論死ぬつもりはない。昨日、日夏を迎えに行くと心に誓ったばかりである。だが同時に日夏が笑えるそんな世が来るならば、ここで果てても悔いは無いという矛盾した感情も胸に湧いていた。


払暁、今にも泣き出しそうな曇天の下、九兵衛率いる五百の堺衆は宣言通り京の北西に進軍した。馬を駆って自ら物見に走った甚助が言うには、武田軍の数は約三千。こちらの実に六倍の兵力である。

「どいつもこいつもしまりのない顔をしているさ」

甚助は頬を抓るようにして剽げた顔を作って皆の笑いを誘ったあと、こっそり己の耳元に顔を寄せ、

「かなり強そうだ」

と、深刻な声で本音を囁いた。

敵軍は今のところ、こちらが迂回して向かっていることには気付いていないらしい。ならば一刻も早く仕掛けるべきだと判断した。

九兵衛は号令をかけるために馬をその場で旋回させつつ、皆を見回した。

「私たちは何故、生まれたのだろう」

己でも突拍子もないことが口を衝いて出た。だが、意外にも、誰一人首を捻ることはない。射貫くような視線を一身に浴びせてくる。

兵の大半が貧しい百姓や商人崩れ。総次郎、権六、源八など幾人かの例外はいるが、彼らにしても武士とは名ばかりの、庄屋に毛が生えた程度の地侍の出である。皆、老いた父母を労り、妻と共に子の成長を喜ぶ。そんなつましい暮らしさえ儘ならない。

「少なくとも武力を盾に威張り散らし、民を苦しめるあいつら武士の為に生まれたのではないはずだ」

九兵衛は灰色の東雲《とううん》を指差した。濁った雲の下には武田軍が、さらにその東の先には高国がいるはず。

皆の目に闘志の炎が宿り始めているのが見え、九兵衛の胸にも熱いものが込み上げてきた。

「いい加減にしろと吼えてやろう。ふざけるなと嚙み付いてやるのだ……」

このような狂った世では、大切な者を失っていない者のほうが少ない。両眼に涙の膜を張っている者もいた。

九兵衛は絞るように皆に宣言した。

「武田元光の首を取りにゆく」

五百の男が一斉に頷き、東に向けて駆けだした。

曇った空からぽつりぽつりと雨が降り出した。

桂川を眼前に捉えて間もなく、敵襲に気付いた武田軍が蠢くのが見えた。

「放て！」

河原に雪崩れ込むと同時に九兵衛は叫んだ。

乾いた弦の音が鳴り響き、無数の矢がまだ態勢の整わない武田軍に降り注ぐ。

「飛び込め！」

川面に浮かぶ細かい波紋が崩れ、水飛沫が立ち上った。

一瞬浮足立った武田軍であるが、侍大将が落ち着けと連呼して立て直そうとしている。

「四手井殿！　あれだ！」

九兵衛は雨と水霞《すいか》の混じる中、対岸の侍大将を指差した。

「承った」

源八は幼少から弓が得意で、従兄弟に当たる権六も近郷では有名だったと語っていた。

源八は腰の箙から矢を抜くと素早く弓に番え、弦を目いっぱい引き絞る。馬上でも弛むことのない流れるような動作である。

右手を放し、後ろに思い切り弾いた。

解き放たれた矢は回転しつつ飛んでいくと、侍大将の喉笛を貫いた。

「おお！　流石に上手い」

槍を脇に構えて馬を駆る甚助が、きゃっと幼子のような声を上げた。

「今だ。突き崩せ！」

収拾に当たっていた侍大将が敢え無く死んだことで、武田軍が再び恐慌に包まれるのが判った。

「源八だけに良い恰好させてたまるか」

権六が鐙を鳴らして先頭に躍り出る。得物は鉄輪を嵌めた樫の六角棒である。刃物と異なり鈍《なま》らぬという理由から、好んでこれを使っていた。

「権六ずるいぞ！」

甚助も鬣に胸を当てるように、前屈みになって先頭に追い付く。二騎が競うようにして武田軍に斬り込んだ。権六の六角棒が唸って数人をあっという間に薙ぎ倒す。それを防がんと敵の騎馬武者が向かってくる。しかし、敵はあと五間といったところで宙に吹き飛び、主を失ったことにも気付かぬように馬だけが走っていく。

疾駆した甚助の槍が迫りくる騎馬武者の胸板を貫いたのである。

「兄者！　見てくれたか!?」

「馬鹿。口ではなく手を動かせ」

嬉々として振り返る甚助を九兵衛が窘めた。だが九兵衛の心配は無用で、甚助は口を動かしながらも下から繰り出された槍を仰け反って躱すと、群がる敵の足軽を次々に討ち取っていく。天性の躰の強靭さに加え、毎日欠かさず五刻は修練に励んだ甚助の馬上槍は、九兵衛から見ても並の武士を遥かに凌駕していた。

やがて自軍の優勢が見えてきたところで、九兵衛が大音声で叫んだ。

「武田元光、討ち取った!!」

周囲の敵がぎょっとして同じ方向を向く。遠くに煌びやかな鎧を着けた者が見えた。

「あれだ。行け!」

九兵衛が刀を振るうと、堺衆は光に導かれる蛾のように同じ方向に突撃を開始し、一方、大将を討たせるなと武田勢も奮闘する。

乱戦に次ぐ乱戦が繰り広げられて半刻ほどが経過した。六倍からなる敵を相手にしながら戦線が膠着していることで、如何に堺衆の猛攻が苛烈を極めているかが判る。

「雪……」

戦端が開かれて一刻ほど経つと、篠突く雨が粉雪に変わり始めた。

その時、南東の方角からけたたましい鬨の声が上がった。三好本軍が洛中目掛けて北上を開始したのだ。即ちそれは、高国軍がこちらに援軍を回したということを意味する。

間もなくして、九兵衛の予想は現実のものとなった。吹雪の向こうに一団が見えたのである。堺衆の顔が引き攣り、反対に武田勢は歓喜で息を吹き返す。

「来たぞ！」

権六が血濡れた六角棒で援軍の方角を指した。

「数千はいます！」

源八は近くの味方から矢を受け取り、小躍りする敵の物頭を射貫いた。

「三好様が突破されるまでの辛抱だ！　耐えろ！」

堺衆はひと所に集まると、再び鏃《やじり》のように突貫する。天から見れば己たちは大波にぶつかる小石のように見えるだろう。

九兵衛は乱戦の中、眼前の敵をまた一人斬った。鈍い感触が手に伝わった時、舞う雪が九兵衛の目の中に入り、一瞬視界が真っ暗になる。その隙を狙って繰り出された槍が乗馬を捉え、九兵衛は宙に放り出された。

「観念しろ！」

地に叩きつけられた九兵衛がすぐに身を起こそうとしたが、眦を吊り上げた武者が上に跨ってきて刀を振りかぶる。咄嗟に手首を両手で摑んで止めるが、相手の膂力が勝りじりりと刃が近づいてくる。

「松永様！」

目の端に映る総次郎は、数人を相手取って奮戦しており、助けに来られない。

「死ね、死ね、死ね！」

武者は気が狂れたように繰り返し力を込めてくる。これが人の本性というものか。

「ふふ……」

自然と口元が緩んだ。この段に至っても己の首を奪おうとする敵の観察を続ける己のほうが、余程どこかおかしいのかもしれないと思ったのだ。

「こいつ気が狂れて――」

やはりこの武者にも己がそう見えていたらしい。眼に一瞬の怯えが浮かんだ刹那、九兵衛は腰の鎧通しをさっと抜いて一気に腹を貫いた。武者は喉の奥から奇声を発して飛び退こうとする。先程までとは反対に、今度は九兵衛が抱き寄せる恰好となって、さらに鎧通しを握った右手に力を込めた。

「人間に戻れ」

鼻先がくっつくほど顔を寄せて囁く。武者の顔色が憤怒、苦痛、悲哀の順に目まぐるしく変わり、まるで憑いていた何かが剝がれていくように、徐々に穏やかなものになっていった。やがて動かなくなると、九兵衛は身を捩るようにして退けて立ち上ががった。

「俺たちのほうが強い！　押し捲れ！」

甚助が馬で戦場を駆け巡りながら鼓舞する。堺衆がそれに応じて喊声を上げて突っ込んだ。そのお陰で戦線が半町ほど押し戻されていく。

叫喚の声が遠のく中、赤く染まった己の手を見ると、指の狭間から武者の骸が覗く。

この武者と己の何が違うのか。御託《ごたく》を並べたところで、己もすでに修羅の道に入ろうとしているのかもしれない。

――それでもいい。

元長は全てが終われば最後に自ら滅すると言った。己も新しい世にはいられないかもしれない。真の泰平とは、人間らしい世とは、刃を人に向けたことの無い者たちのみで営まれていくものだろう。己もまた礎の一人になればいいだけだ。

「お怪我は!?」

全身を朱に染めた総次郎が駆け寄って来る。この刀神に愛されたような若者には傷が無く、全てが返り血であることが判った。

「ああ……ようやく覚悟が決まった」

「しっかりして下され」

総次郎が肩を摑んで揺すってくる。意味の解らぬことを言ったので、頭を強く打ったと思っているのだろう。

「心配ない。もう四半刻も持ちそうにないな」

堺衆は奮戦して押し捲っているが、どんどん新手が現れて味方は徐々に減っている。

その時である。遥か遠くで勝鬨が聞こえた。

方角は真東。三好軍が洛中に雪崩れ込んだのだ。

「総次郎！」

「はい！」

総次郎は駆け出すと、敵味方構わずに勝ったと連呼する。その声は瞬く間に伝播して瀕死の堺衆を奮い立たせた。敵にも伝令が入ったのだろう。明らかに動揺が見られ、しかも半数ほどが高国本軍に合流せんと洛中に向けて、半ば逃げるようにとって返していく。

戦場を彷徨っている誰のものとも知れぬ馬に跨ると、九兵衛も前線へと乗り入れた。味方は躍動し、敵は蜘蛛の子を散らすように逃げ捲っている。

そのような中にあって、まだ踏みとどまっている五十人ほどの敵の一団がいる。あれさえ倒せば完全に崩れると見た。

「甚助、あれを討ち取るぞ！」

「分かった」

九兵衛は馬上で刀を旋回させながら、最も近くにいた甚助に呼びかけた。すぐに百ほどが集まり一斉にそちらに向かう。

「兄者‼」

横を走る甚助が悲痛な声を上げた。その顔は紙のように蒼白に変じている。九兵衛の胸が激しく高鳴った。甚助が何に驚愕し、何に恐怖し、何に憤怒しているのか、前方に答えがあった。

「坊谷仁斎……」

その名を忘れられるはずが無い。あの日、多聞丸たちを討った物頭である。坊谷は馬に乗っておらず徒《かち》。鬼神の如く血刀を振り回し、群がる堺衆を悉く斬り伏せている。

「甚助！」

たったそれだけで、兄弟の間を百万の言葉が往来したように息が合う。二人で味方を縫うように馬を駆って坊谷に近づいて行く。

「坊谷仁斎！」

九兵衛は身を乗り出して斬りかかった。坊谷が素早く反応し躰を開いたことで、刀は虚しく空を切った。

計算通りである。

直後に甚助の槍が疾走する。背を貫いたかに見えたが、坊谷は脚を捻るようにして旋回しこれも躱した。しかも同時に甚助の乗馬の脚を斬っている。甚助は頽れゆく馬から跳び上がって着地する。急襲が失敗したとあれば騎馬は不利とみて、九兵衛も身を廻して地に降り立った。

「何故、我が名を知っている……」

身構える二人を交互に見ながら坊谷が呟いた。下唇から顎にかけての傷もそのまま。間違いない。

「お前が殺したんだろうが！」

甚助が吼えながら槍を繰った。一度、二度、三度と攻撃を仕掛けるが、坊谷は刀で穂先を払って寄せ付けない。九兵衛も後ろから斬り掛かったが、坊谷の後ろ蹴りを脾腹に受けて息が詰まった。まるで背後に目が付いているかのようだ。

「同時だ」

「ああ……」

九兵衛は息を整えながら再び刀を引き寄せた。

「どこの誰だか知らぬが、昔、俺に身内を殺されでもしたのか？」

味方が雪崩を打って逃走しているのに、坊谷は眉一つ動かさず問うてきた。

「犬若、勘次、風介、喜三太、梟……多聞丸」

「多聞丸……覚えているぞ！　確か自ら姓を付けたという身の程知らずの小僧だったな。ということは……あの時に逃げた奴らか！」

「黙れ」

九兵衛は唸るように言い、甚助と目配せをした。だが、坊谷には隙が無い。

「よく思い出してきた。おい、待て……梟と謂う餓鬼は、お前が殺したのだろう？」

「えっ――」

坊谷が嘲笑うように言うと、甚助は愕然としたように固まる。

隙を作ろうとしているのは、坊谷も同じなのだ。

「言い訳はしない。俺は守るべき者のためにならば悪人にでもなる」

九兵衛は下唇を嚙み締めて言い放った。明らかに動揺していた甚助だったが、九兵衛の言葉に何かを察したようで、深く息を吸ってきっと坊谷を睨み据えた。

「兄者、ずっと背負わせてすまない。俺もだ」

坊谷がちっと舌打ちをした瞬間、二人が坊谷に襲い掛かった。坊谷は甚助が突き入れた槍の柄を左手でぐっと摑むと柄を真っ二つに折り、九兵衛の斬撃も払い除ける。

やはり尋常な強さではない。

「ふん。あれほどの数で勝てなかったのに、二人でやれるはずが――」

振り返った坊谷の腰に、すでに槍を手放している甚助がしがみ付いた。

「今も……二人じゃねえ。源八！」

「ああ！」

源八が自らの肩に刺さった矢を抜き、坊谷を狙い定めていたのを九兵衛も見ていた。飛翔した矢があっという間に坊谷の胸に吸い込まれていく。

「下郎が！」

坊谷の肘打ちを眉間に食らって甚助が仰向けに倒れた。奇声を上げてこちらに向かって来る坊谷の横を、一頭の馬が疾駆する。権六である。

「さっさと沈め」

振り下ろされた六角棒を何とか手で受けたが、坊谷は吹き飛ばされて地を舐めた。追い打ちを掛けようと走る九兵衛を追い抜く影があった。

「やれ！」

身を起こした甚助が叫ぶ。この一見頼りなげに見える背は、総次郎である。

「お任せを」

今までで最も冷たく言い放ち、総次郎は神速の斬撃を見舞った。

だがこれも坊谷は地を転がって避ける。

「こんな所で死ぬわけにはいかんのだ！」

坊谷は再び立ち上がると、片手で刀を振るってきた。

両者は全くの互角。目で追えぬほどの白刃の応酬に、敵味方拘わらず一瞬誰もが手を止めている。鍔迫り合いになって両者が動きを止めた時、九兵衛は跳ねるように駆け出していた。

「駄目です！」

総次郎が悲痛な声で叫ぶ。坊谷が身を捻ろうとした瞬間、その顔が強張った。甚助が這うようにして迫り、坊谷の足首を鷲摑みにしている。

「皆の仇だ……」

「貴様！」

坊谷はまだ諦めない。左手を逆さにして脇差に手を伸ばした。

「あ……」

坊谷の顔が歪む。咄嗟のことに失念していたのだろう、左手の指が二本失われており摑めない。死の間際、多聞丸が切り落としたのである。

「この――」

坊谷が血の混じった赤い唾を飛ばした時、九兵衛は地を蹴って躰ごとぶつかった。

多聞丸の意思が九兵衛の刀に乗りうつり、坊谷の躰を貫いていく。

「俺たちの勝ちだ……」

「くそ……手柄を立てて……いつか大名に……」

「多聞丸と違い、碌な大名にはなれなかったさ」

九兵衛が坊谷の胸元で囁いた次の瞬間、総次郎が水平に刀を滑らせた。坊谷の手から刀がするりと落ちる。低い金属音に続いて、不気味なほど鈍い音が耳朶に響いた。頭を失った坊谷の躰がどっと倒れる。

すでに勝敗は決した。周囲を見回せば、僅かに踏みとどまっていた敵も潮が引くように逃げていく。

全身の力が抜けて尻餅をついた九兵衛に、甚助がそっと手を差し伸べた。

「兄者……」

「うん」

幼い松の木を囲んでいた皆の笑顔が浮かんでは消える。まるでその場にいるような感覚に襲われ、子どもっぽい返事になってしまった。憚らずに声を上げて泣く甚助もまた、同じことを思い出しているだろう。

三好軍が完全に洛中を制圧したのは、翌二月十四日のことだ。

高国は将軍義晴を奉じて近江坂本へと落ち延びていったという。

これまでも将軍や管領の逃亡劇は何度もあったが、今回ばかりはこれまでとは意味が違う。評定衆や奉公衆といった幕臣までが逃げ去ったのである。実質的に室町幕府は崩壊したといってもよい。

堺衆が戦った武田元光は若狭まで退いたものの、その被害は甚大でもう中央に関わる余力は残っていないとの見立てである。

堺衆は五百十二人の内、討死した者が百六十三人。生き残った者も大小の違いこそあれ漏れなく傷を負っていた。如何ほどの激戦であったかを物語っている。九兵衛は戦地の脇の小高い丘に百六十三人を弔い、彼らの想いをまた胸に刻み込んだ。

二

堺に戻る途中、総次郎たちに軍勢を預けると、九兵衛と甚助は久方ぶりに本山寺に立ち寄った。

――日夏、仇を討ったぞ。

合戦で坊谷を討ち取った時、真っ先に九兵衛の脳裏に思い浮かんだのはそのことだった。

まさか、坊谷と邂逅することなど、思いもよらなかった。

行ける。

だが、多聞丸や皆の無念を晴らすことが出来た今、これで堂々と胸を張って迎えに

すでに本山寺を発ってから四年近い歳月が流れている。楼門へと通じる長い石段はあの日と何も変わらず、病に罹った日夏を負ぶって上った日のことが鮮明に思い出された。

「九兵衛、甚助。久しぶりだな」

出迎えてくれた宗慶は目尻に皺を作って喜び、同時に二人が逞しくなった、と感嘆の声を漏らす。一方で、

――些か老けられたようだ。

宗慶の肌には艶が無く、頬もこけている。そのせいで眼窩が窪んだように見え、目の下にも深い隈が浮かんでいる。老いの影響もあろうが、どこか躰が悪いのかもしれない。

「ところで、日夏はどこへ……」

九兵衛が日夏の居場所を訊いた。

すると宗慶は顔を曇らせて、意外なことを口にした。

「日夏は嫁いだのだ」

九兵衛は口を開いて暫し茫然とした。甚助も驚いていたが、それ以上に心配そうに

己の横顔を見つめている。

「つい先月のこと。相手は薬屋だ」

宗慶はことの顚末を訥々と話し始めた。

それによると、やはり宗慶は昨年より病を患っているらしい。十日のうち半分は寝たきりになるほど重く、当人の見立てではもってあと一年ほどではないかと言う。

そうなれば気掛かりなのは、寺に住まう子どもたちである。後を継ぐ僧はすでに指名してあるため、坊主となった者は引き続き面倒を見られる。しかし、日夏のような女子はそうはいかない。これまである程度面倒を見たのちにしかるべきところに嫁がせていたのは、宗慶の個の人脈に依るところが大きい。

日夏は十九歳という年齢になってもまだ寺に留まり続けていた。

「お主たちがきっと迎えに来てくれる、と言ってな……」

宗慶は乾いた唇を窄《すぼ》めて心苦しそうに言った。九兵衛が無事、迎えに来られたとして何年後になるかは判らず、その時には己はもうこの世に無いかもしれない。宗慶は残された時の中でどうにか日夏が幸せに暮らす道を模索した。それがかねてより親交のあった薬屋に嫁がせるということであった。そこの跡取りが本山寺に立ち寄った時、いたく日夏のことを気に入っていたのを思い出したのだ。

「初めのうちは日夏も拒んでいた。しかし儂の病のことを慮ってくれたのだろう……

一年待って迎えに来なければ、と納得してくれた。その一年を迎えたのがひと月ほど前のことだ」

九兵衛らが摂津に向かう途中、遠くから本山寺を眺めていた頃のことである。戦に同行させる訳にはいかないものの、あの時に立ち寄って、

――帰りに迎えに来る。

一言伝えておけば、違った結果になっていたかもしれない。

「宗慶様、その薬屋は何処の――」

「甚助」

九兵衛は甚助が身を乗り出して尋ねようとするのを手で制した。

「兄者、まだ間に合う」

甚助は熱っぽく訴えるが、九兵衛はすぐに答えず天を仰いだ。蒼天を幾つもの丸い白雲が流れている。暫しそれを目で追った後、九兵衛は首を横に振りつつ、口元を綻ばせた。

「祝着なことです」

「九兵衛……」

宗慶は唇を巻き込むようにして口を結ぶ。

「きっと日夏もその方が幸せです」

なおも口を挟もうとする甚助を目で抑え、九兵衛は微笑みながら頷いた。

嫉妬の念は微塵も無い。むしろ安堵すら覚えている。一緒に暮らしたいと願ってい
たのは、本心だ。だが、日夏の幸せにとっては、いつ何時戦場に屍を晒すか判らない
己よりも、薬屋のほうが遥かにましであろう。

「すまない」

宗慶が嗄れた声で詫びて頭を下げた。

「何をお謝りになります。宗慶様のお考えは間違っておりません」

九兵衛が返す。

「そうだ。日夏から文を預っているのだ……渡してよいか？」

「勿論」

宗慶は寺の小僧に命じて一通の文を持って来させた。

九兵衛は文をその場で開いた。

暫く見ぬ内にまた字が上手くなっている。

思えば初めに日夏に読み書きを教えたのは己であった。焚火に照らされた日夏の横
顔が浮かび、滲むように消えた。

「ありがとうございます」

「うむ」

九兵衛が文を丁寧に折り畳んだ。

「では、堺へ戻ります」

「九兵衛、甚助……」

宗慶が擦れた声で名を呼んだ。

「宗慶様、もう暫く人間を堪能致します」

互いにこれが恐らく今生の別れになることが解っている。湿っぽい別れの言葉が来ると思っていたのだろう。宗慶は些か驚いたように眉を開いたが、やがてふっと口を緩めた。

「お主らしいな。先に暇を貰うとする」

「また」

九兵衛は短く言うと、深々と頭を下げた。

「ゆるりと来い。達者でな」

宗慶は微笑みながら何度も頷く。その眼は少し潤んでいるように見えた。

本山寺を辞して堺への帰り道、甚助がふと尋ねた。

「兄者、日夏の文には何が書いてあったんだ？」

「ああ。一人で読んで悪かったな」

懐から取り出した文を甚助に手渡す。甚助が歩きながら黙然と目を通す。

「いつか、多聞丸の夢を叶えてくれ、か……」

甚助は歯を喰いしばって涙を必死に堪えているようであったが、文を畳む時には爽快な笑みを見せた。

「兄者、やらねばな」

「ああ、やろう」

九兵衛は仰ぐように顔を天に向けた。

元長の目指す世の先に、その夢の形があるのではないかと信じている。

本山寺の宗慶の訃報が伝えられたのはそれから半年後のこと。秋の香りが漂い始める頃のことであった。

三

高国との戦の後、畿内の政局は表向き、堺にいる細川晴元が牛耳ることとなった。

また、細川晴元が戴いている足利義維は誰が呼び始めたか、もう一人の将軍という意を込めて「堺公方」と呼ばれるようになっていた。

だが堺の民は誰が立役者なのか解っている。民はみな、その堺公方より、細川晴元より、元長を慕っているのだ。町中を見れば、

「今の堺は三好様がいてくれるからです」

「これからもお願いします」

などと、感謝の言葉を投げかけてくるようになった。そして、元長も決して偉ぶるでなく、親しく声をかけていくのだ。

だがこうして民に笑顔を見せる一方、元長はこの間も暗躍していた。堺公方は高国が都落ちして幕府が実質的に滅亡したことで、畿内全域を支配することになったが、敢えて京には移らずに堺で執政を続けることに決めた。

この絵図を描いているのが他でもない、元長なのである。足利を細川が操り、その細川を家臣の三好が操る。人形師が傀儡を使って、さらに大きな傀儡を操っているという構図である。

義維が堺に留まるようにした訳は三つある。

一つは京が極めて守りにくい地であること。折角苦労して政権を樹立しても、すぐに奪い返されては元も子もない。

二つ目は元長が代官として京で思うままに動けるという点である。すでに京に移った新五郎は、連歌の師である三条西実隆を通じ、朝廷に献金を行い続けている。これが今になって生きてきている。

当面は朝廷の力を背景に武士の駆逐を行うが、元長は次の段階も、しかと見据えている。

――秦の形が最も参考になるであろう。

秦とは遥か昔の、大陸王朝である。

郡県制を布き、厳格な法を編む。ただ違うのは秦が権力を皇帝に集約するためにこの制度を取ったのに対し、本邦では民に全てを託すということ。郡県の長を選ぶのも民、法を定めるのも、兵を動かすのも全て民の合議で行う。国そのものを「大きな堺」に創り変えるというものであった。そこに移行させるためにも、将軍や管領を朝廷から遠ざけようとしている。

元長は己や新五郎など、想いを一つにする者だけにはそう語っていた。

最後に三つ目。これが最も大きな訳である。

――京を高国を釣る餌にする。

というのだ。すでに追い払ったとはいえ、その目標の最大の障壁はやはり細川高国である。これを完全に打ち滅ぼせば、畿内のみならず近隣の大名、諸豪族ももっと靡《なび》き、天下にこの勢いを止めるものは皆無になる。だが遠国に逃げられている間は討てない。ただでさえ守りにくい京を手薄にすることで、高国は必ずや奪還に現れる。そこを決戦で討ち滅ぼすつもりなのだ。

そしてその元長の予想通り、桂川の合戦から八ヵ月後の十月には、高国は越前の朝倉孝景《たかかげ》の支援を取り付け、名将と名高い朝倉宗滴《そうてき》を総大将とした援軍を引き連れてやすやすと京を奪還した。

「朝倉は必ずや去る。そこを狙う」

元長の言葉通り、翌大永八年（一五二八年）三月には越前軍は兵糧不足と、国元で小競り合いが起こったことで帰国の途に就いた。そのふた月後、元長は京へと軍を進めたが、高国は配下も見捨てて身一つで近江へと逃げ出してしまった。

「逃げ足の速い奴め」

元長は悔しがったが仕方ない。次こそは逃げられぬ状況を作る、と意気込んだ。

その後、高国は伊賀《いが》の仁木義広《にきよしひろ》、伊勢の北畠晴具《はるとも》、出雲《いずも》の尼子経久《あまごつねひさ》らの元を転々とし、京の奪還に力を貸して欲しいと頼み込んでいる、との噂がたった。その話をあとから聞いて、九兵衛は奇異に思った。

――高国は何故、各地の武士ばかりをたのみ、足軽を使わないのだ。

応仁の乱以降に登場した足軽は年々増加の一途を辿っており、今では全うな武士の数よりも確実に多い。いかに多くの足軽を雇い入れるかが勝敗の鍵を握るはず。高国もそれは重々承知しているはずで、京を追われたとはいえまだ十分な資金もある。それなのに積極的に足軽を雇おうとせず、既存の武士に頼み込んで力を貸して貰っている。振り返れば権六、源八が行っていた足軽の斡旋を潰そうとしたのも解せない。高国は足軽という存在を嫌っているように思えた。

「暫し阿波に戻る」

ある日、元長は九兵衛を呼びつけると、唐突に言った。もともと主君の細川晴元が元長のことを快く思っていないらしく、謹慎を命じられたのだ。例の柳本賢治が、元長は細川様を凌ごうとしているなどと讒言したというのが真相のようだ。柳本は身内を殺された怒りから桂川の合戦では味方したものの、元長は、

――あれも武士。やがて我欲で動く。いずれは滅ぼさねばならん。

と明言していた。そのことが真となった形である。

「ほとぼりが冷めるまで向こうで力を蓄えることにする」

「しかし今、三好様が離れれば……」

言いかけて九兵衛ははっとした。元長の魂胆が見えたのだ。

「穴蔵に籠った貉《むじな》は、俺がいる限り中々出てはくるまい」

頷く九兵衛に対し、元長は不敵に笑って続けた。

「それに良い薬になる」

元長がおらねば、堺公方方は劣勢になると見ている。やがて晴元は詫びて元長の謹慎を解く。その上で高国を滅ぼせば、元長の地位は揺るぎないものとなるはずだ。

「しかし万が一、柳本が軍を率いて高国を打ち破れば、如何なさいます」

「それは心配ない」

元長はこともなげに言った。柳本では勝てぬという意味かと思ったが、後にその真意は明らかとなった。高国に味方する播磨《はりま》勢を攻めている陣中で、柳本賢治が何者かによって暗殺されたのである。

――三好様だ。

九兵衛はそう直感した。

これまで元長は決して軽率ではなく、むしろ慎重過ぎるほどであった。だがここに来て激しく策動している。この段まで来たからには、いかなる手を使ってでも己の夢を叶える覚悟らしい。

四

堺公方を支える両輪の内、一人が阿波へ去り、一人が暗殺により世を去ったことで、享禄《きょうろく》三年（一五三〇年）、高国は播磨守護代の浦上村宗《うらがみむらむね》と手を結んで、再度京へと進軍してきた。京は瞬く間に再々奪還されて、高国の軍は形勢逆転を目論んで堺へ攻め込む構えを見せてきた。初め晴元は独力で抵抗したが高国勢には全く歯が立たない。ここで晴元は遂に元長の策略通り元長の謹慎を解き、再び堺へと戻るように要請をした。

そして、翌享禄四年、元長はすぐさま阿波より一万五千の大軍を率いて堺へと上陸した。

九兵衛はすぐに元長のいる法華宗の寺、顕本寺《けんぽんじ》を訪ねた。元長は法華宗を信仰していることもあり、堺にいる時は主にここを根城としているのだ。

「三好様」

「おお、九兵衛。二年ぶりか。堺衆はどうだ」

甲冑に身を固めた元長は手を上げてにこやかに迎えてくれた。

堺衆には町から正式に年に五千貫の費えが出るようになっている。この金を用いて新たに兵を雇い、訓練を続け、常の務めとして堺の治安を守っている。

「間もなく千に届くかと」

「それは祝着だ。此度こそ仕留めてやろう」

元長は静かに気炎を吐いた。

「一つお尋ねしたいことが」

「何だ」

九兵衛は元長にだけ聞き取れるほどの小声で訊いた。

「柳本の件です。黒幕はもしや……」

少し間を取って周囲を窺うと、こちらも小声で元長が返した。

「賢しいところは変わっておらぬな……確かに俺よ」

「少し、性急過ぎはしませんか」

実はそう考えていたのは九兵衛だけではない。京に居を移した新五郎から九兵衛に宛てた文にも同じような心配の文言が並んでいたのだ。

「今は一気に畳みかける時よ。俺が思い描いていることも、いよいよ世に知らしめるつもりだ」

元長は高国を討ち滅ぼした暁には、元長の、民が政を執るという構想を世に発するという。それは即ち主君である晴元、さらにその上に戴く足利将軍家との決裂を意味する。しかし、この国の大勢《たいぜい》を占める民からは熱烈な支持を集められるだろう、と元長は予想している。

「数百年に亘り押さえつけられてきた民が立ち上がった時、それはとてつもない潮流を生む」

元長は丁寧に手入れされた境内の向こう、悠大に広がる空を見つめながら、力強く言い切った。

確かに一揆の時の民の勢いは凄まじく、時に武士をも追い落とすことがある。しかしひと所だけで起こっているためいずれは鎮圧されてしまう。加賀の一向一揆など良き例だ。元長がやろうとしているのは、謂わば日ノ本全てを巻き込んだ一揆。そのまま止まることなく、天下を根本からひっくり返すつもりらしい。

「しかし、一度踏み出せば二度と引き返せません。今少し念入りに備えてからでも、遅くはないのではないでしょうか」

己だけならばここまで頑強に意見しなかったかもしれない。

だが、新五郎からも諫言するように頼まれており、たとえ気分を害されようとも、おいそれと退く訳にはいかなかった。

「俺ももう三十一となる。残された時は少ないのだ……」

元長はどこか儚い表情を見せて溜息を零した。

ここから畿内を完全に掌握するのに五年。そこから全国の諸大名を平らげるのに十年。寺社などの武士以外の勢力の力を削ぐのにさらに五年。仕組みを作り終えて広くならすのに十年。全て少なく見積もっても三十年は掛かると元長は見ている。その時には元長は六十一で生きているかどうかも定かではない。仮に生きていたとしても病に伏していないとも限らず、気力の満ちている今のうちに進めるだけ進みたいと想いを吐露した。

「民に我が想いは必ず届く。信じろ」

元長はそう言うと、九兵衛の肩をぽんと叩いて皆の元に歩いて行った。その背中を見つめながら、九兵衛の胸に言い知れぬ一抹の不安が過った。

細川高国、浦上村宗の連合軍は各地の城を落とし、さらに堺を目指して軍を進め、三月十日には遂に西成勝間《こつま》にまで至った。

「元長、頼む……奴らを止めてくれ！」

案の定、阿波へ引っこんだ効果は覿面《てきめん》だった。

元長が姿を見せると、晴元は主君にもかかわらず、手を取らんばかりに哀れに懇願した。

「お任せを」

言葉の通り元長はすぐに奇襲を掛け、高国軍の先鋒八十余名を瞬く間に討ち取る戦果を上げた。強敵元長の出来《しゅつらい》に連合軍は慌てふためいて後退し、高国軍は中嶋の浦江、浦上軍は野田、福島の両城の近辺に陣を布いた。

元長は堺公方と晴元の守りに八千の兵を残し、自身は七千の軍勢を率いて天王寺へと進軍。連合軍と決戦に及ぶつもりだという。その直前、九兵衛は元長の帷幕《いばく》に呼ばれた。

「いよいよ高国を屠る」

元長は鞣革のような頬を引き締めて決意を口にした。

「今少し兵を増やしたほうがよいのではないでしょうか。我らも同行します」

連合軍の数は約二万。流石の元長でも三倍もの敵を易々と打ち破れるとは思えない。せめて己たち堺衆などを含め、あと三千は攻め手に回したほうがよいのではないか。

「俺に考えがある。それにお主には大きな役割を務めて貰うつもりで呼んだ」

「それは」

「実はな……」

元長は手招きをして近くに寄らせると、そっと耳打ちをした。

九兵衛は吃驚して顔を覗き込む。それが真実ならば、三倍の敵を相手にしても勝算がある意味が解った。

「まことに……」

「決して漏らしてはならん。武士は信用出来ぬ故、お主に頼む……機会はこの一度切りよ」

「解りました」

こうして元長は七千の軍勢と共に天王寺に陣を布き、連合軍と睨み合うような恰好となった。

初めのふた月ほどは両軍ともに様子を窺っていたが、播磨の赤松政祐《あかまつまさすけ》が高国の援軍に向かっているという報が届いたところで、先に元長が動いた。これ以上、兵力に差が生まれる前に叩いておきたいのだと、誰もが思ったであろう。兵を三手に分け、元長は馬廻りを率いて沢ノ口《さわくち》、遠里小野《おりおの》へ、細川澄賢《すみかた》率いる別動隊が築島《つきしま》へ、一族である三好一秀《かずひで》が阿波の精鋭を率いて我孫子《あびこ》、苅田《かった》、堀《ほり》に進んで砦を構築した。

これで互いの矢が届くほどに距離は詰まり、毎日のように両軍の間に矢が飛翔することになる。しかし数に勝る高国軍を突き崩すまでには至らず、膠着を維持したまま時は無情に過ぎていった。

戦況が一変したのは六月二日のこと。ついに高国の援軍として赤松政祐が到着したのである。赤松は高国軍の後方、神呪寺《かんのうじ》城へ入った。

「これより出陣する」

その報が入るやいなや、九兵衛は配下の堺衆に命じた。

「元長様の後詰《ごづめ》に行くのだな」

甚助は腕を回しながら嬉々として言った。

「いや違う」

では何処に向かうのかと、甚助のみならず配下の皆が首を捻る。

「総次郎は尼崎に詳しいと言ったな」

総次郎の瓦林家は摂津の国人。かつて同じ摂津の尼崎は目と鼻の先で庭のようなものだ、と言っていた。

「はい……しかし何故、今それを？」

「我らは尼崎に陣を張る」

「赤松の糧道《りょうどう》を断つということですか」

総次郎はそのように取ったようだ。尼崎は主戦場とは遠く離れている。尼崎に軍を進める意味といえばそれぐらいしか思いつかないだろう。九兵衛は配下を信用していない訳ではないが、この段になってもまだ口外出来ない。ただ出陣前に元長が己に言ったのは、

――高国は必ず尼崎に敗走する。

と、いうことである。

「信じて付いて来てくれ」

九兵衛がそこまで言うのは珍しいこと。皆は一様に頷き、堺衆は敵が一人もいない尼崎方面へと進出した。

その翌々日、赤松軍が突如として高国軍の背後から襲いかかった。

裏切りである。元長は事前に赤松と気脈を通じており、寝返る約束を取り付けてい

たのだ。赤松軍到着前に猛攻を仕掛けたのも、それと悟られないためである。

三好軍と赤松軍の挟み撃ちにあった高国勢は一気に総崩れとなり、尼崎方面へと遁走を始めた。

「高国を逃すな!!」

這う這うの態で逃げてきた高国軍に、堺衆千余が餓狼の如く攻めかかった。まさかここに待ち構えているとは思いもしなかっただろう。もはや戦は一方的である。背後からも三好本隊の追撃を受け、高国軍は蜘蛛の子を散らすように瓦解した。

早くも近隣の民たちはこの高国が敗走した地名から、

——大物《だいもつ》崩れ。

と、名を付けて呼び出していることも、九兵衛は耳にした。

何故このようなことを知っているかといえば、高国は尼崎の町内に入って行ったという目撃があり、民に訊き込みを始めたからである。訊き込みの結果は芳しくなかった。誰も高国を見ていない、と口を揃えて言うのだ。

本当に知らない者が大半だろうが、中には知っている者もいると、九兵衛は直感した。もし高国が上手く逃げ遂せた時、三好軍に売ったことが知れると、ただでは済まない。高国の実力のほどがそれほどまでに浸透しており、たとえ今回負けたとしてもこれで終わるとは思っていないとみえる。

元長の一族、三好一秀軍も合流して探索に加わったが、それでも高国は見つからない。すでに尼崎から逃げ遂せたのではないかという疑念も湧いてきた頃、一秀などは、

「いっそのこと町ごと焼き払えばいい」

と、過激なことを口走り始めた。高国を逃がせばまたこのような戦を繰り返すことになり、しかも次は勝てる保証など無い。焦る気持ちは解るものの、決して容認出来ることではない。

「少しお待ちを。私に策があります。まずはそれを試して頂きたい」

九兵衛は配下に命じて甜瓜《てんか》をかき集めさせた。そして町の子どもたちを一堂に集め、

「隠れ鬼を始める」

とにこやかに話したものだから、一秀などは眉を顰めた。このとき九兵衛が思い出していたのは、隠れ鬼で中々見つけられず拗ねる宗念の姿である。子どもというものの無邪気さは、時に大きな力になると考えたのだ。

「隠れている高国を見つけたら、この瓜を全てあげよう」

「これ全部？」

一人の子が目を輝かせて聞き、九兵衛はその頭をぽんと撫でた。

「ああ。全部持っていっていい。見つけられるかな？」

「見つけてみせる！」

提案に子どもたちは嬉々として町に散開した。中には百姓や商家の子どもだけでなく、昔の己たちのような浮浪の子もいる。大人と異なり子どもに忖度などはない。途中からは瓜が貰えるからという為でなく、無邪気に誰が探し当てられるかと競い合った。

高国を見つけたとの報が入ったのは六月五日の夕刻のことであった。高国は京屋という藍染屋に逃げ込み、藍甕《あいがめ》をうつぶせにしてその中に身を隠していた。水を飲むために甕から這い出ていたところを、子どもの一人が見つけたのだ。

九兵衛が現場へ駆け付けると、すでに男が縄を掛けられているところであった。

――これが高国……。

九兵衛は暫しその相貌を眺めた。高国は入道して常桓《じょうかん》と号している。そのため頭も剃り上げているのだが、この逃亡劇の間に毛が伸びて毬栗《いがぐり》のようになっている。日頃から飽食しているのだろう。まともな食にあり付けていないはずだが頰の肉付きもよかった。流石というべきかこの段になって見苦しい真似はせず、大きな両眼を見開いて沈みゆく夕日を眺めている。

「大将の元へ連れて行こう」

同じく駆け付けた一秀は興奮して言った。高揚するのも無理はない。高国を葬れば中央で堺公方に敵する者はいない。それは堺公方方の中枢を握る三好家の天下ということにもなる。

「ええ……」

九兵衛は曖昧な返事をした。当然であるが、高国もただの人。装いさえ変えればどこにでもいる商家の隠居と見紛うだろう。そんな男一人が数千、数万の人の人生に影響を与えた。父母も多聞丸たちもこの男さえいなければ、死なずに済んだことになる。だが、不思議と怒りを覚えなかった。問い詰めたところで高国には与り知らぬことであろうし、それ以上に己の奇癖が沸々と湧いてきている。気付いた時には、九兵衛は高国に向けて歩み出していた。

「おい」

一秀の制止も聞かず、九兵衛は高国の前に立った。高国はちらりとこちらを見たが、再び茜空へと視線を戻して目を細めた。

「何か用か」

「私は堺の警護に当たたる松永久秀と申すもの」

「まんまとお前の待ち伏せに遭ったな」

高国は堺衆を知っていた。こちらに敗走して来た時、配下に堺衆の存在を聞いたのかもしれない。

「子どもに捜させたのもお主だな」

高国がそれを見抜いていることに、九兵衛は些か驚いた。

「いかにも」

「元は武士ではないだろう？」

「はい。しかし、なぜそのように？」

囚われの身になって尚、元長と対峙した時のような威圧感を感じる。

「武士には考えつかぬことよ」

一秀の配下が縄を曳いていこうとする。高国はそれに抗うこともなく歩み始めた。

「もう少しお待ち下され」

「なんだ」

一秀が不機嫌そうな声を上げた。

「一つ高国殿にお尋ねしたいことが。何故、京を追われた時に足軽を雇おうとなさらなかった」

今日この場を逃しては二度と訊くことが出来ない。そこに何か重大な思惑があるようにずっと感じていた。

「恐ろしいからよ」

「まさか」

はぐらかそうとしているのかと思ったが、高国の眼差しは真剣そのもの。九兵衛は喉仏を上下に動かした。

「足軽がではない。民という存在がだ。足軽は戦には出るが武士ではない。武器を携えた民といってもよかろう」

高国が唐突に尋ねてきた。

「お主は武士が天下を乱していると、民を苦しめていると思っているのではないか？」

「その通りでしょう」

「それは大きな勘違いというもの……そもそも世の九割が民。この全てが立ち上がれば武士などは木端微塵よ。では何故、立ち上がらぬ」

「初めに立つ者は恐ろしい。その恐れを刷り込んでいるのもまた武士です」

「だが大きな一揆が何度も起こっているように、実際に立ち上がる者はいる。それなのにだれも続いておらぬではないか」

「それは……」

確かに高国の言う通りである。九兵衛は答えに窮してしまった。

「答えは一つしかあるまい……民は支配されることを望んでいるのだ」

「馬鹿な」

「日々の暮らしが楽になるのを望んではいる。しかし、そのために自らが動くのを極めて厭う。それが民というものだ。たとえば各地の禿山がその証左よ」

高国は北の方角に顎をしゃくった。

山の中腹に地肌が顕わとなっている箇所が点在している。これでもまだましというもので、各地で木が伐採されて禿げ上がった山が多く出来ているのだ。

「これは戦のせいではない」

高国は断言した。城や船を造るために木材を要するし、戦火で焼けることも確かにある。しかし、それは古来より変わらぬことで影響は些少でしかない。千年ほど前に多くの寺が建立された時のほうが余程木材を使ったはずだと目算した。

「先ほども申したように九割の民。その民が使う薪の量が、木の育つ早さを越えているのだ。解っていても皆、やめようとしない。民は自らが生きる五十年のことしか考えていない。その後も脈々と人の営みが続くことなどどうでも良いというのが本音よ」

高国の言うように、仮にこのまま薪を使っていれば、五十年、百年先に大飢饉が起こるかもしれない。いや、実際に起こり得る問題である。そして全ての民が一日にたった一本、薪を使うのを控えるだけでそれを未然に防げるとしても、自主的に動くことは決して有り得ない。今、この時、少しでも暖を取れればそれでよいのだという。「このような調子では、やがて人は滅びてもおかしくあるまい。武士というものが現れたのは必然であろう」

つまり高国は人という種を保全、管理するために武士という存在は出来したというのだ。武士が家というものに重きを置くのも、個を超越しようという意思の表れではないかと語った。

――この男は……。

九兵衛は息を呑んだ。元長とはまた違う方向ではあるが、高国もまた、人という生き物の将来を見据えていた。

「では何故、一揆が起こるのです」

高国は天を見上げると、宙に溶かすように息を吐いた。

「先ほどの話の逆。つまりそれが百年後の民にいくら有益であろうと、今の暮らしが奪われれば民は怒り狂う……結局のところ、民は皆、快か不快かだけで生きている」

武士が私腹を肥やそうとしていようが、百年後の民を想おうが、民には関係ない。己の暮らしを少しでも低下させようとする者に対し、民は別の生き物となったように憤怒する。故にある村で一揆が起こっても、他の村は変わらないのならば後には続かない。

これが一揆が全国に波及して武士を覆さない最大の理由だという。

「加えて仮に武士を駆逐したところで、世は混沌となるだけよ。それを民は何処かで解っている」

「故に支配される道を……」

「我が身を守りつつ上手く支配される。それが民の願いといってもよかろう」

「しかし足軽を……民を恐ろしいと仰った。今の話では民も踏みとどまるはずです」

「賢しい男だ」

高国は無精髭が伸びている口を歪めた。

「松永、そろそろだ」

一秀が厳しい口調で促す。九兵衛は大きく頷いて高国を急かした。

「全ての民に遍く共通する快がある」

日ノ本の民全てに共通するものなどあるか。しかも高国は暮らし向きが脅かされる「不快」ではなく、「快」といったではないか。目まぐるしく頭が動く中、九兵衛ははっとした。

——子どもに捜させたのもお主だろう。

高国が言ったことが思い出された。答えは初めから出ていたのだ。

「無邪気な心……」

「よくぞ見抜いた。善の心と言い換えてもよい。しかもそれが恐ろしいのは、箍が外れれば後先など考えずに狂騒すること……」

高国は薄っすら片笑んで続けた。

「己を善と思い、悪を叩くことは最大の快楽。たとえ己が直に不利益を被っておらずともな」

「だが悪を叩くならば――」

「世に善悪があると本気で思うか」

高国はすかさず切り返した。

「それは……」

確かにその通りかもしれない。己は多聞丸を善と捉えていたが、幕府にとって野盗の如き者は悪。高国と共に戦った者からすれば、三好元長と謂う男もまた悪になるだろう。

「寺社などは人に善悪を吹き込む最たるものよ」

中には己を律する高僧などもいるだろう。だが今の世には欲に塗れたものが沢山いる。己の欲を満たすため、あるいは保身のために、善悪を説いて民を煽る。これが最も性質《たち》が悪いと高国は忌々しそうに吐き捨てた。それらの寺社勢力の標的にならぬようにと、あえて高国は入道までしたという。

「元長様の進む道は間違っているでしょうか……」

民が高国の言う通りの存在ならば、元長の考える武士の支配から解放することは正しいのであろうか、と不安が頭を擡《もた》げてきた。

「それは誰にも判らぬ。少なくとも儂がしくじったことは確かだ」

高国は悟ったようにしみじみと言った。

己はこの男を大悪人だと思っていた。だが茜空を見つめる高国の眼は澄み渡っている。

「儂や元長のような異質が生まれ、何か一つを残して死んでいく。それは人という生き物の意思なのかもしれない」

「人の意思……」

「お主にも何時かその番が回ってくるかもしれぬな。その時にお主は……」

高国はちらりと此方を見て微笑んだ。

「人間に何を残す？」

それだけ言い残すと、高国は一秀に目配せをして、歩み始めた。

高国と謂う男は何を残したのであろうか。世をより混沌へと進めただけのように思うが、それによって人は戦の恐ろしさと愚かしさを十分に学んだともいえる。もしかするとそれも、人の意思なのかもしれない。

そのようなことを考えながら、西の空を眺めつつ歩を進める高国の背を、九兵衛はいつまでも見つめていた。

享禄四年六月八日、高国は尼崎広徳寺《こうとくじ》で自害して果てた。長きに亘った細川家の三人の養子による争いは決着を見たことになる。

これで天下は治まるものと誰もが思った。だが、ことはそう上手く進まなかった。現将軍である足利義晴を隠居せしめ、これまで擁立してきた足利義維を新将軍に据えさえすれば、堺公方方は真に幕府となるはず。元長が次の段階としてこれを進めようとした時、こともあろうに主君である細川晴元が義晴との和睦を図ったのである。元長がどんどん力を付けていることを、晴元が危惧したというのが原因であろう。こうして今度は義晴と晴元、義維と元長の両派に分かれて対立を深めていくことになった。

「折角ここまで来たものを……」

元長は拳を握りしめて悔しがった。いずれ晴元と対立する覚悟はあったが、それは今少し先のことになると踏んでいたのである。

——晴元を甘く見過ぎたのだ。

九兵衛はそう思った。

確かに晴元は暗愚な将である。だが誰しも己の命が危機に晒されれば鋭敏になり、時に大胆にもなる。元長の野心を晴元は本能で感じ取ったのだろう。

そこから一年もの間、両派の争いが続いた。自らの生きている間に夢を実現したい元長は、この予想外の計画の遅れに日々苛立ちを募らせていった。

堺衆が戦に出ることは少なかった。堺に滞在している義維の警護に当たっていたためである。

そのような中、九兵衛は時折ふと思い出すことがあった。

――儂や元長のような異質が生まれ、何か一つを残して死んでいく。それは人という生き物の意思なのかもしれない。

という高国の言葉である。今の九兵衛の目には元長が各地で戦に奔走するのも、見えざる意思によるものなのかもしれないと写ってしまうのである。

五

享禄五年六月、争いはすでに後戻りできない状況となっていた。元長は六千の軍勢を率いて晴元に味方する木沢長政《きざわながまさ》の居城、飯盛山《いいもりやま》城を包囲した。これで二度目となる攻撃である。前回は晴元から和議を懇願され、元長も余力が無かったことから兵を退いた城だ。今回も同様に晴元から和議の要請があったが、元長は此度こそと心に決めており、包囲を続けた。

「そろそろ飯盛山城も落ちるだろう」

九兵衛が配下たちにそのように言った日の夜半のことである。

元長が突如堺に戻ってきた。

堺衆の屯所に走り込んできた元長の姿を見て、九兵衛はすぐに事態が急変したことを察した。六千の兵を率いていたはずなのに、元長の周りには二百ほどしかおらず、どの者も満身創痍であったのだ。元長も兜をかぶっておらず、髪を振り乱して肩には矢が突き刺さっている。

「何があったのです!?」

「背後を襲われた。途方も無い大軍だ」

元長は汗と土で汚れた顔を歪めた。その数は見渡す限りの山野が黒く染まるほどで、少なく見積もっても十万を超えるという。

「十万ですと……まさか……」

そのような大軍を擁した大名家など存在しない。九兵衛は激しい動悸を覚えた。

「一向一揆だ」

元長は下唇を破れんばかりに嚙み締めた。一向一揆、つまりは民である。

元長が熱心に信仰している法華宗と、一向宗は対立している。和議を断られた晴元はこれを焚きつけて三好軍を襲わせたのであろう。

城の陥落も間もなくといった六月十五日のことらしい。驚天動地の襲撃に味方の大名家が次々に壊滅していく中、元長は死中に活を求めて中央突破を試み、ここまで駆け抜けてきたという。

「まだ追って来ている」

飯盛山からこの堺まで相当な距離がある。それでも一揆勢は止まることなく大挙して押し寄せて来ているという。確かに地鳴りの如き喚声が近づいてきているのが判る。

――なぜだ。

九兵衛が自問した。

「甚助!!」

「防ぐ支度をする」

九兵衛が叫ぶと、すぐに甚助が堺衆に守りにつくように命じようと走り出した。

「九兵衛、もう駄目だろう……」

日頃の颯爽と馬を駆る姿からは想像できないほど、元長は酷く憔悴し切っており、声も蚊の鳴き声の如くか細い。九兵衛は気力を奮い立たせようと力強く言い放った。

「気を強くお持ち下さい」

「雲霞《うんか》の如き大軍だ。それにどの者も死霊のように目が血走っている」

──善の心だ……。

九兵衛の脳裏に、高国の言葉が過った。堺まで休むことなく追いかけて来るなど普通ならば士気を保てない。それなのに盛りのついた獣のような奇声まで聞こえてくる。一向宗を信仰する民にとって、仏敵にあたる法華宗徒を倒すことは善なること。この凄まじい熱量は善に狂っているとしか思えなかった。

「兄者！　大変だ！」

甚助が真っ青な顔で呼びかけて来た。

「何だ!?」

これ以上、何が起こるというのか。九兵衛は悲痛に叫び問うた。

「一揆に合流している堺の民がいる！」

「まさか……」

堺の民の中にも確かに一向宗徒がいる。それらが外からの一向一揆に先んじて、ひと塊になってここに向かっているというのだ。

今の活気溢れる堺を創るために誰より奔走したのが元長なのだ。それを堺の民も重々知っている。幾ら宗派が違うとはいえ、晴元の政略にいとも簡単に煽動されて殺めに来るとは俄かに信じられなかった。

「来たぞ」

元長は低く言って往来を睨み据えた。砂塵を舞い上げてこちらに向かって来ている。手には武器を携えている。刀や槍だけでなく、鎌や鋤などの農具、角材を手にしている者も散見された。

「あれは……何故だ！」

九兵衛は泣くように吼えた。すでに攻めてくる連中の相貌も朧気に見える距離である。一団の中に見知った者の顔がちらほらと見えたのだ。

いつも明るく挨拶してくれる菜売り、今度共に釣りをしようと誘っていた隠居、常日頃から差し入れをしてくれる小間物屋の女房もいる。どの者も昨日までの穏やかな表情は霧散し、狐に憑かれたように眦を吊り上げていた。

「兄者！　どうする⁉」

甚助も戸惑いながら指示を仰ぐ。

「暫し防げ！」

堺衆が素早く展開して人壁を作る中、九兵衛は元長を見て声を震わせた。

「何故このような……」

「これもまた人ということらしい」

元長が言った。

「とにかく阿波に逃げて下さい」

「それも無駄よ。海を越えて追ってくる」

元長もまたこの追撃が異常だと気付いている。九兵衛も逃げようと言ったものの、一揆勢が船に乗り込んで地の果てまで追って来ても、何らおかしくないと感じていた。

「奴らは俺が死ぬまで止まらぬ」

「夢はどうなるのです」

九兵衛は熱が籠って思わず元長の肩を摑んでしまった。高国と邂逅して以降、元長の夢に不安を感じているのは確かである。だがもう乗り掛かった舟なのだ。己の一生はすでにその方向に進み始めており、今更降りるなど考えられなかった。

「付き従う者はともかく、堺に暮らす万を超える他の民を俺の夢に巻き込む訳にはいかぬ」

外の方からの怒声も、さらにここに近付いて来る。四半刻もしないうちに堺は包囲を受ける。己こそ善、己たちこそ正義と狂乱した一揆勢ならば、堺に暮らす無辜の者を鏖にすることを厭わないだろう。すでに堺衆は、内から起こった一揆勢をくい止めている。目を覚ませと連呼しているが、全く耳を貸さない。いや、届いていないと言った方が相応しい。

元長は眼に涙を薄っすらと湛え、声を震わせて続けた。

「子どもたちを頼む」

元長には五人の息子と、四人の娘、合わせて九人の子どもたちがいる。いずれも元長の血を色濃く受け継いで利発に育っていた。

そもそも元長が武士を消し去り、戦を絶やそうとしたのは、子どもたちに血で血を洗うような乱世を生きさせたくはなかったからだ。いわば壮大な親心が始まりだったのだ。

「きっと一族の方々がお守り下さいます」

「俺が死ねば一族は骨肉の争いを行うだろう。お主に頼みたい」

長兄の仙熊《せんくま》でもまだ僅か十一歳。三好一族の相克に発展することは、少し考えれば九兵衛にも予想出来た。

「しかし、私は三好家の家臣ではありません。堺を守らねばならぬのです」

堺に雇われている己たちは、ここで死のうとも堺を守るのが筋だと思っている。

「代わりに子を守ってくれ。堺は俺が守る」

九兵衛は瞬時に悟った。自らが少しでも長く踏ん張ることで、大多数の堺の民の逃げる猶予を稼ごうとしているのだ。

「元長様……」

「松永九兵衛久秀、三好家に……俺の子たちに仕えてくれぬか」

元長は出逢った日のように褐色の頬を緩めた。だがそこに精悍さはなく、どこか儚さを感じる笑みであった。喚声はなおも近づく。万羽の烏が飛び立ったような異様ともいえる奇声である。残された時はもう無い。

九兵衛は意を決した。

「承りました」

「これを証にしてくれ」

元長は腰に手を伸ばして脇差を抜き取って手渡した。乱戦の中で取り落としたのか、あるいは毀れて捨てたのか、大刀は鞘のみが残っている。

「数日前までのことが夢のようだ……」

往来を一揆に加わらない老若男女が顔を引き攣らせて逃げ惑っている。元長はそれを哀しげな眼で見回しながらか細く漏らした。

ほんの僅かな無言の時。九兵衛の耳朶から怒号や悲鳴が遠のき、元長と追った夢の時が脳裏に浮かんでは消える。多聞丸の時と同様、いつでも別れはこうして突然やってくるものである。ただ今の己はあの日と異なり、心に溶かし込むように静かに受け入れている。

九兵衛は元長に向けて凛然と言った。

「夢は続きます」

元長は少し戯けたように眉を開くと、乾いた口辺を緩めて微笑みを返した。

「よし。九兵衛、お主に託したぞ」

元長はそう言い残すと、鬣が乱れた馬に跨った。

「仏敵はここぞ！」

元長は一揆勢に向けて咆哮する。一揆勢は眼前の堺衆を放り出し、元長を目掛けて殺到してきた。

「蹴散らせ！」

元長は二百の兵と共に一揆勢を突き破ると、そのまま遠くへと去っていった。

先程までの落胆した姿と異なり、その背は常の勇壮さを取り戻しているように見えた。

九兵衛は堺衆を取り纏めると、阿波に向けて退去を命じた。すぐさま従った源八、総次郎に対し、甚助と権六は堺を見捨てる訳にはいかぬと反論した。しかし、九兵衛が元長の覚悟を告げると、ようやく退くことを得心してくれた。

元長がいてこそ纏まっていたのだ。大半は元長の子どもたちのことなど頭に無いようで、三好軍の武士たちなどは我先にと逃げ出している。九兵衛は子どもたちの元へと急行してその身を確保すると、千の堺衆と共に船に乗り込んで、阿波を目指した。

堺に乱入した一揆勢は、海に出た三好軍は疎か、堺の他の民のことなど全く眼中になく、迷うことなく真っすぐに突き進んだ。身を隠せば堺の民が害を蒙ると考え、元長が自らの居所を一揆勢に流した以外に有り得ない。

最後の戦いのために元長が籠ったのは、自らが信仰する法華宗の顕本寺である。これも一向宗こそ善、法華宗は悪と思い定める一揆勢を煽る元長の思惑であろう。

奔流の如く攻め寄せる十万の一揆勢に対し、元長はたった二百の手勢で一両日に亘って奮闘した。そのこともあって堺の民、三好軍の敗残兵、堺公方足利義維、そして元長の妻と九人の子たちは存外容易く堺を逃れることが出来た。

守るべき全ての者が逃げたことで安堵したのであろう。六月二十日、元長は自ら腹を切った。落城寸前の飯盛山城を囲んでいた時から、僅か五日後のことである。一揆勢は仏敵三好元長を討ち取ることが目的であったため、事が済めば潮が引くように退いていった。どの者の顔も熱病から醒めたようであったという。

飯盛山城を陥落せしめれば、晴元はもう抗う術はなく降っていたはずだったのだ。それが一瞬にして状況が一変した。まさしく見えざる人間の意思が、

——まだ早い。

と、元長の脚を摑んで引きずり降ろしたかのようである。

だが、少なくとも元長によって堺は町衆による自治を成し遂げた。元長が死んでも、これはそう易くは崩れまい。三好家の庇護から離れたことで真の自治を確立してゆくのではないか。ひと昔前ならば人のこのような生き方は考えられなかった。そういった意味では元長もまた、人という生き物を一歩前進させたのかもしれない。

九兵衛はそのようなことを考えながら、健気に励まし合う元長の遺児らとともに阿波へ向かう船上から、白波の向こうに微かに見える堺の町を見つめ続けた。

第五章　夢追い人

どれほどの時が経ったのだろう。狩野又九郎は息を殺して、耳を傾け続けていた。

「風を」

「はっ」

又九郎はすぐに立ち上がり、戸を半ばまで開けた。

ひやりと心地よい風が吹き込んで来る。天守から望む東の空が茫と明るくなっていた。夜を徹して話していたということか。己の知る限り上様のこのような行動は聞いたことがなかった。

「お主はこれまで弾正を如何に思っていた」

「主を殺し、三好家を乗っ取ったと……」

又九郎はそのように聞いている。事実、上様は盟友の徳川家康に久秀を紹介するにあたり、主家を凌ぎ、将軍を殺し、東大寺を焼くという大悪を三つも重ねた男と評している。

「確かにあれは降って来た時に奴が自ら申したこと。だが、これまでの奴の言動にそのような萌芽が見えたか？」

「え……」

又九郎は意味が解らずに眉を顰めた。

「この元長から夢を受け継いだ青年武将が、なぜその後半生で天下の大悪を為したと言われるに到ったか。それにはまず、元長の死の後から語らねばなるまい……」

「是非、お聞かせ下さい」

「もうすぐ夜も明ける。ここからは少し、駆け足で語るとしよう」

上様はそう前置きして再び話し始めた。


元長が死んだ後、三好家は暫し阿波で逼塞することになった。生前の元長に請われた久秀は三好家の末席に加わった。堺衆として共にいた弟の甚助長頼、瓦林総次郎秀重、海老名権六家秀、四手井源八家保らも同様である。当初は久秀も大した俸禄を得ていなかったとのことで、堺衆であった頃よりも実入りは確実に少なくなったが、彼らは三好家の直臣ではなく久秀の配下であることを望んだらしい。これが後の松永家家臣団の骨格になっていく。

三好家は元長の嫡男・仙熊が、僅か十二歳で元服して長慶と名乗り後を継いだ。この時には元長が懸念していたほど一族の間での争いはなかった。もし晴元が阿波に攻め寄せて来ればひとたまりもなく、一枚岩にならざるを得なかったからだ。それほど三好家が疲弊していたのだ。

元長の脇差が証となったとはいえ、久秀たちがすんなり三好家中に入り込めたのは、手付かずで残存する堺衆千人の力が欲しかったこともあろう。

「ここでの日々を、弾正は多くは語らなかった」

特筆するほど語ることがなかったのか、あるいは上様が興を持つような話ではないと判断したのかもしれない。もっとも久秀が長慶の祐筆となったことは判っている。

他の三好家臣が新参に大きな役を与えるとは思えず、元長が書の才を認めていたことを理由にそのような実権の無い役目に押し嵌《は》めたのだろう。久秀は長慶を始めとする元長の遺児たちの書の師も務めた。そのことが結果的に久秀と遺児たちの距離を縮める一因になったのは間違いない。

「ただ、茶の湯は役に立ったとは申しておった」

今でこそ隆盛を迎えようとしている茶の湯文化だが、当時はまだそれほど多くの者が嗜んでいたものではなかった。

三好家中で久秀が最も茶の湯に造詣が深かったといっても過言ではない。このことが公家を始めとする者たちとの交渉に役立つと考えられたようで、徐々に三好家の渉外役も担うようになっていったという。

茶の湯が久秀の地位を押し上げた理由は他にもある。元長の眼に見えぬ遺産に畿内の広い諜報網がある。この中核をなしていたのが、京に滞在し、久秀の茶の湯の師でもある新五郎こと、武野紹鷗である。

　この茶器の売買で利益を上げたり、あるいはそれを担保に銭を借りたりと、紹鷗は金銭面でも久秀を多く助けたようであった。

　さらに紹鷗は後に元長の嫡男長慶、次男実休《じっきゅう》らにも茶の湯を教えており、このことが遺児と久秀の絆をさらに深めることになった。こうして茶の湯は、三好家で新参である、久秀の地位を上げる最大の助けになったようである。

「そして、その後の三好家と弾正の隆盛は、天文《てんもん》十七年からだ」

　元長の死から十六年が経った。長慶は二十七歳の立派な当主になっている。国力も十分に回復しており、紹鷗もまだ世を去っておらず万全。後の今から見ても、三好家としては最も良い機であったといえる。

「余が十五、斎藤《さいとう》家と婚姻を結んだ頃か……」

　上様は少し懐かしそうに宙を眺めた。当時の上様はまだ「尾張のうつけ」などと呼ばれていた頃で、御父上の織田信秀《のぶひで》様も三十九歳で健在であった。その頃の久秀は齢四十一。こうして考えてみると久秀は上様の一世代上、戦国の黎明期を駆け抜けた男だと実感する。

「確か三好家が畿内に返り咲いたのは翌年……」

又九郎は朧気な記憶を喚起して言った。

「左様」

天文十八年（一五四九年）、ついに三好長慶は晴元を打ち破った。晴元は擁立していた十三代将軍足利義輝と共に、近江に逃亡したのである。

「弾正の名が世間に知られ始めるのは、この頃のこと」

この時に久秀は公家や寺社との折衝役に任じられることとなった。これも茶の湯を学んだことの影響が大きいであろう。さらに三好家の家宰となり、朝廷から弾正忠の官職も与えられた。世に松永弾正と呼ばれるのはこのためである。

その後も三好家は京への復帰を図る晴元と激しい抗争を続けていたが、天文二十一年、久秀の暗躍により、三好家は晴元の神輿である義輝と和睦し、細川家の当主並びに管領職を晴元から細川氏綱《うじつな》に挿《す》げ替えさせた。

この氏綱の実父は、あの高国の盟友であり、自身も高国の養子に入っていた男である。互いに遺恨ある中でのこの和議に世間は仰天し、その報は尾張の片田舎にも伝わるほどであったと上様は語った。

「だが、この目論見は長くは続かなかった。破綻の原因は他でもない、将軍義輝その人よ。将軍家の浅ましさを、弾正も三好もこの時に嫌というほど知ったであろう」

上様は苦虫を嚙み潰したような顔で零した。

将軍足利義輝が、再び晴元方に奔ったのである。義輝は二つの勢力を巧みに泳いで、互いに疲弊させることを目論んでいた。そのため戦はさらに無用に長引き、ようやく決着を見たのは、そこから五年後の永禄元年（一五五八年）のことであった。

だが、義輝の動きはそれで止まることなく、むしろさらに活発になっていく。三好家の威勢が元長存命の時より隆盛を迎えたことを危惧し、自らの権威を利用して各地の諸大名に御内書を送って敵対するように仕向けたのである。

「同時に、弾正の才が最も花開いた頃よ」

まるで自分のことを語るように、上様はどこか誇らしげに見えた。

「だが……」

一転して表情を曇らせ、上様は暫し間を空けて静かに続けた。

「皮肉にも、あの男の大切な者が立て続けに奪われた頃でもある」

二度も己に謀叛した男に対して、上様の顔は哀しげなものであった。その訳が解らず、又九郎は思わず眉間に皺を寄せてしまった。

「情を寄せるのが不思議か？」

「正直に申し上げれば……」

「余にはよくわかる。この時期から奴にも遂に纏わりつき始めたということが。人の意思がな」

先ほどの話の中で出て来たものである。人の世というものはすぐに変わりはしない。まるで目に見えぬ意思が変わらせまいとしているかのように、故に変えようと思う者の脚を掴んで引きずり落とす。元長がそうであったように、久秀にもそれが絡み始めたということか。

「それは目に見えぬが確かにある。余も脚を掴まれておる」

上様は苦笑して膝の辺りを軽く叩いた。織田家がここに至るまで、目に見えぬ意思が何度も転ばせようとしてきた。それに抗う中で多くの優れた家臣が散っていった。

だからこそ久秀の苦しみは痛いほど解るのだという。

「上様だから振り払えたのです」

又九郎は強く言ったが、上様は目を細めて首を横に振った。

「いや……見えぬか。今も絡みついておるわ」

上様は不敵に片笑んだ。

「いよいよ三悪について語るときが来た……。まずは主家殺しの真相を話そうか」

薄暗い部屋の中、上様の肩に、胸に、腹や足に、無数の手が纏わりついているのが見えたような気がして、又九郎は激しい悪寒を感じ、身を小さく震わせた。

一

九兵衛は小高い山から眼下に広がる奈良の町を見下ろしていた。町は薄っすらと靄が掛かったように、仄かに灰色に染まっていた。

「相変わらずだ」

九兵衛はぽつんと呟いた。奈良の町は山に囲まれた盆地である。暫く雨の降らぬ日が続くと、このように砂埃が舞い上がって煙らせるのである。初めてこの地から見下ろした時もそうであった。

この地に九兵衛が入ったのは三年前の永禄二年のことだ。それまでも何度か訪れたことはあったが、滞在する時が長くなったのはその頃だと言ってもよい。

三好家は畿内の大半を収め、天下の権を握るほどになっている。主君長慶を始め、元長の遺児たちは立派に育ち、それぞれが名将の器といってもよい。

そのような三好家ではあるが、その地位が安泰という訳ではない。現に将軍足利義輝は三好家の威勢がこれ以上強まることを恐れ、

——三好家は不忠なり。

などと各地の大名や寺社勢力を煽り、対峙させることで力を削ごうと画策してい

た。

それに呼応する形でこの奈良のある大和でも、三好家に対抗する勢力が現れた。大和の中心的な存在である筒井家である。この筒井家の成り立ちは少しばかりほかの大名家と変わっている。本来は興福寺の衆徒であったのだが、徐々に近隣の豪族を取り込んで大名化していったのだ。にもかかわらず、未だに衆徒ということに変わりはない。

筒井家は奈良の南西、郡山の近くに筒井城を構えてそこを本拠としている。応仁の乱が始まる三十年以上前の、永享《えいきょう》元年（一四二九年）にはすでに城はあったというから、筒井家の大和支配の歴史の長さが窺える。

この筒井家の当主は筒井順慶《じゅんけい》と謂った。父が二十八歳で病死したため、たった二歳で家督を相続した。その点は若くして元長を失った三好家にも似ている。当時から大和でも多分に漏れず戦はあったが、興福寺やその衆徒たちに支えられ順慶は育った。今では十四歳となっているが、それでもやはり若いことには変わりなく、実際に政や戦を取り仕切っているのは、有力な衆徒や家臣たちである。

この筒井家が義輝に応じて、三好家の勢力圏である南山城《みなみやましろ》にも進出してきたので、これを押さえるために己が派遣されたという訳である。いやむしろ、

——私が大和を押さえます。

と、自ら進んで長慶に申し出た。この半寺社、半大名のような家と事を構えれば、必ず興福寺を始めとする寺社勢力ともぶつからねばならぬ。三好家中に戦に巧みな者は数多くいるが、それだけではこの町ではやっていけないと感じたからである。

奈良の寺社は多くの僧兵を囲っているが、真の恐ろしさはそこにはない。神や仏を都合よく持ち出して、己が善だと信じ込ませることで民を扇動する力こそ脅威である。それに元長は殺されたといってもよいのだ。尚更慎重に事にあたらねばならない。

「経でも唱えて黙っておればよいものを」

町にはちらほらと寺が建っているのが見える。その中でもひと際目立つ南の興福寺、南東の東大寺へと順に視線を移しながら、九兵衛は小さく吐き捨てた。

そもそも仏教とは民を安んじさせるためのものではないか。武器を手に戦うなど言語道断であろう。少なくともその祖たる釈迦は、そのようなことを教えていまい。

とはいえ、幾ら愚痴を零しても始まらない。正面から当たらぬように、標的にされぬように上手く躱しながら、徐々に力を削り取っていかねばならないのだ。

近頃では宣教師が南蛮の宗教を広めている。所謂、切支丹《キリシタン》である。仏教の帰依にあたるものを洗礼と言うらしく、この畿内の豪族や大名の中にも洗礼を受ける者が出始めていた。積極的に保護して寺社に目の仇にされては堪らないが、布教を放置しているのは、少しでも仏教の牽制となるためであった。九兵衛自身は神だの仏など一切信じていない。

——人の意思……か。

かつて高国が言ったことを九兵衛は一時も忘れていない。元長も目に見えぬ力に呑まれたように、一瞬にして夢を潰された。それを人によっては天罰や、仏罰などと言い、神や仏の力と呼ぶのではないかと思う。

「……殿」

呼ばれていることに気が付き、振り返った。

瓦林総次郎秀重である。

「総次郎……白髪があるぞ」

九兵衛は自らの鬢を指で叩きながら言った。

「おお、遂に。もう五十二になりましたからな」

総次郎は驚いたようにこめかみを撫でる。

「いや、お主はいつまでも若々しい」

光の加減で白髪が見えたが一本だけ。それ以外の髪は黒々としており相変わらず太い。肌艶も滅法よく三十七、八といっても通用しよう。だが総次郎は若く見られることを嫌い、むしろ年相応の相貌になりたいと日頃から言っていた。

一方の己は白い髪も随分と増えた。束ねていると灰に見えるような塩梅である。口辺にも薄っすらと皺が浮かぶようになっている。

「どうした？」

「ご思案中、申し訳ありません。本日で大半の職人が仕事を終えますので、殿から労いの言葉をかけて頂ければと」

「解った。ようやくだな」

総次郎の背後に聳え立つ建物を見上げた。本日をもって、己の手掛けた城が一応の落成を見る。一応というのは、実際に使ってみて細部などをさらに凝らしていこうと思っているからである。故に一部の職人はまだ仕事を続けることになる。

「美しく出来たものですね」

総次郎も改めて城を見渡して溜息を漏らした。

壁は漆喰《しっくい》の白壁《しらかべ》、屋根は全て瓦葺き、四重の櫓を備えており、これは本朝始まって以来の構造である。つまり己が初めて世に生み出したということ。いや世界広しといえども、このような建造物はないのではないか。つい先日、南蛮人宣教師のルイス・デ・アルメイダという男がこの城を見学し、

――日本において最も美麗なるものの一つ。世界中にこの城ほど善かつ美なるものはない。

と興奮していたから、あながち間違いではないだろう。

このような華美なものにしたのには、訳がある。

九兵衛はこの城を軍事の目的だけのために建てたのではなかった。軍事の意味では、平群《へぐり》郡にある信貴山城で十分である。信貴山は大和と河内の境にある要衝で、高さもこの山とは比べ物にならぬほど高い。元は元長の死にも関わった木沢長政の城だったが、それを九兵衛が奪って大規模な改修を行った。その範囲は南北八町、東西六町を越え、数倍の敵でも難なく撥ね返す堅固なものである。

寺社は教えによって民の心を上手く操る。そのため寺社の勢力が極めて強い大和では、武力だけで統治することは難しい。力で押さえつけるだけでなく、心を惹きつける何かを創りたいと考えた。それこそが未だ誰も見たことのない、荘厳なこの城郭であった。信貴山を大和における軍事の要とすれば、この城は人々の政の中心、崇敬の象徴にしていく考えである。

そのため、間もなく城が完成を見るという数日前、九兵衛は家臣たちでさえも仰天の行動に出た。

それを聞いた時、家臣たちは皆が口を揃えて、

「血迷われたか……」

と、目を丸くした。

九兵衛は何をしたか。民に城の中を見学させたのである。城の縄張りは極秘事項で、敵の間者を警戒するのは勿論、時と場合によっては築城に携わった者を鏖にするほどだ。それを世間に公開したのだから、皆が驚くのも無理はない。だが民を惹きつけるための城なのだから、中を見せたほうがよりよい。

会所、庫裏を始めに豪華な建物、連なる西の丸は路に沿って家臣の屋敷が立ち並んでいる。会所の近くに創った庭園では、石の一つ、木の一本にまで心を配った。さらに内装も狩野派絵師に襖絵を描かせ、引手一つを取っても金工の太阿弥の作と拘っている。さらに茶の湯の知識を存分に発揮し、己の創意工夫を凝らして座敷の違い棚、落天井なども自ら指示をした。見学させた民たちは開いた口が塞がらないといった様子で感嘆した。己が唐天竺、南蛮にも無いような城を創ったという話は、瞬く間に大和に駆け巡っている。これも九兵衛の狙い通りであった。

「この城の名は例の名でよろしいでしょうか？」

総次郎が念を押すように尋ねた。己が立っているこの小高い山は、眉間寺山と呼ばれていた。通常ならば眉間寺城と名付けるところであろう。だが、九兵衛は着工する時より、この城の名をすでに決めていた。

「ああ、多聞山城だ」

九兵衛は鼻孔から思い切り息を吸い込んだ。

己の命の恩人にして、全ての始まりの男の名である。多聞丸はいつか己の城を持ち大名になりたいと夢見ていた。その時には皆を家臣にしてやるなどと軽口を叩いていたものである。そして皆を守ってやるとも。

だが多聞丸やその仲間は四十年前にすでに世を去っている。その多聞丸の想いと共にありたいと思い、城にこの名を付けたのだ。

――日夏、見ているか。

暮れなずむ奈良の町へと視線を送った。己たち兄弟以外での唯一の生き残り、日夏は何処かの薬屋に嫁いだと聞いた。その詳しい場所は敢えて訊いていないし、知っている宗慶ももうこの世にはない。今の己なら調べれば判るだろうが、そのつもりは毛頭なかった。何十年も前に別々の道を歩んでいるのだ。

日夏は己の一つ下だからすでにそれなりの歳である。今更、会って昔話を語り合っても何になろう。確かに楽しいこともあったが、己たちの若い頃は哀しいことが多すぎた。

そもそも九兵衛が松永という姓を持ったことも、久秀という名を名乗っていることも、ましてや弾正少弼という大層な官職を得たことも日夏は知らないはずだ。だが、風の噂で多聞山城という名を聞けば、ふっと多聞丸のことを、皆で夢見た楽しい瞬間だけを思い出すのではないか。そんな青臭いことを考えながら、燃えるような大和の夕焼け空に微かに頬を緩めた。

二

多聞山城が一応の完成を見て数日後、九兵衛が城内の自室で各地からの文への返事を書いていると、四手井源八家保が訪ねて来た。

源八は三好家が京に入った時、旧領である宇治の他に、石田、小栗栖《おぐりす》、他にも乙訓郡の小塩《おしお》荘に領地を得た。三好家の直臣になれるものを、共にありたいと己の家臣でいることを熱望してくれた。寺社との取次を主な役目としている。今では総次郎と並んで松永家の重臣という地位にある。

「文が届きました」

「またか」

九兵衛は苦笑した。己は今では大名と呼ばれる身分である。大名というのは思っていた以上に多忙で、しかも存外地味な仕事が多い。このように国人たちと文のやり取りをし、味方が離れないように慰撫し、あるいは敵方にいる者を誘う。長慶への報告は勿論、他の諸将との連携も取らねばならない。実際は、些細な小競り合いを除けば、華々しい戦などは年に一度あるか無いか。戦が始まった時にはこのような下準備ですでに勝敗は決まっているといっても過言ではない。少なくとも多聞丸が夢見た大名とはもう少し華やかなものであったろう。

「権六はどうだ」

九兵衛は文を受け取りながら訊いた。

「変わりない様子です」

「倅を頼むとお主からも念を押しておいてくれ」

源八と従兄弟の関係にある海老名権六家秀もまた、旧領を回復して新たな領地も得たが、己の家臣として留まってくれた。今では大和のもう一つの要である信貴山城にあって、子の久通《ひさみち》の補佐役を務めてくれている。

「お任せ下さい」

「文は誰から……」

「備前守様です」

源八は今も変わらぬ涼やかな目元に皺を作った。

「甚助か」

九兵衛も眉を開いて文の封を解いた。そこには見慣れた文字が並んでいる。

甚助も今では己の元を独立して一軍を率いる身分になっている。つまり兄弟で大名となった訳だ。しかも初めにそこに到達したのは、甚助のほうだった。

今から十一年前の天文二十年（一五五一年）に、三好家が義輝に味方する近江の六角定頼《さだより》を攻めている最中、細川晴元が家臣の香西元成《もとなり》ら丹波衆を率いて京都相国寺に陣取って、六角と挟撃の構えを見せたが、これに兄弟で挑んで撃破し窮地を脱したことがあった。その後、

――丹波を押さえたほうがよいかと。

度々、後ろを脅かされては敵わないと考え、九兵衛はそう長慶に進言して容れられた。

天文二十二年（一五五三年）九月、九兵衛と甚助は共に丹波攻略に乗り出し、晴元方の波多野晴通《はるみち》の八上《やかみ》城を取り囲んだ。

その時、息を潜めていたはずの香西元成が相国寺から引き返し、八木《やぎ》城にいる長慶方の丹波守護代内藤国貞《ないとうくにさだ》を討ち取ったのである。このままでは退路を断たれると、九兵衛も流石に狼狽した。その時に甚助が、

「八木城を奪い返そう」

と、己に言ってきたのだ。香西軍は八上城を救うためにこちらに兵の大半を向けるはず。取ったばかりの八木城には殆ど兵が残っていないだろう。ならば山中を進んですれ違い、八木城を奪還しようという大胆な策である。そしてこれは見事成功することになった。もともと軍事の才は甚助のほうが上だと思っていたが、この時にそれが

確信へと変わったのをよく覚えている。

八木城は奪い返したものの、内藤家の当主は討死し後継ぎはまだ幼い。この状況を不安視した長慶から、

——長頼が内藤の娘を娶って後見人になってはどうか。

との提案があった。

甚助としてもそろそろ妻を娶っても良い頃。むしろ遅すぎるほどである。

日夏への淡い想いは、むしろ己よりも甚助の方が強いことを、九兵衛は薄々勘付いていた。故に九兵衛も強く勧めたことで、甚助は内藤の娘を娶り、内藤備前守宗勝《むねかつ》と名乗るようになったのである。

婚姻の宴が間もなく始まるという時、控えの間で甚助は晴れ着をぱっと広げて、

「おかしいよな？」

と、戯けた表情を作ってみせた。畏まった格好が、という意味ではなかろう。一介の小商いの子、しかも途中は流民にまで落ちた自分が守護代の名家に入る。人の一生のおかしさを諧謔めかしているのだ。

「ああ、おかしなものだ」

「名もそうだ。ただの甚助だったのに、ごちゃごちゃ付いたもんさ」

甚助は苦笑しながら袖で丸い鼻を弾いて苦笑した。

「人は生きていれば良くも悪くも背負うものが多くなる。名もその一つ程度に思っておけばいい」

「まあな」

甚助の顔に一抹の不安が見えた。

これより甚助は内藤家の実質的当主として、三好家にとっても独立した軍団長として、敵方に与する丹波衆に挑むことになる。丹波衆は精強な上、一癖も二癖もある連中である。長きに亘る戦いになることは予想出来た。これまでずっと、どんな時も兄弟は離れなかった。甚助が不安に思うのも無理はなかろう。

「心配ない。お前は俺より戦に向いている」

甚助は神妙な顔をしていたが、ぱっと頬を緩めて笑った。

「勘違いするな。俺は兄者が上手くやれるか心配なんだ」

「おお、言うようになったな。まことに一人でいいのか。総次郎か、源八でも……」

「いや、いい。皆には兄者を頼むと話してある」

「知らなんだ」

「言っていないからな」

共に噴き出すのが重なった。

二人になればあの日、故郷の西岡から出た頃と何一つ変わらない。

何とも頼もしくなったものだが、九兵衛にとっては今でも泣きべそをかいていた甚助の姿が胸に残っている。

「内藤家の者と上手くやっていく」

「表裏ないお前は人に好かれるだろう」

「兄者」

「何だ？」

甚助が改まった口調で呼んだので、九兵衛は首を捻った。

「今までありがとうな」

思えば両親を早くに亡くしたせいで、己は兄であることは当然、父の代わり、母の代わりもしてきたようなもの。甚助は旅立つ子の、己は送り出す親の心境に近いのかもしれない。

「馬鹿……気張ってくれ。三好家の命運はお前にかかっている」

「おう。任せとけ」

甚助は幼い頃と何も変わらぬ無邪気な笑みを見せた。

その後の甚助の活躍は目覚ましいものがあった。時に攻め、時に懐柔し、敵方の丹波衆を徐々に追い詰めていった。弘治三年（一五五七年）には長慶の援軍を取り付け、丹波衆の盟主ともいうべき波多野晴通を降伏させている。これで氷上《ひかみ》郡を除いて丹波を平定したことになる。さらに隣国の若狭の長慶方が不利となるや、疾風迅雷の勢いで軍を率いて敵方を打ち破った。

永禄元年には義輝、晴元らが近江から上洛を企てた。九兵衛は兵を率いて将軍山《しょうぐんやま》城に籠ったが、相当の苦戦が予想された。

その時である。甚助は新たに配下に収めた丹波衆を率いて援軍に駆け付け、北白川《きたしらかわ》で両軍は激突して敵を粉砕したのである。

「兄者、無事か」

久方ぶりに会った甚助はさらに精悍さが増していたが、やはり己には悪戯っぽく微笑む。

「ようやく兄者を助けられるようになったな」

甚助は嬉しそうに純白の歯を覗かせる。

「正直に助かった」

「大したものだ」

「いやいや、あいつら丹波衆に比べれば滅法弱い」

甚助は真顔で敵方が逃げ去った方角を指差す。己は決してそうは思わなかった。山間に乱世そのものを閉じ込めたように落ち着かぬ地、丹波を攻略した甚助が並ではないということだろう。

「お前が強いだけだ」

「褒められた」

甚助は大仰に驚く振りをして、この時も二人笑いあったものである。

それから四年、甚助と会ってはいない。九兵衛も大和の攻略に乗り出したことが大きい。だがこうして頻繁に文のやり取りは続いている。文の内容は戦局のこともあるが、互いの近況を報せるものである。今回は村を荒らす大猪を自ら仕留め、皆に驚かれたという自慢が書き連ねてある。

「堺の頃と何も変わらぬではないか」

自慢げに此方に向かって諸手を振る、若かりし頃の甚助を思い出し、九兵衛はくすりと笑った。


文を読み終えた後、源八と暫し談笑していると、総次郎が姿を現した。

「殿、支度が整いました」

「そうか。源八、お主も見に行くか」

源八は何の話か思い到らぬようで首を捻った。

「大和の民たちの顔をな」

「なるほど。今日でございましたか」

得心して源八は手を打った。戦などで出ていない限り、九兵衛は月に一度、城下の奈良の町を見て回っているのだ。

「どうだ？」

「是非」

半刻後、城を総次郎に任せ、九兵衛と源八の二人は僅かな供を連れて城外に出た。

往来は商いをする者、荷を運ぶ者、どこかへ用事を済ませに行く者などで、いつものように賑わっている。

その様子を見て、源八が馬上から嬉しそうにいった。

「やはり、殿が治められてから民の顔色がとてもよくなったように思います」

「そうか」

「はい。大殿様もきっと久秀様のこのような手腕をたのもしく思われていることかと」

「だといいがな」

「だからこそ、大殿様も、義興《よしおき》さまを安心して殿に任せられているのだと」

源八が大殿こと三好長慶の嫡男の名前を挙げた。

「義興様は、もともとあのように立派なお方だ。わしの力など必要ない」

「そういえば……」

源八の表情がにわかに暗くなった。

「少々殿のお耳に入れたいことが」

「なんだ」

源八は近寄ると、九兵衛の耳に囁くように語りかけてきた。

「権六より、殿のご嫡男の久通様が、ご自身の出生について良からぬことを申していたと」

「どういうことだ」

「自分は殿の子ではなく、拾い子なのではないかと」

「またか。どうせ、細川か筒井の間者あたりが吹き込んだことだろう」

「拙者もそう申したのですが、久通様は御母堂様のこともある故、半ば真に受けておられるようで。もう真実をお話しになられては……」

「いや、そのつもりはない」

久通は母の顔を知らない。幼い頃に死んだと教えているが、墓さえもないことをどうも不審に思っているらしい。故にくだらない流言を、あながち嘘でないのかもしれないと考えるのだろう。

「久通は間違いなく俺の子だ。気にせぬことだ。そう伝えてくれ」

「承知しました」

──懲りぬやつらよ。

このように、今の己には筒井家などの外だけでなく、内にも敵が多い。故に領内にも、どこにどの勢力の間諜が潜んでいるかもわからない。

そのような緊張感もあって、九兵衛やその重臣らは大和に来て以来、こうして定期的に町を見回るようにしていたのだ。

折しも、大和、いや、日ノ本全体を日照りによる米不足が襲っていた。堺とも結びつきのつよい九兵衛のことであるから、城内に米が絶えることはないとはいえ、やはり町は常よりも困窮している。

九兵衛らが馬から降りて市場を訪れると、九兵衛の目には民がなにやら懇願するような目で己を見ているように思えた。

──やはり、民は貧している。

なにか手を打たねば、と危機感を覚えた九兵衛が市場を後にしようとしたとき、背後で悲鳴が聞こえた。

「盗人だ！」

店を営む年増の女が大声で叫んだ。

その視線の先に、小さな子どもが一人、麻袋を抱えて人波を縫うように走っている。

「お任せを」

突然のことで周囲が呆気に取られている中、源八はいち早く駆け出そうとする。

「いや、俺も行く」

九兵衛はそう言うと、皆と共に走り出した。懸命に追いかけるものの、すばしっこい足は止まることを知らない。随分と歳を重ねたのだ。息が弾むのも早くなる。しかし視界の先にある小さな背を見ていると、何故か幼き頃のことが思い出された。

子どもは町の外れの林の中へと飛び込んだ。九兵衛らもその後に続く。林の中に打ち捨てられたように残る廃寺の裏に回るのが見えた。

「静かに」

九兵衛は息を切らしながら囁くと、跫音を消してゆっくりと近づいた。

「あっ……」

盗んだ子どもは、さらに幼い子どもに米を渡そうとしているところだった。咄嗟に手を引いて逃げようとするが、九兵衛はその肩を摑んで止めた。

「こら、逃げるな」

「放せ！」

「心配無い。悪くはしない」

「嘘をつけ！」

子どもの視線が己の背後に注がれていることに気付いた。供の者たちが腰の刀に手を掛けている。

「止めよ」

九兵衛が厳しい口調で言うと、皆がさっと手を降ろす。

「どうだ。これで少しは安心したか？」

九兵衛が尋ねるが、それでも子どもはきっと睨みつける。さらに小さな子どものほうは、今にも泣き出しそうな顔になっていた。

「兄弟か」

九兵衛が努めて優しく訊くと、兄と思しきほうがこくりと頷いた。

「なるほど。弟のために盗んだか。お主たち父や母は？」

「病で死んだ」

「二人で暮らしているのか」

一昨年に戦に巻き込まれて父が、昨年に病で母が死んでから、二人きりで暮らしているという。日雇いで銭を得ようにも、子どもであるため碌な仕事もない。さらには日照りのせいで米の値も吊り上がっている。食い物が尽きて盗むしかないと考えたらしい。

「返さないぞ」

兄は弟をちらりと見て言った。

「返さずともよい」

「えっ……」

意外だったようで、兄は驚いて固まる。

「源八、先ほどの店に行って銭を払ってやってくれ」

「しかし……子どもとはいえ盗人です」

「こんな子どもが盗みをせねばならぬのは俺のせいだ。それにもっと大罪を犯してのうのうと生きている者は腐るほどいる」

世の武士と呼ばれる者の大半がそうであろう。自らの欲心のために人を殺め、何の咎も受けていない。己もまたその一人には違いない。

「盗みがいかぬのは分かっているな？」

この問いには、弟のほうが先にこくこくと頷いた。

「では、共に謝りに行こう。米はやるから心配するな」

九兵衛が微笑むと、兄弟は半べそを搔きながら首を縦に振った。

二人を連れて盗んだ店へと謝りに行くと、年増は土下座せんばかりに恐縮する。店の周りにも人だかりが出来ており、皆がさざめくように口々に話した。その声から察しがついたのだろう。兄が唇を震わせながらこちらを仰ぎ見た。

「殿……様？」

「ああ、そうだ。すまなかったな。お主たち、食うに困るならうちに来るか」

「うち？」

「ああ」

九兵衛は静かに言うと、遠くに聳え立つ多聞山城を見つめた。この兄弟はいつの日かの己と甚助である。己が治めたことで大和の者の暮らしはましになったものの、依然としてこのような境遇の者たちが数え切れぬほどいる。

こうして二人の兄弟は己が引き取ることになり、供の者たちに託した後、九兵衛は源八に向けて命じた。

「総次郎に城内の米を出すように伝えてくれ。困窮している民に配るのだ」

「しかし、それでは戦が起これば――」

「我々だけでない。民も戦っているのだ。急げ」

「はい」

源八が急ぎ城に戻って行くと、九兵衛は改めて多聞山城を見上げた。

――大和一国ですらまだこの有様です。

過ぎ去りし日の元長の精悍な笑みを思い出し、九兵衛は細く宙に溜息を溶かした。

その翌日、九兵衛は三好家の本拠である河内国の飯盛山城に向かった。本日は年に一度だけの大評定が行われるのだ。当主長慶を始め、その兄弟や一族、重臣たちが一堂に会す。

大広間で大評定が始まるのを待っている間、九兵衛は目を細めて一点を見つめ続けた。全身に視線を感じる。重臣たちの中に己を睨みつける者たちがいるのだ。

近頃では己の悪い噂が方々から流布し始めた。

――己にもそのような時が来たか。

九兵衛は少し感慨深く思った。三好家が滅亡の際にある頃は、家中に些細な諍いはあったものの、結束して外敵に向かっていた。だが今や元の主君にして、宿敵である細川晴元の威勢は萎み、当人も病がちでもう長くはないとの話も耳にする。将軍足利義輝は未だに表裏定まらず、三好家を排除しようとして負けそうになると、その地位を利用して和解することを繰り返していた。しかしその全てを三好家は撥ね退け、着実に地盤を固めてきた。今や畿内において三好家に単独で敵うものは皆無といってよい。

そうなると人は愚かなもので、内輪揉めを始めるものである。かつて細川家であったことが、天下と共に三好家の中に降りてきたといってもよい。その中で、一介の商人の倅から大名にまで出世した己たち兄弟への妬みや嫉みは強いのだ。久通に余計なことを吹き込んだ者も、この場にいるだろう。

「松永殿」

無視を決め込んでいた九兵衛に声を掛けてきたのは、一族の三好長逸《ながゆき》である。この長逸と、三好政康《まさやす》、岩成友通《いわなりともみち》の三人は、誰が言い出したか「三好三人衆」などと呼ぶ者もおり、特に己や甚助のことをとりわけ嫌っている。同調する者は他にもおり、一派閥を成していた。

「お久しぶりです」

城に着いてから口も利いていない。いや、厳密にはこちらから挨拶したが無視された。それを今更に向こうから声を掛けてきたのだ。

「今日はお一人か？」

甚助が評定に出ていないことを言っているのだ。

「長頼は丹波の国人が蠢動しておりますので、そちらの対応に。主君の許しを得ております」

「松永兄弟はお忙しいことだ」

嫌らしい猫撫で声で言ったのは、三好政康である。

「三好家のため、身を粉にして働く所存です」

九兵衛は微笑みを浮かべながら柔らかに受け流した。

「大和の筒井にも苦戦しておるようだな。荷が重いのではないか？」

次に口を開いたのは岩成友通である。この男は三好の一族ではない。それどころか己と同じく出自もよく判らない男である。三好家の中でも出頭人であるが、己たち兄弟の出世には一歩及ばず、故に勝手に妬んでいるのだと知っている。

「背後に筒井を唆している者がいるらしく、全くけしからぬ話です」

岩成がぴくりと肩を動かす。長逸は視線を外し、政康は微かに舌打ちをする。何とも解り易い男たちである。証左こそないものの、筒井家を唆している者の正体こそ、彼らであろう。それだけでなく、甚助が敵する丹波国人も煽っていると己は見ている。

家臣たちは主君長慶に訴え出ればよいというが、事はそう簡単ではない。彼らが抜けると三好家の力は大幅に弱まり、周囲の諸大名との拮抗が崩れてしまう。

――松永の讒言です。

などと、向こうが反訴してくることもあり得る。そうなれば派閥争いが激化し、これも三好家の力を削ぐことになる。主君やその兄弟がいる限り、三人衆は三好家に牙を剝くことはない。このまま平衡を保ちつつ三好家を盛り立てていくのが最善であると考えていた。

全てが煩わしくなり、いっそのこと全てを投げ捨てて、ただの九兵衛に戻ってやろうかという衝動に駆られることもある。

だが己には大和の平定を含め、やらねばならぬことが多い。かつて元長が見た、

――民が執る政。

という夢は遥か遠くにある。あれはあの時の勢いがあればこそ出来る可能性があったことで、ここに来るまであまりに時を食い過ぎた。己ももう齢五十五である。幸いにも躰に不調を来したことはないものの、それでも生きられてあと二十年といったところか。畿内すら完全に制圧出来ていない中、生きている内に達成するのは難しい。

「皆の者、よく集まってくれた」

暫くすると上座に長慶が姿を見せた。一同が平伏したことで衣擦れの音が部屋に満ちる。

長慶が鋭い眼を向けて皆を見回す。子どもの頃は元長に良く似た顔つきをしていたが、いつの頃からか相貌が異なってきた。常に頬を強張らせ、目には怯えの色も浮かんでいる。三好家を取り巻く外敵の圧迫、家中を取り纏めねばならぬという重責がそうさせたのだろう。もとより神経質で子どもの頃から苛立つと手の爪を噛む癖があるが、最近では特にそれも酷くなっている。

だからといって決して長慶が愚かという訳ではない。むしろ並の大名よりも遥かに聡明である。元長の力は受け継いだが、豪胆な心は受け継がなかったと評するのが最も近い。

受け継がなかったものは他にもある。長慶は元長の夢を目指している訳ではないのだ。長慶が長じた時、九兵衛は元長が語った夢を伝えたが、どうもぴんとは来ていないようだった。これは仕方のないことであろう。元長が戦国大名の中であまりに異端だったのだ。元長の口から直に長慶に伝えられていればまだしも、その熱も含めて己が伝えることは難しいと痛感する。元長は三好家を長慶に渡したが、その夢は今のところひっそりと己が受け継いでいることになる。

そしてその己とて、

——果たしてそのような夢が叶うのか。

と、疑問を持つようになっている。

いや、できないことはないはずだ。町の代表を民が選出し、その者たちの合議で政を行う。自衛のための兵力は銭で雇って政には関与させない。元長が創った堺の形は、今もなお続いている。堺に出来るのだから天下でも出来る。だが、それはあまりにも遥か先に思えるのだ。

人々は本質的に変革を嫌う。変わることは悪、変わらぬことが善ということが本能に刻み込まれているのではないかというほどに。その人々の「善の心」が恐ろしい。元長のようにあっという間に足を掬われかねない。

――これをどうにかする方法はないものか。

九兵衛は元長が散った時から、このことを考えなかった日は一日も無かった。

「次は大和のことについてだ」

長慶がこちらを見ながら言った。

「まず筒井家ですが……」

九兵衛が口を開こうとした矢先、三人衆の中心格である長逸が口を挟んだ。

「殿、大和のことは遅々として進んでおりません。ここは一度松永殿に休んで頂き、他の者に当たらせては？」

大和は三好家にとっても要地である。それを自らの派閥に奪いたいと、三人衆が常々思っていることは感じている。

「ふむ。と、申しておるがどうだ」

長慶はこちらに視線を移す。その目を見れば己を外すつもりは毛頭なく、反論しろと促しているのが判る。

「どなたが適任だと？」

九兵衛は茶の湯をしている時のように、一語一語に丸みを帯びさせて長逸に尋ねた。

「拙者は岩成殿が良いと」

つまり自身の派閥に大和を渡せということである。

「よろしいでしょう」

九兵衛がそう言ったものだから長慶は俄かに慌て、一座もどよめきに包まれる。三人衆の面々すらこう素直に従うのかと驚いているようであった。長慶が何かを言おうとした時、九兵衛は畳みかけるように続けた。

「岩成殿、今生の別れとなりますが……大和をよろしくお願いいたします」

「何……お主、まさか病なのか?」

岩成が怪訝そうに眉間に皺を寄せた。

「いえ、御覧のとおり、達者そのもの」

「では何故、今生の別れなどと言う」

「勘違いさせてしまいましたな。死ぬのは私ではなく……岩成殿です」

「何だと!」

沸点の低い男である。岩成は主君の目の前であることも忘れ、片膝を立てて声を荒らげた。長慶を始めとする三好家一族が何とか収束させようとするのを、

——ご安心下され。

と、九兵衛は目で制した。これが伝わるのはやはり彼らの書や、茶の湯の師として、幼い頃から長い時を過ごしてきたからである。

「それは岩成殿が勇将であればこそ」

「戯言を……」

岩成は歯を食いしばって今にも殴り掛からんばかりの勢いであった。

「まずその前にお聞かせ願いたい。昨年、小競り合いも含めて三好家が何度戦をしたかご存じか」

「それは……」

「政康殿は？　長逸殿は如何？」

二人ともしかめ面を作るのみで何も答えない。九兵衛はここで皆を見回しながら一気に捲し立てた。

「実に三百四十二。ほぼ毎日、どこかで戦をしていた計算になります。その内、丹波が九十七。大和が百五でござる」

「お主ら兄弟の功績だというか」

長逸がやや巻き舌に絡む。

「いえ、我らの戦はその大半が小さきものです。手柄のうちにも入りませぬ」

九兵衛は首を横に振って言葉を継いだ。

「ただ、飯を食っていようが、小便の最中であろうが、攻めて来るような小狡い者たち。我らのような卑しい出の者こそ、対するに適任でござる。大将の器をお持ちの御方は、堂々とした敵の相手こそ相応しい」

岩成はぐっと黙り込んだ。己はその出自を些かも卑下していない。しかし岩成は自らの出自に強い劣等感を持っているらしく、うやむやにしていることを知っている。故にここに話を持ち込めば黙ると解っていた。

「まあ……お主の言うことにも一理ある」

岩成がすぐに退くような発言をしたので、残り二人も口惜しそうに顔を歪める。

——阿呆め。

九兵衛は心の中で舌を出した。大和の地は寺社の力が強すぎる。筒井家は何度倒しても、寺社の力を背景に復活してくる。このような短絡的な者に任せれば、あっと言う間に占拠されてしまう。十度でも、百度でも打ち倒す根気が何より必要なのだ。

「引き続き大和を頼む」

頃合いと見て長慶が言ったことで、年に一度の大評定は幕を閉じた。思い起こせば、昨年も似たような話をしていたように思う。やはり三好家はここに来て大きく足踏みをしている。

「松永」

長慶が呼び止めたのは、評定が終わって部屋を出ようとした時であった。三人衆の面々は厭らしい目つきで見ながら去っていく。長慶の信を得た己への妬心と恐怖の入り混じった目である。

――俺はお主たちとは違うさ。

九兵衛は心の中で侮蔑の言葉を送った。顔色一つ変えていないため、長慶は気付いてはいないようである。

「今度、義興がお主の城の落成式に行くと喜んでおった。相変わらずお主が好きなようだ」

義興は何故か昔から己に酷く懐いてくれているのだ。

「畏れ多いことです……」

「義興を頼むぞ」

「当然のこと」

「儂はいつ死ぬか解らんからな」

長慶は驚くことをさらりと言ってのけた。その目元に深い隈が浮かんでいる。

「そのようなことを仰いますな。ただ……御方にはお気をつけ下さい」

御方と濁したのは将軍足利義輝のことである。

「困ったものよな……」

長慶は苦く零した。将軍家は三好家が己を凌ぐことを危惧している。いや、ひょっとすると、それほど大局を見ておらず、ただ単に気に入らないだけかもしれない。義輝からはそのような卑小な人物の印象を受けるのだ。九兵衛も何度も謁見しているが、初めて見た時などは、

──これが将軍なのか……。

と、戸惑いを隠せなかった。虚ろな目に、厚い唇、飛び出た頬のあたりだけが妙に赤らんでおり、顔全体が脂ぎっている。まだ若かったが、髪が薄いのも気になった。衣服を替えて堺の町にでも放り込めば、呑んだくれた小商いに見えるのではなかろうか。九兵衛は子どもの頃より、将軍とは無条件に尊い者と聞かされていたから、もっと威厳溢れる立派な顔立ちを想像していた。少なくとも思い描いていた相貌とはかけ離れていた。

別に顔立ちだけに困惑した訳ではない。尊大であるのに、どこか怯えたような眼を見せ、さらに話しぶりにも何というか品を感じない。敵ながら高国には品や威厳を感じたことから、貴種とは皆がそれを持ち合わせていると思っていただけに、この時の衝撃は一入《ひとしお》であったことを覚えている。

「とにかく警護を厚くするようにお願い致します」

「うむ。すでに何度か殺されかけておるからな」

義輝は過去に長慶に何度も刺客を放って暗殺を目論んだ。それが失敗に終わり、長慶がその非道に詰め寄ったならば、

——あれは家臣が勝手にしたことだ。許せ。

と、自らの臣に罪を被せて腹を切らせるようなことを平然とやってのけた。義輝は長慶の身辺の守りが固いことを悟ると、力を削ごうとして己を狙ってきたこともある。その時は幸いにも総次郎が身辺にいたことで、即座に刀を抜いて刺客を兜割に一撃で仕留めてくれた。以降は九兵衛も常に身の回りの警護を厚くしたのである。

「将軍がそのような姑息な手を取る世だ……誰が敵で誰が味方か解らぬな」

長慶の声が僅かに上擦った。三好家の外だけでなく、内のことも言っているのだ。昨日まで三好家に生涯付き従うと熱く語っていた者が、今日になって厚顔無恥にも裏切る。そのようなことは枚挙に暇がない。元長に比べて繊細な性質の長慶は、その度に落ち込んで憔悴しているのを知っている。

「私は殿の味方です」

言葉だけでは何の気休めにもならぬと判りながらも、九兵衛は力強く言った。

「そうか。ありがたい。ともかくも義興のこと、くれぐれも頼んだぞ」

長慶が精一杯の微笑みを向けるのが痛々しく、九兵衛は唇をきゅっと結んだ。

三

評定の後も、九兵衛は大和の為に奔走する多忙な日々を過ごしていた。長慶は決して暗君ではないが、元長と過ごした時ほどの熱気がある訳ではない。人がそうであるように、家というものもまた老いていくのだと九兵衛は感じている。夢が遠のく寂しさを感じ、胸にぽっかりと穴が空いたような心地がしている。

そんな九兵衛の穴を埋めたのが、主君長慶の嫡男三好義興の存在である。長慶たち兄弟には書や茶の湯を教えたことでその成長に関わってきたが、子のような感覚は持ち得なかった。当時の三好家はかなり衰退しており、その中で元長から預かった遺児を育てるということで気が張っていたことも影響しているだろう。

だが、この義興は誕生の頃から見ており、幼い頃から九兵衛にひどく懐いてくれている。片言の言葉を使うようになった頃、何故だか分からぬが実母に続いて、己の名を呼んでくれたほどであった。義興は己を指差し、

「くへ」

と、何度も繰り返し呼んでは、円らな瞳で見つめてきた。

「なぜ父の名が先ではないのだ」

長慶がそう言って頬を膨らませ、恐縮したのをよく覚えている。

幼い義興は鞠を抱えて走り寄ると、まるでそこが己の特等席であるかのように九兵衛の膝の上にちょこんと座った。手先が器用な己はその鞠を右手から左手に向けて、肩や首を伝わせて転がしてみせた。すると義興は高い声を発し、手を打って笑ってくれたものだ。

義興の成長と共に、己も歳と出世を重ねたが、今でもその関係は変わらない。事あるごとに義興は己を慕い頼ってきてくれる。

この日、その義興が多聞山城落成の祝いとして、わざわざ摂津から大和まで駆け付けて来てくれた。

そのもてなしの宴席で義興が唐突に、

「明日は二人で春日《かすが》様に参拝しよう。お主の城が無事に落成したお礼を申し上げねばならん」

と、言って悪童のような笑みを見せた。

義興がそのように笑うのには訳がある。己が神も仏も信じていないことを知っているのである。寺社勢力に悩まされているということもあるが、もともと昔からそのような考えである。

約百年前の応仁の乱以降、世は乱れに乱れている。戦乱や飢饉によって弱き者は日々虫けらのように死んでいる。神仏が真にいるのならば何故その者たちを救わないのだ。救わないのではなく、救えないのでもない。そもそも神仏などいないという結論を出していた。そうでなくては説明がつかないことがあまりに多い。人の善なる心を煽る、そのためだけに創り出された紛い物だと思い定めている。

しかし、義興に誘われれば無下に断るわけにもいかず、翌日は春日大社へ足を運んだ。

その道中、義興は思い出したかのように口を開いた。

「お主が教えてくれた夢のことだ」

「はい……」

義興は元長とも長慶とも似つかない。一重の瞼が涼やかで、透き通るほどに肌が白く、公達のような爽やかな容姿をしている。だが接している時には時折、元長と似たような鷹揚さを感じるのだ。故に、

——若ならばもしや。

と思い、かつて元長が語った夢を義興に打ち明けたことがある。己の余命では夢を叶えることは難しいかもしれない。故にかつて己が受け取ったように、誰かに託すことを考え始めていたからである。その時の義興は暫し考えると言って明確に答えなかった。

「家中にはお主のことを快く思っておらぬ者がいる」

「存じております」

「こうして度々訪ねていると知り、讒言には耳を貸すなと言ってくる者もいたわ」

つまり共に夢を追うことは出来ないと暗に言っているのだ。淡い落胆はあったが、それでも義興を責めることは出来ない。三好家は今や多くの一族、重臣の利権でがんじ搦めになっており、嫡男とはいえ、あちこちに目を配らねば、失脚の恐れすらあるのだ。

「お忘れ下され」

九兵衛が小声で言うと、義興はちらりとこちらを見て曖昧に頷いた。

やがて二人は春日大社の本殿に着いた。気軽に訪ねたはいいものの、突然の訪問に慌てふためいたのは、社の側であった。何しろ久秀は大和国の国主、義興は飛ぶ鳥を落とす勢いの三好家の御曹司であり、共に官位は従四位下《じゅしいのげ》の殿上人《てんじょうびと》である。予め通達していれば用意もしていたであろうが、何も気の利いたもてなしが出来ないと訴える禰宜《ねぎ》は、今にも泣きだしそうであった。

「私どもはお参りに来ただけです。お気になさらず、皆と同じように扱って下され」

義興は優しげな眼差しを送りながら禰宜を慰めた。このように並の御曹司が持つような権高《けんだか》なところが皆無であることも、九兵衛が義興を好ましく思っている理由の一つである。

本殿に向かい二人で手を合わせ、頭を垂れた。

「弾正、何を祈った」

頭を擡げると、義輿は己を官位名で呼び尋ねてきた。

「いや、何と申しますか……」

九兵衛は口ごもった。実のところ祈る形はとったものの何一つ考えていなかった。

「信心を持たぬお主のことだ。何も祈らなかったのだろう」

「申し訳ございませぬ」

「まあよい。私は無事多聞山城の普請が終わったことをしかと謝しておいた」

「ありがたき幸せ」

「それに……お主が長生き出来るようにも頼んでおいたぞ。もう若くないのだ。躰には気を付けろ」

日差しを真っ向から受け、義輿の白い歯はより一層輝いて見えた。

社殿を後にしようとすると、禰宜が恐る恐る声を掛けてきた。

「たいしたものはご用意できませぬが、せめてお躰を温めていって下され」

禰宜の掌の先には床几が二つ。その横には鉢を持った若い禰宜が二人。鉢からは白い湯気が立っている。義輿は童のように足を弾ませ駆け寄ると、鉢の中を覗きこんだ。

「気を遣わせてしまいましたな。これは何というものですか」

「茶粥、地の者は『おかいさん』などと呼びます。庶民も食すものですので、お口に合わねば打ち捨てて下され」

「茶粥……美味そうだ。弾正も来てみよ。ありがたく頂こうではないか」

九兵衛はゆっくりと歩み寄り、鉢の中を見た。大和に根を張る九兵衛は当然茶粥を知っている。奈良に都があった頃より食べられていたもので、大和の民は貴賤を問わず、日に数杯食べる習慣がある。黄金色の茶に浸された米粒は程よくほぐれていた。

「毒見を致します」

「無用だ」

義興は箸を受け取ると豪快に啜った。禰宜たちは心配げにその様子を眺めている。

「これは美味いな」

義興が相好を崩したことにより、禰宜たちも安堵して一斉に口元が綻んだ。

「それはようございましたな」

「お主も食してみよ」

九兵衛も鉢と箸を受け取ると口に運んだ。

「なるほど。いい塩梅です。鉄塊と共に炊いたのでしょう」

鉄塊と共に粥を炊くと柔らかくも米粒に張りが生じるのだ。茶の湯には料理が付き物で、九兵衛は今でも自ら包丁を取ることがあった。故にそのような工夫が解ったのである。

「御託を申すな。美味いと一言申せばよかろう」

「は……」

義興に揶揄い混じりに叱責され、九兵衛は頰を赤らめながらこめかみを掻いた。ふと禰宜たちに目をやると、皆噴き出しそうになるのを懸命に堪えている。辣腕を振るう大和国主が三十ほども歳の離れた若者に窘められ、小さくなっているのだ。可笑しみが込み上げてきても、不思議ではないだろう。

「食い物をあれこれ論ずると却ってよく判らなくなるものだ。美味い物は美味い、不味い物は不味いでよい。それは人も同じこと。人が何と言おうが、私はお主のことを好ましく思う」

寒気の中、義興の言葉は瞬く間に白い煙へと姿を変える。

「貰おう」

義興はすっと手を差し伸べた。己の分の茶粥も食うのかと思い鉢を渡そうとすると、義興は噴き出した。

「そちらではない」

「え……」

「いつぞや、お主が申した……」

義興はぐっと拳を握りしめ、自らの胸を軽く叩いて言葉を継いだ。

「夢だ。わしは祖父、そして父に続き、お主の言う夢を叶えたい。それを今日は伝えにきたのじゃ」

義興の言葉に嗚咽が込み上げてくるのを耐えながら、九兵衛は目を逸らすことなく義興を見つめ続ける。

「馬鹿者。折角用意して下さったのに冷めてしまう。食おう」

相貌は違う。だがからりと笑う様が元長に酷似しており、久方ぶりに再会したような気にさえなってくる。

「はい……」

「九兵衛、美味いな」

義興は弾んだ声で言いながら粥を掻きこむ。

「真に……」

九兵衛は俯きながら粥を啜った。茶に小さな波紋が一つ広がったが、米粒にぶつかりすぐに形を失った。

だが、こうして二人が夢を語って暫くした頃、突如九兵衛を驚愕させる事態が起きた。

四

永禄六年六月、多聞山城の九兵衛の元に早馬が届いた。三好義興が病に倒れたという。

「なんだと!?」

九兵衛はその報を聞くや否や、当世随一の名医、曲直瀬道三《まなせどうさん》に介抱してもらえるよう依頼した。自身もすぐにでも駆け付けたかったが、筒井家が再び蠢動し始めたことで、大和から不用意に離れられずにいた。

その間も義興は日に日に弱り、食事も喉を通らぬほどだという。何とか食事をして体力と気力を取り戻してもらうため、九兵衛は珍しい物、滋養のある物を送り続けた。遥か北より取り寄せた鮭の干物、家が一軒建つほど高価な高麗伝来の人参も送った。

しかし曲直瀬からの文によると、義興は見る見る痩せ細っているという。文面から悲愴感が漂っていることから、もう長くはないことが推測出来た。

さらにひと月経過した頃、義興本人から文が届いた。直筆ではなく祐筆に書かせている。

　——もう筆も取れぬというのか。

　いよいよ義興に死が迫っていることを確信した。

　文にはこう書かれていた。


　心配を掛けてすまない。いずれ快方に向かうであろうから、お主は大和の安寧に力を注いで欲しい。聞けば茶会で大層な懐石料理を拵えたそうだな。いつの日か味わってみたいものだ。


「もはやじっとしているのは我慢ならん。義興様の元に馳せ参じる」

　文を読み終えた九兵衛は拳を震わせながらそう宣言した。それを縋るように引き留めたのは総次郎である。

「なりませぬ。今殿が義興様の元に行けば……」

　総次郎は言葉を詰まらせた。九兵衛は何を言わんとしているのかすぐに理解出来た。大和を離れて筒井家に隙を見せてはならぬというのならば、そのまま直言出来よう。濁したということは、口にするのも憚るようなことなのだ。

「義興様は余命幾ばくもない。今俺が行けば、暗殺したという嫌疑が掛かると申したいのだろう」

「ご無礼を承知で申し上げます。殿は家中の者に酷く妬まれております。十河《そごう》様の時のように、またぞろ根も葉もない悪評を立てる者が必ずや現れます」

一昨年、元長の四男である十河一存《かずまさ》が不慮の死を遂げた。一存は讃岐の名家である十河氏の養子に入っており、元長の遺児の中でも最も武勇に優れていた。病に罹って摂津の有馬《ありま》温泉で療養中、誤って馬から落ち、打ち所が悪くそのまま死んでしまったのだ。一存は馬術にも優れていたのだが、病で躰が弱っていたせいも多分にあるのだろう。

その療養の手配をしたのが九兵衛だったのがまずかった。己が一存を暗殺したのではないかという噂が流れたのだ。一存は三好家の大事な支柱の一人。そのようなことをするはずがないし、事実として九兵衛は一存の穴を埋めるために、死に物狂いで働いた。

それでも悪評は収まらない。その根底には卑しい身分から出世した己への妬心があることも、十分に解っている。己がここで駆け付け、その直後にでも義興が死んだならば、また何を言われるか判ったものではない。

「そうだとしても、俺は行く」

九兵衛は覚悟を決めた。その後、悪評が流れて如何にやりにくくなろうとも、ただ義興の傍に駆け付けたかった。

九兵衛が立ち上がる。

「どこへ」

「義興様のためにやるべきことがある」

翌日、九兵衛は義興が臥せる摂津芥川山城《あくたがわやま》に向けて急ぎ馬を走らせた。

「やはり来たか。弾正」

布団に横たわっていた義興はそう言うと、制止する小姓を振り払い、苦しそうに身を起こした。土色の顔をした痛ましい姿に九兵衛は嗚咽しそうになるのを懸命に耐えた。

「若、いつの日かなどと水臭いことをおっしゃいますな。この弾正いつでも拵えて参ります」

九兵衛は三段の漆器を取り出すと、目の前で開いてみせた。中には懐石料理の数々がぎっしりと詰まっている。昨夜料理人と共に自ら包丁を取り、徹夜で料理してきたものである。

口を開くのも辛いのであろう。義興は隈の浮かんだ目を開き喜びを表した。

義興が煮昆布を指差すと、小姓が箸で摑み口元へ運ぶ。義興は虚ろな目で数度咀嚼はしたものの、突然噎《む》せ返り吐き出してしまった。

「すまぬ。今はどうも食う気がおこらん。必ず後で食うから許せ」

今の義興にはどれも固すぎる品なのかもしれない。そんなことを考えながら九兵衛は拳を握りしめた。

若い義興が何故こんな目に遭わなくてはならないのか。美味いものを食い、美しい景色を愛で、恋しい人を抱く。義興には、これから訪れるはずの煌めく日々を生きて欲しい。得体の知れぬ怒りが込み上げてくるが、それを振り払うように笑顔を作る。

「いえ、また何やら作って参ります。味はお口に合いましたでしょうか」

「美味い。が、些か凝りすぎぎよ」

義興は震える唇を真一文字に結び、戯けてみせた。

九兵衛は大和に帰ると、そのまま春日大社へ向かい、社内を馬で疾走するという暴挙に出た。禰宜たちが下馬するように懇願するが、九兵衛は手綱を緩めはしなかった。本殿の前まで乗り付けると馬上で咆哮した。

「なぜ若なのだ。順を守らぬか。神がいるのならば俺を代わりに殺せ！　俺の命を持って行け！」

止めどなく流れる涙もそのままに、九兵衛は狂人のように吼え続けた。

「お主は何様のつもりだ！　しかと刮目せよ。俺を含め悪人ならばいくらでもいよう。それらを見過ごしておいて、なぜ若のような心優しき方を連れて行こうとする！」

九兵衛が嗚咽し、栗毛馬の鬣が濡れた。昨年ここに二人で来た時、義興は健康そのものであった。人の命とは何と儚いものであろうか。

「せめて笑っていてほしいのだ……一度だけ俺に力を貸してくれ」

九兵衛ははっとして顔を上げた。この場所で笑う義興の顔を思い出したのである。

「頼む……」

本殿を哀願する眼で見つめながら九兵衛が震える声で零した。

そこからさらにひと月が過ぎて八月となった。例年にない残暑ということもあり、その頃には義興の病状は予断を許さぬものとなった。同時に忌々しい風評が畿内を駆け巡っていた。九兵衛が見舞いに現れ、料理を馳走したところ、さらに体調が悪化したというものである。中には料理を口にしたとたん吐血した、といった流言飛語の類まであった。

――そんな噂など、かまうものか。

八月も半ばに差し掛かろうかというある日、九兵衛は再度芥川山城を訪問した。

九兵衛が臥所に通されると、義興は自らの力で起き上がろうとしたが、それも儘ならぬようで小姓の介添えを得てようやく半身を立てた。

「また来てくれたか。そのように心配せずともよい」

義興の声は擦れていた。すでに喉の機能の大半は失われているのかもしれない。

「本日は若に召し上がって頂きたいものをお持ち致しました」

「左様か」

義興の表情が少し曇った。自らが物を食す力を失いつつあることを知っていて、己の厚意を無に帰すのが申し訳ないといった様子に見えた。

九兵衛が手を打つと襖が開き、別の小姓が背の低い鉄製の茶釜を戴くようにして入ってきた。

小姓は義興の前まで進み出ると釜の蓋を取った。その途端、中に立ち込めていた湯気が解き放たれ、義興の鼻腔に吸い込まれた。

「これは……」

「あれ、でございます」

「茶粥といったか」

「はい。拙者が支えます故、釜のままお食べ下さい」

義興は眉間に皺を寄せながら匙を摑むと、釜の中に突っ込み、そのまま口に運んだ。義興は瞑目してその味を確かめている。

「美味い。あの日の味だ。しかし、何故このような物に入れてある」

「少しでも冷めぬようにするにはどうすればよいかと思案し、茶釜ならばよいかと思い当たりました。しかし並の茶釜ですと深すぎて食べにくいと思い、これを……」

「まさか……」

「平蜘蛛でございます」

義興が驚くのも無理はない。蜘蛛が這いつくばっているような形をしていることから名付けられたこの茶釜は、後に武野紹鷗と呼ばれるようになった新五郎から貰い受けたもの。あの頃はまだそれほどの価値はなかったが、今では一国にも相当すると言われる、名器中の名器となっている。

「お主は阿呆だな」

「酷い仰いようですな」

義興に久々の笑顔が戻った。そして再び匙を伸ばすと、もう一度啜った。

「やはり美味い」

「茶や料理の道は技も必要ですが、もっと大切なことがあると思い知らされました」

「私の倍ほど生きてようやく解ったか。味の好みなど千差万別。肝心なのはもてなす相手のことを想うことではないか。この茶粥にはお主との愉しい思い出が詰まっておる」

義興はひと時なりとも病苦を忘れられたのであろうか、珍しく饒舌であった。

「私は阿呆でございます故、中々それに気づけませんでした」

軽口を飛ばすと、義興は朗らかに笑い、つられて九兵衛も噴き出した。暫く二人で笑った後、義興はふっと真顔に戻って乾いた声で言った。

「悪いが返さねばならぬ」

それが何のことであるか、多くを語らずとも二人だけには解る。

「もう私は歳なれば……」

「まだまだ。お主は殺しても死ななそうだ。養生すれば百まで生きるかもしれぬぞ。灸など良いらしい。試してみよ」

「そこまで働かせるおつもりとは」

九兵衛は苦笑して白髪交じりの鬢を撫でた。

「当家のことだが……」

「命ある限りお仕え致します」

義興は透き通るような笑みを見せて首を横に振った。

「父上に叱られそうだが……家名が続けば御の字。それ以上は贅沢よ。夢の枷にするな」

「それは……」

九兵衛は息を呑んだ。元々聡明であったが、死を目前にしてそこまでの境地に達している。義興は若かったが、人の一生の重さは長さだけではないと考えざるを得ない。義興は短い生涯を人の数倍の熱量で燃やし続けた。

「必ず誓え。私の命が聞けぬか？」

義興は無理やりといったように唇を震わせながらも緩めた。

「承りました……」

「よかった」

義興は未だ立ち上る茶粥の湯気を、いやその先の壁ですらなく、遥か遠くを見据えているようだった。自らがこの先生きていれば過ごしたはずの日々を夢想しているかのように。

やがて義興はふっと我に返ると、今日一番の笑みを浮かべながら、正座する九兵衛の膝を、人差し指で軽く二度叩いた。

「さらばだ。九兵衛」

三好義興はその日から十日後の八月二十五日、永い眠りについた。享年二十二である。

――やはりお前たちはおらぬのだな。

九兵衛は神や仏たちに向け、怒りと諦めを込めて心中で呟いた。

一つだけ救いがあったとすれば、義興は穏やかな顔で眠るように逝ったことか。息を引き取る直前、何か愉しい夢でも見ていたのであろうか、ふっと微かに頰を緩めたという。

五

永禄七年、義興の早すぎる死から一年が経った。今年も懲りずに夏がやって来る。地から陽炎が立つほどの暑さであるが、信貴山は幾分涼しく心地よい風が木々を揺らしている。見送りに出ようとする子息久通、家臣たちを止め、九兵衛は伴廻りの家臣の他は、海老名権六家秀だけを連れて信貴山城の城門まで来ていた。

信貴山城は久通に預けてあり、権六はその後見役を務めている。此度ここに来たのは、今後の方針について打ち合わせるため。元来ならば久通が多聞山城に足を運ぶところである。だが今は河内方面がちと騒がしく、国境にある信貴山城を離れさせる訳にいかないため、こうして九兵衛が訪ねた。

「権六、健やかそうで安心した」

「ご心配をおかけしました」

昨年の秋、権六は熱病に罹って暫く寝込んだ。一時は意識を失うほどであったが、曲直瀬道三から取り寄せた薬が効果を得たのか、今年の頭には床払い出来た。

「鍛錬に励んでいると聞いた。もう互いに歳だ。無理はするな」

権六もやはりまた歳を重ねた。頭髪だけでなく、口周りの雄々しい虎髭まで雪の如くなっている。だが病から立ち直った後も鍛錬を怠らず巌のような体軀は健在で、戦場では得物の六角棒を振り回して鬼神のような働きを見せる。

「実は六角棒は少し削って軽くしているのです」

権六は腰を屈めて苦い顔で耳打ちした。

「そうか。近頃は俺も刀が重い」

腰の刀を軽く叩いて九兵衛も苦笑する。大刀は多聞丸から受け継いだ無銘である。故にいつしかその名をとってそのまま「多聞丸」と名付けていた。脇差は今生の別れの時に元長から託されたもの。後に知ったがこれは粟田口吉光《あわたぐちよしみつ》という鎌倉期の名工の作で、特に短刀に名作が多い。元長がどこから手に入れたのか来歴は判らない。吉光は通称藤四郎《とうしろう》と謂い、九兵衛はこれを夢追藤四郎《ゆめおい》と呼んでいる。感傷的ではないかと思うものもいるだろうが、常にその頃の想いを留めて忘れないために名付けた。

刀が重いというのは、躰に衰えが出て来ただけでなく、彼らの残した想いや夢を残る一生で実現するのが難しくなってきたと感じているからかもしれない。

「殿といえばこの二振りですから」

権六は大きな口を綻ばせた。九兵衛の脳裏に浮かんだのは新五郎のこと。新五郎は京が混沌とし始めた天文二年には堺に戻り、三好家と堺の橋渡し役を務め続けてくれた。しかし今から九年前の弘治元年、五十四の時に胸に痛みを訴えて急死した。九兵衛もその死に際に会っていない。

――人とは何とも覚束ないもので、己を己と証明するために、時に物に頼らねばならぬ。

懐かしい声が耳に蘇る。かつて新五郎が常々言っていたことである。

この二振りの刀、そして他にも平蜘蛛や、九十九髪茄子などの己の持つ茶器。これは「松永弾正少弼久秀」のものだと世間の者は知っている。裏を返せばこれらさえ持って、己こそ松永弾正と名乗れば、会ったことが無い者ならば信じるかもしれぬ。やはり人は何とも頼りのない生き物である。

一方で嫡男の久通は、今のところ九兵衛が創った道をなぞることが己の証となっている。だからこそ、本当に九兵衛の実子か、などという流言が気になってしまうのだろう。

「今、三好家を取り巻く状況は厳しい。くれぐれも倅に自重させるように頼む」

「承知致しました」

九兵衛が静かに言うと、権六は口を結んで力強く頷いた。

三好家では、三年前に元長の四男十河一存が落馬で命を落としたのに続き、昨年には九兵衛が三好家中で誰よりも愛した跡取りの義興が、病で逝ってしまった。

だが三好家を襲う不幸はこれだけではない。今から二年前には、一存に続いて元長の次男三好実休が紀伊国の根来衆《ねごろ》の援助を得た畠山高政《たかまさ》と戦って討死しているのだ。長慶や九兵衛らが畿内で戦っている中、本国の阿波を纏め続けていたのは、全てこの実休の力といってよい。また実休は幼い頃から兄弟の中で最も茶の湯に興味を持ち、九兵衛を通じて新五郎の直弟子になった。そのことで茶の湯の話によく花を咲かせたものである。

立て続けに兄弟と、将来を嘱望する長男を失ったことで、長慶が異変を来したのは昨年のことである。度々悪夢に魘されるようになり、目が覚めてもぶつぶつと何やら独り言を零すようなこともあるという。

——今こそ気を強く持って頂かねば。

すぐにでも長慶に会いにいこうとしたが、ちょうどその頃、計っていたかのように筒井家が近隣の三好方の豪族を攻め始めた。その対処に追われて訪問を日延べしている中、最悪の事態が起こった。

長慶が居城の飯盛山城に弟の安宅冬康《あたぎふゆやす》を呼び寄せ、即日に自害を命じたのである。

「何故、こんなことになるのだ!!」

九兵衛はその報を聞いた時、激高して文机を叩き割ってしまった。冬康は元長の三男で、三好家の水軍を統轄していた。次男実休、四男一存が亡き今、一族の中で三好家の最後の支柱といっても過言ではない。それなのに詰め腹を切らせるなど正気の沙汰とは思えなかった。

ことの真相を探っていると、どうやら半年ほど前から、冬康が謀叛を企てているという噂が流れていたらしい。已にも邪な風評が立っているのが原因だろう。共に謀叛を起こされては敵わぬと考えたのか、已の耳に入ってきたのは最も後であった。

「冬康様が心優しく、兄を心から想っておられることをお忘れか……」

口惜しさから拳だけでなく声が震えた。

実休が茶の湯ならば、冬康は和歌の才があった。戦場では勇敢ではあるが、まるで女子の如き繊細な歌を詠む優しい心の持ち主である。

それを物語る話がある。将軍義輝の扇動で河内や山城の国人が一揆を起こしたことがあった。何度追い散らしても、一、二ヵ月もすればまたぞろ息を吹き返す。この無限とも思える戦に長慶は痺れを切らし、たとえ降ってこようとも次には全てを鏖にすると宣言した。

——それでは将軍家の思う壺だ。

それをすれば長慶の名声は地に落ち、余計に状況は悪くなるだろう。九兵衛が諫言するために芥川山城に向かった時、一足先に冬康も駆け付けていて鉢合わせた。

「私に任せておけ」

冬康は軽く手で制して、共に長慶に拝謁した。そして虫籠に入った鈴虫を差し出したのだ。周囲の家臣たちが何事かと顔を見合わせる中、冬康は、

「夏虫でもよく飼えば冬まで生きるものです。ましてや人間は尚更でしょう」

と、柔らかく諫めた。

長慶ら兄弟がまだ幼い頃、鈴虫を飼いたいとねだったことがある。兄弟で力を合わせる教訓になるだろうと、九兵衛は鈴虫を手に入れることにし、今日は長慶、明日は実休と交互で世話をしていたのである。中でも長慶が最も鈴虫を大切にしており、すぐに世話を怠る一存を叱るなどの一幕もあった。兄弟で育てた鈴虫が冬を越えた時、皆で跳ねるようにして喜んでいたのを、昨日のことのようによく覚えている。その時の慈しみの心を長慶も思い出したのだろう。

「お主の言う通りだ」

と、長慶は決まりが悪そうに答え、それ以来過剰なまでの撫で斬りはぴたりと止んだのだ。冬康は家を、いや兄を大切に想う人であった。

そのような冬康に長慶が死を命じた。幾ら調べても冬康が謀叛を企てているという噂に根拠らしいものはなかった。敢えて挙げるならば、少し前に政のことで冬康が苦

言を呈したことがある程度である。一族を立て続けに亡くして憔悴した長慶は真偽を判断出来なくなっていたのだろう。

長慶は冬康の処断もまた己に一言も相談しなかった。己が一存や義興を真に暗殺したと信じていたのかもしれない。そうでなくとも、そのように悪し様に言われている己に近付けば、それこそ謀叛の疑いを強めると判断したとも考えられる。

ともかく全てが裏目に、裏目に出ており、三好家の勢いに翳りが見え始めている。それはかつての元長のように、見えない何かに脚を引かれているかのようである。それと同時に九兵衛は、

――己も危ういのではないか……。

と、考え始めた。実弟の冬康さえ信じられなくなっている長慶である。己のことを疑っていても何らおかしくない。もともと大和方面は九兵衛に一任されているため、そもそも長慶から頻繁に連絡が来る訳ではない。だがここのところ特に少なく感じているのは、疑いを強めているからではないかという不安が過った。

「飯盛山城に向かうか」

冬康の如く、行くなり切腹を命じられることも無いとはいえない。家臣たちも藪蛇だと制止するだろうし、中には三好家から離れるべきだと勧める者もいるだろう。事実、謀叛の噂が立った時に総次郎は真剣な眼差しを向け、

「私は三好家ではなく、殿に付いてここまで来たのです」

と、独立も視野に入れることを提案した。同様の気持ちの家臣も多いとのことで、総次郎は最も言い辛いことを代表して進言したのだ。

だがその時も、今も、九兵衛の答えは否である。総次郎たちがそう思ってくれているように、己もまた三好家との縁があり、元長の夢があって、ここまで来られたと思っている。それを捨てれば脈々と繋がった自らの人生を断ち切るようなもの。それは甚助とて同じ想いであろう。それに加えて、長慶が己を待っている。そのような気してならない。疲れた顔を浮かべながら、九兵衛が支度を始めた時、また驚愕の報が飛び込んできた。

「殿が……お亡くなりになっただと……」

一瞬、使者が何を言っているのか理解出来ず、九兵衛は愕然としてしまった。葬儀のことも含めて今後のことを相談するため、三好家の主だった諸将は飯盛山城に集まるという。

「支度は整っています。すぐに発ちましょう」

茫然とする己を見かねたか、総次郎が脇から口を挟む。もともと支度を進めていたので、言う通り今すぐにでも出立出来る。

「殿……」

一方、源八は神妙な面持ちである。耳元に口を近づけて囁いた。

「これは罠かもしれません」

冬康が切腹させられたのがふた月前のことである。九兵衛も己が疑われているのではと考え始めた矢先のこと。長慶も一筋縄では己が来ないと考え、自らの死を餌に誘き寄せているのではないかと源八は言いたいのだ。

「すまぬな」

九兵衛は静かに言った。総次郎にしろ、源八にしろ、勘気を蒙ることを恐れずに口にし難いことを進言してくれる。だがやはり九兵衛には迷いはなかった。

「たとえそうだとしてもだ。すぐに出るぞ」

こちらの覚悟を感じ取ったのか、源八も止めることはなく、口を真一文字に結んで頷いた。

筒井家に備えるために多聞山城は源八に任せ、九兵衛は総次郎を含めた五十騎と共に飯盛山城へと急いだ。大和からは平城山《ならやま》を越えて半日の道程である。その日の夜半には飯盛山城に入った。城内は水を打ったような静けさで、どの者の顔にも悲愴が滲んでいる。九兵衛はそれで長慶の死が真実であることを確信した。

奥に通されると仰向けに人が寝ている。顔には白布が掛けられているが長慶であることは間違いない。部屋には己の息遣いしか聞こえなかった。

九兵衛はゆっくりと枕元に腰を下ろすと、静かに布を取った。まだ死んでそれほど時が経っていないからか、長慶はただ眠っているように見える。

「似ておられます……」

九兵衛はひっそりと呟いた。長慶は父元長のように生きることをずっと望んでいたのだ。

元長が死んだ時、長慶は十一歳であった。兄弟の中で唯一物心が付いていたため、その衝撃は強かったようで、それから暫くは虚ろな目をしていたのを覚えている。思えばその頃から決して気丈な性質ではなかった。

それでも父の仇を討つため、父の名を貶めぬため、父のような英雄になるため、長慶は懸命に乱世を駆け抜けてきた。元はふっくらとした容姿であったのが、義興の死後はまともに米も喉を通らなかったらしく、頬は窪むほどにげっそりとこけていた。痩せ型であった元長に、死して相貌が近づくとは何と皮肉なことか。

「お辛うございましたな」

数日前に将軍に会ったということから、毒を盛られたのではないかと言う者もあった。ありえないことではないが、九兵衛はそうは思っていない。

家臣たちの話に依ると、この数ヵ月、長慶は特に気を病んでいたという。口にするのも憚られるので濁していたが、時に幼子に返ったかのように泣き喚き、寝小便をしてしまうこともあったとか。兄弟や次代の後継ぎまで相次いで失ったことで、心が悲鳴を上げていたのだろう。幼子のようになってしまうのも、兄弟で共に手を取り合って父の無念を晴らそうとしていた、あの頃に戻りたいという願望の表れかもしれなかった。

「ゆっくりとお休み下され」

堺から逃れた日、恐ろしさから号泣する弟たちを励ます長慶の健気な姿が、九兵衛の脳裏に浮かんで消えた。元長が子にこのような時代を生きさせたくはないと願った意味が、今になって真に解るような気がする。

その日、飯盛山城に駆け付けた将は一人としていなかった。翌日も、その翌日も。三日経っても各方面を担当する将は誰も姿を見せない。甚助が血相を変えて姿を見せたのは四日目のこと。長慶死すとの報が届いた時には合戦の最中で、その始末を付けてから急いで駆け付けたという。

長慶の死はまだ秘匿されており、今後どのように葬るのかも重臣たちと相談しなければならない。それなのに誰も来ないことで悪戯に日延べするのみになっている。夏場ということもあり、部屋には香を焚き染めているが、長慶の骸は傷んで異臭を放ちはじめていた。

「何故、誰も来ない!!」

長慶に別れを告げ、部屋から出て来た甚助は怒号を放った。一族や有力家臣は、畿内各地や本国阿波で城主を務めている。己たちのように当面の敵を抱えていない者も多いし、大和や丹波より遥かに近い摂津や河内に滞在している者もいる。だがこの段になっても誰も姿を見せていないのだ。一族でも城内にいるのは、十河一存の子で、嫡男を失った長慶の養子に入っている義継《よしつぐ》だけという有様である。

「何度も早馬を送ってはいるのですが……」

激怒する甚助を家臣が懸命に宥める。当人が病のため、近隣の土豪が怪しい動きをしているため、向かうことが出来ないなどという返事が幾つか来ている。恐らくは全て嘘であろう。ひどい者になると全くの無視を決め込んでいる者すらいるという。己が粛清されるのを怖れているのだ。

確かにこのところの長慶の政治的な判断は、明らかに精彩を欠いていた。だが、

——そこまで追い込んだのも貴様らではないか。

と、怒りが湧いてくる。何度も三好家を裏切り、それでのうのうと帰参した者など山ほどいるのだ。

「ふざけるな……大和の兄者や、丹波の俺が来ているのだぞ！」

三好家中で最も難敵を相手にしているのは、己たち兄弟なのは間違いない。甚助が言うことはもっともであり、その怒りは一向に収まらない。

「俺がそっ首を摑んで引きずってきてやるわ！」

甚助は真に駆け出さん勢いで言い放った。激高のあまり九兵衛のことすら眼に入っていない。

「甚助、落ち着け」

「兄者……」

甚助ははっとしてこちらを見る。その両眼にみるみる涙が溜まっていき、とめどなく流れ出した。

「兄者……兄者……」

甚助は涙を荒々しく腕で拭いながら、嗚咽混じりに続ける。

「ああ、言わずともよい」

九兵衛はそっと甚助の肩に手を載せた。今では三好家でも一、二を争う猛将となっている甚助だが、この時ばかりは昔の何者でもない頃に戻る。その姿が周囲の家臣たちの涙を誘い、啜り泣く声が廊下に響いた。

「殿の遺言はあるか」

九兵衛は涙を零す家臣の一人に訊いた。己一人で先に訊いてしまえば、あらぬ誤解を受けるかもしれない。そのため遺言に関しても重臣たちが揃うのを待っていた。だが酷暑の中、これ以上骸をこのままにしておく訳にはいかない。苦しみぬいた長慶を早く安らかに眠らせてやりたかった。たとえ如何なる誤解を生もうとも、九兵衛は動くことを決めた。

「いえ……何も。殿は外で戦っている諸将には話すな。三好家のために最も血を流してくれている者たちだ、心配を掛けてはならぬと……」

「そうか」

胸の奥がぎゅっと痛んだ。心を病んでいた最中でも、まだ大将としての自覚を失っていなかった。故にこの段になるまで、あまり長慶の様子が伝わってこなかったのだ。ただ惜しむらくは苦悩を吐露して欲しかった。たとえ疑われて死を賜ろうとも、最後の最後まで全てを受け止める覚悟はとっくに出来ていたのだ。

――殿……お許し下さい。

九兵衛は襖の隙間から覗く長慶の亡骸を見つめながら心で呟いた。そして家臣たちを悠々と見回し、凛然と命を放った。

「密葬にする。殿の死が知れれば、この機に乗じて四方八方から敵が襲いかかってくるだろう。いずれ露見するのは必定だが、伝わるのにも差が出るだろう……その内に一つずつ潰していく」

「しかし、それでは殿が――」

「苦しまれている中でも最後まで家臣を気に掛けておられたのだ。殿がご存命でもそう仰るだろう」

九兵衛が言い切ると、家臣たちも銘々涙を拭きながら頷いた。

こうして翌日、密やかに長慶の葬儀が行われた。その場に立ち会ったのは、一族の内では家督を相続する養子の義継のみ。松永兄弟の他には重臣は誰もおらず、直臣で立ち会ったのも僅かに十数人だけ。実質の天下人の葬儀にしてはあまりに寂しいものであった。

葬儀を終えると、すぐに各地の将に、すでに荼毘に付したこと、長慶の遺命によりその死を二年の間は秘すことを書状に認めた。

――酷いことになる。

筆を取っている最中、九兵衛はこれから三好家が迎える難局を想像していた。このように幾ら口止めしようとも、人の口に戸は立てられず、やがて確実に長慶の死は漏れる。各地の反三好勢力は反攻に転じ、甚助の預かる丹波や、己の大和などは、特に激しい戦いが繰り広げられるだろう。

加えて家中でも三好家の斜陽を感じ取って敵に寝返ろうとしたり、独立した大名になろうとしたりする輩が出てきても何らおかしくはない。

そこまではいかずとも、例の三好三人衆などは、

──何故、松永如き成り上がり者が仕切っているのだ！

などと、長慶の死に立ち会おうともしなかったことを忘れたかのように言い出している。当主長慶、それを支えてきた三人の弟、後継ぎであった義興がたった数年の間に世を去ったのだ。三好家の内訌《ないこう》はもはや決定的といってよい。

飯盛山城を発つ前日、甚助と共に、山の上から城下を見下ろした。

「やはり遠いな……」

「ああ」

九兵衛が細く息を吐くと、甚助もしみじみした様子で二度、三度頷いた。

元長の見た夢に、牛の如き歩みであるが、一歩ずつ近づいていた。己の余生を考えれば、最も良き時でも間に合うか間に合わぬか際の際というところ。だがこの数年で一気に振り出しに引き戻された。もはや己の生きている間に達することは有り得なかった。

「元長様が何故、民に政を渡そうと急いていたのかようやく解った気がする」

あの時の元長も、高国のように口にはせぬものの、感じていたに違いない。天下を獲っても人間に蔓延《はびこ》る、恐れ、憎しみ、妬み、嫉みなどの様々な感情が渦を成して襲い掛かる。そして身を滅ぼすということを。故に元長は、

──お主たちが自ら道を切り開くのだ。

と、政を民へ渡す道を選ぼうとした。民による民のための政である。だがそれを掲げて民に意を問う前に元長は滅ぼされてしまった。

いや仮に周知したとしても同じ結果ではなかったか。救われたい、富を得たいと願うくせに、自らが責を負うことを嫌う。そのような者が世の大半を占める。そこに武士や民の境などなかったのだ。今の三好家を見ていればそれがよく解る。敢えてそれに境を設けるならば、欲に忠実なる者が武士で、心に押し秘めているのが民といった程度のものである。

「本当のところ、理想を追い求めようとする者など、この人間《じんかん》には一厘しかおらぬ。残りの九割九分九厘は、ただ変革を恐れて大きな流れに身をゆだねるだけではないか」

「兄者は……」

「さあな」

昔ならば己は一厘でありたいと断言しただろう。だが今はそれが何になるのだという想いが胸に溢れている。人は太古より争いを繰り返している。たとえそれで人が天地から消え去ることになろうとも、それが己の代で起こらぬ限りは止めようとしない。赤子から老人まで人世の大勢はいつも、

——己の代には関わりない。

という無責任な考えで動く。このような愚かな生き物が止まるはずがないではないか。

「兄者は一厘さ」

「なに……？」

「俺は九割九分……九厘だったか。そっちさ。冷たいかもしれないが、別に俺が死んだ後に殺し合おうが、兄者さえ残ってくれればいい。兄者が死んだ後は、人が滅ぼうが知ったことではない」

九兵衛は目を丸くした。そこまではきという者も珍しかろう。甚助は呵々と笑いながら言葉を継いだ。

「滅びたければ、勝手に滅べってな」

「なかなか手厳しいな」

痛烈な言いざまに九兵衛は思わず苦笑してしまった。

「だってそうだろう。どう贔屓目に見ても、自ら滅ぶようなことをしている」

富を独占しようとする者が現れ、戦を繰り返して奪い合う。それは現世だけでなく、百年先を生きる者からも奪おうとしている。籾を蒔けば百倍からの米が得られるのに、今食ってしまおうという連中ばかり。これで自滅しないほうがおかしい。

「だが……稀に兄者のような者が生まれる。それも人の意思じゃあないか。九割九分九厘が人の弱さなら、一厘が人の強さ。最後までその一厘を捨てずに抗い続けた者が、人の歴史に名を刻んで残っているのさ」

一個の人も、それらが織りなす人間も、同じ割合で弱さと強さを持っている。人間の強さはその時代を切り開こうと抗い続けた人の強さ。だからこそ人々の記憶に残り、その中からまた新たな時代を切り開こうとする強さを持った人を奮い立たせる。ゆえに人は滅びそうで滅びない。むしろ迷いながらも一歩、また一歩と進んでいる。

そう考えれば妙に腑に落ちた。

「なるほどな……お主にしては深いことを言う」

「だろう？」

甚助は得意げに白い歯を見せた。

「ただ……俺はそんな特別な者か」

後世にも名を忘れられず、英雄として名を刻む。とても己がそんな者になれる気がせず、九兵衛は自嘲気味に鼻を鳴らしたが、甚助は一転して引き締まった真剣な面持ちになった。

「俺はずっと特別だと思っている」

「ふふ、そう言うのはお主だけだ」

九兵衛は唇を緩めて息を漏らす。

「そういえば面白い男がいるんだ。あれもきっと一厘だぜ」

甚助がふと思い出したように言ったのは、尾張の小大名である。九兵衛もその名は当然知っていたが詳しくはない。甚助は旅人からその男の話を聞き、興味を持って調べたらしい。

「ほう……確かにな」

甚助から話を聞き、九兵衛も興味が湧いてきた。

「こうしてまた、兄者みたいな一厘が生まれてくる」

「人間とはそのようなものらしいな……だがやはり俺は一厘ではないかもな。まだ何一つ残せていない」

九兵衛がそう言うと、甚助はじっと顔を覗き込み、予期せぬ一言を放った。

「俺たちは何で生まれてきたのだろう」

「それは……」

母が死んで故郷を出た日、兄弟二人の原点ともいうべき日、甚助は己の手をぎゅっと握り、全く同じことを言って啜り泣いたのだ。

「意味がある」

「きっと誰にも知られずに死んでいく」

九兵衛もまた寸分違わず同じように答えると、甚助もまた会話を紡ぐ。ただあの日と異なるのは、甚助が微笑みを向けていることである。

「そうはさせない」

九兵衛が返すと、甚助は嬉しそうに頷いた。

「それさ。兄者は一厘の男。最後まで抗い続ける」

「ありがとう……お前で良かった」

九兵衛はぽつんと言って俯いた。

「俺はもう自分の生まれた意味を知っている。英雄の兄を支え続けるということさ」

甚助は不敵にくいと口角を上げ、九兵衛は小さく噴き出した。

「困った。それでは何としても名を刻まねばな」

「ああ、頼む」

「抗い続けるか」

「それでこそ兄者だ」

甚助は白い歯を覗かせてにかりと笑った。そこからは愚にもつかぬ昔話ばかりを朝が来るまで話し続けた。陽が昇った払暁、甚助は一足先に飯盛山城を発った。甚助は名残惜しそうに何度も振り返って手を挙げ、眩い朝陽の中へと溶け込んでいった。

第六章　血の碑《いしぶみ》

風がふと凪いだのが先か、上様の溜息が先か。あるいは同時だったかもしれない。微かな音であっても、静寂した天守にはよく響いた。

「これが主家殺しの次第よ」

「それでは久秀はむしろ、誰よりも三好に尽くそうと……」

又九郎は怒りを吐露しそうになったが止めた。何の根拠もない風聞を信じて来たのは、己もまた同じなのだ。

「世には幾万の嘘が蔓延り、時に真実は闇へと溶けてゆくものよ……結局は声の大きさであろうな」

長慶の晩年にはすでに、三好三人衆を始めとする一族重臣の多くは、当主を傀儡として自らの威勢を高めたいと望んでいた。久秀に嫌疑をかけながら、実のところは、己たちが主家を乗っ取ろうとしていたのかもしれない。

そんな中で主家を守ろうとする久秀は、邪魔以外の何物でもない。そこに久秀への妬みも加わり、多くの者が悪し様に吹聴したということ。一方、久秀に味方するのは松永家中の者など僅かのみ。そうなれば声の大きなものが勝ち、嘘も真実として罷り通ってしまったという訳である。

「重臣たちはそうだとしても、三好の家中にはまだまだ多くの者がおります。それなのに何故……」

確かに重臣たちの中では、久秀の劣勢は明らかであった。だが三好家には陪臣も含めれば二万を超える臣がいた。その中には久秀の悪評が嘘だと知っていた者もいるはずではないか。

「人は自らも欺くものだ」

上様は首を横に振った。多くの者は長い物に巻かれて三人衆に付いた。しかし真実を知っているから罪悪感もある。それを紛らわせるため、己にも嘘を信じさせ、やがて真実が何かさえ忘却していく。全ては人の弱さが原因である。

「しかし、そもそも久秀の申すことは本当なのでしょうか？」

「さあな。おそらく証拠など何一つない。ただ、たしかにこの弾正、世間の言う三悪をそのままやってのけるような男には、どうも思えぬ。余がまずはじめにそう思うたのは、ある酒宴の席であった」

織田家の重臣が一堂に会する宴席の話である。

宴もたけなわとなった頃、上機嫌であった上様は戯れに芸を所望したらしい。する

と、間髪を入れずに重臣の誰かが、

――松永殿の敦盛などは如何ですかな。

と、口を開いたらしい。

上様は敦盛を好むだけでなく、玄人も裸足で逃げ出すほど舞うのも上手い。家中でも三悪をなした久秀のことを蔑む者は多く、上様の前で舞わせて恥を掻かせようと考えたのだろう。

初めのうちは固辞していた久秀であったが、一同がやれと囃し立てる。上様も珍しく酔っていたこともあり、是非やってみせよと話に乗った。

――そこまで仰せならば。

久秀はそこでようやく静かに立ち上がった。そもそも敦盛を舞えるかどうかも知らず、床に額を擦り付けて辞するのが落ちだと思っていたらしく、重臣たちは微かなどよめきを発して成り行きを見守った。

「久秀は上様の前で敦盛を……」

又九郎はその光景を思い描いて唾を呑んだ。

「左様」

上様もまたその日のことを瞼に蘇らすかのように瞑目した。

久秀は並み居る重臣たちの中央、上様の前に進み出た。そして腰から扇子を抜くと、程よく錆びた声で吟じ始めたのである。

──人間五十年　下天のうちをくらぶれば　夢幻の如くなり
久秀は流れる如く舞う。それがあまりにも上手く、揶揄の一つも飛ばそうとしていた重臣たちは息を呑んで静まり返っていたという。

「余も思わず魅入られたわ」

上様はゆっくりと瞼を上げると苦笑した。

「それほど上手かったと」

「確かに上手い。だが舞というものは技だけではない。それまでの人生が内から滲み出るもの……型を取り繕おうとも、半端な生き方をしている者のそれは生臭くて見るに堪えぬ」

「なるほど……」

又九郎はその道に詳しくないが、上様がそこまで断言するならばそうなのだろうと思った。

「その点、弾正の敦盛は見事であった」

敦盛を舞う久秀は清々しく、凛としていて、それでいて何処か儚げであった。喜びも哀しみも全て溶かし込んだかのように。如何なる一生を送ってくれば、このような舞になるのか。このように舞う者が、果たしてまことに世に言われる三悪をなしたのか。皆が久秀の舞に目を奪われる中、上様だけがそこにまで考え至ったらしい。

「故に奴の過去を知りとうなった。その真実を知ったのは、余が死を覚悟した日よ……」

織田家は畿内をほぼ制圧するまでに至ったが、その頃から奉じていた足利義昭《よしあき》との間に亀裂が入り始めた。義昭は上様を除いて実権を取り戻そうとし、各地の大名に織田家討伐の檄を飛ばしたのである。

その結果、織田家は包囲網を布かれて、最も厳しい時代を迎えることとなった。中でも最大の窮地は、包囲網の一角を担っていた朝倉家を攻めている最中、背後で妹婿である北近江の浅井《あざい》長政《ながまさ》が寝返ったこと。織田家の軍勢は挟み撃ちに遭い、壊滅の際に晒されることとなった。

「これには流石の余も腹を括った。十中八九、死ぬものとな」

羽柴秀吉《ひでよし》らが殿を務めて朝倉軍を食い止めているものの、本拠の美濃への退路は完全に塞がれ万策尽きていたのは確かである。家臣たちの中には前後不覚に錯乱して、神罰が当たったなどとほざく者もいた。これが存外馬鹿にならぬ事態を招いた。

皆が心の底で同じことを考えていたのだろう。一人が口火を切ったことで、同じように言い出す者が続出し、恐慌が恐るべき早さで伝播していったというのだ。僅かにいた冷静な家臣が混乱を鎮めようと一人斬り伏せたが、残る者が何故斬ったと襲い掛かり同士討ちが始まる始末。退却の方策を考えるどころか、このままでは上様を討って敵に降る者が現れてもおかしくない状況にまで追い込まれた。

混乱の極致の中、大音声で叫んだ者。それが久秀であった。

『各々方に大切な方はおられるか。主君でなくともよい。妻や子、母、父、兄弟、姉妹、友と呼べる者、恋する者……』

あまりに唐突なことに、皆が一瞬の間手を止めた。久秀は間髪を入れずにさらに続けた。

『その中で病や戦で死んだ者もいるだろう。それは神の罰か。皆様の大切な方は、それほどの悪事をなさったのか』

この乱世である。大切な者の一人や二人、戦で亡くしていてもおかしくない。さらに父母ともなれば唐突な病に倒れた者もいるだろう。皆が久秀の問いに物いうことも忘れて項垂れた。

『神はいない。拙者ほどの大悪人が罰を受けていないことでも明らかでござろう』

諸手を広げてけろりと笑う様に、皆が苦笑してしまったという。

『仮にいたとしても……このような理不尽を行う神です。従うことはありませぬ』

久秀は悠々と皆を見回し、最後に馬上の上様を見つめ静かに言い放った。

「叛いてやりましょうぞ……とな」

それで衆は見事に冷静さを取り戻した。久秀はすぐさま本拠の美濃へ戻ることを諦め、西近江を抜けて京に出ることを提案。去就が判らない豪族たちには自らが先行し、無事に織田軍を通す交渉をしてのけた。こうして上様は最大の窮地を脱したのである。

「その時に……」

「左様。弾正と夜を徹して話したのは、その晩のことよ」

逃走の最中、上様は謝辞を述べるために久秀を呼び寄せた。その段階ではまだ些少なりとも、裏切らぬかという不安もあったという。だが上様の真の目的は、久秀の過去を知りたいと思ったからである。皆に正気を取り戻させた言葉、初めて送ってきた書状、どのような一生を送ってくれば、あのような考えに至るのか。

天下に近づけば近づくほど、目に見えぬ意思のごときものに邪魔されているような気がしていた頃でもあった。その答えをこの男は知っているのではないか。そのような直感も働いていたという。

「そして、久秀は話した……」

「うむ。人という生き物は変革を拒む。人はそれを神だの仏だののせいにして生きているだけなのです……とな」

又九郎は背筋に冷たいものを感じた。己はこれまで自らの意思で動いてきたと考えていた。だが己でも気づかぬ内に見えぬ意思に操られていたのだとしたら。その証左として、これまで己は松永久秀という男と話したこともなければ会ったことすらない。加えて久秀に身近な者を殺されたことも、傷つけられたこともない。それなのに周囲が悪く言うから、たったそれだけで激しく憎んできた。この感情の源泉は一体何だったのかと空恐ろしくなったのである。

又九郎が居住まいを正した。

「三悪の内、一つの謎は解けました。しかし、他の二つは……」

将軍殺しと、東大寺大仏殿を燃やした件。これは少なくとも根も葉もない噂という訳ではないはずだ。将軍を殺した軍の中に、久秀の嫡男である久通も含まれている。東大寺大仏殿に松永軍が攻め掛かって間もなく炎上したのも間違いない。

「又九郎、余が死んだ後に織田家はどうなると思う」

上様が唐突に言ったので又九郎は首を捻った。そのことと久秀の三悪に何の関係があるのか。

上様はまた丸い溜息を零すと、やや擦れた声で続けた。

「どうだ、又九郎」

再び、今度は鋭い口調で上様に訊かれたのではっとして固まってしまった。又九郎は深く息をして心を落ち着けて返答する。

「少将様がおられます」

「ふむ。では少将が死んだ後はどうなる」

これはあまりに難しい質問である。上様の嫡男である少将こと、織田信忠様にはまだ男子はいない。そもそも一介の小姓の己が口を挟む話ではない。しかしこうして訊かれているからには答えねばならない。

「少将様に御子が産まれれば安泰。万に一つ男子が生まれずとも、北畠、神戸《かんべ》の両侍従様もおられます」

北畠侍従とは上様の次男、神戸侍従とは三男のこと。姓から判るように他家に養子に入っているが、世継ぎがいなければ本家に復すことなどは珍しくない。

「ではその二人が世を去ればどうなると思う?」

「それは……」

上様には他に子もおり兄弟もいる。しかしこれ以上となると正直なところ判らない。

「ちと酷であったな」

「滅相もございません」

「余はその辺りが際ではないかと思っている」

上様もこの戦乱を駆け抜ける中、まさしく薄氷を履《ふ》むような局面がいくつもあった。流れ弾の一発であっけなく散った猛将も見てきた。少将信忠が絶対に討死しないとは言い切れない。次男、三男は兄に比べて凡庸、家臣団を取り纏めていけるか怪しい。重臣の誰かが反旗を翻せば一気に瓦解することもあり得るというのが上様の見立てであるらしい。

しかし、それが今の話とどう関わってくるのか。

又九郎の疑問を見透したように、上様が呟いた。

「将軍殺しは親子の話よ……」

また風が吹き始めた。酒が満たされたままの盃を置いてある。話に聞き入って暫く手を付けずに置いていた。風が撫でて表面が微かに波打つのを目の端に捉えながら、又九郎は黙して次の言葉を待ち続けていた。

一

永禄八年三月のことである。信貴山城を任せている嫡子、久通が二人きりで話したいと目通りを求めてきた。

「父上、息災の御様子で何よりです」

久通もすでに二十二を数える。歳も早世した義興を越えた。まだ青臭い子どもだと思っていたが、少し見ぬうちに幾分か面構えも良くなった。その相貌は己というよりも、幼い頃に死んだ己の父に似ているように思う。声もまだ無骨で荒々しいものの、幾分か武士らしくなったようだ。

「今日は如何した」

「父上のおられる奈良が安泰か気になりまして」

「そちのほうもだろう。大和全てが安泰とは言えまい」

九兵衛は久通のいる信貴山城の状況を心配した。

「ええ。実はそのことで、折り入って父上と直に話したいことがありまして」

久通は己の目を覗き込むように見て言った。

「父上はこの情勢、いかが御覧になります」

「この情勢、とは」

「父上、このままでは彼の者らに家中を纏め上げられてしまいます。そう思いませぬか？」

「長逸らか」

三好長逸、三好政康、岩成友通ら、俗に言う三人衆らを中心とした、己を疎ましく思う連中の話だと察した。

「長慶様の死後、三人衆は家督を継がれたのが幼き義継様であるのをいいことに、その思うさまに三好の家政を牛耳ろうとしております。巷では、奴らの名が長慶様を殺した黒幕の中に上がるほどです。父上のお耳に入ってないはずはないかと」

にじりよる久通に対し、九兵衛は平静を保ちつつ首を横に振った。

「馬鹿なことだ。今、目を向けるはそのような流言ではなく、民の声無き声よ」

「ですが奴らは奴らで、長慶様を殺したのは将軍家であると吹聴し、仇を討つべしと息巻いております」

「将軍を討つなど、奴らも流石にそこまで阿呆ではない」

「いえ、有り得ぬ話ではございません」

「もしそれで将軍家を討ち取ったとしてどうする。そうすれば畿内だけではない。各地の武士が将軍の仇として、我らが三好家に牙を剝こう」

「ですが、このまま傍観しているだけでは、我が松永家が三好家中で劣勢に立たされることは明らか。我らも三人衆に負けじと準備を始めた方が」

久通の眉間に深い皺が浮かんでいる。若さ故の気負いもあるのだろう。暫し時を置き、冷静さを取り戻させる必要がある。そう考えて九兵衛は話をいなした。

「……解った。考えておこう」

「松永の将来のこと、くれぐれもご勘案を。それでは」

去り際、踵を返した久通が立ち止まった。

「どうした、久通」

「それと、もう一つ気になることが……」

「何だ」

「いや……」

久通が俄かに言い淀んだ。その様子を見た九兵衛は、むしろこちらが本題か、と勘ぐった。

「遠慮はいらぬ。申せ」

「某は父上の子ではないのでしょうか……」

「何だと」

何かの具申かと予想していたので、久通の一言に九兵衛は啞然とした。

「故に己は父上に似ず愚鈍だとも」

「未熟なだけだ。より修練を重ねればよい……そもそも誰がそのようなことを申しておる」

「三好家中で噂になっております」

「知れたこと。大方、三人衆あたりが作り話を吹聴しているのだろう」

「では何故、父上は母上のことを教えて下さらないのです」

久通は下唇を噛み締めて射貫くように九兵衛を見つめた。確かに久通に母について語ったことはない。だが、それには訳があるのだ。真実を知っている者も久通の叔父にあたる甚助のほかは、総次郎、源八、そして傅《ふ》を務めてくれている権六だけである。

「語る必要が無い」

九兵衛は己に舌打ちを見舞いたかった。他人相手ならばもう少しましな言い方も出来るはずが、息子に相対すると一気に弁舌が鈍ってしまう。

「やはり私は——」

「違うと申しておろうが」

「ではなぜ勝善院《しょうぜんいん》様はあれほど手厚く弔われたのに、私の母には墓さえないのです」

勝善院とは九兵衛の二人目の妻、広橋保子《ひろはしやすこ》のことである。元は一条兼冬《いちじょうかねふゆ》の妻であったが、夫が死んでしまい、途方に暮れていた。その後、新五郎と知己であった縁で、己を頼って来て妻となったのだ。娘を二人産んでくれたが、昨年に病に罹って世を去っている。

つまり保子は久通を産んでいない。だがやはり久通の出生の秘密を知っており、我が子同然に、いやそれ以上の愛情を注いでくれた。

九兵衛はその感謝の意も込めて、主君長慶と同格の待遇で弔ってやり、喪に服しため死後四月に亘って奈良で芸能を禁じた。

久通は今までずっと自らの出生について思い悩んできており、それが保子の死によって爆発したのだろう。己は三好家のために奔走しており、我が子のことながら気付かなかった訳だ。

「違うのだ……」

そう絞り出すのがやっとの中、久通は膝をにじらせてさらに前に詰めた。

「生前の勝善院様にも、権六にも訊きましたが教えてくれませんでした」

「お主の母はよい人であった。それ以外に申すことはない」

久通は確かに己の実の子で間違いない。その母と出逢ったのは阿波に逼塞していた時代である。それまでずっと九兵衛の心のどこかに日夏が引っかかっていた。だがいつかは妻を娶らねばならないことも解っていた。

そんな時に阿波の地侍の娘との縁談があり、一緒になったのだ。美しい女であった。愛嬌もあった。そして久通が生まれた。

「墓は……すまない。故郷の阿波の地で眠るほうが良いと考えていた」

九兵衛はこれまで幼い頃に母は死んだと久通に言い聞かせてきた。だが実際は違うのだ。そのことは久通には教えず、一生涯胸の中に収め続けるつもりであった。

「私は……父上の実の子である証が何一つありません」

九兵衛は愕然とした。己は何者かを問い続けてここまで無我夢中に走ってきた。だが久通もまた自らが何者かということに悩み、苦しんできたということである。それを見抜けなかったのは、久通は己に比べればましという淡い嫉妬のようなものを持っていたからかもしれない。

「久通……実はな」

意を決し話そうとしたが、久通は激しく首を横に振った。

「もう結構でございます。私は自らの行動で、父上の子であると証を立てます」

久通はそう言い残すと、すっくと立ちあがって足早に部屋を後にした。久通が決して己を怨んでいる訳ではないことは解った。むしろ誇りに思ってくれていると権六からも聞いている。故に劣等感も持っているのだろう。そこにそのような下らない噂を聞き、自らが己の子であると証明したい思いに駆られている。

「殿……」

久通と入れ代わりに総次郎が姿を見せた。

「言いたいことは解る。親子とは難しいな」

九兵衛は、生まれたばかりの頃の久通の顔を思い浮かべながら零した。総次郎も継ぐ言葉が出ずに俯くのみである。

その後も今一度二人で話すか。あるいは権六にも入って貰ったほうがよいか。やはり子のこととなると、私情が混ざり妙案が浮かばず、時だけが無情に過ぎていった。

二

そんな九兵衛の下に驚天動地の報が入ったのは、久通と話してふた月後の五月のことである。当主三好義継を奉じ、一部の三好家重臣が御所を襲撃して、将軍足利義輝を自刃させたというのだ。九兵衛が驚いたのは将軍の死だけではない。襲撃した者の中に己の嫡男、松永久通の名があったのである。

「しまった……」

おそらく久通は三人衆に負けじと、松永家のことを慮ってやったのだろう。

九兵衛は眩暈がして尻餅をついてしまった。

確かに己こそ義輝を憎んでいる。それでも将軍を殺せば如何な誹りを受けるか。いや、悪辣と言われることなど気にはしない。だが各地で対峙する敵に将軍の仇討ちという大義を与えてしまう。畿内は蜂の巣を突《つつ》いたような騒ぎになり、三好家は四方八方から突き刺されることになってしまうことなど目に見えている。

故に先に天下を完全に手中に収め、その後に御飾として棚上げするか、将軍位を剥奪するのが最もよい順序だと耐え忍んできたのだ。

「久通……お前は何も解っていない」

九兵衛はこの場にいない息子に呼びかけた。

「早まりおって……」

九兵衛は破った書状を握って手を震わせた。将軍を討った首謀者は一族、重臣の三好長逸、三好政康、岩成友通の三人、通称「三好三人衆」だ。九兵衛が危惧したように三好家の内訌は深まり、今では己を筆頭とする松永派と、その三好三人衆派に真っ二つに分かれている。その三好三人衆は長慶の死について、

――将軍が殿に毒を盛ったのだ！

と触れ回っている。他界する僅か十一日前、長慶は上洛して義輝と会談の場をもっていた。自身の体調が芳しくないことで、養子義継を正式に嫡子とする旨を伝えるためである。この場で毒を盛られて、長慶は死んだというのが三好三人衆の言い分である。この論の性質が悪いのは、

――有り得ぬことではない。

と、いうことである。義輝が何度も長慶の命を狙っていたのは、三好家中全員が知る事実。毒を盛った証明は出来ても、盛っていない証明など出来るはずがない。故に軽はずみな者は感情から三好三人衆に同調し、むしろ仇を討とうとしない不忠者と己を罵っている。

「海老名様がお越しになりました！」

久通の補佐役を任されて信貴山城に在った権六が駆け込んできたのは、その報が入って間もなくのことである。

「申し訳ございません……」

権六は巨軀を震わせながら額を畳に何度も打ち付けた。騒ぎを聞きつけた総次郎と源八も姿を見せ、事態の大きさに息を吞んでいる。

「次第は」

「若殿が城を出たのは五月十五日のことです……」

久通は九兵衛の命を騙って将軍の機嫌伺いをしに京に向かうと言ったという。連れて行くのは僅か五十人と伴廻りだけというので、まさかこのようなことを企てているとは思わなかったと権六が詫びた。

「これが……」

権六が懐から一通の書状を取り出した。開くと見覚えのある文字が並んでいる。己の手跡を真似て書いた偽書状だ。己が三好家に仕えた初めの職は祐筆である。手本となる書状は山ほどあるから、それを使って偽造したのであろう。花押までしっかりと模倣されている。

「謀られた……」

「久通様が三好三人衆に乗せられたということでしょうか」

源八が九兵衛に尋ねた。

「いや、久通も一味だ」

恐らく真相は、三人衆に乗り遅れまいとした久通が、目付役の権六を騙すために配下の者に用意させたというところだろう。

日頃から久通は、

——父上、このままでは三好三人衆に家中を纏め上げられてしまいます。

と、懸念を繰り返していた。今の三好家の半数以上は、証拠はなくとも義輝が長慶を暗殺したと思っている。三好三人衆は虎視眈々とその仇を討とうとしており、達成されたならば家中の者たちは、その忠義を褒めそやして一気にそちらに靡いてしまう。松永派の手で義輝を討ち取るべきだというのが久通の考えであった。

しかし、確たる証拠が無い中で、将軍家を討ち取れば諸大名、土豪、挙句は地侍や寺社まで、一斉に三好家に牙を剝いてくる。さらにそれ以上に厄介なのは、畿内だけに止まらず、近江の六角、越前の朝倉、最悪の場合は越後の上杉《うえすぎ》のような強敵までもが、将軍の仇を討たんと上洛してくるかもしれないということだ。その事態は絶対に避けるべきであると説き伏せたのだ。

だが久通は納得していなかった。三好三人衆が仇討ちに動き出したことを察知し、その中に何としても松永派も交ぜねば、家中での立場を失ってしまうと考え行動を起こした。あるいは、これを決断することで己が松永弾正久秀の子であることを証明しようとしたとも言える。

「殿……若殿は……」

権六はなおも頭を垂れつつ声を震わせた。

「解っている。俺のせいだ……権六、腹を切るなど、ゆめゆめ考えるな。大和を獲る以上に、子を育てるとは難しいものらしい」

九兵衛は片目を塞ぐようにして手を添えた。

「今後は如何に……」

「やってしまったものは仕方ない。三途の川を渡って引き戻す訳にはいかぬでな」

九兵衛が細く息を宙に溶かした後、けろりと笑ったので、源八は眉を開き、総次郎は軽く噴き出した。天下の将軍の死をこれほどまでに軽く論じるのは、きっと己だけだろう。

「もし引き戻せる舟があるならば、他にもっと乗せたい者がいる……俺にも、お主らにもな。あの権威という輿に乗った脂っこい男の席は無いわ」

「いかにも」

総次郎は手を叩いて笑った。ここに来るまで多くの者を失ってきた。それは己だけではなく、彼らも同じである。総次郎の出身である摂津瓦林家は争乱に巻き込まれ、父兄は敢え無く討死してしまっている。源八は股肱《ここう》の配下が身を挺して庇って死に、一晩中亡骸に寄り添っていたこともあった。権六は決死の覚悟で高国から救い出した娘を、一昨年に流行り病で失っている。皆が多くの大切な者と別れ、それでも前を見て生きているのだ。この程度の苦難など、今更何ということはないと思えてくる。

「誰が何と言おうが久通は俺の子よ。尻は拭う」

九兵衛が力強く言うと、皆は一様に頷いた。

「権六、すぐに久通を連れ戻してくれ」

「はっ。必ず」

「もはや後には引けぬ。源八は二千の兵を率いて筒井家を攻めよ。我らが非難を避けるため萎《しお》らしくすると奴らは思っている。その間に大和の諸勢力を糾合するつもりよ。その隙を与えるな」

「しかし、余計に刺激することになるのでは……？」

「義だの、徳だのと宣えるのは、自らが安穏な場所にいる者だけ。猫の額ほどの地を守ろうとする地侍にとって正しきものは強さよ。ここは開き直って勢いでいく。ただし無用に攻め切らず、引き付けるだけでよい」

「すぐに支度を致します」

源八は片膝をついて答えた。

「さて総次郎……」

「分かっています」

「汚れ役を手伝わせることになる」

「逃す訳にはいきませんからね」

筒井家を引き付けるといったところで、総次郎は全てを察している。それでいて昔と変わらず軽妙な調子で答えた。

「京を任せてよいか。俺は奈良をやる」

「承りました」

「大人しく捕えられるならよし。そうでない時は……」

「皆まで言わずとも構いません」

総次郎は穏やかな表情であるが、その両眼には決意が籠っているのが見て取れた。

「頼む、もはやここから三好家は……当家は後戻り出来ない。行き着くところまで行くぞ」

皆が声を揃えて応じ、銘々が慌ただしく動き出した。権六は一睡もせぬまま僅かな伴廻りだけを率いて、久通の元へ向かった。そこで久通の頰桁《ほおげた》を殴り飛ばし、涙ながらに、

——何故、某に話して下さらなかった。

と、訴えたらしい。権六は前もって打ち明けられていたら勿論止めたに違いない。しかし久通がそれでも頑として意志を主張したならば、義輝を討つのに力を貸し、その上で自身は腹を切る覚悟だったのだろう。実の父である己以上に、傅として権六は久通を想ってくれていた。それが通じたのか、久通は項垂れて何も言い返さず、権六に従って引き返した。

数日後、久通は権六に連れられ、己の前へと姿を見せた。

「父上……」

後になってしでかした事の大きさに気づいたのだろう。久通はそう言うのが精一杯といったようで、身を震わせていた。

「すまない。元を正せば、みな、俺のせいだ……お主の母のことを話してもよいか」

久通ははっと顔を上げ、やがて涙を浮かべながら頷いた。

「お主の母は……ある日、突然姿を消したのだ」

当時の三好家は本国の阿波の治政さえ覚束ない有様であった。海の向こうの摂津や播磨、隣国の伊予からの侵攻にも苦しめられていた。そんな中、久通の母はある日忽然と姿を消した。地侍であった実家が伊予勢に寝返り、そちらに走ったことが、後に解った。

「それならば、そのように仰って頂ければ……」

「言える事ではない。母は幼いお主を連れて逃げられる状況だった……それでも置いていったのだ」

家のために子を残したと考えることも出来よう。だが九兵衛は日頃より、

——子は母のもとにいるほうがよい。

と、口が酸っぱくなるほど言っていた。万が一、このような事態が起こった時も、子を連れていってよいとまで話していたのだ。だが妻はその通りにしなかった。再び縁づく時の邪魔になると考えていたようである。その証左に己の元を去って僅か半年で再縁したのだ。だがその数年後に病で死んだと風の噂で聞いた。

「申し訳……」

久通は嗚咽を漏らしてその場にへたり込んだ。

「俺がお主の強さを信じ話せばよかった。それだけのことだ」

心からの言葉である。それにかつて元長がそうであったように、父が子を憂うのも人として全うな形であろう。そのようなことを考えながら、九兵衛は久通の肩にそっと手を置いた。

九兵衛が久通と話している頃、四手井源八家保が二千の兵を率いて、筒井城の北一

里のところに陣を張った。放っておいては、将軍殺しの罪状でもって、三好家を非難して諸豪族を糾合しはじめるだろう。先手を打ってこちらから攻めれば、案外それを防げるものである。その考えは的中し、大和の諸豪族のうち半ばが松永家へ与し、残る半ばは日和見を決め込んだ。筒井家はこの危機を脱するため、興福寺に背後の攪乱を要請し、僧兵五百が挟み撃ちせんと出撃した。

「頃合いだ」

九兵衛は手薄になったのを見計らい、五百の兵で興福寺を急襲すると、一乗院の門跡である覚慶《かくけい》を捕えた。この覚慶、実は足利義輝の弟の一人なのである。望まずとも足利家との対決が決定的となった今、新たな将軍を擁立されぬよう手中に収めようと考えた。加えて、九兵衛はすでに他の「使い道」を考え始めている。

「瓦林様が鹿苑院《ろくおんいん》に踏み込みました！」

九兵衛が覚慶を捕えて幽閉した翌日、総次郎に付けた家臣の一人が戻って来た。多聞山の天守で報告を受けた九兵衛は、奈良の町を見渡したまま振り返らずに答える。

「首尾は」

総次郎は二百の兵と共に、人目を避けて宇治回りに京を目指していた。京にある相国寺鹿苑院もまた義輝の弟の一人、周暠《しゅうこう》が院主を務めているのだ。

「蔭涼《いんりょう》職《しょく》の手の者が遮り、逃走を試みたため……」

相国寺は足利家と関わりが深く、その繋ぎ役として蔭涼職という正式な職が置かれている。蔭涼職の配下五十ほどが鹿苑院を守っており、時を稼いで裏口から周暠を脱出させようと試みた。両者が揉み合っている中、大将の総次郎自ら刀を振るって一人で侵入し、十人ほどに守られて逃げようとする周暠を見つけた。一人での捕縛は無理と判断した総次郎は、颯《はやて》の如く駆け抜けて周暠を斬り伏せたという。

「そうか。ご苦労だった」

九兵衛は心の中で再び総次郎に詫びた。興福寺は謀れば勝算は高かったが、相国寺には正面から踏み込むほかなかった。総次郎でなければ取り逃がしてしまっていただろう。時と場合によっては斬ることも重々承知で引き受けた総次郎には申し訳ないことをした。

「ここからは泥沼だ」

九兵衛は独り言を漏らした。足利家は三好三人衆も、松永家も決して赦さぬだろう。当面は弟二人を止めたことで大人しくしていようが、いずれ何らかの方法で反撃に出てくる。同じく敵視されるからといって、三好三人衆と手を結べるかといえば話は違う。あやつらも久通と同じ。三好家以外の天地を見ようとしていない。三好家の権力を二分する松永兄弟を排除しようとしてくるはずだ。

「足掻くばかりの一生だな」

天守から北向きは山に遮られて遠くを見渡すことは出来ない。

稜線を越えてゆく白雲に乗せるように、九兵衛は自嘲気味に笑って零した。

三

三好三人衆と久通が将軍を討ってふた月の時が流れた。

九兵衛が予想した通り、畿内の各地の勢力が反三好を掲げて蠢動し、東西に奔走する日々が続く夏の盛りに、一人の武士が満身創痍で多聞山城へと駆け込んで来た。堺衆の頃からの古参の家臣で、今は甚助の元に付いている円次郎《えんじろう》という男である。

「霜台《そうたい》様に御取次ぎ下され！」

そう喚きながら城に駆け込んで来たという。霜台は九兵衛の官位である弾正の唐名。世間ではこちらで呼ぶ者も少なくない。今や甚助は独立した大名で、円次郎にとっての「殿」はあくまでも甚助。己の家臣ではないためそのような呼び方になる。

「円次郎か!?　如何した！」

家臣に通されてきた円次郎を見て、九兵衛は顔を引き攣らせた。顔は泥土に塗れており、帷子《かたびら》にも血が滲んだような痕がある。着ていた甲冑はここに来るまでに脱ぎ捨ててきたとのこと。余程のことが起こったのだと思った。

「至急、丹波に兵をお送りください！」

円次郎は悲痛な声で訴えた。

甚助は完全に丹波を掌中に収めている訳ではない。いや、厳密には押さえたこともあったのだが、三好家が劣勢に追い込まれる度、丹波国人の何人かが離反する。この繰り返しがずっと続いている。

丹波はこのような心定まらぬ者が多い地であるため、畿内周辺では治めるのが極めて難しい地だと言われている。獲ろうとした者はこれまでもいたが、半年も経たずして撤退の憂き目にあっている。甚助が丹波に入って足掛け十三年、これほどまで粘り腰を見せた者は先にはいない。この点においては三好三人衆のような、己たち兄弟を快く思わぬものでさえ、

――あやつの戦振りは図抜けている。

と、舌を巻いていたほどだ。

将軍暗殺の報を、甚助は丹波の隣国である若狭で受けた。丹波の全ての国人を従属させ、安定してきた頃合いを見て、先手を打って、三好家に対抗する若狭の武田義統《よしむね》を攻めようとしたのだ。

しかし、越前の朝倉家が武田家の支援に乗り出した。甚助は三倍からなる敵に奮闘したものの、敗れて丹波に引き下がった。九兵衛が危惧していたように、将軍を殺し

たことで各地の大名が大義の名のもとに乗り出してきたのである。

「当初は波多野、荻野《おぎの》の二氏が寝返るだけでした……」

円次郎は歯を食い縛った。この二氏は丹波の中でもかなり有力な国人である。何度目かの丹波攻略も振り出しに戻った。己も甚助もそうだ。三好家が舵取りを間違うたび、こうして影響を受けて後退せざるを得ないのは、今回に限ったことではない。

「両家を再び屈させるために戦っている最中、他にも国人の離反が出ました」

「波多野や荻野が扇動したのか。して、幾つ寝返った。五、六……いや十ほどか」

丹波には大小百を超える国人がいる。若狭での敗北の傷が癒えぬうちに、そのうち一割が寝返ればかなりの苦境に立たされるのは間違いない。

「いえ……」

円次郎は唇を嚙み締めて首を横に振った。

「まさか二十、三十……」

「お味方は内藤家のみ」

「何だと……」

つまり甚助が婿入りした先以外、全ての丹波国人が寝返ったというのだ。荻野氏の居城である黒井《くろい》城を攻めている最中、四方八方から敵が現れ、味方の中からも裏切る者が続出した。甚助はそれでも狼狽えることなく、内藤家を含む七百の直臣だけを取り纏め、即座に本拠の八木城へと退路を切り開いた。何とか無事に逃げ帰ったものの兵は五百ほどまで減り、国人衆四千余に包囲されているのだという。甚助らは丹波という鳥籠に捕われた小鳥のようなものである。

——兄者に救援を頼む。

甚助はそう言って円次郎に文を持たせた。そして五百の兵で打って出て暴れ回り、円次郎がその隙に包囲を抜けてここまで飲まず食わずで走ってきたのだという。

「それが何時だ」

「三日前の夕刻のこと」

円次郎は帷子を小刀で切り裂き、一通の書状を取り出した。何があっても落ちぬように縫い付けてきたらしい。書状は汗のせいでふやけ、文字も微かに滲んでいる。

「今すぐ発つ！」

書状を読み終えるや、九兵衛は勢いよく立ち上がった。だが家老の一角を担っている源八が、縋りつくように制止した。

「大和が総崩れとなります！」

昨日から筒井家が凄まじい活発さを見せるようになった。これまで三好家に従属していた諸豪族の中には、筒井家に靡く者も多く、この対処に苦慮しているところだったのだ。

「筒井と裏切った丹波勢が通じているのか……」

これまで間者を放って筒井家の様子を探らせていたが、動く気配は微塵もなかった。それが昨日になって急に蠢動し始めたため、おかしいとは思っていたのだ。甚助が書状を書いたのが三日前、それ以前に波多野か荻野が筒井家に向けて使者を発し、

——兄の久秀のほうを釘付けにしてくれ。

とでも言ったに違いない。昨日一日でも一つ、また一つと潰していたが、その間に二家、三家と寝返るのだから、此方は次第に劣勢に追い込まれていた。

「今、割ける兵力は⁉」

九兵衛が叫んだのに対し、今度は総次郎が答えた。

「無理を押して三百……しかし丹波まではとても……」

奈良から丹波まで行くとなれば、京の脇を掠めていかねばならない。その辺りは三好三人衆の勢力圏で、これ幸いと攻められれば一たまりもない。よしんば丹波まで辿り着いたとしても、たった三百で四千もの大軍はそう簡単に突き崩せない。さらに予備兵力をそちらに回すことで、大和は筒井家に席捲《せっけん》されてしまうだろう。

「ならば和議の周旋《しゅうせん》のほかはあるまい……」

まず将軍家との関係は絶望的でそちらは恃めない。残すは朝廷であるがまず使者が着くまでに一日。公家どもは悠長であるため朝議は丸一日を要するだろう。さらに勅

使が発つのは吉日に限るなどと阿呆なことをほざき、最悪二、三日待たねばなるまい。そこから丹波へもゆるりと歩んで二日。己が乗り込んで恫喝して尻を叩けば少しは早まるかもしれないが、それでも状況を鑑みるにとてもではないが間に合わない。

「大和を捨てる……何度でも取り返してやるわ」

大和に散っている配下を参集し、信貴山城の権六にも兵を率いて合流を命じる。そして全軍をもって丹波の甚助の救援を決めた。

──甚助、いま行くぞ。

九兵衛の覚悟に、総次郎らも、もう何も言うことはなかった。

だが、明日が出立という日、再び甚助からの使者が届いた。やはり同じように打って出て、敵を攪乱し、使者を放ったのである。前回よりも突破は難しかったこともあり、使者を三人立てたというが、結局、抜けられたのは一人だけだったという。やはり使者は帷子に縫い付けた書状を取り出し、震える手で差し出した。

目を通した九兵衛は、総次郎を呼びつけ、静かに出立の取り止めを命じた。総次郎も察しがついたようで、何も語らずに九兵衛の前から下がっていく。

「ああ……」

九兵衛は奥歯を軋ませながら、嗚咽を懸命に耐えつつ文字を目で追った。書状には決して上手くはないが、味のある甚助の字が並んでいた。

兄者、今頃援軍を考えてくれているだろうが、それはもう必要ない。生まれてから今までずっと守ってくれてありがとう。これからは大和の民を守ってやってくれ。俺は兄者の弟で、本当に幸せだった――。

泥に塗れて槍を突き出す勇壮な姿、獲った猪を指差す得意げな顔、本山寺の石段を跳ねるように上る背、松の木の下で丸くなって寝息を立てる姿、そして西岡を出た日の朝陽に頰を染める横顔、時が遡るように九兵衛の霞む視野の中に浮かんでは消えていく。

「甚助……」

久秀は多聞山城の天守櫓で一人、書状を握りしめて北の空を見つめた。

――兄者の名を天下に刻め。

甚助の書状の最後は、その一言で結ばれていた。きっとこれを書いた時は微笑んでいたのだろう。九兵衛はそのような気がしてならなかった。

こんな日でも大和の空は憎いほど何も変わらない。抜けるような蒼天であるのに、何の因果か丸い雲が二つ。いつまでも滲むことなく、寄り添うようにして流れていく。九兵衛はいつまでもそれを目で追いかけていた。

四

甚助の死は九兵衛の立場を一気に危ういものにした。これまでは大和と丹波、兄弟が南北で京を挟むように大軍団を握っていることで、筒井ら周囲の敵や三好三人衆の動きを牽制していた。だが甚助を失った丹波軍団が瓦解したことで、その体制が崩れたことになる。

翌永禄九年には三好三人衆は若い当主である義継を籠絡して囲いこんだ。そのことで三好康長《やすなが》、安宅信康《のぶやす》などの一門衆も三人衆側に加担し、九兵衛は三好家中で孤立した。いや、この時点でもはや厳密には「三好家」は崩壊しているといってよい。かつての重臣たちが、それぞれが独立した大名として振る舞い、その緩やかな連合体といったような程度になっている。この畿内周辺の混迷の様相は、高国政権が崩れる前夜に酷似していた。勢い付いた三人衆は足利義栄《よしひで》を新たに十四代将軍に担ぎ出し、あろうことか将軍弑殺の黒幕にまで仕立て上げた上で、

——松永霜台を討て。

との討伐令まで出す始末。

さらにあり得ないことが起こった。

「三人衆が筒井と結んだだと……」

九兵衛は怒りを通り越し、呆れ、かつ絶句した。筒井家は三好家の不倶戴天の敵である。それと結ぶなど、恩も義もあったものではない。

通常ならばこれで大抵の者は音を上げる。しかし九兵衛は諦めることはなかった。何があろうと足掻き続ける。甚助との誓いを決して忘れることはなかった。

畠山高政、安見《やすみ》宗房《むねふさ》らの反三好家であった者たちと盟を結び、さらに紀州の根来衆と連係して対抗した。

九兵衛は当主義継の居城、河内の高屋《たかや》城を包囲した。討とうとした訳ではない。三人衆が三好家を牛耳る野心を持っていることを訴えるためである。

さらに大名家ではないが、九兵衛には強力な味方があった。九兵衛が世に出る切っ掛けとなった堺の町である。三人衆が堺を支配下に入れようとするのに対し、九兵衛は元長の時代からの自治を守ろうとしている。堺が莫大な銭で支援してくれることで、九兵衛は劣勢でも踏み止まることが出来ていた。

だが三人衆はこれを憎く思い、何の罪もない女、子どもも住まう堺を襲撃した。九兵衛はこれを救わんとして出撃し、三人衆とそれに同調する筒井順慶と堺近くの上野《うえの》芝《しば》で激突した。

松永家三千、それに味方する畠山家が千、合わせて四千に対し、三人衆筒井連合軍は九千。倍からなる敵に向かって奮闘したものの、畠山家が先に崩れたことで全軍撤退を余儀なくされた。

この攻防の結果、堺が三人衆の手に落ちたことで、三人衆に便乗しようと加担するものがさらに続出した。元長の次男実休亡き後、三好家の本拠を纏めていた重臣の篠《しの》原長房《はらながふさ》、摂津の池田《いけだ》勝正《かつまさ》までが三人衆に味方し、摂津、山城の松永方の諸城は次々に落とされていった。

上野芝の戦いで散り散りに逃れた松永軍であったが、その中に九兵衛の姿はなかった。多聞山城には嫡子の久通が入り、それを瓦林総次郎秀重が補佐している。信貴山城には海老名権六家秀が残り、久通と入れ替わるように四手井源八家保が入った。筒井順慶は大和を荒らしまわったが、両城は栄螺《さざえ》が蓋を閉ざしたように動かなかった。それから三月経っても九兵衛の姿を見た者はおらず、大和に戻った形跡もない。忽然と姿を消したのである。

——討死したのではないか。

との噂も流れるようになり、筒井家はさらに跋扈し、他の三人衆方もさらに躍進する。その頃の畿内では、松永方に与する者は、もう一握りとなっていた。

五

行灯が二つ。薄暗い部屋の中、九兵衛は文机に向かっていた。障子がゆっくりと開く。そこに立っていたのは初老の僧。両手一杯に紙を抱えている。

「おお……お主自ら持って来ずともよいのに」

「少し、お話をしとうございましたから。どうぞそのままで」

姿を晦ました九兵衛が滞在していたのは、摂津本山寺であった。三好家の古くからの諜報拠点であり、その昔に甚助、日夏と共にここで暮らした。そのこともあって九兵衛は、本山寺のことを常に気にして寄進を続けていた。故に三好家中で多くの者に見限られている己だが、本山寺は変わらずに味方してくれているのだ。

「しかし、この部屋。懐かしいな」

「何も手を入れておりませんからね」

この部屋は寺に住んでいた頃、九兵衛たちが使っていたものである。柱の傷、障子の染みまでもがあの頃から何も変わらない。ただ違うのは己が歳を食ったということ。己だけが永い時の中を泳いできた心地がする。

この場所から新五郎、元長へと縁が繋がり、堺、阿波、大和へと流転した。あの頃から思えば、随分と遠くまで来たものだと思う。

「まだお休みにならないので？」

「ああ、今少しな」

尋ねた僧の名は宗念と謂う。九兵衛が本山寺に来た頃の住職は宗慶であったが、もう亡くなって久しい。そこから一代を挟み、今はこの宗念が住職を務めている。

「話とは？」

「ここに来てからずっとお籠りになっておられます。少しは外の風を吸っては如何でしょうか。今宵は星も美しゅうございます」

「星……そういえば、昔共に見たな」

「覚えておいででしたか」

「ああ、お主が一人で厠に行くのが怖いと言い、俺が付いて行ってやった時だな」

「お恥ずかしい」

宗念はあの頃から変わらぬ丸い目を見開き、はにかむような表情を見せた。九兵衛がこの寺にいた時、宗念はまだ十歳の小僧であった。夜に目を覚ましても怖くて厠に一人で行けぬと、泣きべそを掻いて己によく助けを求めていた。宗念は懐かしそうにしみじみとした口調で語った。

「あの時、私は星が動いているようだと尋ねました。すると松永様は星も月も動くものだと」

「そう。するとお主は何故だと尋ねた。俺は答えられなかったな」

「はい。しかし松永様はその後、毎夜のように星を見ておられました。私にその答えをお教え下さろうと」

「俺も考えたことがなかったから、不思議に思ったのだ。ようやく十年ほど前にある考えに至った」

「あれからもずっとお考えに？」

答え云々より、宗念はそのことに驚いている。

「謎があれば気が済むまで考える性質だからな」

九兵衛は筆を動かしながら苦笑した。

「して、星の答えは」

「笑うなよ」

「数十年に亘ってお考えになったことです。笑いませんとも」

「動いているのは、星ではなく我らではないか」

「我ら……？」

宗念は自らの手を見つめて首を捻った。

「うむ。厳密に言えばこの大地が気付かぬほどゆっくり動いている。星はずっと一所にあるのだが、そのせいで動いているように見えるのではないか」

まさかといったように眉を開く宗念に対し、九兵衛はさらに言葉を重ねた。

「月は少し違う。これはどうやら動いているらしい。その時に陽の光の当たりかたで、満ち欠けが起こっているのではないかと思う」

「陽が沈んでいるのに……ですか?」

「地が動いているならば、陽は消えた訳ではなく隠れただけ。この地の裏で燦々と光を放っているのではないか……全ては推測に過ぎぬし、確かめる術もない。だがそれが最も理に適っている」

「壮大な話でございますな」

「仮によ。そうだとするならば、真にこの世は上手く出来ている。出来過ぎているほどだ」

己の推理が合っているかどうかにかかわらず、この世には昼夜があるのは確か。その絶妙さがあってこそ草木は育ち、人を含めた全ての生き物がその恩恵に与っている。それ以外に四季が訪れるのも、川があり、海へと流れ込むのも、空を雲が流れていくのも、全てが複雑に関わり合ってこの世を織りなしているのではないか。

「それなのに、ただ人だけが儘ならぬ」

この完璧に見える天地において、人だけが異なるものかのように思える。

――滅びたければ、勝手に滅べってな。

かつて甚助が言っていたことであるが、案外それが真理ではないかと思える。人はいつか必ず滅びるものなのかもしれない。滅びることが決まっているならば、人は何故生まれたのか。そこに意味があるのか、はたまたただの異物なのか。それもまた人がこの世に存在する限り、決して答えが出ない問いなのだろう。だからこそ人は抗い、足掻き、己が何を残すかを追い求めるのかもしれなかった。

「人は儘なりませぬか……故に書状を？」

「機嫌伺いよ」

「はて、どなたの」

「さあ。どの大名がよいであろう」

宗念が己の手元へ視線を走らせる。

当主の義継は三人衆の傀儡である。これをまず奪取せねばならない。だがそれを達したところで、また三人衆は奪い返そうとするだろう。甚助がいない今、必ず守り切れる自信もない。つまりどちらかが死ぬまで、義継の奪い合いが続くのみである。このままでは細川高国がそうであったように、いずれ三好家もその疲弊の中で消滅することだろう。

唯一、三好家が残る道は天下を諦め、次に政を担う者の庇護下に入るということである。大陸の王朝で行われることがある禅譲に近しい。それは元長の夢を誰かに託すということでもある。

ただ次に天下の権を握るのは誰かというのが問題である。足利将軍家は衰退の一途を辿っており復興は難しい。三人衆には大局が見えておらず、三好家を我が物にすることしか考えていない。筒井家などは大和のことしか見えていないだろう。

そもそも畿内近郊の者は京が近すぎるため、度重なる戦乱で国力を富ませることも難しい。次の天下はその枠の外、地方の大名の上洛により決まるのではないかと九兵衛は見ている。

ではそれは誰か。誰であってもよいように誼を通じておきたい。三人衆らが流布する悪評のせいで、己に対しての印象は芳しくないのは解っている。それでも送らぬよりはまだまし。十家のうち一家でも心を動かしてくれれば儲けものだ。

暫くは身を隠して書状を書くことに専念する。そろそろ己が死んだという噂も流れ始め、三人衆や筒井家にも緩みが生じることだろう。

──一度で決めねばならぬ。

九兵衛はそう考えていた。何度も義継の奪い合いなどやっていられないし、それを出来るほど今の三好家に余裕はない。義継を保護出来れば、一度だけ乾坤一擲《けんこんいってき》の戦いに臨んで三人衆らを破る。誰もがこの時点で己が義継を奉じて天下に号令をかけると思い、京を固めようとするだろう。

だがそこで外から招き入れる大名家を絞り、その麾下に入ることを表明する。その大名家の援軍を以て三人衆らに対抗、三好家は領地を大幅に失うだろうが、公家のように存続できるのではないかと見ている。

「して、いつまでここに？」

筆を走らせつづける九兵衛に、宗念が静かに尋ねた。

「あとひと月ほど。よいか？」

「如何ほどでも。私もこうして少しでも話せるのは嬉しゅうございます」

「厠に付き合ってやってもよいぞ」

九兵衛が軽口を叩き、宗念もふっと息を漏らした。

「松永様がここを出られてすぐに一人で行けるようになりましたゆえ」

宗念が子どもの頃のように膨れっつらをしてみせた。

「確か日夏が文でそのようなことを報せていたな」

遥か昔のことである。頭の片隅に記憶していた。

「日夏様ですか……嫁がれるまで、私にも真によくして下さいました」

「ああ、よい女子だ」

九兵衛が言うと、宗念は一瞬首を捻ったが得心したような顔で口を開いた。

「なるほど。若い頃にお別れになったので、松永様の記憶の日夏様は、女子という歳のままの姿なのですな」

「……お主は違うのか？」

「ええ。日夏様は二年に一度ほど、ここに訪れて寄進を」

「真か。最後は」

「昨年でございます」

日夏は己の一つ年下だから、五十八歳ということになる。人生五十年といわれているのだから、すでに世を去っていてもおかしくないと茫と考えていた。生きていたとしても、こうして本山寺に姿を見せているなど、露ほども考えなかったのである。

「日夏は……達者か？」

「はい。お元気そうで、私は八十までは死なないのではないかと笑っておられました」

「そうか。日夏らしいことだ」

「日夏様が今おられるのは……」

宗念が日夏について語り始めようとした時、九兵衛は手で制した。手の甲に細かい皺が無数に浮かんでいるのをじっと見つめていたが、やがて指の隙間の宗念へと視線を移し、乾いた頬を緩めた。

「達者であることが聞けただけで満足だ」

「そうですか」

「ああ、ありがとう」

「では、私はこれで……」

宗念も己の曖昧にして、複雑な心境を汲み取ったのだろう。小さく頷いて部屋を後にした。

一人残された九兵衛は溜息を零した。甚助が逝ってしまったことで、あの時の仲間で生きているのは己と日夏のみ。日夏が本山寺を訪ねていると聞いた時、己は逢いたいと思ってしまった。歳を重ねるごとに苦しい思い出だけが削げ落ち、楽しかったものだけが残っていく。それに縋りたいという弱さが己にも出てきたのだろう。だが逢って何になるというのだ。日夏が幸せな一生を送った。それを知っただけで良いではないか。今、日夏に逢ってしまえば、この数十年張りつめていたものが全て霧散する気がしている。

「俺にはまだやらねばならぬことがある」

九兵衛は自らに言い聞かせて再び筆を取った。

「六角、朝倉、武田、上杉……」

上洛の可能性のある有力な大名を口に出して繰っていく中で、九兵衛はふいに口を止めて暫し考えこんだ。

「織田……信長」

かつて甚助が己に、

――面白い男がいる。

と教えてくれた、その者である。

素行が極めて悪く「尾張のうつけ」などと呼ばれていた男である。六年前、尾張に侵攻した今川義元《いまがわよしもと》に寡兵で奇襲を掛けて桶狭間で討ち、一躍その名を轟かせた。しかし今はまだ尾張一国の主に過ぎず、美濃を併吞しようとしているものの苦戦を強いられている。

甲斐の武田、越後の上杉などと比べれば、その脅威はさしたるものではない。だが九兵衛は以前からこの男のことが気に掛かっており、縁ある堺を通じて話を集めさせていた。

既成の概念に囚われぬ用兵、国力に比して多い鉄砲の買い付け、敵に合わせて随時本拠の城を移す、どれをとっても合理的で、決してうつけなどではないことが判る。だがそれらの話よりも、何か己と同じ香りがすると感じていたのだ。

「これは……あるかもしれぬな」

九兵衛は蚊が鳴くが如き声で独り言ちた。さしたる根拠がある訳ではない。可能性が低いことも解っている。それでもこの男が最も早く畿内に現れるような気がする。そして己と同じことを、漠然とだとしても考えているのではないか。

「賭けだな」

九兵衛は苦笑しつつも、直感を信じてたっぷりと墨を含ませると筆を紙に走らせた。

第七章　人間へ告ぐ

「これが弾正からの初の書状だ」

将軍義輝が殺害された事件を、後に永禄の変などと呼ぶようになった。その直後、

苦し紛れに諸大名に送ったうちの一通が、上様の手元に届いた訳である。

「何と書いてあったと思う」

「それは……将軍を弑した言い訳、今後の誼を通じたいなどと……」

「恐らく他の大名への書状には、そのようなことが書かれていただろう」

「では違うと」

「他の者が読んだなら、この男は正気かと眉を顰めるだろう……余は書状を見て魂消《たまげ》た」

上様は懐かしそうな顔になり、微かに口元を綻ばせた。

「貴殿は見えているか。この人間の正体を」

「は……」

「この一文から始まる書状だ。お主の反応がまともよ」

上様は悪戯っぽく片笑んだ。

「錯乱しているのではないかと思います」

「だが余は……」

上様の表情からすっと笑みが引き、顎を持ち上げて天井を見上げた。静寂が襲い来る際、上様は少し弾んだ声を放った。

「思わず笑ってしまった。嬉しくてな」

その書き出しに続き、書状に認められていた内容はこうである。


世に神はいない。当然、仏もいない。それらは人が己の弱さを隠すため生み出したまやかしである。神仏がいないのに、どうして人に過ぎぬ将軍如きに阿らねばならない。将軍の権威なるものもまた、人が生み出した紛い物だと存ずる。それでも神がいるとほざく者もいよう。ならば何故幼き者が飢え死にし、何故純朴なる者が斬り殺されているのを見過ごしているのか。もし神仏が真にいるならば、相当な性悪に違いない。己などとは比べ物にならぬ大悪人である。そのような輩にはどこまでも叛いていく所存である。


「余はうつけと呼ばれた幼い頃から、奴と同じことを考えていた」

上様は絞るように話し始めた。

「世の者は神仏を敬え、尊べというが、どこにそのような点があるのか。我欲から争いを起こす者を見捨てているというのなら解る。だが久秀の言う通り、それより幾多の無辜の者が死んでいるではないか」

想いの丈を吐き出すように、上様は早口でなおも続ける。

「まさか神仏も民を下賤と見下しているのか。どう考えても辻褄が合わぬ」

だが周りにそのような疑問を持つ者は一人もおらず、口に出す不利を察し、怒りに似た感情を孤独に抱え込んできたという。

——あの話は……。

又九郎はふと思い出した。上様は父信秀《のぶひで》様の葬儀に遅れて現れ、抹香を仏前に向けてぶちまけたという話を聞いたことがある。父の死への哀しみから、普段は抑え込んでいたその感情が弾けた故の行動だったのかもしれない。

「文の最後はこう締めくくられていた……人間の正体を知りたければ上洛なされよ。当家は降る心づもりがある。夜を徹して物語るのを楽しみにしている……とな」

「なっ……では久秀は、その当時から従属の意思を？」

今川家の脅威を一度は退けたとはいえ、当時の織田家は数ある大名家の中でも特段勢力が強い訳ではない。今のような威勢を築くなど、家中の者ですら考えていなかったはず。それを久秀はいち早く見抜いていたということか。

「どこまで本気であったかは判らぬ。仮に織田家の力を認めていたとしても、余が来るまでに畿内を纏め上げ対抗出来ればよし。間に合わぬならば降るも一つの道……その程度の考えだったのかもしれぬ。だが、事実、奴が畿内で最も早く降る気があると申してきた」

実際、その書状が届いてから二年後の永禄十一年の秋、織田家は足利義昭を擁立して上洛することになる。足利義昭とは、永禄の変の折、久秀が本山寺にこもる前に、幽閉した覚慶のことである。覚慶はその後、細川藤孝《ふじたか》ら幕臣に助けられて奈良から逃れ、還俗して義秋《よしあき》、後に義昭と名乗るようになったのである。その義昭は初めに朝倉家を頼って上洛を促したが、のらりくらりと引き延ばされたことで見限り、次に織田家を頼って来たという次第であった。

「余は運が良いと思わぬか？」

上様は小さく鼻を鳴らした。その時に義昭が脱出出来なければ、朝倉家が断らなければ、さらに織田家を頼らなければ、今の上様はなかったということになる。

「確かに」

「果たして運かのう」

「と、申しますと……」

「たった数人の幕臣で、義昭を逃がせると思うか」

言われてみればそうである。久秀は即座に覚慶を捕えるほど警戒していたのだ。たかだか数人の幕臣が動いたところで、そう易々と逃がすであろうか。

「余はわざと逃がしたのだと考えている」

「え……」

三好三人衆は十四代足利義栄を擁立した。普通に考えれば久秀は覚慶を還俗させて神輿に担ぎ対抗したいところだ。逃がしてしまったのは久秀にとって痛手だと思っていた。

「手元に囲っておくよりも、あえて逃がすことで、余に将軍を救けるという上洛の口実を与えようとしたのだ」

応仁の乱以降、いったい何人の将軍が担ぎ出され、何人が管領の職を拝命したことか。畿内の者たちはすっかりそのような現象に慣れきってしまい、権威を感じないようになっていた。ただしそれが鄙となればまた違う。将軍家の権威は堕ちてはおらず、それを手にしたならば誰しも上洛の野心が少なからず湧いてくる。久秀はこれを利用しようとしたのだと上様は推測していた。

「朝倉の次に織田……出来過ぎてはおらぬか？」

当時、織田家はまだ美濃を攻略している最中であった。その時点で距離、兵力を鑑みて上洛の可能性が最も高いのは朝倉家。そして織田家が美濃を取った矢先、義昭は迷うことなく織田家を頼ってきた。全てがうまく出来過ぎているというのだ。

「それは偶然では……久秀が義昭を操れるとは思えませぬ」

「余は気に掛かったら、納得いくまで調べねば気が済まぬ性質でな。その時……義昭を助けた幕臣の中に結城進斎《しんさい》という男がいる」

「結城……確か兵法者にして、妖しげな術も使ったとか」

幕府の奉公衆であり、剣の達人として名が通っている男である。その他にも多くの学問を修め、書も優れており、天文にも精通している。ただ又九郎がその名を記憶していたのは、霊を降ろすなどという奇妙な術を用いると聞いたことがあるからであった。

「占いの類であろう。その進斎は余が上洛した後、弾正に仕えて昨年に死んでいる。進斎は元の名を忠正。大和の柳生家とは昵懇の間柄で、ある頃に柳生の地に滞在していたことがある」

「柳生家といえば、幾ら久秀が劣勢になろうとも、筒井家からの度重なる誘いを蹴り続けた家……」

「さらにその頃、瓦林秀重もまた柳生におり、結城を兄のように慕っていたらしい」

「瓦林といえば……松永家の家老筆頭……」

又九郎が唾を呑み下すと、上様は苦々しく笑った。

「繋がっておろう」

つまり久秀は結城と裏で昔から繋がっており、敢えて義昭を逃がした。それからも連絡は密に取り、義昭が頼る先を誘導していたのではないか。上様はそう考えているらしい。

「しかし……」

「うむ。あくまでも推測に過ぎぬ。だが奴はそれくらいやってのける男よ」

真相はともかく、こうしてまるで久秀に導かれるように上洛したのは事実である。

確かにその半生を聞かされれば、久秀が只者ではないことは判る。だが、そもそも上様がこの話を当人から聞いたのは何時なのか。少なくとも上洛してすぐの頃の上様の久秀の評価は、

――この男は世の誰もが真似出来ぬ三悪をやってのけた男よ。

と、いうものだったはずである。しかし、今や上様自身がそれを信じていないのはこれまでのやりとりで明らかだ。

「何故、奴は悪人と」

織田家が上洛の構えを見せた時点で、久秀から改めて従属の意思を伝えてきた。向こうからの条件はただ一つ。三好本家の安堵である。己の領地に関することは一切主張しなかったという。

これまでの話が真だとするならば、久秀は三好家に害をなそうとしたことはただの一度も無い。それどころか何とか家名を繋ごうとしている忠臣ではないか。それが何故このような悪人としての評が付いてしまったのか。

「それは奴が甘んじて受け入れたからよ」

上洛した上様に対し、奉じた足利義昭が、

――三好家は兄の仇。断じて許さぬ。

と、強硬に弁を振るった。三好家と久秀を利用しようと考えていた上様は、これに辟易としたものの全く無視する訳にもいかず当人にそれを問いただした。すると久秀は、

――将軍を殺すように仕向けたのは私でござる。

そう凜然と反論した。確かに将軍暗殺の日、義継も軍勢の中にいた。だがそれは三人衆に担がれただけで、そもそも脅すだけで殺すつもりもなかった。しかしこの機に久秀は将軍を除こうとし、子の久通にどさくさに紛れて御所に踏み込むように命じた。義継には何ら咎が無いと主張した。

「先ほど話したように嘘だ。だが余が奴と深く話したのは、もそっと後のこと故な」

さらに主君長慶の衰弱死、嫡子義興、実休の病死、十河一存の落馬事故、安宅冬康についての讒言、全てが久秀の仕業だと三人衆が吹聴しているのに対しても、久秀は

応とも否とも答えずに黙しているだけであった。将軍を殺すように指示はしたと主張するのだから、これらを否定すると整合性が取れないと考えたのか。あくまで己に浴びせられる悪評は全て引き受ける覚悟だったと思える。

この時には上様はただ久秀の悪びれぬ態度だけを気に入り、盟友である徳川家康に、

――この男、人がなせぬ大悪を一生の内に三つもやってのけた。

などと、面白がって紹介したのだという。

こうして久秀は三好家の安堵を取り付け、主君と共に織田家へと降った。そして織田家の力を借りて三人衆、筒井家を駆逐し、織田家の天下に大きく寄与することとなるのである。

「お聞かせ願いたいことがあります」

又九郎は再び居住まいを正して尋ねた。これまで聞き役としてだけ己は存在したが、今は久秀という、余命幾ばくもない男のことを知りたくなっている。

「よかろう」

「何故、それだけ恩を授けたにもかかわらず、久秀は上様に謀叛を」

今から五年前の元亀三年、久秀は突如、上様に反旗を翻して織田家包囲網に加わった。だが明らかに腑に落ちないのだ。上様は久秀を粗略に扱うどころか、大和一国を

与えて重用していた。

それに上様に害意があるならば、朝倉、浅井に挟まれた窮地の時のほうがもっと好機であったはず。見捨てて一人で逃亡するだけで、今ここに上様はいなかったかもしれない。それを反対に助けておいて、何故その段になって逆らうのか理解出来ない。

「又九郎」

「はっ……」

「よく考えてみよ。あの男が如何なる男か。今のお主ならば見えるはずだ」

又九郎は床に目を落として暫し黙考した。五年前に謀叛を起こしたのは久秀だけではなかった。畿内の各地で大小の大名豪族が蜂起した。その中にはあの三好義継も含まれている。

「まさか……先に義継が？」

「お主にも、あの男のことが解ってきたようだ」

義継が織田家に安堵されたのは河内北半国の十二万石。久秀は大和一国四十万石のお墨付きを得ていた。これはただ単に上様が、久秀のほうを遥かに高く評価していただけに過ぎない。だがこの主従逆転ともいうべき状況に、義継は謀られたと不満を抱いていたのだ。

「馬鹿な……義継は久秀がいなければ滅ぼされていたのです。十二万石でも十分過ぎるほどではありませぬか」

「感謝など喉元を過ぎれば忘れ、妬心を抱けば、やがて憎悪へと変わる。人とはそのようなものよ」

一方、久秀に対抗して三好家の乗っ取りを目指していた三人衆は、その頃はすでに虫の息といったところまで追い込まれていた。その挽回の一手として、義継に離反するように唆した。織田家は四方八方を敵に囲まれており、挙句に強国である甲斐の武田も上洛を開始している。今、この時を措いて機会はないと説得したのだ。

「そして義継は上様に謀叛を……」

「弾正から書状が届いたのは、その直後のことである。やつもさすがに慌てたことだろう」

義継の謀叛は三人衆が唆したものである。己が説得して必ず降らせるから、河内北半国からさらに領地を削られたとしても、再び織田家の麾下に加えて頂きたいといったものであった。

「余はならぬと返書した。義継はもはや無用。加えて三好という重しを取り去り、弾正には悠々と織田家の一翼を担って欲しいと望んでいたのでな。それが余の誤りであった……」

それから数日後、久秀からさらに書状が来た。その内容を見て、上様は早まったと拳を握りしめた。

――三好家安堵の約束を頂けるまでお暇致す。

久秀が織田家への謀叛を宣言し、義継の支援へと乗り出したのである。義継は自らが久秀に疑心を抱いていたことも忘れ、歓喜して京への侵攻を持ちかけてきたらしい。しかし久秀はこれに対し、

――これはそのような戦いではございませぬ。

と、一蹴したと後に上様は聞いたという。

「そして弾正は余が武田に勢力を削がれている間に見事余から和議を勝ち取った」

久秀は上様から義継の助命に加え、若江《わかえ》城と河内三万石の安堵の条件を引き出した。その直後に武田信玄が死んで武田軍が甲斐に引き返したとの報が入り、頑なだった義継ももはやこれまでと久秀の説得に応じたという。そこまでを見届けた後、久秀も武装を解いて降伏したのだ。

「だがお主も知っているように、義継は弾正の必死の想いも無にしてしまった」

織田家包囲網の首謀者である足利義昭を、自身の若江城において庇護したのだ。これには上様も激怒して大軍を若江城に差し向けた。あっという間に若江城は陥落。義継は妻子と共に自害して果てた。

「その間もだ……弾正は助命を願い続けておった」

「久秀はそこまで三好家に忠義を……」

「どうであろうな。忠義とは少し違うかもしれぬ。弾正にとって、三好家は己の一生の足跡であったのだろう」

「一生の足跡……」

又九郎は擦れた声で反芻した。

「ああ、やつは神を信じていない。人は何のために生まれ、何のために死ぬのか。それを突き詰めた結果、己が共に生きた証と呼べるものを守るために、身命を擲《なげう》ってでも抗おうとしているのだろう……」

「では……此度の謀叛も」

「ああ、そうだろう」

「しかし、誰を守るために」

松永家の家臣を除いて、久秀の足跡に関わった全てが鬼籍に入っている。多聞丸らは語るに及ばず、本山寺の宗慶も、後に武野紹鷗と呼ばれた新五郎もすでにこの世に亡く、三好元長が残した三好本家も消滅した。さらに久秀の人生において最も守りたかったであろう、弟の松永甚助長頼も死んでいるのだ。

「あと一人だけおろう。それが三悪の残りの一つにも関わっている」

久秀がしたと流布されている三つの悪。一つ目は主家殺し、二つ目は将軍殺し、そ

して残る三つ目は、

「奈良の東大寺大仏殿焼き討ち……」

その時である。足早に近づいて来る跫音が聞こえた。

「入れ」

上様が短く言い、襖が開く。顔を覗かせたのは同輩である小姓の一人。何故、己が上様と差し向って酒を酌み交わしているのかと、ぎょっとした表情になった。

「何だ」

己に見せていた饒舌な姿とは異なり、一瞬にして上様は日々の様に立ち戻った。

「少将様が軍勢を整えたとのことでございます」

「早いな」

「間もなく大和に向け進軍を始めます」

「で、あるか。下がれ」

小姓はやはり訝しむようにして此方を見つめるものの、上様の言葉であればすぐに下がっていった。暫しまた無言の時が流れた後、上様は地を這うが如き低き声で命じた。

「又九郎、お主も大和へ行け」

「え……」

「弾正との交渉をお主に任せる。少将にもそうきつく命じておく」

「はっ」

身が震えるほどの大命である。だが今の天地において、上様を除いて己ほど松永弾正という男を知っている者はいない。

「それでは奴と会う前に最後の話をしておく」

久秀が上様に書状を送ったところまでは聞いた。「三悪」とされるもののうち、残すは一つ。

「守るべき一人と、東大寺大仏殿の焼き討ち。お聞かせ下さいませ」

又九郎が目を見開いて凜と答えた。上様は二度、三度頷きながら、雲雀の鳴き声に溶かすように静かに語り始めた。

一

九兵衛が各地の大名に送った書状の返事が続々と届いたのは、永禄九年の夏も終わろうとする頃であった。その内容は大きく三種に大別される。

一つ目は主家殺しや将軍殺しといった己の悪評を信じ切っているようで、激しい非難の言葉が並んだ文。これは朝倉家や六角家などである。

二つ目は上洛の意思は示すものの、様々な理由をつけてやんわりと断る者。そもそも上洛の意思があるのかも怪しく、様子を窺っているのだろう。武田家などが代表される。

三つ目は歯牙にもかけないというように、完全に無視を決め込んで返書すらよこさない者。これは上杉家や北条《ほうじょう》家などである。

ただその中で唯一、上洛の意思を示し、かつ具体的なことを言ってきた家があった。

織田家である。

信長の文の内容はこうである。織田家の美濃攻略はもう完遂目前まで来ており、北近江の浅井家とはすでに姻戚である。伊勢方面でも終始優勢にことが運んでいる。美濃のことに始末がつき次第、すぐに上洛を果たす。伊勢から伊賀を通り大和へ援軍を送る心づもりもあるとも書き添えられていた。

実際に九兵衛が放った間諜からも、信長が書いている通りの状況が伝わっており、決して虚勢を張っているのではないことが判る。

「織田家……やはり甚助は正しかったな」

九兵衛は書状を読み終えると心を決め、潜伏していた摂津本山寺から大和へ戻った。永禄九年九月の頭のことで、すでに姿を晦まして三月余が経っている。

己が死んだとの噂も駆け巡っており、三人衆や筒井家は増長し切っている。これも九兵衛の狙いの一つであった。三人衆にとって三好家当主の義継は、自派閥の正統性を示すために担いでいる神輿である。つまり敵である己がいてこそ重宝され、死んだとなれば利用価値がなくなり扱いも邪険になっていく。その中で義継も自身が担がれていただけのことに気付き、三人衆への不満も溜まっていくだろう。そのような状況を生むためにも、己は死んだと思わせたほうがよかった。

九兵衛は多聞山城に入ると、すぐに軍議を開いた。嫡男の久通に加え、瓦林総次郎秀重、海老名権六家秀、四手井源八家保といった股肱の臣。そして大和の主だった豪族など数人である。その中にはあの柳生家厳の姿もあった。

家厳は齢六十九になっており、三十八歳となる跡取りの宗厳《むねよし》を伴って参加している。

「総次郎、お主はいつまでも若々しいな」

家厳は白く染まった眉を上げた。

「師匠こそ、全く衰えたご様子はありませんね」

家厳は今でも日々兵法の修行に励んでおり、老いてはいたものの鋼の如き体軀を保っていた。そのような雑談が一頻りあった後、九兵衛はいよいよ本題を切り出した。

「皆、よく辛抱してくれた」

九兵衛が姿を消している間、三人衆や筒井家は思うが儘に振る舞っていた。松永家の家臣は勿論、松永方であった地侍の中には耐えがたい挑発を受け、自領を侵された者もいる。中には九兵衛が戻らぬことに不安を抱き、筒井家に寝返った者もいた。ここにいるのはそれでも己を信じ、屈辱に耐えてじっと動かずにいてくれた者たちである。

「織田家と繋ぎが取れた。上洛するとのことだ」

溜息とも感嘆ともつかぬ、どよめきが起こった。

「真に織田家で叶いましょうか？」

織田家は弱小ではないものの、中規模程度の大名である。容易く上洛など出来るのかと、土豪、地侍たちは半信半疑のようである。その不安を敏感に察したようで、源八が先んじて尋ねた。

「必ずや来る」

九兵衛は今の織田家の状況を具《つぶさ》に述べ、最も上洛に近い大名であることを説明した。

「だが織田家に上洛の大義を与えねばならぬ……柳生殿」

九兵衛が視線を送ると、家厳は鷹揚に頷いた。

「結城にそのように報せる」

義輝の弟である義昭は、一度は捕らえて幽閉した。だが外から大名を引き込むしか三好家存続の道は無いと考えたものの、動かすためには大義がいる。それには義昭を奉じさせるしかないと考え、逃がすように計らったのである。

その手引きをしたのが結城忠正と謂う幕臣である。彼は兵法者としての顔を持ち、柳生家厳とは莫逆《ばくぎゃく》の友といった間柄。総次郎も面識があり兄のように慕っていた。結城は今も義昭のそば近くにおり、逐一情報を送ってきている。その繋ぎ役を務めているのが家厳という訳だ。家臣たちはともかく、他の土豪たちは今日この時までこのことを知らず、将軍すら操ろうとする手際に舌を巻いている。

「義昭が織田家の元に向かった後は、結城殿には織田家との繋ぎ役も務めて貰えるよう、お願いしたい」

「承った」

家厳は口元に笑みを湛えながら頷いた。家厳は世に流布されている己の悪評を、

――会いもしたことが無い者が、勝手を言うものよ。

と鼻で嗤い飛ばし、これまでも悉く味方してくれている。かつての盟友である元長の夢は潰えたが、己がその遺志を守ろうとしていることを重々承知してくれている。もっとも柳生家としても生き残らねばならず、己に賭けてくれているということでもあるだろうが。

「さて……近くに侍る者の話によれば、義継様は己を差し置き専横する三人衆への憤懣が溜まっておられるとのこと」

九兵衛は一人ずつ顔を見回しながら続けた。

「しかし今の畿内では三人衆、それに与する筒井家が圧倒的に優勢。このままでは義継様は幾らご不満とはいえ、当家を頼ることを躊躇われるに違いない。故に……」

そこで言葉を一度切った後、九兵衛は心の昂りをそのまま吐き出した。

「これより反撃に移り、獲られた城を悉く奪い返す」

「応」

皆は声を揃えて猛々しく応えた。

「さすれば必ずや義継様は我らを頼ってこよう。その後は織田家が上洛するまで、何があっても戦い抜くぞ」

松永方と三人衆方と力関係を数で表すならば、三対七といったところである。ここで反撃に出て一時は押し返したとしても、時が経てば、また劣勢に立たされていく。ただ織田家の上洛までは何としても義継を奪い返されることなく持ち堪えなければならない。万が一奪い返されたならば、義継は三人衆と共に滅ぼされ、三好家はこの世から消え去ってしまう。

「二年……いや、一年と見ている。皆の者、松永に賭けてくれ」

九兵衛の気に弾かれたように、皆の頷きがぴたりと揃った。

二

永禄九年九月二十五日、松永方は反撃の狼煙を上げた。九兵衛は多聞山城から三千の兵を率いて城から南の方角にある筒井城を目指すと、大和国中に、

——松永弾正久秀、大和に帰参。

の報を飛ばしたのである。

同時に信貴山城からは嫡男久通、海老名権六家秀の率いる二千が出撃して北上し、挟み撃ちの構えを見せた。これに合わせるように、これまで息を潜めていた松永方の国人が一斉に打って出て、筒井方の諸城に襲い掛かる。まるで大和の国中は蜂の巣を突いたような騒ぎとなった。

筒井家は同じく三千の軍勢を率いて迎撃に出て、両軍は西手《にして》貝《がい》の地で激突した。背後から信貴山城の軍勢が迫っていること、各地で筒井方の敗走の報が届いていることなどが原因だろう。敵に動揺が見えると、九兵衛は腰から「多聞丸」を抜き放って叫んだ。

「大和を取り戻せ!!」

迷いのない敢然とした下知に松永軍は奮い立って突撃し、筒井軍はあっという間に崩れた。前回の上野芝の戦いとは逆の結果である。逃げ帰った筒井軍は、城に籠って一切出てこなくなった。九兵衛はこれを包囲すると、信貴山城の軍勢や各地の松永方に絶え間なく指示を飛ばし、大和を凄まじい早さで切り取っていった。

翌永禄十年に大和の九割までを制圧するに至ると、信貴山城の軍を寄せて筒井家への押さえを交替し、自身は国人たちの軍勢を加えた四千の兵で、河内を通って摂津へと出た。

そこで、三人衆が言うことを聞かない堺の民らを、義継の前で蹂躙したという報が入った。

「たかが家中の権力争いで、無辜の民を犠牲にするなどあってよいはずがない」

九兵衛の咆哮と共に、松永軍は疾風迅雷の勢いで堺へと踏み込んだのである。

「町を焼くな、堺は我らの味方ぞ！」

一度は三人衆に制圧された堺ではあったが、九兵衛はずっと書状での連絡は取り合っていた。そして松永軍の出来に合わせ、町衆の働きかけで堺自衛の武士団「堺衆」が蜂起した。己の後進ともいえる連中である。

内外から攻撃を受けて三人衆方は瞬く間に崩れ、堺を捨てて蜘蛛の子を散らすように逃げて行った。

大和と堺を手中に収めた矢先、遂にことが動いた。

二月十六日、三人衆の筋書き通り三好義継は安見宗房と共に出陣した。しかしこれは三人衆を油断させるためである。義継は僅かな家臣を連れて軍を離れると、十日後の二十六日、九兵衛のいる堺に逃れてきたのである。

「弾正……苦労を掛けた」

九兵衛が慇懃に出迎えると、義継は涙ぐんで頷いた。義継に三人衆への不満を募らせるために、九兵衛は暫し身を隠してあえて三人衆や筒井家に傍若無人の振る舞いを許してきた。しかし、その必要は無かったようである。

近習によると、義継は早い段階から三人衆への疑いを持ち、

——三人衆は悪逆無道。松永こそが大忠ではないか。

と、漏らしていたらしい。そして松永家の挽回を、一日千秋の思いで待っていたという。

「お待たせ致しました。これより三好家を取り戻します」

九兵衛のこの宣言に、齢十九の若い義継は、遂に感極まって頬に涙を伝わせた。

義継が寝返ったことに三人衆が激怒し、再奪還を試みて軍勢を集結し始めたとの報が入ったのは、三月の中頃のことである。

「ここからが正念場よ」

この初めの反撃が最も大きい。これを打ち破れば敵は立て直すのに半年、いや一年は要するであろう。つまり三好家が、己たちが生き残るか否かの分水嶺となる。

「ここを離れます。堺を……元長様の夢の欠片を燃やす訳にはいきません」

九兵衛は堺の町衆の面々を集めて語った。堺は守りやすい土地ではない。今回は前回と異なり、三人衆も義継を取り返すために全軍を投じてくる。そうなれば堺の町は火の海と化してしまうだろう。

町衆の面々の多くは、九兵衛がまだ二十歳やそこらの頃を知っている。彼らは世間の悪評など、一つも信じていないようだった。

「堺のもんは、お前がどんな男かよう知ってる」

「ありがとうございます……」

掛けられた言葉の有難さに、九兵衛の声も些か震えた。所により、人により、これほどまでに評価が分かれる己は、この国の長い歴史の中でも稀有な存在なのではないか。ふとそう思うことがある。

かつて高国が、元長がそうであったように、人間にある見えぬ人の意思が、人々が神と名付ける何かが、常に己の脚を引いていることはずっと感じている。三好家内部の紛争やそれに付随した自身でも首を捻らざるを得ないほどの悪評の嵐、片割れともいうべき甚助の死、昨年の大敗もその意思のためだと思えてくる時がある。

だが、それでも九兵衛はまだ諦めない。彼らのように支援してくれる者もいる。この得体の知れぬ力に抗えるのは、己が歩んで来た軌跡、その中で関わってきた人々との縁《えにし》ではないか。人間に潜む意思に目鼻があるとすれば、己が一向に諦めぬことに顔を歪めていることだろう。

「もう、ここに戻れるかどうかも判りません。お世話になりました」

「今の堺があんのは、お前のおかげでもある。こちらこそ世話になった」

町衆は口々に労いの言葉を述べ、さらに今後も銭で松永方を支援してくれることを約束してくれた。

四月、九兵衛は軍を堺から引き揚げて、義継らとともに大和多聞山城へと戻った。三好三人衆はそれを見届けると、矛先を堺から大和へと変えて進軍を始めた。実に一万の大軍である。

九兵衛は信貴山城軍に筒井家の包囲を解き、自ら城へと戻って守りを固めるように指示を出した。これで解き放たれた筒井家が三人衆と合流を果たしたのは、四月十八日のこと。その総勢は一万五千を超えることとなった。

一方の松永軍は、信貴山城に戻った二千は動かすことが出来ず、近隣の土豪、地侍を集結させても六千余である。実に倍以上の相手を打ち破らねばならない。

連合軍が多聞山城を目指して進軍を始めると、九兵衛も大きく動いた。城に僅かに兵を残したのみで、全軍を率いて南下を開始して東大寺戒壇院《かいだんいん》、宿《しゅく》院城《いんじょう》に陣取ったのである。信貴山城は峻険な山に構築された戦うための城であるが、多聞山城はもともと奈良の人々の心を惹くための魅せる城であり、守りが弱いのは仕方が無いことである。大軍で麓にまで攻め寄せられては詰んでしまう。

加えて、これは耐えきればいいという戦いではない。ここで三人衆と筒井の連合軍の一挙壊滅を狙い、織田家が上洛するまで立ち上がれぬほどの打撃を与えねばならない。三好家にとって、己に付いて来てくれる全ての者にとって、乾坤一擲の戦いとなることは確かであった。

四月二十四日の夕刻、決戦の火蓋が切られた。連合軍が天満《てんま》山《やま》、大乗院《だいじょういん》山に陣取ると、全軍でもって攻めかかってきたのである。連合軍は奈良の町々、寺社の間を縫うように進んで来る。陽を受けて兜は黒光りし、それは蠢く油虫を彷彿とさせた。

「放て!!」

九兵衛の号令で鉄砲が火を噴いた。松永軍は実に千五百挺もの鉄砲を有している。これは全軍の四人に一人に配備される計算で、十人に一人が関の山であろう他家と比べて、極めて多い。全て堺がこの決戦の前に用意してくれたものであった。

絶え間なく轟音が鳴り響き、敵がばたばたと倒れていく。しかし数で圧倒する連合軍は味方の屍を乗り越え、雲霞の如き大勢で攻め寄せて来た。

「この鉄砲の数でも間に合いません！」

総次郎が前方を指差して叫んだ。連合軍は興福寺の塔、東大寺南大門の上に登り、上から鉄砲を放って来る。

「源八、頼む」

「狩って参る」

四手井源八家保は二百の騎兵を率いて進出した。その全てが騎射に長けた者ばかりの隊である。源八隊は颯の如く興福寺、南大門の前を駆け抜けながら、頭上目掛けて矢を一斉に放った。反対に連合軍は銃撃を加えるものの、こちらの速さに敵は照準が定まらず、弾は横を掠めていくばかりである。興福寺のすぐ傍にある猿沢池《さるさわいけ》に逸れた弾が落ち、まるで豪雨が降り注いだかのように波紋で埋まった。

敵が弾を込めている隙に、源八隊は駆け抜けながらすぐに箙から矢を取り、二度三度と放っていく。けたたましい悲鳴と共に、塔や南大門から次々に人が落ちていく様子は地獄絵図さながらだった。

「総次郎、源八を救え！」

「畏まった」

退路を切り開こうとする源八を助けるため、総次郎が五百の兵を連れて突貫する。総次郎自ら剣と槍の手解きをした、松永軍の最精鋭である。東大寺の回廊に血飛沫が舞い上がり、連合軍は阿鼻叫喚に包まれた。総次郎は馬から飛び降りると、刀を振って数人を瞬く間に斬り伏せる。恐れをなして怯む敵勢になおも深く切り込み、足軽大将と思しき者に飛び掛かって首を一刀の下に斬り落とした。

「貴様らの大将は討ったぞ！　死にたい奴はかかってこい！」

敵はさらなる恐慌に陥り、逃げ惑う。その間に、源八ら騎射隊が撤退したのを見届けると、総次郎も引き上げを命じた。こうして両軍の間に距離が生まれ、鉄砲による銃撃戦が始まった。これは陽が沈んで真夜中になっても続き、銃声は鳴り止むことなく奈良の町に響き渡った。

緒戦の痛手に懲りたのか、連合軍の攻め方は慎重になり、翌日以降は、前線で小競り合いが続く程度で日が流れていった。

まず事態が動いたのは戦が始まって八日が過ぎた、五月二日のことである。連合軍の半数以上に当たる一万の兵が東大寺へ軍を進め布陣したのだ。これで両軍共に東大寺の寺領内に布陣することとなり、相手の息遣いが聞こえるほどの距離に近づいたこととなる。いつ何時再びぶつかってもおかしくはない。松永軍が守りを固めて反撃の機を窺っていた時、信貴山城からの密使により驚くべき報が届いた。

――篠原長房、池田勝正らが三人衆を支援すべく大和へ入る。その数、八千。

「まずい……」

九兵衛は口内の肉を噛みしだいた。この近辺の松永方の味方は全て駆り出しているが、河内や紀伊には同調してくれる畠山家や根来衆などがいる。その警戒のため、篠原らは動かないと踏んでいた。それが、こちらの守りが固いことを察し、全ての兵力を投じて決戦に臨もうとしてきたのだ。これで連合軍の数は二万三千となり、こちらの四倍近い兵力となる。

新手の内の池田軍は着陣した翌日の五月十八日、松永方の拠点である宿院城に攻撃を開始した。ここを抜かれると、多聞山城まで北へ真っ直ぐ攻め上ることが出来てしまう。必死に防戦して退けた翌日、

「敵軍が背後を窺っているようです。寺領の森を突っ切っているのでしょう」

と、九兵衛に進言してきた者たちがいる。元は甚助の家臣で、丹波を失地した後に己の元に参じた者たちである。

「何……何故そのようなことが判る」

「鳥の動きが妙です」

「鳥だと」

「はい。殿……いえ、長頼様が教えて下さいました」

「甚助が、か」

甚助は長きに亘って山深い丹波で戦ってきた。ひらけた平野での戦いでは敵を簡単に見通せるのに対し、険しい山での戦いでは敵の姿をなかなか捕捉出来ない。甚助は鳥や、鹿や猪などの獣、あるいは虫の群れまでも注視し、敵軍の動きを読んでいたという。これが山深い丹波で甚助が無類の強さを誇った秘密らしい。甚助は近くで見ていた家臣たちに対し、

――鳥や獣が最も恐れるのは人よ。それが人の正体じゃあないか。

と語り、鳥獣の動きから敵軍を探る方法を教えてくれたという。寺領の鳥が時を追う毎に飛び立ち、暫くの時を置いてまた同じところに還っていく。それを見て、敵軍は背後に回ろうとしているのではないかと考えたらしい。

「よくぞ申してくれた。すぐに動く」

果たして丹波衆が言ったことは、真であった。正面からの攻撃は難しいと考えたらしく、池田軍はぐるりと回って多聞山城の背後、大豆山《まめやま》に陣取ろうとしていた。池田軍がまさに今頂に至ったという時、丹波衆を含む千の兵で九兵衛は大豆山に攻めかかった。油断し、態勢が整っていなかった池田軍は山肌を転がるようにして退却していった。大豆山を完全に押さえられていれば、多聞山城は陥落していたに違いなく、瀬戸際で食い止められたことになる。

「甚助、助かった」

大豆山の頂に登った九兵衛は、鳥が遊ぶように翔ける大空に向けてぽつんと呟いた。

「敵は背後を取る気だ。陣を後ろに下げ、敵の攻撃を一点で受け止める」

敵が大軍の利を生かして、取り囲もうとしているのは明白である。九兵衛は急ぎその夜半のうちに軍を後方へと退くように命じた。これには総次郎や、一部の土豪から反対の意見も出た。退いたところで連合軍は東大寺の院や堂を出城代わりに使い、徐々に多聞山城に近づいて来る。そうなれば敵の一挙殲滅《せんめつ》はもはや不可能であるという意見である。

「心配ない。敵には使わせぬ」

「まさか……」

九兵衛の意図に感づいたのか、総次郎の顔がみるみる青くなっていった。

「全て焼き払う」

「殿が神仏を信じておられぬとはいえ、我が軍の中には信心深い者もおります。士気に関わることに……」

「今、皆を説得している暇は無い。ここで防がねば、大和の地が奴らの意のままになってしまうのだ。頼む」

一刻を争う事態である。この間にも敵はまた多聞山城へ近づいているかもしれない。これまで九兵衛はいかなることも、皆に諮《はか》って納得させるように努めてきた。このような強行は珍しい。

「解りました。私の進言ということに」

総次郎は自らが代わりに悪名を背負うつもりである。

「それは出来ぬ」

「では私も承服し兼ねます。お願い致します」

声に熱が籠っており、頑として退かぬ覚悟が見えた。己たちが押し問答をしていると噂を聞きつけ、柳生家厳が陣に駆け込んで来た。今の状況を告げると、家厳は総次郎の横に並び立って凜然と言った。

「松永殿、総次郎の想いを無にして下さいますな」

「しかし――」

「師として拙者からもお願い申し上げる」

そう言って家厳まで頭を下げたので、九兵衛は静かに答えた。

「頼む……」

「お任せを」

総次郎は全軍に向けて伝令を走らせた。このままでは敵の包囲を受けて我が軍は殲滅される。東大寺の院、堂、その他の寺社を焼き払って陣を下げる。全ては瓦林総次郎秀重の進言によるものであるといったものである。

「大仏殿を除く全てを焼き払え！　指揮を執るは瓦林総次郎秀重ぞ！」

総次郎は自らの名を連呼し、迷う兵たちを叱咤した。松永軍は火を放って退却を始めた。兵の中には信仰の篤い者もいる。寺の象徴たる大仏殿だけは残すように命じたため戦火を逃がれたものの、文殊堂、仏餉屋《ぶつしょうや》、光明院、観音院、宝徳院、妙音院、徳蔵院、金蔵院などが悉く焼尽した。

この所業に寺社と関係の深い筒井家は熱《いき》り立って攻めてきたものの、折からの南風に煽られて炎が追撃を阻むこととなった。こうして松永軍は多聞山城の近くまで軍を退き、連合軍が背後に回るための道々を押さえた。翌々日まで炎は消えることなく、白と黒の混濁した煙を天に向けて吐き続けた。

三

松永軍が退いたことで、戦のさらなる膠着を生むことになった。小競り合いはあるものの、両軍共に攻めあぐねているといった状況である。人が争っていても季節は巡る。麗らかな春は過ぎ去り、肌に汗が浮かぶ夏が来ても、対陣は続いていた。

逆境におかれた九兵衛にようやく吉報が届いたのは、八月も半ばの頃である。もたらしたのは、柳生家厳だった。

「織田家が美濃を獲りました」

「まことですか」

九兵衛は思わず立ち上がって拳を握った。織田家は美濃を完全に手中に収め、戦後の処理を行い次第、上洛の支度に入るとのことである。

「恐らく上洛は来年の今頃かと」

「城に籠っていてはやはりもたぬな……やるしかない」

多聞山城に入って籠城戦に持ち込んだところで、半年耐えられればよいほうである。やはり連合軍に大打撃を与える他に、生き残る術はなかった。

「今のままでは厳しいかと存ずる」

「畠山、根来衆が大和へ向かっています」

松永方の数少ない味方である彼らが、大和に向けてすでに進軍している。連合軍はこれに兵の一部を割いて対応しなければならないだろう。

家厳が口を真一文字に結んで黙している中、九兵衛はさらに続けた。

「それに合わせて松山安芸守が反旗を翻す。好機が生まれるはずです」

松山安芸守とは、三好家が長らく畿内本拠としてきた飯盛山城を預かっている男である。実は開戦前から気脈を通じており、頃合いを見て寝返る段取りとなっていた。連合軍はこちらにも更に兵を回さねばならない。減ったとしても同数とまではいくまいが、それでも今の状態よりはましになるであろう。

「松永殿、そういう意味では……」

家厳は首を横に振り、険しい語調で言った。

「解っています」

「軍に動揺が走っております。国人衆、地侍の士気は特に低い」

東大寺の院を焼いて退却したことである。そのためほんの些細な悪いことが起こっても、

――仏罰に違いない……。

などと誰かが言い出し、その恐れは瞬く間に軍に広がっていく。例えば七月二十三日、松永軍の兵が五人敵に寝返った。しかし反対につい先日の八月十六日、連合軍から松浦、松山など二百が此方へ寝返っている。たった五人に対し二百人である。それなのに士気が上がるどころか、五人寝返ったことを今も仏罰ではないかと恐れる者が続出していた。

「総次郎が悪評を被ったおかげで、松永殿への当たりは和らいだかもしれません……しかしこれでは、とてもではないが、戦えませせぬぞ」

「神も仏もいません」

家厳が責めようとしている訳ではないのは解っているが、戦時の苛立ちもあって思わず声を荒らげてしまった。しまったと思った時にはすでに遅く、家厳は深い溜息をついた。

「確かにいるという証は無いかもしれない。だがいないという証もまた無い。それをいないと言い切れるほど、世の者は強くはないのです」

己は強いから神仏がいないと断言出来ている。そうとも取れる言い方である。だが九兵衛は自身が強いなどと思ったことは、ただの一度もない。これまで多くのことに悩み苦しみ、迷い続けてきた。今も負けて皆を死に追いやる恐怖に苛まれている。ただ怯えながらも歩むことを止めなかっただけである。だが家厳が言っていることもよく解るし、このような反論に意味が無いことは解っていた。

「ご忠告ありがとうございます。手を考えます」

九兵衛はそう言うと深々と頭を下げて話を打ち切った。そうは言ったものの打つ手が思いつかず、松永軍の士気は、やはり日を追うごとに落ちていった。

八月二十五日、飯盛山城の城主松山安芸守が、三人衆を裏切ってこちらに付いた。無論、九兵衛の政略だ。さらに九月に入ると畠山軍、根来衆が紀ノ川沿いに大和に入つたとの報が入る。これを皆に伝えて鼓舞しようとしたが、やはり兵たちの顔はどこかどんよりと暗い。敵の流れ弾が侍大将の眉間を貫いたのは仏罰、足を滑らせて兵の一人が骨を折ったのも仏罰、挙句の果てに食当たりさえも仏罰だという始末。

己のように神仏はいないと断言するのは些か乱暴にしても、家厳のいうように存在する証も無いのである。それでも生まれて間もなくから、父や母から神だ、仏だと言われた刷り込みはそう簡単に拭えぬようである。やはり早まったかと後悔したが、もはや後の祭りであった。

連合軍は畠山軍らを迎え撃つため、三人衆の一人岩成友通と、篠原長房を将として八千の兵を向かわせた。

——ひと月は稼いでくれ。

九兵衛は心で強く念じていたが、結果は最悪だった。岩成、篠原の猛攻に耐えきれず、畠山軍が浮足立って敗走。根来衆も巻き込まれ、多くの兵を失って紀伊へと退却してしまった。

さらに岩成は六千の兵を連れてすぐに舞い戻り、篠原は背後から攻撃されることを避けるため、二千を率いて飯盛山城へと向かった。飯盛山城まで落とされては、もう皆の戦意が失墜してしまう。九兵衛は六千の自軍の中から、五百の兵を飯盛山城の救援に向かわせた。

これで松永軍は五千五百、連合軍は二万千。兵の比は殆ど変わらない上に、此方は当初の勢いを最早失いつつあった。

こちらが弱っていることは連合軍にも悟られているらしく、昼夜を問わず攻め寄せて来る。二万の兵を分けて交互に休める連合軍に対し、こちらは全軍で防がねばならない。徐々に疲労も溜まり、討死する者も増えてきた。何か些細なきっかけで総崩れを起こしてもおかしくない状況である。

これで負ければ多聞山城、次に信貴山城も陥落する。取り返した松永方の諸城も次々と落ちていくだろう。そうなれば義継を連れて、美濃の織田家の元に身を寄せるほかない。だが果たして畿内に一切の勢力を持たぬようになった己たちを、信長は匿うであろうか。仮に匿われたとして手厚い待遇など期待出来ず、三好家の存続すら覚束ないであろう。

「まだだ……」

九兵衛は陣で筆を取ると、寝食を忘れて書状を書き続けた。連合軍に与する摂津、河内、山城などの国人を味方に引き込むためである。無駄であるとは解っている。この期に及んでと鼻で嗤われるかもしれない。それでも民のことを考えると、三人衆や元々僧侶の身だったにもかかわらず民をしいたげる筒井などにはこの国を任せておけなかった。九兵衛は一縷の望みに懸けて筆を走らせた。

「まだやれる」

紙に彫るように文字を埋めていきながら、独り言が零れた。それは情熱が口を衝いたという訳ではなく、迷い、恐れる己を叱咤しようとしているだけなのかもしれない。

暦は十月に入り、実に戦が始まってから七ヵ月の時が流れている。木々に生い茂る葉が緑の色彩を失っていく。赤く染まる楓、凩《こがらし》に舞い散る落ち葉は、己たちの将来を暗示しているかのように思えた。

四

十月十日、九兵衛は主だった家臣、大和国人衆を集めて軍議を開いた。これまでは余計な心配を掛けては動揺させてしまうと、三好義継を軍議に招くことはなかった。しかし、今回は三好家の命運を分ける軍議になるため、義継にも加わってもらう。

軍議を開いた訳は、飯盛山城から劣勢の報が届いており、それが陥落すればもうここも支えきれない。今が兵を損じず退却出来る最後の機会となるためだ。

「いかが思う」

置かれている状況を整理した後、九兵衛は皆に意見を求めた。総次郎や源八などの直臣は、まだやれるといったように身を乗り出すが、国人たちは不安そうにしているのが見て取れた。家厳も瞑目して一言も発しない。主君義継は明らかに動揺しており、眉を下げて銘々の顔を覗き込んでいる。

「敵も攻めあぐねているのは確かです」

重苦しい雰囲気を破ったのは総次郎である。確かにこちらがひと所に集まって以降、敵の度重なる猛攻を撥ね返し続けている。連合軍にも被害は出ているのは間違いない。

「ここで退けば再起の目はありません。全軍で敵本陣へ攻めかかりましょう」

源八が切れ長の目でこちらをじっと見つめる。残された唯一の可能性がそれであることは解っている。全軍が一塊となって突き進めば勝算は十分にある。だがそれが出来ない訳が、今の松永軍にはあるのだ。それを口にしたのは家厳であった。

「四手井殿……愚弄するつもりはないが、敵の陣が何処かご存じか」

「それは……」

源八は唇を内に巻き込んで俯いた。

「東大寺大仏殿。攻めかかればお味方は中から崩れ去る」

三人衆は筒井家と興福寺を通じ、東大寺側の大仏殿へ陣を移す許しを求めた。大仏殿は、すでに総次郎に焼かれ、わずかな施設を残すのみとなった東大寺の本尊であり、大仏殿は城に例えれば本丸に当たるだろう。そう容易く許される訳がないと思っていたが、その期待は儚くも砕かれた。東大寺は大仏殿を本陣に使うことを即諾したのだ。

東大寺ほどの寺になると多くの僧がおり、中には暮らしの貧しい民に、寺の許しを得ていない札を売る碌でもない悪僧もいる。もっとも大半の心ある高僧はこれに胸を痛めていた。

九兵衛は神仏を信じていないが、信じている者を蔑む心は一切ない。神仏に救いを求めることで希みを持とうとする気持ちは理解出来る。故に大和に入ると東大寺に寄進をし、悪僧を取り締まることを提案した。だが高僧たちは、

——お気持ちだけで十分でございます。

と、やんわりと断って来たのだ。この乱世においては寺の台所もかなり厳しい。寄進などは一時しのぎにしかならず、悪僧が稼いでくる銭が無ければ日々の費えすら賄えない。背に腹は代えられず黙認しているということである。

悪僧により銭を巻き上げられた者は、救いを求めてまた寺を頼る。悪いのは騙して銭を取る者か、それを見過ごして高僧の体面を守ろうとする者か、それとも騙される民が悪いのか。ただ彼らは図ったように、

——この世が悪い。

と、見事に口を揃える。そんな訳はないのだ。誰かが変われば、隣人が変わり、集団も変わっていくはず。ただ誰もその初めの一人になろうとしないだけなのだ。

――銭は返さずとも結構。

東大寺を辞す時の九兵衛は愛想笑いを浮かべていたものの、胸の内には虚しさが渦巻いていたことを覚えている。もしかすると己は心のどこかで、神や仏を信じたいと思っていたのかもしれない。救われたいと願っていたのかもしれない。その想いが打ち砕かれたような気がしていたのだろう。

その東大寺は三人衆を受け入れた。本当は戦に巻き込まれたくはないものの、松永家に院を多数焼かれたこともあり、誼の深い興福寺からの申し出を断れなかったのだろう。

三人衆が大仏殿に移りたがった訳は一つ。此方より寝返った者たちから、

「松永軍の兵は皆、仏罰に怯えて身を震わせております」

などと聞いたのだろう。大仏殿に布陣すれば己が下知を出しても兵は従わず、裏切者が続出する可能性すらあると考えたに違いない。そして事実、連合軍の本陣が大仏殿に移ったことで、こちらの兵には激しい動揺が走っている。

家厳は避けては通れない話をしたに過ぎない。だがその指摘の後、皆は沈痛な面持ちで黙するのみであった。

「さすがに大仏殿に攻め入ることはできぬ。進むことも出来ず、退いてもやがては屠られる……故に第三の道を行こうと思う」

「第三の道……？」

国人の一人が訝しげに首を捻った。

「それは……」

「なりませぬぞ！」

言いかけた途中、総次郎は片膝を立てて鋭く制した。

「いや、それしかない」

「なりませぬ、なりませぬ!!」

総次郎は同じ言葉を繰り返して激しく頭を横に振ったが、九兵衛は構わずに続けた。

「奴らと手打ちにする」

九兵衛が言い切ると、総次郎は顔を歪めて項垂れた。

和議の交渉を行うのである。連合軍が奉じている足利義栄に和与を願い出れば、三人衆や筒井順慶もおいそれと反故には出来まい。

こちらの条件は一年間の停戦を求めるという唯一つ。九兵衛も織田家は一年を待たずして京に上ると見ている。そこまでの時を稼ぎ、なおかつ三好家の領地を保つためにはこれしかない。三人衆も織田家を警戒しているものの、どこか甘くみている節があり、一年で上洛出来るとは全く思っていないようである。

そうだとしても、この劣勢の中、その条件を引き出すのは容易ではない。軍を引き上げるのは勿論、松永家の領地の割譲を提案しようとも、ここで松永軍を壊滅出来れば、領地はおのずと手に入るのだから、易々とは首を縦に振らないだろう。だが壊滅させたとしても、連合軍側にもある不安が残る。その不安を払拭させられる条件ならば、きっと応じると考えていた。

「俺がその仏罰とやらを一身に引き受けよう」

「つまりそれは……」

また別の国人が息を呑んで尋ねた。総次郎だけでなく、源八も己の真意を汲んだようで自らの額を殴打した。

「俺の首を条件に和議を結ぶということよ」

この数年の間、両者は一進一退の攻防を繰り広げてきた。寡兵で何度も打ち破ったこともあるが、反対に昨年の上野芝の戦いのように見事なまでの大敗を喫したこともある。だがそのような中でも九兵衛は決して諦めずに逃げ遂せ、身を隠して力を蓄え、再び三人衆や筒井家に果敢に挑みかかった。その執拗さに奴らは辟易としており、いずれの戦いの前にも、

——此度こそ何としても弾正の首を獲る。

と息巻いていると届いている。

「奴らは己さえ討てばもう終わると思っている。舐められておるぞ……久通」

「はっ……」

当然、己が死ねば久通が後を継ぐことになるが、三人衆にとって久通は眼中にないのは明らかだ。久通の目の奥に怒りが滲んでいるのが見て取れた。

「お前は俺の子だ。やれるな」

久通の目がみるみると潤んでいった。

「必ず」

そこで総次郎が勢いよく頭を上げて食って掛かってきた。

「勝手に話を進められては困ります。私は認めません」

「他に道があるか」

「皆で知恵を合わせれば、きっと見つかるはずです。殿は何があろうと抗うと仰せになった。それなのに投げ出すおつもりですか!」

普段は飄々とした総次郎が、このような剣幕を見せたのは初めてのことであった。

「総次郎……俺は我が命で抗うのだ」

九兵衛が絞るように言うと、総次郎は頭を抱え込む。狭い部屋の中、総次郎の呻く声だけが響いていた。

三好家を、皆を救うためという崇高な想いではないかもしれない。今しがた言ったように、己は最後の最後まで抗い続ける。ただ躰を滅したとしても、その意志は受け継がれる。それは多聞丸、元長、甚助が教えてくれたことである。その意志でもって抗おうとしているだけなのだ。

通夜のような重苦しい空気が流れる中、陣の外が俄かに騒がしくなった。すわ敵襲かと皆が腰を浮かすが、銃声や刀槍の金属音は一向に聞こえて来ない。甲冑の擦れる音、慌ただしい跫音が近づいて来る。

「何事だ!?」

飛び込んで来たのは四手井隊の侍であったから、源八が大声ですかさず訊いた。

「敵の別動隊が奈良の町を掠めて古市《ふるいち》へ移動しているとのこと！　恐らくは大きく迂回して信貴山城を狙っているものと思われます！」

「いつの間に……」

源八は唖然となり、皆も吃驚して息を呑んでいる。連合軍は大仏殿に本陣を移したが、東大寺内に二万を超える大軍を収容出来るはずもなく、元々陣を置いていた天満山や大乗院山にも半数以上の兵を残している。万が一こちらが大仏殿に攻めかかっても、横腹を突いて突き崩されるという構図である。

それが、この一万を超える軍が信貴山城を目指しているというのだ。先にそちらを落とし、己たちを丸裸にする。そうなればただでさえ士気の低い今の松永軍は、放っておいても瓦解すると考えたのだろう。九兵衛らが今の今まで気づかなかったのは、連合軍は数日前からこちらに気付かれぬよう町の出入り口に兵を送って封鎖し、奈良の民がこちらに報せるのを防いでいたためらしい。

「しかし、何故それが解った……」

そこまで念入りに支度を進めておいて、何故こちらに露見したのか。信貴山城に向かったと思わせ、こちらを誘い出そうとする偽計ではないかと疑ったのだ。

「先ほど奈良に住まう民の一人が、我が陣に駆け込んできたのです」

「それこそ罠ではないか」

「いえ、違います」

源八の問いに対してその侍は断固とした意思を滲ませて断言し、荒ぶる息を抑えつつ続けた。

「敵に気付かれて矢を射かけられたとのことで、躰に幾本もの矢が突き刺さり……それでも我が陣まで報せに駆け付けてくれたのです」

「その者は……」

「事態を伝え、殿に言伝を頼んだ後……」

侍は声を詰まらせながら首を横に振った。矢の一本は右胸を完全に貫いており、ここまで駆けて来られたのが不思議なほど。それこそ神仏の加護があったとしか思えぬという。想像するだけで痛ましく、唇が小刻みに震えた。

「伝令の内容を聞かせてくれ。そのままでいい」

「松永様は大和の民を大切にして下さいました……米を盗んだ子を優しく諭すのをお見掛けしたこともありました。そして飢えた人々に米を分け与えてくださったことも……」

侍は唇を嚙み、震える声で続ける。

「私は多聞山の御城を毎朝見上げて……」

侍は嗚咽が込み上げて口を手で押さえ込み、九兵衛も声が上擦った。

「続けてくれ……」

「毎朝見上げて……心の内で松永様に感謝を述べておりました。奈良の民は……松永様の味方です……諦めないで下さい……」

皆が項垂れて場に静寂が訪れる。時折、洟を啜る音がするのみである。

「ご苦労だった。その者は」

「あまりに痛ましい姿で……殿に見られたくはないと。願いを聞き届けて勝手に弔ったことをお許し下さい」

「いや、よくやってくれた。下がってよい」

侍が下がっていくと、九兵衛は目に涙を溜めながら、皆を見回して言った。

「皆に……俺の元にいる全ての者に話をしたい」

「承った」

総次郎は目を真っ赤にして頷く。

「柳生殿……」

「解っている。やってみよう」

「はい」

九兵衛は心に湧き上がる感情の儘に力強く頷いた。

松永軍五千五百悉く、すぐに参集せよとの伝令が走った。前線からは連合軍への備えを残さなくてよいのかとの伺いがあったが、九兵衛はこれに対し、

――構わぬ。皆にどうしても話したいことがある。

と、すぐに答えた。連合軍は大仏殿に籠って安心しきっている。こちらが別動隊の動きを察して打って出ることを警戒してはいるものの、積極的に攻め寄せて来るとは考えられない。仮に攻めて来たとしてもその時はその時と開き直った。それよりも大切なことが今の己たちにはある。

多聞山城の麓、ひらけた野であるが、五千五百もの数が集まれば、身動きを取るに

も苦労する。人と人が擦れ合って生まれる熱気が風を生み、煌々とした篝火さえ揺らすほどである。

これより何が始まるのか。初めの内は皆が隣の者と囁き合っており、その数五千五百ともなれば堺の雑踏を彷彿とさせる賑やかさであった。しかし総次郎が静かにするように命じるとぴたりと話すのを止め、風の吹き抜ける音、薪の弾ける音すら聞こえるようになった。

「皆の者、よくぞ集まってくれた」

九兵衛は出しうる限りの声で皆に呼びかける。後ろのほうなどは顔すら見えない。だが何とか届いているようで、少し遅れて頷くのが見て取れた。

「つい先ほど、敵の半数が信貴山城に向かっているとの報が入った」

衆に明らかに動揺が走り、どよめきが巻き起こった。九兵衛がゆっくりと手を挙げると、徐々に声が再び静まっていく。

「これを教えてくれたのは、一人の大和の民だ」

その民の身に起こったこと、辿り着いた陣で絶命する前に己に向けた言伝、九兵衛は一切合切を丁寧に嚙み締めるようにして語った。話の途中から、何処からともなく啜り泣く声が聞こえた。目を真っ赤にして見つめる者もいる。

「あの日のことを恩に思う心優しい者が……何故、死なねばならぬのだ。俺にはどうしても解らぬ。誰か解る者がいれば教えてくれ！」

九兵衛は喉が裂けんばかりに叫んだ。六千の熱い眼差しを一身に受けながら続けた。

「誰かが高笑いしているこの世の片隅で、今日も誰かが泣いている」

皆を見渡しながら、九兵衛は声を飛ばした。

「お主たちも大切な者を、何の罪もない者を不条理に失ったことがあろう。神や仏がいるならば何をしているのだ……」

今までの悔しさが全身に満ち溢れて、血が出るかというほど拳を握りしめた。それぞれの人生があり、その中で一つや二つ耐えがたい哀しい別れがあったはず。皆もそれを思い出したようで、六千の想いが宙に交錯しているのが解った。

「戦いたくない者は去ってもよい。だが、もし付いて来てくれるというなら……」

九兵衛はそこで言葉を切ると、己の一生の全てに想いを馳せて皆に呼びかけた。

「神仏に人の美しさを、人の強さを見せてやろう」

言い終わるや否や、勇壮と悲壮とが入り混じった喊声が上がった。それは地を揺らし、天を衝くほど。まるで天地に向けて、人が存在することを示すための叫びのようにも聞こえた。

「敵は大仏殿にいる。行くぞ！」

この鬨の声はすでに敵にも届いているはず。九兵衛は曳かれてきた馬に飛び乗ると、腰の多聞丸を抜いて闇に薄っすらと浮かぶ大仏殿を差して駆け出した。半数、いや千人でも付いて来てくれればよい。そのような想いであったが、振り返った時には、先ほどまでいた野に残っている者は誰一人いない。幾つもの回廊を、脇目も振らずに縫うように疾駆する。

九兵衛にとって迫って来る敵は、もはや眼前の三人衆や筒井ではない。噎せ返るほどの業が渦巻く人間そのものである。

――何かあと一つ。あと一つ変えれば人間は良くなるはずなのだ。ずっとそう思い、走り続けてきた。その禱《いの》りにも似た思いが、今この時、身を引き裂くが如く衝いて出た。

「人間よ、この声を聞け！」

意味も解らぬ言葉である。だがそれは言霊となって駆け巡ったかのように、続く全ての者の猛々しい雄叫びを呼んだ。

油断していたようで敵の抵抗は殆どなく、大仏殿の前に僅か百ほどの兵が屯《たむろ》しているのみである。この異常に気付いて、大仏殿から顔を引き攣らせた敵がようやく、わらわらと飛び出て来る。

「殿！」

総次郎が己に馬を並べて叫んだ。

「このままいくぞ！」

九兵衛の下知を待つまでもなく、松永軍は敵に群がるように襲い掛かった。その顔は野獣の如き険しいものではない。どの者にも凜とした人の意思が浮かんでいる。

こんな世を何故救わぬとばかりに、叫喚と銃声が入り混じった音が寺内に響き渡る。此方の勢いが明らかに勝っているものの、ようやく敵も態勢を整えて懸命に守る。激戦が四半刻ほど続いた時、大仏殿近くの穀屋《こくや》から雷鳴の如き爆音が起こり、屋根を吹き飛ばして火柱が立った。松永軍はまだ一人として踏み込んでいないのにである。恐らくは敵が誤って火薬に火を移してしまったのだろう。

「我らの想いは神仏にも届いたぞ！」

九兵衛が咄嗟に叫ぶと、感嘆にも似た喚声が巻き起こる。

焔は風に巻かれて法華堂へ、回廊を朱に染めていく。やがて業火の進撃は大仏殿まで届き、黒煙を吐き散らして轟々《ごうごう》と燃え始めた。

松永軍は業火にも怯むことなく、ついに大仏殿の中にまで踏み込む。連合軍の大半が蜘蛛の子を散らすように逃げ惑い、踏み止まる者はごく僅か。失火を止めようとする者など誰一人見受けられなかった。本陣が瞬く間に落とされたのを見て、近くで陣を張っていた三人衆に与する大名、国人たちも我先にと退却を始める。

「僧に手を貸せ！」

全軍で追撃をとの進言を退け、九兵衛は千の兵でもって大仏殿の延焼を食い止めることを命じた。炎が鎮まったのは払暁のことである。大仏殿は焼けた。しかし鐘楼を始めとする幾つかの建物が、松永軍の必死の防火で残ったのも事実である。

もしこれ以上焼けていれば、火焔は塊となって奈良の町にまで押し寄せていただろう。だがこの日、炎は一歩として東大寺の寺領から出ることは無かった。

五

東大寺にいた連合軍は這う這うの態で退いていった。信貴山城に向かった軍に合流するためであろう。此方を諦めて先に信貴山城を狙うつもりかもしれない。

「父上、私に」

久通が頰を引き締めて言った。信貴山城に向かわせてくれということである。

「よいだろう。権六を助けてやってくれ。ただし無理はするでない。危ういと思えば河内へ逃げよ。時は十分に稼いだ」

久通は騎兵のみ三百を引き連れて信貴山城へと向かって行った。連合軍より先廻りして城に入るだろう。

久通に言ったように、もう十分に時は稼ぐことができた。信貴山城を落とされたとしても、その頃には織田軍の先遣隊が現れると踏んでいる。この一戦に勝つ以外、連合軍が畿内を制圧して織田軍を迎え撃つことは出来なかったはずだ。

九兵衛の読みは当たった。東大寺大仏殿の戦いの約二ヵ月後の十二月一日、信長は先んじて南山城、大和の全ての国人に、

――松永に従うように。

との書状を送る。このことで連合軍から離反する国人が続出し、動きはさらに鈍くなった。

久通は権六と協力して八ヵ月に亘って奮闘し、頃合いを見て全軍で城を放棄して河内へと落ちた。その頃には織田軍は近江で上洛を阻む六角家を打ち破り、別動隊も伊勢、伊賀、柳生を経て松永軍の支援に現れた。

永禄十一年九月、織田信長は遂に足利義昭を奉じて上洛を果たす。九兵衛は義継を伴って面会を果たした。

「そちが霜台か」

信長は甲高い声を発して眉を開いた。

「はっ……」

「もっと醜悪な面をしていると思ったが……若い頃はさぞかし持て囃されただろう」

「左様に」

謙遜することもなく九兵衛が答えたので、信長の家臣たちは吃驚していた。しかし信長は楽しげに片笑んだ。

「そちを信じてよいのかと口煩く言う者もいる」

「そうだろうと証の品をお持ちしました」

「何……」

「茶器でござる」

「九十九髪茄子はもう無いぞ」

九兵衛が初めて自らの目で見初めた茶器である。当時は大した値でもなかったが、茶会で用いる度に評判が評判を呼び、今では人によっては一国の価値にも相当すると言う者もいる。それは信長が上洛した際、すでに譲り渡している。

「残り全てをお渡し致します」

「よいのか……」

「これが今の当家が立てられる最大の証でございます。但し、平蜘蛛だけはご容赦を……」

「解っている。いいだろう。煩い者は俺が黙らせておく」

「よしなに」

「三好家は河内北半国の十二万石でよいな」

「ありがたき幸せ」

「そちには大和を任せる」

ただ単に領地を与えるという訳ではない。河内も大和もまだ織田家の力が及んでいない。支援はするので自らの力で切り取れという意味である。

「承りました」

「霜台……そちとはいずれ、ゆるりと語り明かしたい」

九兵衛が送った書状のことだとその一言ですぐに判った。

「楽しみに励みます」

暫し部屋から音が失した。しかし、向かいあう二人の間で幾つもの言葉が飛び交うのを互いに感じていた。

六

九兵衛は織田家の力を巧みに利用し、三人衆、筒井家を圧倒していき、五年も経った頃には虫の息といったところまで追い込むことが出来ていた。

しかし、ここで九兵衛の予想を超えた事態が起こる。あれほど苦労して三好家の存続を図ったにもかかわらず、義継が三人衆に唆され、織田家に謀叛を起こしたのである。

「またしても三人衆め……余計なことを」

九兵衛は下唇を噛み締めた。

「もしくは、信玄坊主に唆されたか」

義継も織田家には到底太刀打ち出来ぬと判っているはず。だが、つい先日、甲斐信濃を治める大大名、武田家が織田家包囲網の一角に加わったことで大局を読み違えたのであろう。九兵衛はそれでも織田家は崩れぬと見ていたが、世間は武田の参戦により、織田家の天下ももう終わりと考える者も多かった。義継もまたその一人だったという訳である。

だが、九兵衛は諦めなかった。九兵衛はあえて、三好家に追従を決めた。この状況での裏切りとなれば、信長も三好を許しはしない。こうなればいっそ己も加わることで事態をさらに大きくして、再度信長から三好家存続を勝ち取るしかないと考えたのだ。

結果、九兵衛の思惑は一応の成功を見せ、三好家は領地を大幅に減らされたものの存続を許された。しかし、その代償は大きかった。

——多聞山城を引き渡せ。

と、信長が言って来たのだ。

「すまぬ……」

夕暮れに佇む多聞山城を見つめながら、九兵衛は呟いた。この城には様々な想いが詰まっている。今は亡き義興との思い出もそうである。そして何よりこの城の名の元となった、多聞丸の遺志も宿っている。こうして九兵衛は多聞丸に二度目の別れを告げ、信貴山城へと向かった。

だが、その悲痛な想いも無為となった。信長と決裂し諸大名に檄を飛ばしていた足利義昭を、義継が自身の城に匿ってしまったのだ。九兵衛はこの時も謀叛をちらつかせて信長に助命を嘆願したが、もはや聞き届けられることはなかった。九兵衛の必死の交渉もむなしく、織田軍は若江城に攻めかかり、義継が腹を切って果ててしまったのである。

――もはやこれまでか。

三好という生涯支えていくべき存在を失った九兵衛は久通に家督を譲り、茶の湯に興じる日々が多くなった。甚助、多聞山城、三好家、己が生きてきた証の全てが人生から霧散した。己の一生は何であったのかという虚しさに耐えかね、世の流れから目を背けるようになったのだ。

「これでいいのか?」

茶の湯をして、茶器の水面に映る己と過ぎ去った人々に問いかけるが、当然ながら何一つ答えは返ってこなかった。

七

九兵衛の一生において最後の転機が来たのは、天正五年の春のことであった。

果心居士《かしんこじ》と謂う者がいる。別名を七宝行者ともいい、興福寺の僧であったのだが外法である幻術を用いたために追放されたという経歴の持ち主である。

興福寺の猿沢池に笹の葉を放り投げると、笹が瞬く間に魚に変じただの、楊枝で人の歯をなぞるだけで抜け落ちただのと、様々な逸話を持っている。多くの大名が眉唾だと思ったが、九兵衛は初めてこの男に会った時に、

「有り得るだろうな」

と、すぐに認めたので、果心居士当人のほうが驚いたほどだ。

「人の目など不確かなものよ。近くが遠く、遠くが近くに見えることも間々ある。それを言葉や身振りで巧みに促すのが幻術の正体であろう。苦労の末に磨き上げた立派な技よ」

「まさしく。初めて見抜かれ申した」

外法、外法と揶揄され続けていた果心居士にとって、技として認められたことは余程嬉しかったらしい。己に妙に懐くようになり、ことあるごとに信貴山城に訪ねて来るようになった。

転機とはこの果心居士の一言であった。二人で茶の湯に興じている中、居士は、

「松永様は今の奈良がどのようになっているか、ご存じか」

と、尋ねてきた。

結局、三好三人衆は織田家に押されて阿波へと逃げ去った。連合軍の一翼を担っていた筒井家であるが、義継謀叛の頃に織田家に降伏を許されている。己だけに大和を任すことを危惧したというのもあろうが、それ以上に武田や上杉、毛利などの強敵と領地が接したことで、少しでも早い畿内の安定を求めたのだろう。

筒井順慶は信長に多聞山城の破却を進言した。これからは北大和の中心は自身の筒井城にしたいという思惑と、加えて己への憎悪もあったと見える。信長ももはや大和平定を終え、多聞山城に戦略的な価値はないと考えたようで、あっさりこれを容れた。

すでに人の手に渡った多聞山城であるが、瓦を剝がされ、高矢倉が解体されたと聞いた時は、胸の奥が鷲摑みにされたような心地となった。

その奈良の支配を赦された筒井家が、今度は東大寺大仏殿の戦いにおいて、松永方

に情報を漏らした民を探し出そうと躍起になっているというのだ。

どうやらこの地に松永の痕跡を一つも残さぬ気らしい。

「しかし、その者はもうこの世にはいないのだ」

その民は命を賭して伝えてくれた。その健気な想いに皆が心を奮い立たせた。そういった意味では、あの一戦の真の功労者はその民だと思っている。

「実は松永方に走ったのは一人ではないようです。私が聞いたところに依るとその数は実に三十七人。他は途中で捕えられたか、断念したか。何とか辿り着いたのがその一人ということ」

「何だと……」

「筒井家はその三十七人を調べ上げ、仏罰の名のもとに九族まで見せしめに捕えています。中には駆けこんだ女の孫まで……」

「待て！　女なのか!?」

矢を射掛けられて重傷を負っても陣まで駆けて来た、そう聞いて己は勝手に屈強な男を想像していた。その者の屍を己に見られたくないという遺言を尊重し、検めることもなかったのだ。

「はい。日頃から松永様を心より慕っていたようで、近所でも評判であったとか……家族は勿論のこと、訪れる客にも、松永様がいるなら安心だと常より語っていたようです」

「訪れる客……」

そんなことがあるはずがないと思うものの、九兵衛の胸が激しく動悸する。

「薬屋を営んでおります」

「その者の名は……日夏……か」

「どうしてそれを……」

「居士、一人にしてくれぬか。皆が訝しがるならば、昔の女の幻術を見せ、俺が慄いたとでも言ってくれ」

「それは構いませぬが……松永様、お顔が真っ青でございます」

「俺は大馬鹿者よ。居士、頼む」

顔を歪めて深々と頭を下げたことで、居士も尋常のことではないと察して部屋を辞した。

九兵衛はすぐに筆を取った。信長への書状である。

――筒井家を止めて頂きたい。

まずその一文から始まる。信長にはかつて、己の半生を詳らかに話したことがある。その話に出て来た日夏が、大仏殿の戦いで松永方に報せた民であったことも隠さずに書いた。

しかし信長から来た返事には、

――奈良の委細は筒井家に任せている。

と、いったつれないものであった。

信長の考えることも理解は出来る。四方八方から攻められて苦境にある今、奈良で争乱を起こしたくはないのであろう。筒井家を刺激すれば、興福寺を始めとする奈良の寺社、他国の寺社にまで悪い影響を及ぼすと考えているのだ。

「頼む……信長、聞き届けてくれ」

九兵衛は諦めずに毎日のように書状を送った。だが初めの内は返事もあったが、遂には何の返答もよこさぬようになった。その間にも松永方に味方しようとした三十七人の家族はどんどん捕えられ、全て出揃ったところで処刑されるという話まで漏れ伝わって来た。

――世は変えられないかもしれないが、彼らの運命は変えられる。

九兵衛は腹を括った。己の足跡を振り返れば、今に残っているものは殆ど無い。ただ一つ、ただ一人、残っているもの。己の頭の中の日夏は今もあの日のままの若やいだ姿で、満面の笑みを浮かべて手を振っている。

八

信長は九兵衛の頼みには答えず、石山本願寺の包囲に加わるように命じた。それにも諾々と従いながら、九兵衛は書状を書き続けた。

九兵衛が勝手に陣を抜け出して信貴山城に戻ったのは、天正五年八月十七日のことであった。そこで信長へ反旗を翻すことを表明した。最早、この手段しか残されていないと悟ったのである。

九兵衛は家臣たちを集めて、この謀叛の訳は三十七人の家族を解放し、以降手を出さぬという約束を引き出すためだと包み隠さずに話した。その上で、

「此度の戦は必ず負ける。遠慮なく去ってくれて構わぬ」

と、皆に向けて話した。もう、己が赦されるために差し出せるものは命の他にはなにもない。それを重々解っている。しかし話を聞いた家臣たちに、城を抜ける者は一人としていなかった。

――何が目的だ。

この期に及んで、信長から書状が届いた。これに対して九兵衛は下手な駆け引きを一切せず、

――奈良の三十七人の家族を救って下され。

と、これまでと変わらぬことを訴え続けた。

そんな矢先に、筒井家が先んじて九兵衛の謀叛表明を口実に、松永方の諸城に攻撃を始めた。信長はまだ一考している最中であったようで、

「勝手に始めるとは……あの腐れ坊主め」

と、周囲に怒りをぶちまけていたらしいとの噂も、信貴山城に伝わって来た。しかし、始まってしまった以上、信長も放っておく訳にはいかない。嫡男少将信忠を総大将とし、明智日向、羽柴筑前などの今を時めく重臣を加えて、大和を攻めるように命じた。

九

又九郎は馬を駆った。松永家征伐の軍に先んじて大和に入り、久秀に面会するためである。かつての己ならば、これほどの大命ならば気鬱になっていただろう。

だが、今は違う。

――松永殿の力になりたい。

という願いが胸を占めている。それと同時に早く会いたいという思いで、このよう

な時ながら心が躍るのも感じている。

己とて戦国の武士である。幼い頃は大名になりたいなどと、立身出世を夢見ていたことはあった。だがいつしかその夢は萎み、

「あと、死ぬまでに五十石も貰えたら御の字よ」

などと同輩に語るようになっていた。そんな己になってしまったのも、

――神や仏が、己に加護を与えなかったから。

と、神仏に責任を押しつけて自らを慰めていた。が、久秀の過ごして来た日々を聞いた今、それがただの言い訳であったことを痛感している。

己はまさしく九割九分九厘の人であった。そして久秀こそが、いつしか捨ててしまった、己の思い描いた夢の姿ではないかと感じている。

「俺は何のために生まれてきたのか……」

流れゆく景色の中、馬上で又九郎は歯を食い縛った。漫然と生きてきた中で、幼い頃の夢はとっくに遠くへと消えていった。今更取り戻すことは出来ない。このままでは、己こそ誰にも知られずに歴史の中のほんの塵として消えていく。

いや、それでもよい。ただ今からでも何か一つ、自らが誇れることを残したい。一瞬だけでいい。一厘の男でありたいと願っている。そしてそれが今、この時だと思い定めていた。

「使者でござる‼」

又九郎は信貴山城下に入ると、連呼しながら町を駆け抜けた。民はすでに退散し始めているが、町が混乱している様子は全く見られない。驚くべきことに松永軍の兵たちが、民の荷造りを手伝っているのだ。

「織田家か⁉」

松永軍の物頭らしき者が走って追い縋る。

「織田家小姓頭の狩野又九郎、松永弾正少弼殿への使者として推参した！」

「降伏の使者ならば無駄故、疾く帰られよ」

「違う。俺は……共に戦うつもりで来た！」

昂る感情のままに吐き出した。物頭は、この男は何を言っているのだ、というように怪訝そうにし、なおも止めようと追いかけて来た。

その時である。路地から一頭の馬が飛び出して来た。馬上にあるのは、鬢の白い老将である。民の避難を取り仕切る松永家の家老であろうか。又九郎は手綱を引いて馬を取り回しつつ止めた。

「話を聞こう」

「密使と思って下さって結構。弾正少弼様以外には申せません」

「ふむ……では聞こうか」

耳が遠いのか、あるいは話を聞いていないのか、老将は全く同じことを繰り返した。

「これは織田家ではなく、上様よりの——」

言いかけた又九郎であったが、ふっとあることに気付いて言葉を呑み込んだ。老将の真っすぐな瞳、それは又九郎がずっと脳裏に思い描いてきた、戦国を駆け抜けてきたあの青年と全く同じだったからである。

「狩野殿だったな。その剣幕、何か訳がありそうだ」

老将は穏やかでいて、威厳の溢れる錆びた声で言った。

「まさか……あなたは九兵衛殿……」

又九郎は思わずその名で呼んでしまうと、あっと口を噤んだ。

「ほう」

老将は梟のような声を上げ、少し驚いた顔になった。だがすぐに平静を取り戻すと、啞然とする己に静かに言い放った。

「松永弾正少弼久秀だ」

己に向けられている不敵な笑み。それもまたずっと思い描いていたものと寸分違わず、又九郎は背筋に雷を受けたように躰を震わせた。

十

枯れ葉の香りが宙に漂い始めた九月の中頃。織田家から信貴山城の九兵衛のもとに一人の使者が送られて来た。

名を狩野又九郎と謂い、信長の小姓頭の一人であるという。今少し位の高い者が交渉に現れるかと思っていたので、九兵衛はいよいよ頑強に抵抗せねばならないと考えたが、それが思い過ごしであったとすぐに気づかされた。

「私は松永様の一生を存じ上げております」

又九郎は射貫くようにこちらを見つめ、第一声にそのように言い放ったのだ。

「何故お主が……？」

「上様が想いを吐露したい時の当番がたまたま私であった。偶然……でございましょう。だがそれも縁だと、今は思い定めております」

「左様か。で、狩野殿。我らの条件は聞き届けて下さるか」

「己を助けた民のためとはいえ、勝ち目のない戦いに挑むなど愚の骨頂……ひと月前の私ならばそう思っていたでしょう」

又九郎は一瞬たりとも視線を外さず、腹から絞り出すように続けた。

「だが今は違います。松永様の想いを叶えるため今動いておりますが、筒井家にも事情があるようで、中々に渋っております。今少し時を下さい」

「筒井も退くに退けぬのであろう」

大仏殿の炎上は事故である。穀屋に火薬など置き、扱いを誤った三人衆の過失ともいえる。しかし東大寺は自ら陣を貸すというかたちで戦に参加しておきながら、攻めて来た当方を悪と断じている。恐らくは筒井家を動かすように働きかけたのも、東大寺やそれに同調した興福寺。寺社との関わりが極めて深い筒井家としては、動かざるを得ないという側面もあるはずだ。

「必ず纏めてみせます。何とか数日の間、耐えて下され」

「ふふ……纏まるまで戦を止めてくれる訳ではないのか?」

「それは難しゅうございます」

「解っている、少し困らせようとしただけよ」

織田家の地盤は未だ盤石とはいえず、信長とて、戦を止めたいのはやまやまだが、寺社には気を遣わねばならぬ。筒井家もそれを知っているからなかなか首を縦に振らない。とはいえ己の謀叛をいつまでも放っておけば、他に便乗する者が現れるかもしれず軍を差し向けてきたのだ。信長とて神ではない。己に関わる人々の意思や力に、少なからず影響を受けざるを得ないということだ。

――筒井家や寺社を納得させるのに時が掛かる故、暫し攻めずにおれ。

などとはたとえ信長でも口が裂けても言えない。つまり大将の織田信忠、並み居る諸将、末端の兵たちまで皆が本気で信貴山城を落とそうとしており、又九郎唯一人が信長の真意のために動いている状況である。見方を変えれば、これは己と信長、そしてその間を奔る又九郎、たった三人とそれ以外との戦ともいえよう。

「上様は興福寺、東大寺を始めとする主だった寺社にすでに根回しを始めております」

「どれくらいかかりそうだ」

「二十日」

「これは……無茶を言う」

九兵衛は苦笑してしまった。信長が大和に差し向けている軍勢は実に四万。一方、こちらの軍勢は全てかき集めても八千ほど。信貴山城が包囲されれば、三日耐えるのも難儀であろう。

「そういえば近頃、流星があったのをご存じですか」

「知っている」

つい先日、突如として巨大な流れ星が現れたのである。九兵衛も信貴山城から尾を引いて流れていくのをしかと見た。

「京の者たちは、松永弾正が滅ぶ兆しを天帝が告げておられるなどと申し……早くも弾正星と名付けているようです」

「口さがない京雀が囀っているか。狩野殿は如何に思う？」

九兵衛は口辺を綻ばせながら尋ねた。

「全くもって馬鹿な話です」

「言いおるわ。だがその通り。俺如きのために星を流さねばならぬなら、帝が崩御するたびに流さねばならなくなるぞ。だとすれば天帝はかなり暇だということになる。あれは天の理よ」

「まことに」

又九郎はこうして話すのが楽しくて堪らぬ、といった様子である。その顔は憧れの者と語る童を彷彿とさせた。

「もう天だの、神だの、仏だのは懲り懲りよ。人間は……」

「いつも人が切り開く。で、よろしゅうございますか」

最後まで言わせることなく、又九郎が凛と被せた。

「よく俺を知っている」

「一晩中聞かされましたから」

どちらからともなく噴き出し、やがて二つの笑い声が部屋に響いた。きっと次の間に控えている家臣たちは、何事かと訝しんでいることだろう。一頻り笑いあった後、又九郎は改まった口調で切り出した。

「上様からご伝言がもう一つ」

「なんだ」

「人間の、荒ぶる力に耐えてみせよ、と」

「……ふふ。二十日だな。切り開いてみせる」

「御武運を」

長い一生の中で、敵に武運を祈られるのは初めてである。九兵衛は不敵に口角を上げて頷いた。

十一

九月も終わろうとする頃、織田家四万の大軍が国境に近づいているとの報が入った。先行して信貴山城へと使者に発った又九郎も、織田本隊が大和に入れば合流すると言っていた。以後は刻一刻と変わる状況を安土に伝え、そこでまた信長の意を受けて動くことになる。

九兵衛は久通のほか、総次郎、源八、権六などの主だった家臣を集めて軍議を開くと、又九郎から聞いた話の全てを伝えた。

「何かの罠ではないでしょうか」

久通は困惑しながら首を捻った。

「織田家の勝ちは揺るがぬ。小細工をする必要はあるまい」

「国境で崩してきましょうか」

今や大和随一の驍将《ぎようしよう》とも呼ばれる総次郎であるが、戦場以外では未だに屈託の無い笑みを見せる。

「二、三日を稼ぐのに、お主が死んでは割に合わん」

「ばれましたか」

総次郎は、数百の寡兵を率いて奇襲を掛けるつもりである。山間で大軍に襲い掛かるという意味では、信長が名を挙げた桶狭間に似ている。しかし大将の信忠はともかく、戦に長けた明智、羽柴などは絶対に気を緩めぬだろう。総次郎が命を懸ければ敵将の一人や二人は討てるかもしれないが、すぐに軍を立て直されるのは目に見えている。

「それに国境は柳生殿にも迷惑が掛かる」

此度の戦いでは大和国人衆の七割が筒井家、いやその背後にいる織田家についている。家名を残すためには当然のことであろう。残りの三割は筒井家に怨みがあり、不倶戴天の仇と思っている者ばかりである。

——暫し考える猶予を頂きたい。

柳生家厳からそのような書状が届いた。前回の謀叛の時、家厳は織田家に残る道を選んだ。柳生荘の民を守るためには当然の判断である。しかし此度は己が死を覚悟していることに気付いているのだろう。老軀《ろうく》を押して信貴山城に参ると家中に宣言したらしい。だが嫡男の宗厳以下に止められ、家中の説得にもう少し時が掛かるとのことであった。九兵衛は書状を読み終えると、口元に笑みを湛えながら返書を認めた。

——宗厳殿の仰いますことがご尤も。此度は我らにお任せを。長らく世話になりました。

と、いった別れの文である。

柳生荘は国境にあるため、そこで戦えばまた気を揉ませることになるだろう。柳生荘が戦場にならないとも限らない。これまで受けた恩義を思えばそれは避けたかった。

「しかし二十日は厳しいですね。懐に入られる前にほんの少しでも時を稼がねば」

源八が広げた大和の図面を覗き込む。

「うむ……どこかで一当たりするか」

「それでは半日稼げれば良い方でしょう」

源八が唸り声を上げた時、それまで黙していた権六が口を開いた。

「儂が片岡城に入ります。三日ほどは時を稼ぎましょう」

大和の入口にある砦に毛の生えたほどの城である。長らく自身の後見役であった権六に対し、久通が嚙みつくように制した。

「権六、駄目だ」

「いずれ皆が死ぬのです。それが早いか遅いかということ」

「ならば私が行く。信貴山城には父上がいらっしゃる」

権六は優しい眼差しで大きな頭を鷹揚に振った。

「若はずっと、一代で名を挙げた殿に負い目を感じておられた。それに儂は気付かず、逸る若をお止め出来ませんでした」

「あれは私が悪いのだ……」

久通は下唇を嚙み締めて俯いた。

「片岡城での討死など、後の世では一文残ればよいほどの些事。勝ち目の無い戦いと知りながら、御父上を支えて最後まで戦う……そちらが若にはよろしい」

権六は深く息を吐き、己を見つめて言葉を継いだ。

「殿、よろしいな」

「久通の後見はお主で間違いなかった。頼む」

「お任せを。源八、殿を頼むぞ」

権六と源八は従兄弟の間柄にして、二人とも元は宇治の国人である。己と関わったことで流れ流れてここまでやってきた。それが幸せなことであったかは解らない。ただ共に生き抜いたという事実だけは消えはしない。

「後で行く」

「二十日はもたせろよ」

権六の豪快な笑い声で軍議は幕を閉じた。その晩、久通と差し向って呑み明かした後、権六は千の兵とともに信貴山城から発っていった。

九月二十八日、織田軍の先鋒が大和の国境を越え、権六の籠る片岡城に攻めかかった。四十倍からなる敵に正面から挑むなど正気ではない、何かの気の迷いだと考えたようで、織田軍から降伏を促す使者が何度も片岡城に送られた。しかし権六は言を翻すことはなかった。

嵐の如き矢玉に晒されながらも、片岡城は頑強に抵抗を続け、夜襲をかけて織田軍を半里近くほど退ける局面もあったという。

十月一日、片岡城は陥落した。本丸御殿に踏み込まれても権六は腹を切ることはなく、生涯愛用した六角棒を手に足軽十数人を返り討ちにした。一時でも長く稼ごうとしたのだ。奮闘の後、無数の槍に巨軀を貫かれ壮絶な最期を遂げた。

権六の死を聞いた久通は声を上げて慟哭したが、翌日には引き締まった顔で姿を見せた。権六は死してなお久通を成長させてくれたことになる。

——権六、さらばだ。

ずっと構ってやれなかった己より、どれほど父らしい存在であったろう。九兵衛はあの呵々とした笑い声を思い出しながら、心中でそっと感謝と別れを告げた。

十二

片岡城以外の小城は半日も踏み止まれず、織田軍は無人の野を行くが如く大和を突き進み、遂に信貴山城が完全に包囲されたのは十月三日のことであった。ここでまず又九郎が再び使者として信貴山城に現れた。信長は大将の信忠に対し、

——又九郎には余の意を含めてある。使者に立つといえば必ずその通りにせよ。

と、厳命しているとのこと。故にこうして会いに来ることが出来たという。

「片岡城では凄まじい抵抗を受けました。海老名殿の壮絶な死に、諸将もこれは一筋縄ではいかぬと気を引き締めています」

「そうか……権六には苦労を掛けた」

九兵衛は権六の姿を思い浮かべながら、静かに言った。又九郎は心苦しそうに口を

開く。

「時を稼いで下さった海老名殿には申し訳ないのですが……件のことはまだ」

信長は主だった寺社に向けて使者を送り、松永家が仏敵であるのはよいとしても、それに与した民まで同じように括るのは間違っている旨を伝えた。

この時点で半数の寺社は織田家の威光を恐れて承服したが、残る半数はのらりくらりと答えを躱したらしい。信長はこれに苛立ってさらに使者を飛ばし、

──奈良を直轄とする。つまり貴様らは余の民に手を出しているということ。覚悟せよ。

と、申し付けたという。

「安土は大変なことになっておろう」

「はい。早馬がひっ切りなしに。あまりの慌ただしさに、松永様の他に謀叛した者がいるのではないかと訝しがる向きもあるとのこと」

「寺社はまだ納得せぬか」

「上様に恐れをなし、九割九分の寺社が承服しました。あとは二つです」

「興福寺と東大寺だな」

興福寺はすでに及び腰になっており、東大寺が納得すれば同調すると申しているとのこと。つまりあと実質、東大寺を説得出来れば、筒井家としても無理を通す必要が

なくなる。

「これより私は陣を抜け、東大寺に参ります」

「よいのか」

一小姓の領分を大きく超えている。信長の了承を得ている訳でもないという。

「上様は必ずやお許しになると思います。それに私も命を賭しておりますれば」

「何故そこまでしてくれる」

「私も罪も無き三十七人の家族が殺されると聞き、腹の底から怒りが込み上げてきました」

「お主にも何か……」

同じような経験があるのかもしれない。だから信長はこの若者に全てを話し、己の使者として使おうとしたのか。そう考えたのだが、又九郎は首を横に振った。

「いえ、私は特に。安穏とした暮らしをして参りました。過日申したように、上様が話されたのもただの偶然で間違いありません」

「では、いよいよ解らぬ」

「世にこれほど道理の通らぬことがあるのか。しかもそれが毎日何処かで行われている。それなのに私は何となく、それなりに出世し、それなりの一生を送れればいいと思っていました……そんな己に無性に憤りを覚えたのです」

又九郎の熱の籠もった言葉に、九兵衛は眉を開いて微笑んだ。

「人も捨てたものではないな」

「松永様ならば、それはとっくにご存じでしょう」

「いかにも」

「五日耐えて下され」

「やってみよう」

又九郎は信忠に対して、松永軍は降伏を考えており、暫し時が欲しいと言っていると伝えた。少しでも攻撃が始まるのを遅らせようという考えである。

東大寺に向かった又九郎はまだ戻らないが、信忠が痺れを切らしたのだろう。会談から二日後の十月五日、織田軍は突如として総攻撃を開始した。

「皆の者、行くぞ」

九兵衛が静かに言うと、松永軍七千は、空気が震えるほどの鬨の声を上げて、防戦に当たった。信貴山城は己が縄張りを引いて改修した大和一の堅城。そう易々とは落ちないものの、大軍のあまりの苛烈な攻撃に、一進一退の戦いが繰り広げられた。

陽が昇って戦いが始まり、沈んで小康を得る。五日、六日と繰り返したが、七日夜半、俄かに外が騒がしくなった。信貴山城があまりに激しく抵抗するものだから、織田軍が夜襲を掛けてきたのである。

悲痛な顔で報告に参じたのは源八である。

「搦め手の瓦林隊は押し捲っていますが、反対に正面の軍は崩れはじめております」

「俺も行こう」

「いえ、殿が出ても同じことかと。兵の数が余りにも違い過ぎます。倒しても倒しても切りがありません」

「だが、このまま座している訳にもいかぬ」

「一つだけ退ける策が」

源八が存念を語り終えた時、九兵衛は額に手を添えて溜息を零した。

「どいつもこいつも……」

「あの日、我らを助けてくれた民への恩返しです」

「お主は昔から義理堅いからな」

家族を救ったことを恩義に感じ、己に何処までも付いて行くと切り出したのは、源八であった。堺が三好三人衆による危機に晒された時、見捨てる訳にはいかないと強弁を振るったこともある。四手井源八家保とはそのような男であった。

「権六とも誓いましたので。一足先に行って参ります」

源八は色気の漂う目尻に皺を寄せた。この戦いの後に仮に信長が赦そうとも、己が如何に振る舞うか、すでに予想が付いているようであった。

「頼む」

「畏まった」

源八は慇懃に頭を下げると、勢いよく身を翻して天守の階段を降りていった。己の破竹の出世を指して、昇り龍のようだと評されたこともある。もし真に龍であったならば、今まさに一枚、また一枚と己から鱗が剝がれていっているのだろう。

天守から九兵衛が戦の成り行きを見守っていると、雲霞の如く迫る織田軍に対し、百ほどの騎兵が錐を揉むような突貫を見せた。源八率いる部隊である。半数は行商が荷を運ぶように、馬の両脇に樽を括りつけている。中に入っているのは油。ぶつかる前に栓を抜いて、油をまき散らしながら突撃しているのだ。百の騎兵はみるみる数を減らしてゆく。源八のすぐ脇には篝火を持った二人の騎兵。これも一人が斃《たお》れた。もはやここまでと考えたのだろう。源八が箙から矢を取って番え、篝火に掲げるのが、はきと見えた。

「源八!!」

思わず九兵衛は叫んだ。身を捻って自らの背後に火矢を放たんとした刹那、下から繰り出された槍により、源八は馬上から吹き飛ばされたのだ。敵勢に紛れて姿が消えた。

「源八……」

拳を握りしめ再び名を呼んだその時、その声に応えるように軍勢の中から朱色の燕の如きものが飛び立った。それは夜空を目指して高々と飛翔し、やがて大きな弧を描きながら大地へと還っていく。

一瞬の間を空けて、沸き立った紅《くれない》は、縦横無尽に軍勢の中を駆け巡っていく。足を焔に嚙みつかれ火達磨になった足軽が、他の足軽にしがみつき、雄々しき喚声を悲鳴に塗り替えていった。勢い付いていた織田軍であったが、これには堪らず引き鉦《ひがね》を激しく叩いて退却を始めた。

自らを犠牲に、敵軍の中央に火攻めを仕掛けるという源八の策は見事に成功し、籠城戦が始まって最大の危機を逃れることが出来た。それどころか火傷を負った者の手当てに追われているのか、翌日の八日も織田軍は申し訳程度に銃を放つのみで攻めては来なかった。

狩野又九郎が三度、信貴山城に現れたのはその日の夕刻のことである。

九兵衛は天守に又九郎を招き入れた。これまでは自室で会っていたため、他家の者をここに入れるのは初めてのことだ。

「松永殿……」

「やったか」

階段を上ってきた又九郎の顔を一目見て、九兵衛は事が成ったのだと確信した。

「東大寺は承服致しました。筒井家にもすぐにそれを申し送り、三十七人の家族は間もなく解き放たれます」

「ありがとう……」

これほど無垢な心で感謝の言葉を述べたことは無いのではないか。九兵衛は唇を窄めて深くお辞儀をした。

「ようございました」

又九郎の目にも涙の膜が張っている。

「それにしても、よくぞ東大寺が納得したものだ」

「従わぬならば今すぐにでも兵を差し向け、再び焼き払ってやると」

「それは、ちと言い過ぎではないか」

「それが……その後に真に上様が」

又九郎が最大限の脅し文句を並べて圧倒していた時、時機を見計らったように信長から書状が届いた。その内容が、

——また焼かれたいかと訊け。

と、いうものだったのだ。又九郎はそれに勇気を得て、そのまま東大寺側を押し切ったという訳である。

「書状には他にも……上様は松永様を殺すな、と仰せです」

「奴も誤解されやすい男よな」

九兵衛がくすりと笑うのに対し、流石に又九郎は苦笑して濁すのみであった。

天下の中で同じ孤独を持っている者は少ない。己と信長とて全く同じではなかろうが、それでも、これ以上に近しく感じられる者は他に見当たらないのかもしれない。

「ようございましたな」

嬉々として言う又九郎に対し、九兵衛はゆっくりと首を振った。

「それは遠慮しておこうか」

「何故です」

又九郎は一転、険しい顔で詰め寄った。

「元々これが最後のつもりだったのよ。信長もこれで赦しては収まりが悪かろう」

「しかし、上様がお赦しになると……」

「奴にも体面があろう。奴もまた、人々の意思に不自由しておるでな」

九兵衛はそこで一度言葉を区切ると、皺の浮かんだ自らの手を見ながら、乾いた口辺を緩めた。

「それに、ちと疲れたのだ」

未知なるものを探せと命じる己の心、それを運び続けた躰はもう限界を迎えていることを感じていた。生きたとしてもあと二、三年というところであろう。これまで多くの儘ならぬことに流されてきた。ならばせめて死の時だけは己で決めたいと思っている。

「二日後、俺は死ぬ」

又九郎ははっと息を呑んだ。短い時ではあるが己の生涯に触れ、こうして言葉も交わしてきた。意味を察した今、もはや止められぬと思ったのだろう。ゆっくりと首を縦に振った。

「信長に伝えてくれぬか」

「はい……一言一句違わず」

「順が回って来たようだ。我は一歩先に進む。いずれ向こうでまた積もる話をしようと」

「……承りました」

「狩野殿、貴殿には真に世話になった。俺はつくづく人の縁に恵まれた男よ」

九兵衛はそう言うと、腰の二本の刀を抜いて差し出した。

「これは……」

「粟田口吉光。元長様から頂いたものだ。これを信長に渡してくれ」

「夢追藤四郎……」

「それも知っていたか。そしてこれは、どうかお主が受け取ってくれ」

この両刀は己と多聞丸、元長の夢を繋ぐ証であった。今度は己と信長、そして又九郎、三人の戦いの証となればよい。

「私には大層な夢などありませぬ。過分でございます」

又九郎は首を横に振った。

「夢に大きいも小さいもない。お主だけの夢を追えばよいのだ」

九兵衛が言うと、又九郎は唇を結んで頷いた。

「頂戴致します」

「達者でな」

あの日の元長のように己はなれているだろうか。

そのようなことを考えながら、九兵衛はぽんと又九郎の肩を叩いて笑った。

又九郎は戦いを終え使者の役目を降りた。それと入れ替わりに、信忠の意を受けた別の使者が現れたのは、翌日の早朝のことである。

「上様は平蜘蛛の茶釜を差し出せば降ることを認める、とのことです」

使者はそのように言った。

「信長ではなく、信忠が言っているのだろう？」

九兵衛が苦笑すると、使者は明らかに動揺したが懸命に否定する。この段になって、信長が平蜘蛛を欲しがるとは思えない。今となっては、味方であった三好家中の者たちより、心が通じていることが可笑しかった。

「他の物ならばやってもよいのだが、平蜘蛛はゆかぬな」

九兵衛は諸手をぱっと開き首を捻った。なおも使者が喰い下がる。

「一国の価値があると言われる茶釜。しかし命あってこその――」

「狩野殿と違って、ずれておるわ」

「は……」

九兵衛がこめかみを掻いて困り顔を作ると、使者は豆鉄砲を食らったような表情になった。

「あの茶釜には色々詰まっておるでな。たとえ日ノ本全てと換えるといっても断ろう」

堺の風に溶かすような、新五郎の朗らかな笑い声。そして、指を摑む柔らかな感触と共に、懐っこい笑みを向ける義興の顔が次々と浮かんでは消えた。使者は最後まで意味が解らぬ、といった顔で帰っていった。

九兵衛はその後、総次郎を呼び寄せ、

「今一度、皆に訊こう」

と言い、夜半のうちに共に各陣を回った。

まもなく信貴山城は落ちる。心変わりして逃れたい者は逃がしてやりたかった。この期に及んでも士気高き者たちである。なかなかに志願する者はいない。

「お主たち、ちとおかしいのではないか？」

よく残って千ほどかと思っていたのに、何と七千の殆どが城に残留すると知り九兵衛は思わず苦笑した。ただ二百人ほどだが、説得に応じてくれる者たちもいた。家族や郷里が恋しくなっていたのだろう。九兵衛は一人一人に労いの言葉を掛けていった。

十日の払暁、元筒井家の家臣、森好久《もりよしひさ》が率いる二百の兵が敵方に内通し、三の丸に焼き討ちをかけた。

「達者でな」

久秀は天守から燃え盛る三の丸を眺めつつ、ぽつりと呟いた。彼らは皆、涙を浮かべつつ別れを言った者たちである。ただ逃げるだけでは織田軍に殺されるかもしれぬ。そこで内通して降るように勧めたのだ。

咎めるつもりなど毛頭無い。人は己の一生に正直になればよい。彼らは生きた証を求め、再び乱世という大海に漕ぎ出すことを決めたのだ。

「さて、灸でも据えるか」

今日の夜はもうやってきそうには無い。寄せ手の喊声の中、昼前からじっくりと日課の灸を据えた。最後の最後くらい、何かを求める心に振り回され続けた躰を、労わってやりたかった。

「殿、お邪魔でしたかな」

総次郎が天守へと登って来た。

「いいや。一生の内で今がもっともゆるりとしているかもしれぬ」

「それはようございました」

「どうした？」

「今日の織田軍は少し手厳しい。間もなく本丸まで攻め込まれてしまいます」

「ではそろそろ行くか」

天守にありったけの火薬を運ばせている。これに火を放って全てを吹き飛ばすつもりでいた。

「いいえ、共にと思っていましたが……折角のゆるりとした時。今少しお楽しみ下され」

総次郎は軽く刀の柄を叩くと、眉を上げて戯けたような顔を作った。

「俺だけ悪いな」

「私はずっと楽しませて頂きました」

「左様か」

「では……」

「またな」

短い会話を終えた後、九兵衛がふっと唇を緩めると、総次郎は柔らかに笑って去っていった。

四半刻ほど後、一際大きな喊声が聞こえて来たかと思うと、続いて悲鳴が次々に上がり、あたりは阿鼻叫喚を極めた。

しかし、それもやがて少しずつ収まっていき、さらに四半刻もすればすっかり元通りになっていた。

「そろそろか……」

九兵衛は灸を終えると、配下の一人に火を放つように命じた。己に残された時はほんの僅かである。未だ艾《もぐさ》の炙られる香りが充満する天守を抜け、外へと歩を進めた。眼下に織田軍が波濤《はとう》の如く迫っているのが見えた。

天正五年十月十日に、己はこの世から辞そうと決めていた。東大寺が燃えてから丁度十年の日である。

世間はこの日に己が死ぬことを、東大寺を焼いた仏罰などと言うかもしれない。些か癪に障る思いもあるが、それでも敢えてこの日を選んだ。

東大寺炎上から十年、それは即ち、日夏の死から十年ということを意味するからである。

「日夏、よい空だ」

焼けるような茜空を見つめながら、九兵衛はぽつんと呟いた。

たった一人のために命を燃やすとは、何と清々しいことか。ただそれまでに漫然と生きていては味わえぬ。一生の中で多くの出逢いと別れを繰り返したからこそ、尊いと思えるのだろう。

「なるほど、そういうことか」

ふと人の一生が妙に腑に落ちた。

夕焼けの先に皆の顔が見えた気がした。一々名を呼ぶまでもない。皆である。

「今、行く」

九兵衛は夕陽に顔を埋めながら微笑むと、ゆっくりと目を閉じた。轟音が耳朶に届いたが、すぐにそれは遠のいていく。

時が巻き戻ったのか、それとも光陰矢の如くに進んだのか、目の前に星が燦々と輝く夜空が見えた。

これはいつ見た空だったのか。

このような時まで考えてしまう己におかしみを覚え、九兵衛は風の中に笑った。

解説

人の子よ

北方謙三

時代を、どうやって小説に取りこむかということについて、平岩弓枝《ひらいわゆみえ》さんに教えられたことがある。ある文学賞の、選考の場であった。江戸の長屋のおかみさんが、洗濯物を取りこんでいる。いつもより埃《ほこり》が多く、首を傾《かし》げ、音をたててそれを払う。こういう描写だった。そして、それだけしか書かれていない。しかし短いこの描写が、しっかりと時代を取りこんでいるのだと、静かに言われた。私は得心して大きく頷《うなず》いた。この日、浅間山《あさまやま》が噴火していたのだと、のちにわかる。洗濯物についたその埃が、小説にとっての時代なのである。

小説は描写で、説明などはむしろ夾雑物《きょうざつぶつ》にすぎないのだという、きわめて的確な指摘であった。選考会で学ぶことは、意外に多くあるのだ。

そんなふうな描写ができる作家が、また現《あら》われないものかと思っていたら、かなり経《た》ってから今村翔吾が登場した。描写が、際立っていた。しかし意識して修練を積んだものではなく、どうも生まれながらに持ち合わせていた資質と見えた。根っからの小説家だろうと、最初に作品を読んだ時に感じたが、思った通りに大きくなりつつある。

細かい描写だけでなく、物語の醸成力も持っていた。それは、プロットの才能というようなものではない。人間の描写の積み重ねが、自然に物語を生み出してしまうのだ。

小説は物語が先行するのか、人物造形がまずあるのか、私は時々考える。そして物語の枠組みありきの小説は、どこかふくらみに欠けるのではないか、と感じてしまうのだ。ふくらみという言葉でしか表現できないのがもどかしいが、私にとってはあきらかに違うのである。

本作では、まず多聞丸が立ちあがってくる。存在感を持つ。そうなると、多聞丸の性格、考え方、感性などが当然出てくる。つまり、多聞丸はその性格や考え方の通りに生きる、ということになる。作者がどう考えようと、どんな生き方を望もうと、多聞丸はもう自分の生き方しかできなくなっているのだ。

そうやって、小説の人物はひとりひとり立ちあがり、生き方を持つ。つまりそこに、物語というものが自然に生まれてしまう。

物語を作るというより生まれると表現すると、より本質的な小説のありようを、言い当てているのではないか、と私は感じる。

立ちあがった登場人物たちが、物語と一体になる。物語そのもののようになる。作者はどこにいるのか。登場人物を創りあげ立ちあがらせ、生きさせる、というところに力を尽しているのだ。登場人物たちが自由に生きはじめたら、小説は成功したようなものだろう。頭で物語を組み立て、そこに登場人物を閉じこめるより、それはずっと困難なことではないかと私は思う。

小説の登場人物が自由で、独自の思想や感性や人間観、死生観を持つと考えると、作者にとってははなはだ厄介な存在になるはずだが、同時に、作者は登場人物と戯れ、語り合い、時には闘うことに、喜びに近いものを感じる。それが、書くという行為の醍醐味《だいごみ》でもあるのだ、と私は思ってきた。

小説の人物の、生殺与奪の権を作者が持つというのは、大いなる誤解に違いない。それでも作者と登場人物は、余人には窺《うかが》い知れない、孤立した関係を持っているのだろうと思う。これは拙い実作者として、自分を顧みた時に感じることでもある。

さて、多聞丸である。読んでいて、もしかすると死ぬかもしれない、と感じ続けていた。そして、死んだ。多聞丸は、作者がどう考えようと、自らの男としてのありように従って、生き、死んだのだ。

人は死ぬ。それはあたり前のことだ。しかし、人は死なない。この世を眺め回しても、死んだ経験を持つ人間などいないのだ。だから、死は観念にしかすぎないのだ、と思うことはある。

実際の死には、しばしば遭遇する。しかしその人間の生は途絶えず、どこかで受け継がれる。生きている人間の心の中に、蘇《よみが》える。間違いなく、多聞丸は九兵衛の中で生きているのだ。それだけの人間を、作者は描き出したということだろう。

日夏という少女がいる。少女はいずれ成長し、自分の人生を歩む。日夏を中心にして、登場人物たちの思いが交錯し、それがこの物語の通奏低音になっている。私にとってはしかし、その思いが物語のすべてに近かった。そんなことがあるのか。これは天下の覇者とむかい合うより、はるかに強烈に人と人のむかい合いが描かれているのではないか。

天下といっても、あの当時はせいぜい畿内、東海、北陸という程度だろう。全国を平定したといっても日本列島、夢想の中で世界制覇したといっても、高が地球なのだ。大地には、かぎりがある。無限ではなく、唯一無限といえるのは、人の心の中である。日夏を中心とした人々の心のありようは、まさしく無限であり、そこを見据えるのが小説のありようではないだろうか。

生き残った松永久秀の、いや九兵衛の人生には、死んだ人間の生が重ね合わされている。そこにおいて汚名など、なんの意味がある。ひたすら重ね合わされた生を、理解はできないが感じとっているのが、物語の案内役の、織田信長だけである。信長は、静かに謡い舞う。人間五十年、と。そして、どこか澄んだ諦念の中で、松永久秀を語るのである。

下克上の成りあがりと言われる松永久秀が、底に持っている誠実さを、少しずつ読者に垣間見せはじめる。それが小説の人物というものだが、かなしいほど誠実であったのは、友の名が浮かんだ時だけだ。戦国期の畿内の政治的、軍事的な人間関係など、生き方の不器用さが現われているにすぎない。

くり返すが、この小説は、日夏と、日夏を通した友への思いが、根底に強く流れている。小説で書かれるべきものを書いた、と私は思う。梟雄《きょうゆう》が、実はそうではなかったというのは、この作品の本筋であるが、小説の命は別のところにあったのだ。

作家は、さまざまなところから発想を得るが、小説の命そのものは、人間観や死生観が根底にあり、それほど多様なわけではない。だからこそ、小説の質が問われるのである。きわめて純粋で小説的なものが、登場人物の心の底で輝いていないか。

この作家の作品をいくつか読んだが、すべて人に収斂《しゅうれん》されている。反権力とか反逆とかいうものを根底に持っていても、不思議はない題材である。ある種のイデオロギーが介在した方が、むしろ作品としては書きやすく、それでも充分かたちになったはずだ。

この作者は、人に眼《め》をむける。歴史的な事象より、そこで生きた人間そのものを描こうとする。

冒頭の、少年たちによる殺戮《さつりく》の場面から、男の描写は際立っているのだ。時代がいつであろうと、そんなものは読んでいればいずれわかる、と作者は嘯《うそぶ》いているようでさえある。少年たちの生命力が、殺すという行為の中で躍動する。そして男の思いが、行間から立ちあがってくる。

多聞丸と九兵衛の出会いは、そういう場面を背景にしている。なにかが多聞丸を刺激しているが、それは読者に見えることがない。ただ、出会いが鮮烈なのである。なにが悲しくてこんな出会いを書くのだ。その鮮烈さは、どちらかの死を、ただ予感させる。

多聞丸は、死んだ。九兵衛は生きて松永久秀となるが、ふてぶてしさの底に、いつも少年の姿があった。多聞丸のあるべきだった生をも背負って、梟雄と呼ばれて生きる。少年のままであるから、周囲には理解できない。わずかに、信長が抱く、羨望を伴ったむなしさが、理解なのか。理解できるがゆえに、信長は孤独である。

そして九兵衛は、九兵衛として死ぬ。長い間を置いて、少年が二人死んだ、と私は思った。

極端なことを言えば、時代はいつでもいいのかもしれない。これは、少年を描いた小説である。それゆえに、心情のリアリティは、現代にも通底すると思えるのだ。少年たちが、物語を生んでくれた。よく生きたよな。そして見事に死んでくれた。小説を読む喜びは、悲しさとむなしさが伴っていることも、少なくない。人が生きていれば、悲しくむなしい、と言ってしまうことはできる。しかしその後に、自らの実人生に思わず眼をむけてしまう。悲しみもむなしさも、生きることの本質かもしれない。しかし、束の間《つかま》、そこから眼をそらし、物語の中の悲しみを見つめる。悲しみの底に、光があることを、どこかで信じられる。

小説は、そのためにあるのかもしれない。

本書は二〇二〇年五月に、小社より単行本として刊行されました。

|著者| 今村翔吾　1984年京都府生まれ。2017年『火喰鳥　羽州ぼろ鳶組』でデビュー。'20年『八本目の槍』で第41回吉川英治文学新人賞を受賞。同年本書で第11回山田風太郎賞を受賞。'21年「羽州ぼろ鳶組」シリーズで第６回吉川英治文庫賞を受賞。'22年『塞王の楯』で第166回直木賞を受賞。他の著書に、「イクサガミ」シリーズ、「くらまし屋稼業」シリーズ、『童の神』『ひゃっか！　全国高校生花いけバトル』『幸村を討て』『茜唄』（上・下）『戦国武将を推理する』などがある。

じんかん

今村翔吾《いまむらしょうご》

2024年４月12日第１刷発行

講談社文庫
定価はカバーに表示してあります

発行者――森田浩章
発行所――株式会社　講談社
東京都文京区音羽2-12-21　〒112-8001
電話　出版（03）5395-3510
　　　販売（03）5395-5817
　　　業務（03）5395-3615
Printed in Japan

デザイン―菊地信義
本文データ制作―講談社デジタル製作
印刷―――株式会社広済堂ネクスト
製本―――加藤製本株式会社

ISBN978-4-06-535015-7

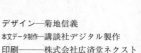

講談社文庫刊行の辞

二十一世紀の到来を目睫に望みながら、われわれはいま、人類史上かつて例を見ない巨大な転換期をむかえようとしている。

世界も、日本も、激動の予兆に対する期待とおののきを内に蔵して、未知の時代に歩み入ろうとしている。このときにあたり、創業の人野間清治の「ナショナル・エデュケイター」への志を現代に甦らせようと意図して、われわれはここに古今の文芸作品はいうまでもなく、ひろく人文・社会・自然の諸科学から東西の名著を網羅する、新しい綜合文庫の発刊を決意した。

激動の転換期はまた断絶の時代である。われわれは戦後二十五年間の出版文化のありかたへの深い反省をこめて、この断絶の時代にあえて人間的な持続を求めようとする。いたずらに浮薄な商業主義のあだ花を追い求めることなく、長期にわたって良書に生命をあたえようとつとめるところにしか、今後の出版文化の真の繁栄はあり得ないと信じるからである。

同時にわれわれはこの綜合文庫の刊行を通じて、人文・社会・自然の諸科学が、結局人間の学にほかならないことを立証しようと願っている。かつて知識とは、「汝自身を知る」ことにつきていた。現代社会の瑣末な情報の氾濫のなかから、力強い知識の源泉を掘り起し、技術文明のただなかに、生きた人間の姿を復活させること。それこそわれわれの切なる希求である。

われわれは権威に盲従せず、俗流に媚びることなく、渾然一体となって日本の「草の根」をかたちづくる若く新しい世代の人々に、心をこめてこの新しい綜合文庫をおくり届けたい。それは知識の泉であるとともに感受性のふるさとであり、もっとも有機的に組織され、社会に開かれた万人のための大学をめざしている。大方の支援と協力を衷心より切望してやまない。

一九七一年七月

野間省一

講談社文庫　目録

石川智健　60《ロクジュウ》〈誤判対策室〉
石川智健　20《ニジュウ》〈誤判対策室〉
石川智健　第三者隠蔽機関
石川智健　いたずらにモテる刑事の捜査報告書
井上真偽《まぎ》　その可能性はすでに考えた
井上真偽　聖女の毒杯〈その可能性はすでに考えた〉
井上真偽　恋と禁忌の述語論理《プレディケット》
泉　ゆたか　お師匠さま、整いました！
泉　ゆたか　お江戸けもの医 毛玉堂
泉　ゆたか　玉《たま》の輿《こし》猫〈お江戸けもの医 毛玉堂〉
伊兼源太郎　地検のS
伊兼源太郎　Sが泣いた日〈地検のS〉
伊兼源太郎　Sの幕引き〈地検のS〉
伊兼源太郎　巨悪
伊兼源太郎　金庫番の娘
逸木　裕　電気じかけのクジラは歌う
今村翔吾　イクサガミ　天
今村翔吾　イクサガミ　地
入月英一　信長と征《ゆ》く 1・2〈転生商人の天下取り〉

磯田道史　歴史とは靴である
石原慎太郎　湘南夫人
井戸川射子　ここはとても速い川
五十嵐律人　法廷遊戯
五十嵐律人　不可逆少年
一色さゆり　光をえがく人
石沢麻依　貝に続く場所にて
一穂ミチ　スモールワールズ
伊藤穰一　〈増補版〉教養としてのテクノロジー〈AI、仮想通貨、ブロックチェーン〉
市川憂人　揺籠《ゆりかご》のアディポクル
内田康夫　シーラカンス殺人事件
内田康夫　パソコン探偵の名推理
内田康夫　「横山大観」殺人事件
内田康夫　江田島殺人事件
内田康夫　琵琶湖周航殺人歌
内田康夫　夏泊殺人岬
内田康夫　「信濃の国」殺人事件
内田康夫　風葬の城
内田康夫　透明な遺書

内田康夫　鞆《とも》の浦《うら》殺人事件
内田康夫　終幕《フィナーレ》のない殺人
内田康夫　御堂筋殺人事件
内田康夫　記憶の中の殺人
内田康夫　北国街道殺人事件
内田康夫　「紅藍《くれない》の女《ひと》」殺人事件
内田康夫　「紫《むらさき》の女《ひと》」殺人事件
内田康夫　藍色回廊殺人事件
内田康夫　明日香の皇子
内田康夫　華の下にて
内田康夫　黄金の石橋
内田康夫　靖国への帰還
内田康夫　不等辺三角形
内田康夫　ぼくが探偵だった夏
内田康夫　逃げろ光彦〈内田康夫と5人の女たち〉
内田康夫　悪魔の種子
内田康夫　戸隠伝説殺人事件
内田康夫　新装版 死者の木霊
内田康夫　新装版 漂泊の楽人

講談社文庫 目録

上田秀人 密約〈百万石の留守居役(五)〉
上田秀人 使者〈百万石の留守居役(六)〉
上田秀人 貸借〈百万石の留守居役(七)〉
上田秀人 参勤〈百万石の留守居役(八)〉
上田秀人 因果〈百万石の留守居役(九)〉
上田秀人 忖《そん》度《たく》〈百万石の留守居役(十)〉
上田秀人 騒動〈百万石の留守居役(十一)〉
上田秀人 分断〈百万石の留守居役(十二)〉
上田秀人 舌戦〈百万石の留守居役(十三)〉
上田秀人 愚劣〈百万石の留守居役(十四)〉
上田秀人 布石〈百万石の留守居役(十五)〉
上田秀人 乱麻〈百万石の留守居役(十六)〉
上田秀人 要《よう》訣《けつ》〈百万石の留守居役(十七)〉
上田秀人 梟《ふくろう》の系譜〈宇喜多四代〉
上田秀人 竜は動かず 奥羽越列藩同盟顛末 (上)万里波濤編 (下)帰郷奔走編
上田秀人 戦端〈武商繚乱記(一)〉
上田秀人 悪貨〈武商繚乱記(二)〉
上田秀人 流言〈武商繚乱記(三)〉
上田秀人ほか どうした、家康

内田樹 下流志向〈学ばない子どもたち 働かない若者たち〉
内田樹 釈徹宗 現代霊性論
上橋菜穂子 獣の奏者〈I闘蛇編〉
上橋菜穂子 獣の奏者〈II王獣編〉
上橋菜穂子 獣の奏者〈III探求編〉
上橋菜穂子 獣の奏者〈IV完結編〉
上橋菜穂子 獣の奏者〈外伝 刹那〉
上橋菜穂子 物語ること、生きること
上橋菜穂子 明日は、いずこの空の下
上野誠 万葉学者、墓をしまい母を送る
海猫沢めろん 愛についての感じ
海猫沢めろん キッズファイヤー・ドットコム
冲方丁 戦の国
上田岳弘 ニムロッド
上野歩 キリの理容室
内田英治 異動辞令は音楽隊！
遠藤周作 ぐうたら人間学
遠藤周作 聖書のなかの女性たち
遠藤周作 さらば、夏の光よ

遠藤周作 最後の殉教者
遠藤周作 反逆(上)(下)
遠藤周作 ひとりを愛し続ける本
遠藤周作 周作塾〈読んでもタメにならないエッセイ〉
遠藤周作 新装版 海と毒薬
遠藤周作 新装版 わたしが・棄てた・女
遠藤周作 深い河《ディープ・リバー》〈新装版〉
江波戸哲夫 新装版 銀行支店長
江波戸哲夫 集団左遷
江波戸哲夫 新装版 ジャパン・プライド
江波戸哲夫 起業の星
江波戸哲夫 ビジネスウォーズ〈カリスマと戦犯〉
江波戸哲夫 リストラ事変〈ビジネスウォーズ2〉
江上剛 頭取無惨
江上剛 企業戦士
江上剛 リベンジ・ホテル
江上剛 起死回生
江上剛 瓦礫の中のレストラン
江上剛 非情銀行

江上　剛　東京タワーが見えますか。
江上　剛　慟哭の家
江上　剛　家電の神様
江上　剛　ラストチャンス 再生請負人
江上　剛　ラストチャンス 参謀のホテル
江上　剛　一緒にお墓に入ろう
江國香織　真昼なのに昏《くら》い部屋
江國香織他　100万分の1回のねこ
円城　塔　道化師の蝶
江原啓之　スピリチュアルな人生に目覚めるために〈心に「人生の地図」を持つ〉
江原啓之　トラウマ あなたが生まれてきた理由
円堂豆子　杜《もり》ノ国の神隠し
円堂豆子　杜ノ国の囁《ささや》く神
NHKメルトダウン取材班　福島第一原発事故の「真実」〈ドキュメント編〉
NHKメルトダウン取材班　福島第一原発事故の「真実」〈検証編〉
大江健三郎　新しい人よ眼ざめよ
大江健三郎　取り替え子《チェンジリング》
大江健三郎　晩年様式集《イン・レイト・スタイル》
小田　実　何でも見てやろう

沖　守弘　マザー・テレサ〈あふれる愛〉
岡嶋二人　解決まではあと6人〈5W1H殺人事件〉
岡嶋二人　99％の誘拐
岡嶋二人　クラインの壺
岡嶋二人　ダブル・プロット
岡嶋二人　新装版 焦茶色のパステル
岡嶋二人　チョコレートゲーム 新装版
岡嶋二人　そして扉が閉ざされた〈新装版〉
太田蘭三　殺《さつ》・風《よう》景《けい》〈警視庁北多摩署特捜本部〉
大前研一　企業参謀 正・続
大前研一　やりたいことは全部やれ！
大前研一　考える技術
大沢在昌　野獣駆けろ
大沢在昌　相続人TOMOKO
大沢在昌　ウォームハート コールドボディ
大沢在昌　アルバイト探偵《アイ》
大沢在昌　調毒師を捜せ アルバイト探偵《アイ》
大沢在昌　女王陛下のアルバイト探偵《アイ》
大沢在昌　不思議の国のアルバイト探偵《アイ》

大沢在昌　拷問遊園地 アルバイト探偵《アイ》
大沢在昌　帰ってきたアルバイト探偵《アイ》
大沢在昌　雪　蛍
大沢在昌　夢の島
大沢在昌　新装版 氷の森
大沢在昌　暗黒旅人
大沢在昌　新装版 走らなあかん、夜明けまで
大沢在昌　新装版 涙はふくな、凍るまで
大沢在昌　語りつづけろ、届くまで
大沢在昌　罪深き海辺 (上)(下)
大沢在昌　やぶへび
大沢在昌　海と月の迷路 (上)(下)
大沢在昌　鏡の顔〈傑作ハードボイルド小説集〉
大沢在昌　覆面作家
大沢在昌　ザ・ジョーカー 新装版
大沢在昌　亡命者〈ザ・ジョーカー 新装版〉
大沢在昌／藤田宜永／堂場瞬一／井上夢人／今野敏／月村了衛／東山彰良　激動 東京五輪1964
逢坂　剛　十字路に立つ女
逢坂　剛　奔流恐るるにたらず〈重蔵始末(八)完結篇〉

講談社文庫　目録

逢坂　剛　新装版カディスの赤い星(上)(下)
オノ・ヨーコ　飯村隆彦編　ただの私《あたし》
オノ・ヨーコ　南風　椎訳　グレープフルーツ・ジュース
折原　一　倒錯の帰結
折原　一　倒錯のロンド〈完成版〉
小川洋子　ブラフマンの埋葬
小川洋子　最果てアーケード
小川洋子　琥珀のまたたき
小川洋子　密やかな結晶〈新装版〉
乙川優三郎　霧の橋
乙川優三郎　喜知次
乙川優三郎　蔓の端々
乙川優三郎　夜の小紋
恩田　陸　三月は深き紅の淵を
恩田　陸　麦の海に沈む果実
恩田　陸　黒と茶の幻想(上)(下)
恩田　陸　黄昏の百合の骨
恩田　陸　薔薇のなかの蛇
恩田　陸　『恐怖の報酬』日記〈酩酊混乱紀行〉
恩田　陸　きのうの世界(上)(下)
恩田　陸　七月に流れる花／八月は冷たい城
奥田英朗　新装版ウランバーナの森
奥田英朗　最悪
奥田英朗　マドンナ
奥田英朗　ガール
奥田英朗　サウスバウンド
奥田英朗　オリンピックの身代金(上)(下)
奥田英朗　ヴァラエティ
奥田英朗　邪魔(上)(下)〈新装版〉
乙武洋匡　五体不満足〈完全版〉
大崎善生　聖《さとし》の青春
大崎善生　将棋の子
小川恭一　江戸の旗本事典〈歴史・時代小説ファン必携〉
奥泉　光　プラトン学園
奥泉　光　シューマンの指
奥泉　光　ビビビ・ビ・バップ
折原みと　制服のころ、君に恋した。
折原みと　時《とき》の輝き
折原みと　幸福のパズル
大城立裕　小説 琉球処分(上)(下)
太田尚樹　満州 裏 史〈甘粕正彦と岸信介が背負ったもの〉
太田尚樹　世紀の愚行〈太平洋戦争・日米開戦前夜〉
大島真寿美　ふじこさん
大泉康雄　あさま山荘銃撃戦の深層(上)(下)
大山淳子　猫弁〈天才百瀬とやっかいな依頼人たち〉
大山淳子　猫弁と透明人間
大山淳子　猫弁と指輪物語
大山淳子　猫弁と少女探偵
大山淳子　猫弁と魔女裁判
大山淳子　猫弁と星の王子
大山淳子　猫弁と鉄の女
大山淳子　猫弁と幽霊屋敷
大山淳子　雪猫
大山淳子　猫は抱くもの
大山淳子　イーヨくんの結婚生活
大倉崇裕　小鳥を愛した容疑者
大倉崇裕　蜂に魅《ひ》かれた容疑者〈警視庁いきもの係〉

2024年3月15日現在